Die glücklichste Lady von London

SHERRY THOMAS

Sherry Thomas: „Die glücklichste Lady von London"
© 2013 Sherry Thomas
Originaltitel: „The Luckiest Lady in London"

© 2014 Deutsche Erstausgabe, Übersetzung: Ute-Christine Geiler
für Agentur Libelli

Titelbild: Gestaltung – © 2014 Frauke Spanuth

PROLOG

SO LANGE ER SICH ZURÜCKERINNERN konnte, hatte Felix Rivendale jeden Tag die halbe Stunde vor dem Tee mit seinen Eltern verbracht. Und soweit man seinen etwas unscharfen Kindheitserinnerungen trauen konnte, hatte er sich immer gleichermaßen auf diese Zeit gefreut und sich davor gefürchtet.

Jeden Nachmittag hatte seine Gouvernante ihn zur Tür vom Salon gebracht. Er kratzte schüchtern an dem schweren Eichenholz und wartete, bis er aufgefordert wurde, einzutreten. Seine wunderschöne Mutter legte auf ihrem Lieblingsstuhl die Stickarbeit beiseite, erhob sich und breitete zur Begrüßung die Arme aus.

Er durchquerte jedes Mal den Salon so schnell, wie seine Beinchen ihn trugen, und blieb jedes Mal am Rand ihrer ausladenden Röcke stehen. Es war nicht angeraten, gegen diese Röcke zu rennen. Dann würde ihr Reifrock hinten hochklappen, hatte man ihm erklärt, und das wäre ganz schlimm.

Felix war immer sehr sorgsam. Er wollte nicht, dass etwas Schlimmes passierte. Also umrundete er vorsichtig die trügerischen Röcke und kletterte auf den Stuhl. Das hier war seine Lieblingszeit am Tag, dicht neben seiner Mutter zu sitzen, eingehüllt in ihren himmlischen Duft. Sie fuhr ihm durchs Haar, brachte es durcheinander und küsste ihn auf die Wange, nannte ihn „Zuckerkeks", was ihn gleichermaßen entzückte und verlegen machte.

Direkt danach kam dann immer der Teil des Nachmittags, der ihm am verhasstesten war. Sein Vater, der ihn und seine Mutter genauestens beobachtete, wandte sich abrupt ab und ging zum Fenster, stellte sich mit dem Rücken zum Zimmer. Seine Mutter, die ihn bis zu diesem Augenblick so zärtlich geherzt hatte, lächelte seltsam kühl, stellte ihr Herzen ein und wandte sich wieder ihrer Stickerei zu. Felix durfte ihr dabei still zusehen, was er tat, aber er war dabei unglücklich, da er sich überdeutlich bewusst war, dass sein Vater ihnen den Rücken kehrte.

An seinem fünften Geburtstag war er zu dem Entschluss gekommen, dass etwas mit ihm nicht stimmte. Er musste der Grund für all die Spannungen zwischen seinen Eltern sein, was ihm umso bestürzender und elender vor Augen geführt wurde, wenn seine Eltern gezwungen waren, Zeit in seiner Nähe zu verbringen. Die tägliche halbe Stunde vor dem Tee war schlimm genug, aber der Sonntagvormittag, wenn sie zusammen in der ersten Bank in der Dorfkirche saßen und die Predigt einfach kein Ende nehmen wollte, war die reine Hölle. Das Bedürfnis der beiden, von ihm wegzukommen, lag wie ein Gewicht auf seiner Brust. Jeder Atemzug fühlte sich an, als brächte er Nadeln statt Luft in seine Lungen.

Mit sechs Jahren kam er zu einer erschütternden Erkenntnis. Seine Eltern hassten einander.

Aber nach zwei Jahren geheimer, doch intensiver Beobachtung revidierte er sein Urteil. Es war nicht so, dass seine Eltern einander hassten. Seine Mutter konnte ihren Ehemann nicht ausstehen, aber im Gegenzug fand ihr Ehemann sie nicht ebenso hassenswert wie sie ihn. Genau genommen war es stets der Marquis, der Unterhaltungen begann, die gewöhnlich von den frostigen und nur gerade so noch höflichen Antworten der Marchioness im Keim erstickt wurden. Er brachte ihr auch Geschenke, die sie in eine Kommode warf, ohne sie zu öffnen. Felix wusste das, weil er gerne in ihrem Zimmer inmitten ihrer Sachen saß und diese berührte, wenn seine Mutter zu ihrer täglichen Ausfahrt das Haus verlassen hatte. Dann malte er sich aus, dass sie ihre Zeit mit ihm verbrachte, dass der Duft ihres Parfums nicht nur in der Luft hing, sondern ihren Kleidern anhaftete, während er sich an sie kuscheln durfte.

Eines Nachmittags, kurz nachdem er acht geworden war, fand er ein neues Kästchen in der Kommode, eine längliche rechteckige Samtschachtel. Innen lag auf sahnefarbenen Seidensatin gebettet ein herrliches Halsband, an dem Rubine wie Blutstropfen funkelten. Er legte das Halsband neben die langen Ketten aus schwarzen Perlen, die Diamantohrringe, die vielen Ringe und Armbänder und Broschen und juwelenbesetzten Kämme – wunderschöne erlesene Schmuckstücke, jedes einzelne.

Warum wollte seine Mutter seinem Vater nicht verzeihen?

Einmal hatte Felix im Dienstbotenbereich unten einen Lakaien dabei beobachtet, wie er einem Hausmädchen einen schmalen Ring schenkte, sagte, es sei kein echtes Gold, es sehe nur so aus, aber er hoffe, er werde sich demnächst etwas Besseres leisten können. Das Hausmädchen hatte sich ihm in die Arme geworfen und ihn überglücklich geküsst.

Nicht einmal richtiges Gold, und das Mädchen war im siebten Himmel gewesen. Warum erfreuten die Geschenke seines Vaters seine Mutter nicht auf die gleiche Weise? Er beschloss, das von der Zofe seiner Mutter in Erfahrung zu bringen.

Die Geschichte, die sie ihm erzählte, war erstaunlich.

Vor vielen Jahren – zehn, um genau zu sein – war Mary Hamilton die schönste Debütantin von London gewesen. Sie hatte viele Bewunderer, und unten ihnen war auch Gilbert Rivendale, der Marquis of Wrenworth. Aber sie zog einen anderen Verehrer vor, der unglücklicherweise bettelarm war. Der Marquis machte ihr einen Antrag und erhielt eine höfliche Ablehnung. Davon unbeeindruckt wandte er sich an Sir Nigel, Marys Vater, und bot ihm eine atemberaubende Summe für die Hand seiner Tochter.

Sir Nigel hatte eine Schwäche für das Glücksspiel. Seine Spielschulden hatten ihn an den Rand des Bankrotts gebracht. Das Angebot des Marquis kam gerade zur rechten Zeit und wurde erfreut akzeptiert. Sir Nigel befahl Mary, seinen Wünschen entsprechend zu heiraten. Als sie sich weigerte, wurde sie in ihr Zimmer gesperrt, ohne die Gelegenheit, den Geliebten zu benachrichtigen.

Nach vier Monaten Zimmerarrest bei Wasser und Brot lenkte sie ein. Zwei Monate später wurde sie die Marchioness of Wrenworth.

Die Ehe stand jedoch von Beginn an unter keinem guten Stern. Mary hasste den Marquis leidenschaftlich für seine Mitwirkung dabei, ihren Traum zu vereiteln. Da ihr Vater nicht lange nach der Hochzeit starb, entschied sie, den Rest ihres Lebens der Aufgabe zu widmen, ihren Ehemann den Tag bereuen zu lassen, an dem er sie erblickt hatte.

Dem Marquis wurde erst vorgegaukelt, er habe schließlich doch die liebe sanftmütige Gattin seiner Träume erhalten. Dann aber begann sie Stückchen für Stückchen das Glück zu stutzen und zurückzuschneiden, das sie ihm vergönnt hatte, bis sie zu dem letzten strategisch tödlichen Schlag ausholte, indem sie die Andeutung fallen ließ, Felix sei am Ende gar nicht sein Sohn.

Felix rannte nicht aus dem Zimmer, aber das lag nur daran, dass er wie festgewurzelt dastand, sich nicht vom Fleck rühren konnte. Die Zofe namens Jess Jenkins hatte die Geschichte erzählt, während sie die Kämme und Bürsten ihrer Herrin sortierte. Als sie fertig war, sagte sie: „Sie müssen sich deswegen nicht schlecht fühlen, junger Master", und ging, um mit den anderen höherrangigen Dienstboten im Salon der Haushälterin Tee zu trinken.

Felix jedoch aß den Rest des Tages über nichts. In dieser Nacht schreckte er aus einem Albtraum auf. In seinem Traum schickte man ihn von zu Hause fort. Er konnte nicht wieder einschlafen, selbst nachdem er sich in die Küche geschlichen und zwei altbackene Scones verschlungen hatte, um den nagenden Hunger in seinem Bauch zu lindern.

Am nächsten Tag bestätigte sich sein Albtraum. Sein Vater sprach davon, ihn auf eine Vorbereitungsschule zu schicken, jetzt, da er acht Jahre alt war. Felix' Magen verkrampfte sich vor Angst. Er schaute seine Mutter flehend an. Sie sagte nichts.

Den Rest des Monats lebte er in beständiger Furcht, prüfte zweimal täglich seine Schränke, um sich zu vergewissern, dass seine Sachen noch nicht gepackt worden waren. Aber nichts dergleichen geschah. Es wurde kein Wort mehr über Internate verloren. Sein Hauslehrer Mr Leahy verriet keine Anzeichen, die auf eine bevorstehende Abreise hindeuteten. Und schließlich sagte ihm Jess Jenkins, dass seine Mutter sich weigerte, ihn gehen zu lassen.

Er war sprachlos vor Erleichterung und Dankbarkeit.

Die schlechten Träume jedoch hörten nicht auf. Er wachte immer gegen halb elf auf und konnte nicht vor drei Uhr wieder einschlafen. Daher gewöhnte er es sich an, statt sich im Bett hin und her zu wälzen, nach einem Mitternachtsimbiss in der Küche aus dem Haus zu schleichen, spazieren zu gehen und sich dabei die Sterne anzuschauen.

Bald schon lernte er mithilfe von Mr Leahys Büchern die Konstellationen. Die Bewegungen der Sterne hatten etwas wunderbar Beruhigendes, sie zogen mit dem Lauf der Jahreszeiten so feierlich und so vorhersehbar über das Firmament, unbeeindruckt von menschlichen Tragödien und Wirren, in die Felix verstrickt war.

Langsam, aber stetig wurde es zu Hause schlimmer. Auch mit den Jahren verlor der eisige Zorn der Marchioness nichts von seiner Heftigkeit. Und der Marquis verfiel immer stärker der Verzweiflung.

Felix versuchte, seine Eltern gleichermaßen zu beschwichtigen. Er machte Geschenke – Sträuße aus wilden Blumen für seine Mutter, Steine mit fossilen Abdrücken von Blättern für seinen Vater. Der Marquis würdigte seine Geschenke kaum eines Blickes, während die Marchioness überschwängliche Freude über die Sträuße bekundete und Felix mit Aufmerksamkeit überschüttete.

Das vergiftete die Atmosphäre zwischen den dreien weiter.

Gilbert Rivendale war von stämmigem Körperbau, hatte helles Haar, blasse Augen und unauffällige, wenig einprägsame Züge. Felix hingegen wurde oft genug als ungewöhnlich schönes Kind bezeichnet, das Ebenbild seiner Mutter: dunkles Haar und dunkelgrüne Augen, schlank und groß.

Felix wünschte sich verzweifelt, dass er eher seinem Vater gliche, egal, ob es die Knollennase war, das fliehende Kinn oder die kaum vorhandenen Augenbrauen, sodass der arme Mann nicht jeden Tag forschend sein Gesicht betrachten und nach irgendeinem Beweis suchen musste, dass Felix das Produkt seiner Lenden sei.

Der Marquis wurde bis ans Ende seiner Tage von Zweifeln geplagt. Aber Felix war überzeugt, dass er sein Vater war. In der Abwesenheit des Marquis nämlich erhielt Felix nie mehr Zuwendung von seiner Mutter als ein Nicken. Die Demonstration von Zuneigung war genau das: eine Demonstration, die bei dem Marquis Eifersucht und Unzufriedenheit wecken sollte, damit er dachte, ein Mann, den sie lieber mochte, sei der Vater des Jungen.

Felix hasste die Herzlosigkeit seiner Mutter, dass sie ihr eigenes Kind als bloße Schachfigur betrachtete und ihn ohne Rücksicht auf sein Wohlergehen benutzte. Er hasste die Dummheit seines Vaters, weil er nicht begriff, dass es nur ein Spiel war. Dass sie es nie gewagt hätte, diesen Keil zwischen Vater und Sohn zu treiben, wenn Felix tatsächlich das Ergebnis eines Ehebruchs gewesen wäre.

Als er dreizehn wurde, konnte er es nicht erwarten, an eine öffentliche Schule geschickt zu werden, zu schrecklichem Essen und zugigen Behausungen, wo die Jungen einander verprügelten und im Gegenzug von den Lehrern gezüchtigt wurden. Irgendwohin, nur damit er von zu Hause fortkam, fort von den Ränken seiner Mutter und dem unmännlichen Elend seines Vaters.

Aber irgendwie verhinderte sie auch das. Sie wollte ihn in der Nähe behalten, um ihren Ehemann zu quälen. Zwei weitere Lehrer wurden eingestellt, und Felix hing zu Hause fest.

Daher lernte er es, das Spiel zu spielen.

Er begann Forderungen zu stellen, immer bei dem Zusammensein vor dem Tee, wenn seine Mutter den Sprössling ihres Gatten mit einem strahlenden Lächeln und geheuchelter Zärtlichkeit bedachte. Er bat lieb um das beste tragbare Teleskop, das es gab, um Abonnements wissenschaftlicher Zeitschriften, Bücher über Astronomie – und um unverschämte Erhöhungen seiner vierteljährlichen Apanage, um sich alles andere kaufen zu können, was er sich wünschte.

Er ersann Geschichten, um die Selbstgewissheit ihrer Macht zu untergraben. *Es tut mir so leid, Mutter,* sagte er beispielsweise, als sie einmal zufällig allein waren.

Warum?, wollte sie wissen.

Oh, wusstest du es nicht? Dann … Ach, nichts!, rief er und tat so, als sei er fürchterlich bedrückt. Aber auf ihr beharrliches Nachfragen hin ließ er sich entlocken, er habe gehört, Vater habe eine junge Mätresse in der Stadt untergebracht und sei schrecklich in sie vernarrt.

Aus dieser Phantom-Mätresse schlug er fast zwei Jahre lang Kapital, verfolgte mit zynischer Belustigung die vergebliche Suche seiner Mutter nach dem schamlosen Flittchen, das es gewagt hatte, ihr den Ehemann abspenstig zu machen, für den sie selbst keine Liebe empfand und für den sie auch keine Verwendung hatte.

Schließlich kam sie darauf, dass es alles erfunden war. Und dass ihr Sohn im Alter von fünfzehn Jahren beeindruckend geschickt in diesem Spiel geworden war. Sogleich verflüchtigten sich auch die letzten Zurschaustellungen mütterlicher Zuneigung.

Trotzdem traf ihn ihr plötzlicher Tod zwei Jahre später schwer. Sie hatten einen Zermürbungskrieg gegeneinander geführt, aber als er neben ihrem leblosen Körper saß und ihm Tränen in den Augen brannten, wurde ihm klar, dass für ihn der Kampf um die Oberhand nur Fassade gewesen war. Er hatte nie aufgehört, zu versuchen ihre Liebe zu erringen – oder wenigstens ihre Bewunderung. Die ganze Zeit über hatte er sich bemüht, ihr zu zeigen, dass sie einander im Grunde genommen ganz ähnlich waren, dass sie Freunde und Verbündete sein könnten, wenn sie es nur zuließe.

Zu seinem Entsetzten war er, als sein Vater ihr binnen weniger Monate folgte, nicht minder erschüttert, denn der phlegmatische, unelegante Mann, der für seinen einen großen Fehler mit fast zwanzig Jahren Leid hatte zahlen müssen, war laut Aussage des Arztes der Familie an gebrochenem Herzen gestorben.

Während er beobachtete, wie der Sarg mit den sterblichen Überresten des Marquis ins Grab gesenkt wurde, erkannte er schließlich, dass Vater und Sohn, obwohl sie einander auf den ersten Blick so gar nicht ähnlich sahen, sich beide tief innerlich mit der gleichen Heftigkeit und der gleichen trotzigen Hoffnung nach Liebe gesehnt hatten, die selbst Jahre voller Abneigung nicht völlig hatten auslöschen können.

FELIX ÄNDERTE SEIN GANZES LEBEN drastisch.

Mit siebzehn war er in Besitz seines Titels gekommen und hatte einen Sitz im Oberhaus. Und er war einer der reichsten Männer des Landes. Aber ebenso entscheidend war der Umstand, dass seine isolierte Kindheit und Jugend ihm ein unbeschriebenes Blatt boten, auf dem er sich ein völlig neues Wesen erschaffen konnte.

Er benötigte nicht lange, um zu entscheiden, dass er natürlich der Sohn seiner Mutter war. Die verblichene Marchioness of Wrenworth hatte trotz der niederträchtigen Tyrannei in ihren eigenen vier Wänden nach außen den unbefleckten Ruf einer perfekten Dame gewahrt, ein leuchtendes Beispiel für alles, was an einer Frau gut und rein war.

Er plante, sie in Bezug auf die genossene Anerkennung und den Einfluss noch zu übertreffen – ein passender Tribut des Sohnes, den sie so wenig zu schätzen gewusst hatte.

Was seinen Vater betraf, so bestand Felix' Tribut an ihn daraus, seinen Fehler, aus ganzem Herzen und tiefster Seele zu lieben, nicht zu wiederholen. Freundschaft würde er zulassen, und vielleicht auch milde Gefühle. Liebe hingegen stand außer Frage.

Liebe machte einen machtlos. Und er hatte genug Machtlosigkeit am eigenen Leib erfahren, dass es für zehn Leben reichte. In diesem seinem neuen Leben würde er stets die Macht behalten.

Und darin war ihm bemerkenswerter Erfolg beschieden.

Er erfreute sich bei seinen Kameraden in Cambridge großer Beliebtheit, wo er Vorlesungen in Mathematik und Physik besuchte.

Er eroberte die Londoner Gesellschaft mit der gleichen Bravour und galt binnen kürzester Zeit als einer der begehrtesten Junggesellen des Landes.

Anfangs hegte er die Sorge, er könne eine junge Frau treffen, der er verfallen könnte. Aber die Saisons verstrichen, und obwohl er massenweise infrage kommende junge Damen traf, weckte keine einzige auch nur die leiseste Unruhe in seinem Herzen. Es war, als sei seine Fähigkeit zu lieben zusammen mit seinen Eltern beerdigt worden.

Ganz selten, wenn er des Nachts allein war und die Sterne beobachtete, fehlte es ihm: die Fähigkeit zu fühlen, tief zu empfinden. Aber die restliche Zeit war er nur zu froh, über jeden einzelnen Aspekt seines Lebens die Kontrolle zu haben, besonders jedoch über sein Herz.

Im Jahr 1885, als er fünfundzwanzig wurde, ließ er bekannt werden, dass er bereit sei, eine Familie zu gründen, wenn er die Richtige fände. Die Matronen atmeten erleichtert auf. Wie wunderbar. Der Junge begriff, was seine Pflicht und Schuldigkeit vor Gott und Vaterland war.

Er hatte natürlich nicht die leiseste Absicht zu heiraten, bestimmt nicht vor seinem fünfundvierzigsten Lebensjahr – eine Gesellschaft, die die Institution der Ehe derart vergötterte, verdiente es, in die Irre geführt zu werden. Sollten sie ruhig versuchen, ihn zu verkuppeln. Er hatte schließlich „die Richtige" gesagt, oder etwa nicht? Das richtige Mädchen würde frühestens in zwanzig Jahren kommen, und sie würde eine naive und vollbusige Siebzehnjährige sein, die den Boden unter seinen Füßen anbetete.

Natürlich konnte er nicht ahnen, dass er mit achtundzwanzig heiraten würde, und zwar aus nicht nur aus heiterem Himmel, sondern auch eine Lady, die einige Jahre älter als siebzehn war, zudem weder naiv noch vollbusig und die den Boden unter seinen Füßen höchst argwöhnisch beäugte, in jeder seiner Taten und jedem seiner Worte Niedertracht vermutete.

Ihr Name war Louisa Cantwell, und sie würde ihm zum Verhängnis werden.

KAPITEL 1

Lord Wrenworth hatte vielleicht bis zum Frühjahr 1888 noch nie von Louisa Cantwell gehört, aber seit dem Frühjahr 1883, also schon Jahre, bevor er seine Heiratsbereitschaft erklärt hatte, hatte sein Name ganz oben auf ihrer Liste mit infrage kommenden jungen Männern gestanden.

Während Louisa ihre Liste reicher Junggesellen weiterführte und immer wieder überarbeitete, dachte sie allerdings nur höchst selten an den beinahe legendären Lord Wrenworth. Er war eine abstrakte Idee, zu abgehoben und zu perfekt, um in die Kalkulationen eines praktisch veranlagten jungen Mädchens zu passen, das sich keine Illusionen dahingehend machte, dass sie gut genug für den Idealen Gentleman sei.

Zum einen waren die Cantwells arm. Louisa, ihre vier Schwestern und ihre Mutter lebten von einer Pension, die Mrs Cantwell vor vielen Jahren ausgesetzt worden war. Sobald Mrs Cantwell ihren letzten Atemzug tat, würde den Cantwell-Mädchen wenig mehr gehören als die Kleider, die sie am Leib trugen.

Hinzu kam noch, dass die Familie in gewisser Weise skandalumwittert war, da der verstorbene Mr Cantwell einmal ein Mitgiftjäger gewesen war. Er war nicht sonderlich böse gewesen: Als er herausfand, dass seine hübsche Braut nicht annähernd so wohlhabend war, wie er angenommen hatte, zuckte er nur die Achseln und schickte sich in sein Los. Aber Mrs Cantwell wurde von Freunden und Familie nicht empfangen, solange ihr Gatte lebte. Und während ihre Töchter als ehrbare junge Damen galten, so war diese Ehrbarkeit so fadenscheinig und zerschlissen wie manche von Louisas Unterröcken.

Und selbst wenn ein infrage kommender Bräutigam über beides hätte hinwegsehen können, Louisas leere Taschen und ihre zweifelhafte Herkunft, so war da noch die Tatsache, dass sie wenig bewandert war in weiblichen Künsten. Sie konnte weder malen noch Klavier spielen und auch keine Fremdsprachen. Sie hatte nicht die geringste Ahnung von Kunst, Geschichte oder Literatur. Und je weniger man über ihre Handschrift sagte, desto besser.

Das Fehlen von Vermögen, Abstammung und Fertigkeiten bekümmerte Louisa nicht sonderlich. Allerdings fand sie es in höchstem Maße frustrierend, dass sie als jemand, der reich heiraten musste, nicht mit herausragender Schönheit gesegnet war – was für ihr Unterfangen ein ebenso großes Hindernis war, wie ohne funktionierende Schusswaffen zu einer Safari aufzubrechen.

Ihre beiden älteren Schwestern waren beide wunderschön, aber Frederica hatte sich geweigert, ihr Zimmer zu verlassen, seit sie von einer Pockenerkrankung ein paar blasse Narben im Gesicht zurückbehalten hatte, und Cecilia war entschlossen, einzig ihre beste Freundin Miss Emily Milton zu küssen.

Von ihren jüngeren Schwestern besaß Julia die denkbar ungünstigste Wesensart, um sich einen Ehemann zu angeln, und Matilda, die liebe süße Matilda, litt unter epileptischen Anfällen und kam daher nicht in Frage.

All die anderen Cantwell-Schwestern waren körperlich gesund, konnten als Gouvernanten oder Gesellschafterinnen ein Auskommen finden. Sogar Frederica, war Louisa überzeugt, würde ihre zurückgezogene Lebensweise aufgeben, wenn sie andernfalls hungern müsste. Aber um Matilda musste sich ständig jemand kümmern. Sie brauchte einen sehr wohlhabenden Mann. Da Matilda selbst die Anstrengungen einer Saison in London nicht verkraften konnte, musste es Louisa sein, die den Versuch unternahm.

An dem Tag, an dem Louisa das im Alter von sechzehn Jahren klar wurde, brach sie zu einem ausgedehnten Spaziergang auf, entfernte sich drei Meilen von ihrem Elternhaus, damit sie sich ohne Zeugen der Verzweiflung hingeben konnte. Dann kehrte sie in ihr Zimmer zurück, öffnete ihr Notizbuch und blätterte zur letzten Seite.

Alles, was ich will:
1. ein kleines Haus
2. Bücher, so viele wie dieses kleine Haus nur fassen kann
3. ein gutes Teleskop
4. einen Messier-Katalog

5. einen Lehrer in höherer Mathematik

Als es noch danach ausgesehen hatte, dass sowohl Frederica als auch Cecilia eine ausgezeichnete Partie machen würden, hatte Louisa davon zu träumen gewagt, eine glückliche, unabhängige alte Jungfer zu werden. Aber Träume waren für Mädchen, die sie sich leisten konnten – und sie war nicht länger eines davon. Sie strich die Liste durch und begann eine neue.

Alles, was ich tun muss, um einen Mann zu erobern, der fünftausend Pfund im Jahr hat.

LOUISA HÄTTE SICH DIESEN REICHEN Mann am liebsten an Land gezogen, solange sie neunzehn war – Lady Balfour, Mrs Cantwells Cousine, hatte versprochen, eine von deren Töchtern in die Gesellschaft einzuführen. Aber zuerst hatte sie ihre eigenen Töchter unter die Haube bringen müssen. Dann konnte sie nicht am gesellschaftlichen Leben teilnehmen, weil sie sich in der Trauerzeit um ihren verstorbenen Gatten Sir Augustus befand.

Als Louisa schließlich im Frühjahr 1888 in London eintraf, sah ihre Liste folgendermaßen aus:

Alles, was ich tun muss, um einen Mann zu erobern, der ~~fünf~~siebentausend Pfund im Jahr hat.

(Da sie selbst mittellos war, hatte Louisa die Ausgaben völlig unterschätzt, die ein Mann mit einem großen Einkommen hatte, ebenso wie die Zahl der Verwandten, die von seiner Großzügigkeit abhängig waren.)

1. Busenpolster

2. Rezepte für glänzendes Haar, weiße Zähne und zarte Haut

3. Ein Gefühl für Mode, Kenntnis von Stoffen, den Stilen und Schnitten, die der Figur schmeicheln

4. Vertrautheit mit der französischen Sprache, wie man sie gemeinhin auf Speisekarten findet

5. Die Fähigkeit, passabel zu tanzen

6. Geschick darin, einem Gentleman zu schmeicheln

7. Geschick darin, der Mutter und den Schwestern besagten Gentlemans zu schmeicheln

8. Sich stets vor Augen halten, dass egal, wie viel Interesse ein Mann an einer jungen Dame zeigt, er stets viel interessierter an sich selbst ist

9. Nie vergessen, dass man einer jungen Dame nicht so leicht Berechnung unterstellen wird, wenn es so aussieht, als habe sie Spaß

10. Eine schlüssige Strategie vor dem Beginn der Saison und bereits zurechtgelegte Taktiken vor jeder gesellschaftlichen Veranstaltung. Zeit ist begrenzt. Gute Vorbereitung ist entscheidend.

11. Wissen, dass ich – möge der Herrgott mir helfen – unter keinen Umständen scheitern darf.

ALS LOUISA AUF IHREM ERSTEN Ball die breite Treppe hinabschritt, war sie vierundzwanzig, weit über die Blüte ihrer Jugend hinaus. Aber all die zusätzlichen Jahre, die sie zum Üben gehabt hatte – sie hatte nicht einfach eine Liste erstellt und damit ihre Arbeit als erledigt angesehen –, machten sich bezahlt. London war von ihr eingenommen. Oder besser von der Miss Cantwell, die sie der Gesellschaft präsentierte. Sie war herzlich, aber nicht plump vertraulich, nett und freundlich, aber nicht aufdringlich, und wusste die ihr erwiesene Aufmerksamkeit zu schätzen, ohne im Geringsten gierig oder verzweifelt zu wirken.

Am besten aber war, dass allgemein die Ansicht vorherrschte, Miss Cantwell sei eine Schönheit.

Für eine Schönheit bediente man sich einer Reihe anderer Adjektive. Ihr Hals wurde als nymphenhaft oder schwanengleich bezeichnet. Ihre Augen, bis dahin schlicht blau, waren nun entweder azur- oder aquamarinblau und manchmal auch sogar lichtblau. Und offenbar hatte niemand in London je von dem sittsamen, fleißigen Wort „braun" gehört. Ihre Bewunderer beharrten darauf, dass ihr Haar mahagonifarben sei, kastanienbraun oder die Farbe irgendeiner anderen Holzart aufwies, die ihnen gerade einfiel. Ein paar Herren, die eine Vorliebe für poetischen Unsinn hatten, bezeichneten es als Tizian oder Kupfer, wenn sie die rotgoldenen Glanzlichter darin hervorheben wollten.

All diese sprachlichen Übertreibungen entlockten Louisa manchmal nachts unter ihrer Bettdecke ein Lachen. Und manchmal machten sie ihr Angst – denn die Illusion konnte gewiss nicht die ganze Saison anhalten. Bald schon würden die Leute merken, dass ihr Haar nur wegen der ganzen Mayonnaise, die sie im Laufe der Jahre einmassiert hatte, so schimmerte, dass ihr berühmtes Lächeln mit geschlossenen Lippen seinen Ursprung in mehreren leicht schiefen Zähnen hatte und dass die Oberteile ihrer Kleider unschön flach aussähen, wenn nicht die kunstvoll gefertigten, festen Busenpolster eingenäht wären.

Aber dafür, dass die Saison gerade erst begonnen hatte, lief in der Tat alles hervorragend.

Gentlemen scharten sich um sie, so viele begehrenswerte und aufmerksame Herren darunter, wie sie es sich in ihren ehrgeizigsten Träumen erhofft hatte. Das war vielleicht sogar zu sehr so: Unter ihnen waren einige, die beliebten jungen Damen gewohnheitsmäßig den Hof machten, ein paar suchten auch ihre Nähe, schlicht weil ihre Freunde dort anzutreffen waren. Diese Menge bereitete ihr Sorge, da die beiden Herren, die ihr am aussichtsreichsten erschienen und die sie ermutigen wollte, nicht forsch genug waren, mit den selbstsicheren unter ihren Verehrern zu konkurrieren, die sie nicht interessierten. Zudem wagte sie es nicht, unter diesen Umständen augenfälliger in ihrer Ermutigung zu werden.

Viscount Firth und Mr William Pitt, Letzterer Erbe von Baron Sunderley, waren ihre erste Wahl. Beide waren wohlhabende, freundliche und solide Landedelmänner. Beide planten ernsthaft, eine Familie zu gründen und sesshaft zu werden. Lord Firth war Mitte dreißig, verfügte über ein eher markantes als elegantes Äußeres, bot aber beileibe keinen unangenehmen Anblick. Er war allem Anschein nach ein anständiger Mensch, wenn auch eher streng in seinen Ansichten. Sie hatte den Eindruck, dass er weiblicher Überredung zugänglich sein könnte, sofern er glaubte, dass die Frau ihm im Grunde genommen beipflichtete.

Louisa bevorzugte jedoch Mr Pitt, der eine Brille trug und eine leicht stämmige Figur besaß. In ihm nahm sie ein wesentlich nachgiebigeres Wesen wahr. Er war zwar nicht so reich wie Lord Firth, aber letztlich kam es ja auch nicht so sehr darauf an, wie groß das Vermögen war, sondern über wie viel Prozent sie davon verfügen konnte.

Mr Pitt würde ein überaus angenehmer Gatte sein, dessen war sich Louisa sicher. Unseligerweise war er ein ungeschickter Verehrer. Er tanzte nicht, verfügte über keinerlei Ausstrahlung und war nur sehr dürftig in der Kunst der Konversation bewandert, sodass er sich am Rand des Kreises ihrer Bewunderer wiederfand. Diese Position wahrte er entschlossen, auch wenn es ihm sichtlich Unbehagen bereitete.

Sie fühlte mit ihm. Es gab viel, womit sie ihm helfen konnte, in einer Menge zurechtzukommen, wenn sie erst einmal seine Frau war. Oder, sobald sie verheiratet waren, könnten sie sich auf dem Land niederlassen, und er würde überhaupt nicht in Gesellschaft gehen müssen, wenn er das nicht wollte. Aber bevor irgendeine von diesen Verbesserungen stattfinden konnte, musste sie seine Gattin werden.

Um dieses hehre Ziel zu erreichen, verdoppelte sie daher am Abend von Lady Savarins Ball ihre Bemühungen. „Werden wir einen feuchten Sommer bekommen? Was denken Sie, meine Herren?", fragte sie, als in der Ferne Donnergrollen zu hören war.

„Das wäre nicht gerecht", protestierte ein junger Geck. „Wenn Regen schon sein muss, dann im Winter, wenn es draußen ohnehin unfreundlich ist. Der englische Sommer an und für sich ist kurz genug."

„Allerdings", pflichtete ihm sein Freund bei. „Eine echte Schande."

„Was glauben Sie, Mr Pitt?", wandte sich Louisa direkt an ihre auserwählte Beute. „Soweit ich weiß, haben Sie doch reges Interesse an Meteorologie. Konnten Sie irgendwelche Anzeichen in der Natur entdecken, die auf Nässe in den kommenden Monaten hinweisen?"

Mr Pitt räusperte sich und wirkte verlegen und zugleich erfreut. „Nun, allerdings. Ich bin einige Aufzeichnungen durchgegangen. Die gegenwärtigen atmosphärischen Bedingungen, glaube ich, in Kombination mit ..."

„Was ist das denn? Eine Versammlung der Royal Society? Bin ich versehentlich an die falsche Adresse geraten? Aber sieh da, Miss Cantwell, Sie sind ja auch hier. Warum lassen Sie sich derart langweilen? Wer gibt auch nur einen Deut auf atmosphärische Bedingungen?"

Mr Pitt zog sich sogleich in sich zurück, sichtlich getroffen von dieser unbekümmerten Ignoranz. Louisa verkniff sich mit Mühe ein Stöhnen. Aber es wäre nicht gut, Mr Drummond in aller Öffentlichkeit zu kränken. Er war, so schwer das auch nachzuvollziehen war, einer der führenden Köpfe der Gesellschaft, ein sogenannter „Arbiter", vermutlich, weil niemand Opfer seiner unverhohlenen Unhöflichkeit werden wollte.

„Mr Drummond", begrüßte sie ihn nicht sonderlich herzlich. „Wir unterhalten uns gerade über das Wetter, und Mr Pitt wollte uns eben ein paar interessante …"

Wenn sie gehofft hatte, ihn unauffällig zurechtzuweisen, so war ihr damit kein Erfolg beschieden, denn er fiel auch ihr ins Wort. „Warum darüber reden, wenn man ohnehin nichts daran ändern kann?"

Der arme Mr Pitt war nun feuerrot angelaufen. Louisa biss die Zähne zusammen. Mr Drummond machte ihr nicht wirklich den Hof, sondern demonstrierte vielmehr seine Fertigkeiten auf dem Gebiet. Zum Schaden aller war er bedauerlicherweise davon überzeugt, dass andere leiden mussten, damit er allen überlegen erschien.

„Nun, ich jedenfalls glaube, dass das Studium der Meteorologie seinen eigenen Wert hat", stellte eine fremde Stimme irgendwo rechts von Louisa fest.

Interessanterweise nahm Mr Drummond diese Zurechtweisung widerspruchslos hin, statt mit einer weiteren beißenden Bemerkung seinerseits zu reagieren. „Wenn Sie das sagen, Wren."

Wren? Konnte es …

Mr Pitt atmete erleichtert auf. „Danke, Lord Wrenworth."

Der Ideale Gentleman, in Fleisch und Blut. Zu behaupten, er gäbe einen ausgezeichneten Ehemann für Louisa ab, wäre in etwa das Gleiche, als behauptete man, dass ein reinrassiger Vollblüter ein gutes Lasttier abgäbe. Sein jährliches Einkommen belief sich auf mehr als zweihunderttausend Pfund. Zusätzlich zu diesem schwindelerregend großen Vermögen verfügte er über gutes Aussehen, Ausstrahlung und einen athletischen Körper sowie Takt. Nicht zu vergessen, dass sein Charakter über jeden Tadel erhaben war, dass niemand einen Fehler an ihm finden konnte.

Der Märchenprinz schlechthin. Der Heilige Gral, wenn man so wollte.

Louisa hatte es weiß Gott nicht eilig gehabt, den Marquis kennenzulernen − eine vernünftige Frau, die sich nur einen schlichten Einspänner leisten konnte, verbrachte ihre Tage nicht damit, von eleganten Barutschen zu träumen. Aber jetzt, da Lord Wrenworth bei ihr stand, würde sie sich die Gelegenheit nicht entgehen lassen, dieses Musterexemplar männlicher Tugend eingehend zu betrachten.

Allerdings würde sie dabei überaus diskret vorgehen. Sie senkte den Blick und begann bei seinen Schuhen.

Die hatten wenigstens zwei Saisons erlebt, möglicherweise auch drei. Dennoch wirkten sie nicht abgetragen, sondern nur bequem. Das Leder war poliert und glänzte, war weich und luxuriös.

Im Gegensatz dazu vermittelten Mr Pitts brandneue Abendschuhe den Eindruck, als drückten sie an den Zehen und scheuerten an den Fersen.

Ihr Blick wanderte weiter aufwärts über Lord Wrenworth' makellos glatte Hosen zu dem schlanken Champagnerkelch in seiner Hand. Viele Gäste hielten solche Gläser − Lady Tenwhestle beispielsweise, allerdings geziert vor sich, während Mr Drummond es müßig zwischen seinen Fingern rollte. Lord Wrenworth' Champagnerglas jedoch vermittelte den Eindruck, als sei es aus eigenem Willen vom Tisch gesprungen und in seine Hand, weil es dort einfach hingehörte.

An eben dieser Hand trug er einen Siegelring mit einem großen Karneol, in den das Wappen der Familie eingraviert war. Die weißen Manschetten seines Hemdes endeten den perfekten Viertelzoll unterhalb des dunklen Ärmels seines Abendrockes. Die Manschettenknöpfe waren schlicht und aus Gold − oder vielleicht doch nicht schlicht, denn sie konnte ein feines Muster darauf ausmachen, auch wenn sie es von dort, wo sie stand, nicht genau erkennen konnte.

Sie schob es auf, erkannte sie, verharrte an derselben Stelle, weil sie … keine Angst, nicht wirklich, aber ihr war auch nicht ganz geheuer, und sie wusste nicht, ob sie wirklich mehr sehen wollte. Aber mal ehrlich, was konnte er einer Frau schon antun, die so praktisch und vernünftig wie sie selbst war? Ihr waren romantische Sehnsüchte fremd. Wenn sie keinen Ehemann hätte finden müssen, wäre sie mit dem Los einer alten Jungfer mehr als zufrieden gewesen.

Also hob sie den Blick − sie konnte es auch gleich hinter sich bringen. Sie sah dichtes schwarzes Haar und ein aristokratisches Profil. Dann, als spürte er ihre Musterung, drehte er sich zu ihr um.

Zur Hölle mit allen, die ihr erzählt hatten, der Ideale Gentleman sei attraktiv. Er war nicht attraktiv, er war atemberaubend. Ein Blick in seine hypnotisch grünen Augen − und alle romantischen Sehnsüchte, die sie nie zuvor erlebt hatte, trafen sie mit Wucht, wie eine Kugel ins Herz.

„Miss Cantwell", sagte Mr Drummond, „gestatten Sie mir, Ihnen meinen geschätzten Freund, den Marquis of Wrenworth vorzustellen."

Lord Wrenworth verneigte sich elegant, mit geschmeidigen Bewegungen und perfekten Manieren – eine gewinnende Freundlichkeit ohne Arroganz oder Herablassung. „Ich bin bezaubert, Miss Cantwell."

Das Lächeln, das seine Lippen nicht ganz erreichte, drohte sie in einen gelatineartigen Klumpen zu verwandeln, wie eine an den Strand gespülte Qualle. Wie sollte sie sich gegen solche Perfektion wappnen?

Sie musste es tun. Sie hatte hier in London eine Aufgabe zu erledigen. Sie konnte nicht Lord Wrenworth durch die ganze Stadt nachlaufen, in der verzweifelten Hoffnung, dass er von ihr Notiz nahm. Sie zweifelte nicht daran, dass er das würde, so umsichtig und feinfühlig, wie er sein musste. Er würde auf ihre Vernarrtheit freundlich reagieren, ihr die Verlegenheit ersparen, wenn es irgendwie möglich war, während er sie sanft in Richtung weniger unerreichbarer Junggesellen lenkte, sie behutsam daran erinnerte, wie viel für sie davon abhing, dass sie eine günstige Ehe einging.

Aber wie sollte sie weitermachen? Sie war nicht zu arglistiger Täuschung imstande, sondern nur zu leichter. Sie konnte nicht versuchen, Lord Firth oder Mr Pitt für sich zu gewinnen, solange ihr Herz für einen anderen brannte, während sie sie mit dem unvergleichlichen Lord Wrenworth verglich, wobei beide unweigerlich immer den Kürzeren ziehen würden.

„Lord Wrenworth", gelang es ihr herauszupressen, ehe sie in einen Knicks sank.

Während sie sich aufrichtete, trafen sich ihre Blicke wieder. Es gelang ihr, ein paar belanglose Bemerkungen zu machen: *Ja, ich habe große Freude an meiner ersten Saison. Leider kann mich meine Familie nicht begleiten. Nein, die Londoner Luft finde ich nicht schlimmer, als man mir prophezeit hat.* Sie hielt sich mit heldenhafter Anstrengung aufrecht, während ihr Rückgrat Wirbel für Wirbel dahinschmolz.

Es war schwierig, Luft zu holen. Ihr Herz zuckte vor Glück und Panik. Und sie errötete heftig, ihr Blut hatte sich zu sehr erhitzt, als dass sie es hätte kontrollieren oder verbergen können.

Einen Herzschlag später war ihr eiskalt.

Sie konnte nicht sagen, woher sie es wusste, da Lord Wrenworth nichts als tadellos höflich war. Dennoch war sie sich mit einem Mal todsicher, dass er sie insgeheim albern fand und vielleicht sogar lächerlich.

Nachdem die Vorstellung abgeschlossen war, begann Mr Drummond wieder, über sich zu sprechen. Lord Wrenworth schien zufrieden damit, seinen Freund gewähren und ihm den Platz im Rampenlicht zu lassen. Bald schon war er in eine Unterhaltung mit Lady Tenwhestle vertieft, Lady Balfours Tochter und Louisas Anstandsdame für den Abend.

So höflich, so elegant, so ritterlich. Dennoch konnte Louisa das unangenehme Gefühl nicht abschütteln, dass er sie insgeheim verachtete, nicht sehr und nicht offensichtlich, aber doch wahrnehmbar, als sähe er in ihr eine Kröte, die sich anschickte, einen Prinz zu küssen. Und nicht die Sorte Kröte, die in Wahrheit eine verwunschene Prinzessin war, sondern schlicht eine warzige Amphibie, die es nicht besser wusste.

Sie hatte keine Ahnung gehabt, dass es möglich war, so verlegen und beschämt zu sein, obwohl es nicht einmal ansatzweise eine öffentliche Bloßstellung gegeben hatte. Oder dass es möglich wäre, so niedergeschlagen zu sein, wenn sie entzückt sein müsste, dass sie am Ende ihre Suche nach einem reichen Ehemann nicht aufgeben würde, um Lord Wrenworth durch ganz London nachzulaufen.

So viel also zu ihrer lang erwarteten romantischen Erweckung, solch ein Sternschnuppenreigen der Gefühle und so viel Lärm um nichts.

Sie betätigte ihren Fächer, etwas zu hektisch, und tat so, als lauschte sie Mr Drummond.

Lord Wrenworth sprach sie nicht wieder an und schaute auch kaum in ihre Richtung. Aber während die Minuten verstrichen, wurde sie sich seines Blicks auf ihr immer deutlicher bewusst. Er beobachtete alle um sie herum ganz genau und sie selbst besonders.

Hätte sie das vorher gemerkt, hätte sie das in Unruhe versetzt, ihr Innerstes nach außen gekehrt, während sie sich schwindelerregende Möglichkeiten ausmalte, dass er an ihr interessiert sein könnte. Aber jetzt erkannte sie, dass seine Beobachtung ganz sachlich und kühl war. Sie interessierte ihn überhaupt nicht, außer als intellektuelle Herausforderung.

Unter seiner unpersönlichen Musterung fühlte sie sich, als trüge sie ihr Busenpolster außen an ihrem Ausschnitt, sodass alle Welt es sehen konnte. Als hätte er sie bereits vollkommen durchschaut, wüsste alles, angefangen von ihrem Mangel an wahrer Schönheit bis hin zu ihrer kühlen Berechnung ihrer Pläne für die Zukunft.

War sie verrückt geworden? Es musste Wahnsinn sein, dass sie sich aus einer freundlichen Begrüßung und wenig mehr eine derart hysterische Reaktion zusammenfieberte. Niemand sonst schien ihre Beunruhigung zu teilen. Die Herren, Mr Pitt eingeschlossen, waren entzückt, Lord Wrenworth in ihrer Mitte zu haben. Lady Tenwhestle strahlte förmlich.

Wohingegen es Louisa mit leiser Unruhe erfüllte, als habe er sie dabei beobachtet, wie sie jemandem in die Tasche griff, und sie nichts anderes tun konnte, als abzuwarten, was er mit diesem belastenden Wissen tun würde.

Lord Wrenworth blieb nicht lange – nicht mehr als zehn Minuten. Mr Drummond war noch nicht einmal damit fertig, mit den Siegchancen eines seiner Rennpferde zu prahlen. Als Seine Lordschaft sich mit dem Verweis darauf, dass er anderswo erwartet werde, höflich entschuldigte, konnte sie zum ersten Mal seit Jahren – wenigstens fühlte es sich so an – frei atmen.

Auch Mr Drummond verabschiedete sich kurz darauf bei Eintreffen seiner früheren Mätresse, mit der er die Beziehung auf unschöne und höchst feindselige Weise beendet hatte, wenn man den Gerüchten Glauben schenken konnte.

Louisa zwang sich, sich zusammenzureißen, keinen Moment ihrer kostbaren Zeit in London zu verschwenden. Obwohl sie bei Lord Firths Schwester Miss Jane Edwards, die sie mit giftigen Blicken bedachte, kaum Fortschritte machte, tanzte sie zweimal mit Lord Firth und ließ sich von ihm zum Souper begleiten. Sie war noch erfreuter, als es ihr schließlich gelang, Mr Pitt dazu zu bewegen, ausführlich über das Hygrometer zu sprechen, das er nach Vorbild der neusten italienischen Entwicklung in Auftrag gegeben hatte.

Andere bewerteten ihren Erfolg am heutigen Abend jedoch nicht nach ihren Maßstäben.

„Oh, ich bin ja so aufgeregt deinetwegen, Louisa", sagte Lady Tenwhestle, sobald sich die Kutschentür hinter ihnen geschlossen hatte. „Lord Wrenworth Bekanntschaft gemacht zu haben! Darauf sollten wir anstoßen."

Sein Name schmeckte bitter.

„Das wäre gewiss voreilig, oder, Ma'am? Lord Wrenworth wird mich kaum in Erwägung ziehen, wenn er sich nach einer Frau umsieht", erwiderte Louisa und achtete darauf, pragmatisch zu klingen und nicht verbittert. „Außerdem hat er kein Interesse an mir bekundet."

„Nun, ich würde es ihm übel anrechnen, wenn er das getan hätte. Wenn man bedenkt, wie viel er wert ist, müsste er schon ein rechter Narr sein, herumzurennen und Interesse zu bekunden. Das würde Panik auslösen", sagte Lady Tenwhestle. „Er hat zehn Minuten in deiner Gesellschaft verbracht. Das wird Mutter sehr glücklich machen, wenn ich es ihr erzähle."

„Aber er hat diese Zeit in Ihrer Gesellschaft verbracht, Ma'am, nicht meiner."

„Sehr löbliche Diskretion, in der Tat. Der Mann hat ein bewundernswert ausgeprägtes Feingefühl für Etikette." Lady Tenwhestle nickte beifällig. „Dein Ansehen kann dadurch nur gewinnen, und es wird dich begehrenswerter machen, wenn man denkt, Lord Wrenworth selbst könnte interessiert sein."

Die Königin würde ihre Witwenschaft aufgeben, bevor Lord Wrenworth Louisa einen Antrag machen würde, für die er nichts empfand als blasierte Verachtung. Daher würde jegliche Vermutung seines Interesses an ihr sie nur in ihrem Bestreben zurückwerfen. Wie würde der arme Mr Pitt reagieren, wenn man ihm irrigerweise sagte, dass einer der begehrtesten Junggesellen des Landes zu ihren Bewunderern zählte? Das war das Allerletzte, was sie wollte.

Oder?

Sie konnte nicht leugnen, dass, auch wenn Lady Tenwhestle darauf bestand, Lord Wrenworth' Verhalten in einem verfälschten Licht zu sehen, bei ihren Worten doch ein Hoffnungsfunke in ihr aufglomm. Vielleicht war sie wirklich verrückt. Vielleicht war Lady Tenwhestles Erklärung, so wünschenswert und zuversichtlich sie auch sein mochte, doch die richtige. Vielleicht fand er sie trotz seiner wenig guten Meinung von ihr dennoch irgendwie angenehm.

Hör dir nur zu, meldete sich ihre innere Stimme streng zu Wort. *Lady Tenwhestle ist übertrieben optimistisch, und das weißt du. Interpretiere bloß nicht zu viel in Lord Wrenworth' Gefühle hinein: Er hat keine – keine für dich jedenfalls. Und jetzt konzentriere dich auf das Erreichbare.*

Sie stand eine lange Weile vor dem kleinen Fenster in ihrem Zimmer und schaute in den wolkenverhangenen Himmel, ging ihre Pläne noch einmal durch, hoffte auf einen Antrag von Mr Pitt. Aber dann, kurz bevor sie sich abwenden wollte, erschien hoch oben ein einzelner Stern am Firmament, und mit einem Mal musste sie an Lord Wrenworth denken, und in ihrem Herzen erstrahlte ein weißglühendes Licht.

FELIX STAND VOR SEINEM ERHEBLICH größeren Fenster in seinem Schlafzimmer, betrachtete den gleichen verhangenen Himmel und dachte an Miss Cantwell.

Er genoss dieses unerwartete Interesse von seiner Seite beinahe.

Vor elf Jahren hätte ihn so ein Aufflackern von Neugier beunruhigt. Aber vor elf Jahren war er kaum mehr als ein Kind gewesen, seine Wunden noch frisch und sein Selbstbewusstsein zu großen Teilen gespielt.

Aber jetzt war er der Ideale Gentleman, bewundert von Männern begehrt von Frauen, seine Meinung war gefragt, und sein Stil fand begeisterte Nachahmer.

Es faszinierte ihn, dass sie ihm die kalte Schulter gezeigt hatte. Jemand musste das irgendwann tun, aber er hätte nicht gedacht, dass es eine Frau sein würde, und dazu eine so unbedeutende wie sie – schwerlich die eindrucksvollste Debütantin, die er in seinem Leben bislang getroffen hatte oder auch nur in dieser Saison.

Sicher, sie hatte schöne Augen und einen ansehnlichen Busen, aber das Beste, was ihm zu ihr einfiel, war, dass sie einnehmend war. Sie verfügte über keine bemerkenswerte Schönheit und war auch nicht sonderlich geistreich. Sie strahlte auch nicht diese manchmal geheimnisvolle Macht des schöneren Geschlechts aus, die dunkle, machtvolle Anziehung, die Männer genau im Schritt traf.

Über die Jahre hatte er ein paar findige junge Frauen getroffen, die dachten, sie könnten sein Interesse mit einem kühleren Empfang wecken. Miss Cantwell spielte natürlich auch etwas vor, eine junge Dame ohne Vermögen und ohne sonderliches Ansehen, die so tat, als verfolgte sie mit ihrem Aufenthalt in London keine besonderen Ziele. Sie war keine so gute Schauspielerin, dass er ihre Vorstellung nicht schon aus fünfzig Schritt Entfernung durchschauen konnte. Aber immerhin war sie gut genug, dass es ihn leicht verwundert hatte, dass sie ihre Reaktion auf ihn nicht besser verborgen hatte. Als ihre Blicke sich zum ersten Mal getroffen hatten, hatte er beinahe die Hochzeitsglocken in ihren Ohren läuten hören.

Dann war es auf einmal verschwunden – nicht nur der Ausdruck in ihren Augen, sondern auch die Vernarrtheit selbst.

Und *das* hatte seine Aufmerksamkeit gefesselt.

Er genoss es, der Ideale Gentleman zu sein – er würde es für den Rest seines irdischen Lebens genießen, dessen war er sich sicher. Aber es gab Zeiten, in denen er eine gewisse Rastlosigkeit verspürte, vage unzufrieden war. War es wirklich so einfach, die gesamte Welt an der Nase herumzuführen? Konnte wirklich niemand den Zynismus und die Amoralität unter der Oberfläche wahrnehmen? Und hätte je jemand die Kühnheit, ihm zu sagen, dass er kaum ein Gentleman sei, geschweige denn ein Beispiel, dem andere nacheifern sollten?

Miss Cantwell würde sich vermutlich auch nur als Trugbild herausstellen, einfach eine andere junge Dame, die nicht hinter seine Fassade schauen konnte.

Aber er würde ihr ein paar Gelegenheiten geben, ihm das Gegenteil zu beweisen.

KAPITEL 2

„WIR MÜSSEN HERAUSFINDEN, WOHIN ER eingeladen wurde, Liebes. Oder, noch besser, welche Einladungen er angenommen hat. Der Mann wird regelrecht überschüttet damit, und er ist sehr geschickt darin, sich nicht zu rar zu machen", erklärte Lady Balfour bestimmt, während sie mit Louisa durch den Park fuhr.

Louisa war beunruhigt. Es war drei Tage her, aber das Thema Lord Wrenworth wollte einfach kein Ende nehmen. Das war ihrer Entschlossenheit, ein und für alle Mal über ihn hinwegzukommen, nicht zuträglich. Und es war auch in praktischer Hinsicht nicht hilfreich – ein Antrag von ihm war so weit hergeholt, dass es keine tiefer gehende Erörterung rechtfertigte, geschweige denn irgendwelche Anstrengungen. Es wäre so viel nützlicher, wenn sie Lady Balfour davon überzeugen könnte, Mr Pitt zu einer ihrer Dinnergesellschaften einzuladen.

„Würde Lord Wrenworth nicht viel lieber eine Dame mit besserer Abstammung oder größerer Mitgift heiraten?", versuchte es Louisa ein weiteres Mal.

Lady Balfour schnaubte damenhaft. „Das würde er gewiss. Aber darum geht es bei einer großartigen Partie ja gerade: die Hand eines Mannes zu erringen, der seine Wahl viel kaltblütiger hätte treffen sollen."

Hätten ihre schwärmerischen Gefühle für den Idealen Gentleman ungehindert weiterbestanden, hätte Louisa vermutlich immer noch protestiert und darauf gehofft, dass jemand sie zur Besinnung brachte, aber zur selben Zeit wäre sie insgeheim begeistert gewesen, dass sie die Rückendeckung Lady Balfours besaß, kühn den Mann ihrer Träume zu erobern.

Aber sie wollte nicht länger in seiner Nähe sein, bei einem Mann, der ihr das Gefühl gab, habgierig zu sein und von dem Wunsch beseelt, gesellschaftlich aufzusteigen.

„Wenn man vom Teufel spricht", flüsterte Lady Balfour in diesem Augenblick drängend.

Lord Wrenworth lenkte seine wendige Kalesche geschickt um eine Kurve auf die Rotten Row, das Musterbeispiel eines schneidigen Gentlemans. Und obwohl Louisa auf der Hut war, setzte ihr Herz einen Moment aus. Schönheit solchen Ausmaßes war einfach nichts entgegenzusetzen.

„Ich dachte, Junggesellen mieden diese Nachmittagsausfahrten?", beschwerte sie sich halblaut, ärgerlich auf sich selbst.

„Das tun sie auch", sagte Lady Balfour aus dem Mundwinkel, während sie Wrenworth zunickte. Schließlich konnte er sich einer mit Damen besetzten Kutsche nicht nähern, bevor seine Anwesenheit von ihnen zur Kenntnis genommen worden war.

Zu Louisas Überraschung erwiderte er das Nicken nicht einfach nur und fuhr dann weiter, sondern hielt neben ihnen an.

„Guten Tag, Lady Balfour, guten Tag, Miss Cantwell. Genießen Sie rasch die frische Luft, bevor es wieder zu regnen beginnt?"

So sehr sich Louisa auch bemühte, sie konnte keine besondere Betonung in seiner Stimme hören, wenn er ihren Namen aussprach. Aber sobald sein Blick auf ihr landete, fühlte sie sich, als werde sie wie eine Zwiebel geschält, Schicht um Schicht – eine Erfahrung, die nicht im mindesten erotisch war, sondern eher klinisch, als tue er das mit Handschuhen und einer Pinzette.

„Aber natürlich. Und Sie, junger Mann, was hat Sie hergebracht?", erkundigte sich Lady Balfour.

„Eine Laune." Er lächelte.

Ein Mann, der selbst Kröten charmant anlächeln konnte, dachte Louisa ungnädig.

Er hielt nicht länger als eine Minute neben ihnen an. Vollkommen angemessen, keine Andeutung, dass er zu viel von ihrer Zeit in Anspruch nahm. Sobald er weitergefahren war, hatte Lady Balfour begonnen, sich darüber zu ärgern, dass sie ihn nicht nach seinen Plänen gefragt hatte, solange sie die Gelegenheit dazu gehabt hatte. Aber selbst sie deutete nicht an, dass das Treffen irgendetwas anderes als zufällig gewesen war.

Louisa hingegen verspürte ein Prickeln im Rücken.

***

LADY BALFOUR HÄTTE SICH WEGEN dieser versäumten Gelegenheit keine solchen Vorwürfe gemacht, wenn sie gewusst hätte, dass Felix sich tatsächlich entschlossen hatte, die Nähe ihres Schützlings zu suchen. Und das tat er. Von seinem Platz in Mrs Conrads überfüllten Empfangssalon aus hatte er einen ausgezeichneten Blick auf Miss Cantwell, die es ihrerseits absichtlich – wenigstens wirkte es auf ihn so – vermied, ihn anzuschauen.

Gegen Ende der Woche sah er sie erneut, bei einem Bootsausflug auf der Themse. Er gehörte nicht zu ihrer fröhlichen Gesellschaft, sondern segelte mit Bekannten auf einer Jacht vorbei. Sie war übermütig und lachte, bis sie ihn bemerkte. Alle Freude auf ihrem Gesicht verschwand, und an ihre Stelle trat Argwohn.

Also war es kein Zufall gewesen.

Sie hatte tatsächlich ein Problem mit ihm.

Das erfüllte ihn mit einer seltsamen Zufriedenheit – und mit Ratlosigkeit. Was sollte man in so einer Situation tun? Er konnte schließlich nicht einfach zu ihr gehen und sagen: *Bravo, altes Mädchen. Sehr klug von dir, mir gegenüber misstrauisch zu sein.*

Er legte das Buch über Reisen durch Asien weg, in dem er geblättert hatte. Es war beinahe vier Uhr. Er wurde in seinem Club erwartet, seine Meinung zu den Ereignissen des Tages war gefragt. Als er jedoch die Buchhandlung unweit vom Piccadilly Circus verließ, wäre er fast mit genau der Frau zusammengestoßen, die seine Gedanken so beschäftigte.

Miss Cantwell.

Er unterbrach sich dabei, Bücherstaub von seinen ansonsten makellosen Handschuhen zu schnipsen.

Sie war gerade der Kutsche der Balfours entstiegen, trug ein Promenadenkleid aus grünem Samt. „Ich bin gleich wieder zurück. Ich hole nur rasch das Buch, das Ihre Ladyschaft bestellt hat", sagte sie gerade freundlich zu dem Kutscher und dem Lakai.

Sie drehte sich um und erstarrte erschreckt, als sie ihn erblickte, als hätte sie das Pech, sich einem Wolf mit scharfen Zähnen gegenüber zu finden.

Eine halbe Sekunde oder so verging, ehe sie die Fassung wiedergewonnen hatte. Sie lächelte ihn an, allerdings ohne Herzlichkeit. „Lord Wrenworth, wie geht es Ihnen?"

„Ganz ausgezeichnet, danke. Und selbst, Miss Cantwell?"

Er zog sich einen Handschuh aus und bot ihr seine Hand. Sie schüttelte sie unsicher.

Und dann geschah es. Ihr Gesicht rötete sich. „Auch sehr gut, danke. Ich mache rasch ein paar Besorgungen für Lady Balfour. Bitte lassen Sie sich von mir nicht aufhalten."

Ihm dämmerte die Erkenntnis, während sie in die Buchhandlung verschwand, dass sie ihm gegenüber gar nicht so gleichgültig war, wie er angenommen hatte. Ganz im Gegenteil. Ganz tief in ihr glomm noch die Vernarrtheit, die er für so kurzlebig gehalten hatte. Auf so geringe Entfernung hatte seine Gegenwart sie aus der Ruhe gebracht.

Es war eine völlig neue Erfahrung für ihn, körperlich anziehend auf eine Frau zu wirken, die ansonsten nichts für ihn übrig hatte.

Bis zu diesem Augenblick war Miss Cantwell ein Rätsel gewesen, eine Art unpersönliches Denkspiel. Aber jetzt wurde er sich ihrer auch auf sexueller Ebene gewahr.

Und auf sehr nachdrückliche Weise.

„MEINE LIEBE LOUISA", RIEF LADY Balfour, „du wirst nicht glauben, was für ein Glück wir haben."

Louisa, die gerade ein Lockeneisen im Haar hatte, das Lady Balfours Zofe schwang, wagte es nicht, sich zu rühren. „Ja, Ma'am?"

„Tenwhestle war heute Nachmittag in seinem Club. Und rate mal, wer zu ihm kam, um sich voller Bedauern zu entschuldigen? Mr Pitt. Er muss London unverzüglich verlassen."

„O nein, ist denn alles in Ordnung?"

Louisa hatte sich darauf gefreut, viele Stunden neben Mr Pitt zu sitzen. Lady Balfour fand ihn immer noch zu unscheinbar, aber Lady Tenwhestle wollte Louisa helfen und hatte ihn daher zum Dinner eingeladen, damit Louisa die Bekanntschaft vertiefen konnte und, so hoffte sie, seinen Antrag beschleunigen.

„Nichts Ernstes – etwas, das mit dem Familiensitz zu tun hat", antwortete Lady Balfour. „Jedenfalls befand sich Tenwhestle nun in der Klemme – durch Mr Pitts Abwesenheit werden wir bei Tisch dreizehn sein. Also hat sich Tenwhestle an den Herren neben sich gewandt und sich erkundigt, ob er zufällig heute Abend schon etwas vorhabe."

So wie Lady Balfours Bild im Spiegel strahlte, begann ein hässlicher Verdacht in Louisas Kopf zu keimen. „Welcher Gentleman?"

Lady Balfour ignorierte die Frage. „Der Gentleman hatte nichts vor. Und er war so zuvorkommend, Tenwhestle zu sagen, es sei nicht nötig, die werte Frau Gemahlin damit zu behelligen, eine neue Tischordnung zu ersinnen, um seinen höheren Rang zu berücksichtigen. Er werde einfach ganz wortwörtlich Mr Pitts Platz am Tisch einnehmen.

„Verstehe."

„Ach ja, meine Liebe?" Lady Balfour klatschte vor Freude in die Hände. „Du wirst beim Dinner neben Lord Wrenworth sitzen. Ich kann dir gar nicht sagen, wie viele Mütter versucht haben, das für ihre Töchter zu erreichen – und dass es dir einfach in den Schoß fällt. Du musst wirklich die glücklichste junge Lady in ganz London sein."

Beunruhigendere Worte hatte Louisa selten gehört.

Lady Balfour ging, um ihren Fächer zu holen, überließ es Louisa, betrübt ihr Spiegelbild zu betrachten. Ihre gesamte Toilette war darauf ausgelegt, sie so reizend wie möglich aussehen zu lassen, mit einem genialen Busenpolster, das ihre kleinen Brüste so stützte, dass sie schier aus dem Ausschnitt quollen.

Und es war zu spät, sich jetzt noch umzuziehen. Oder ein weniger übertriebenes Busenpolster zu besorgen.

In dem Moment, in dem Lord Wrenworth' Blick ihrem quer durch Lady Tenwhestles Empfangssalon begegnete, ehe die Damen und Herren sich paarweise zum Gang in den Speisesalon aufgestellt hatten, spürte Louisa bereits die Hitze höchster Verlegenheit.

Er wusste es.

Er wusste, dass sie sich für Mr Pitt herausgeputzt hatte – die strahlend weiße Seide des Abendkleides, die Löckchen in ihrem Haar und das verflixte Dekolleté, in dem ihr Busen aussah wie die rosigen Backen eines Babypopos. Er wusste, dass sie mädchenhaft und rein wirken wollte, während sie Mr Pitt gleichzeitig zu entschieden unreinen Gedanken verleitete. Und er wusste auch, wie sehr es sie erbitterte, dass all diese Mühe umsonst gewesen war.

Das alles – und einhundert weitere verärgerte Überlegungen – schoss ihr durch den Kopf, noch ehe er sagte: „Guten Abend, Miss Cantwell."

Was hatte dieser Mann nur an sich, dass sie in seiner Nähe den Verstand verlor?

Es verstärkte sich nur noch, wenn sie neben ihm gehen musste, die Hand auf seinem Arm. Weil er köstlich roch – wie die Luft kurz nach einem Sommerregen. Weil sie die Form und Kraft seines Unterarmes spüren konnte, obwohl ihre Finger kaum seinen Arm berührten. Weil sie, als er sich zu ihr beugte und ihr zumurmelte: „Sie sehen heute Abend ganz reizend aus, Miss Cantwell", eine Gänsehaut bekam.

„Sind Sie oft in London, Miss Cantwell?", erkundigte er sich etwa zur Hälfte des ersten Ganges.

Sie beobachtete, wie er ein Stück Brot brach, das die Diener reichten, seine Finger stark, aber elegant. „Nein. Ich bin nur sehr selten hier."

„Und wo mag wohl Ihr Zuhause sein, wenn ich fragen darf?" Er sprach, ohne in ihre Richtung zu blicken, beschäftigte sich mit seinem Buttermesser.

„Ich lebe in den Cotswold, nicht weit von Cirencester."

„Der Landsitz des Earl of Wyden ist da irgendwo in der Nähe, oder?"

„Ja, etwa zehn Meilen entfernt."

Als er nicht weiter darauf einging, fühlte sie sich verpflichtet, hinzuzufügen: „Aber wir kennen die Familie des Earls nicht sonderlich gut."

Die verarmten Verwandten der Ehefrau eines schlichten Baronets sprachen nicht uneingeladen bei Lady Wyden vor.

Andere hatten ähnliche Fragen gestellt, wenn sie erzählt hatte, woher sie kam, und sie hatte stets unbekümmert eingestanden, mit keiner der Familien, die ihr gegenüber genannt wurden, näher bekannt zu sein. Aber es war schwierig, irgendetwas in Lord Wrenworth' Gegenwart unbekümmert zu tun. Er hatte gesehen, wie geblendet sie von ihm war.

Ihre Besessenheit hatte ihm nichts bedeutet, dessen war sie sich sicher. Aber sie gehörte nicht zu den Leuten, die ihre Gefühle offen zur Schau trugen. Es störte sie nicht, wenn alle Welt wusste, dass sie den neuen Welpen des Nachbarn mochte oder fand, drei Wochen

Regen ohne Unterlass seien wirklich lästig. Aber alles, was stark genug war, um als Gefühl bezeichnet zu werden − Furcht um Matildas Zukunft, Furcht vor dem Scheitern der Saison in London, Furcht vor einem weiteren Anfall romantischer Dämlichkeit −, konnte sie nur ertragen, indem sie es wegsperrte, vor neugierigen Augen verbarg.

Aber vor diesen lachhaft schönen, neugierigen Augen konnte sie nichts verbergen.

Sie fühlte sich in die Ecke gedrängt.

„Eine Schande“, antwortete er leise. „Ich kenne die Söhne des Earls recht gut. Wir hätten uns viel früher getroffen, wenn Sie mit ihnen bekannt wären.“

Sie hielt den Blick starr auf ihren Teller gerichtet, aber bei seinem Tonfall, bei dem sie seltsame Dinge empfand, konnte sie nicht anders, als den Kopf zu drehen und ihm in die Augen zu sehen.

Sogleich erfasste sie eine Hitzewelle. Hatte sie wirklich gedacht, da sei nichts Erotisches in seiner Aufmerksamkeit ihr gegenüber? Das musste in einem anderen Leben gewesen sein. Denn dieser Blick von ihm ließ sie an … Haut denken. Nackte Haut. Und, so wahr ihr Gott helfe, unnatürliche Akte.

Als sie sich in Bezug auf ihre Chancen auf dem Heiratsmarkt eingeschätzt hatte, war ihr sofort klar geworden, dass ihr Dekolleté der Nachbesserung bedurfte. Erheblicher Nachbesserung. Aber zählten Busenpolster als bewusste Täuschung? Sie hatte sich lange über diesen Punkt den Kopf zerbrochen.

Dann hatte sie Lady Balfour mit Mrs Cantwell über die Mätresse ihres Schwagers, des Schwarzen Schafs der Familie, reden hören. *Ein flachbrüstiges kleines Ding, und noch nicht einmal sonderlich hübsch − aber ich habe gehört, sie sei bereit, selbst an den unnatürlichsten Akten im Schlafzimmer mitzuwirken.*

Als Kind war es Louisa gelegentlich erlaubt worden, ihre Großtanten väterlicherseits zu besuchen, zwei Schwestern, die in einem malerischen kleinen Haus in Bournemouth lebten, oben auf den Klippen über dem Meer. Als Louisa dann vierzehn war, hatte sie begriffen, dass diese alten „Jungfern“ früher einmal im ältesten Gewerbe der Welt tätig gewesen waren − und zudem als Paar. Die ältlichen Frauen hatten die Gewohnheit, Männer heimlich beim Baden im Meer zu beobachten − in dem Bereich am Strand, wo der Badeanzug die eigene Haut war und sonst nichts − und das mit einem Feldstecher, während sie keckernd und schadenfroh lachten. Ihre genüsslichen Erinnerungen, wenn sie Louisa anderweitig beschäftigt wähnten, hatten die eine Menge gelehrt, was Mrs Cantwell als furchtbar unzüchtig erachtet hätte.

Beispielsweise das Vorhandensein von unnatürlichen Akten im Schlafzimmer. Und den Umstand, dass eine Frau solche Sachen überstehen konnte, ohne dabei Schaden zu nehmen.

Sollte Louisas zukünftiger Ehemann also herausfinden, dass sie wesentlich weniger Busen besaß, als er zu glauben verleitet worden war, so konnte sie das wieder wettmachen, indem sie im Schlafzimmer zu allem bereit war – ohne nachher schlechter dran zu sein, wenn das Beispiel ihrer Großtanten als Maßstab dienen konnte.

Sogleich hatte sie sich daran gemacht, jedes Busenpolster zu begutachten, das sie auftreiben konnte, hatte überlegt, wie sehr man sie ausstopfen konnte, ohne albern auszusehen. An unnatürliche Akte hatte sie nicht wieder gedacht – bis jetzt.

Es war nichts offen Lüsternes in Lord Wrenworth' Musterung. Lady Balfour, die billigend zu ihnen schaute, sah gewiss nur angemessenes Interesse. Aber Louisa las in den gleichen Augen ein verheerendes Wissen.

Er hatte erkannt, dass sie ihm gegenüber nicht so gleichgültig war, wie sie es gerne wäre. Wenn sie sich nur nicht vor dem Buchladen begegnet wären! Denn statt sie als seiner Aufmerksamkeit restlos unwürdig abzutun, genoss er es jetzt, sie dazu zu bringen, sich zu verraten.

„Möchten Sie, dass ich sie Ihnen vorstelle?", fragte er.

Sie konnte seine beiden Hände genau da sehen, wo sie hingehörten, aber irgendwie konnte sie das Gefühl nicht abschütteln, dass er sie berührt hatte, vor all den anderen Dinnergästen.

„Mir wen … vorstellen?"

„Die Brüder Marsden, Lord Wydens Söhne", sagte er freundlich und hilfsbereit. „Volkommene Gentlemen, alle beide."

Er lächelte leicht, weil sie so aufgeregt war, dass sie vergessen hatte, worüber sie gerade eben erst gesprochen hatten.

Es würde, begriff sie, das längste Dinner ihres Lebens werden.

Es würde, begriff Felix, das unterhaltsamste Dinner seines Lebens werden.

Und möglicherweise auch das erregendste.

Er sollte weniger erfreut sein. In aller Regel war er ganz undurchschaubar, hielt seine wahren Gefühle und Meinungen hinter einer Mauer der Freundlichkeit verborgen. Aber sie musste ihn von Anfang an richtig eingeschätzt haben: Jede andere junge Dame hätte sich größte Mühe gegeben, ihn zu beeindrucken. Sie hingegen wollte nur, dass er fortging, weil sie wusste, dass er nicht die geringsten Heiratsabsichten in Bezug auf sie hatte.

Aber wie konnte sie von ihm erwarten, dass er ging, wenn sie so köstlich aufgeregt war? Wenn sie sich das Oberteil zerrisse, sie könnte nicht offensichtlicher sein. Ihre süßen Brüste hoben und senkten sich rasch, sie umklammerte ihr Besteck förmlich, und von Zeit zu Zeit atmete sie hörbar bebend aus, als hätte sie zu lange den Atem angehalten.

Da ging ihm auf, dass sie eigentlich doch sehr hübsch war, ihr Teint zart und strahlend, ihr Kinn herrlich geformt. Und ihre Augen …

Sie gab sich größte Mühe, ihn nicht anzusehen. Aber er ließ ihr keine andere Wahl, hielt mitten im Satz inne, machte klar, dass er darauf wartete, dass sie ihm ihre Aufmerksamkeit schenkte, sodass ihr nichts anderes übrig blieb.

Jedes Mal, wenn ihre Blicke sich trafen, erschrak sie, als habe er ihr unter dem Tisch unter die Röcke gegriffen. Dann ein Schatten von Unmut, tief in ihrer Iris, dass er diesen Effekt auf sie hatte, dass er ihre Reaktion so manipulieren konnte, einfach, weil er es wollte.

Er verspürte ein Prickeln, wie er es noch nicht erlebt hatte, ein Durchzucken von Lust und Macht.

Alles, was er im Leben tat – mit Ausnahme seines Steckenpferdes Astronomie vielleicht – tat er um der Macht willen, der Fähigkeit willen, andere in seinen Bann zu ziehen, während er selbst restlos unbeteiligt blieb.

Und sie waren alle bereitwillig gekommen, hatte ihre Billigung ohne einen weiteren Gedanken gegeben und ihm erlaubt, die Oberhand in allem zu haben, jeder Freundschaft oder Affäre.

Er hatte nie jemanden getroffen, der sich dagegen gewehrt hatte. Oder der seinetwegen hin und her gerissen war.

Miss Cantwell machte ihn mit einer Macht bekannt, die anders beschaffen war, während sie zwischen dem sichtlichen Verlangen, ihm zu entkommen, und dem ebenso offenkundigen Umstand schwankte, dass sie sich zu ihm hingezogen fühlte.

Er, der den Portwein und eine Zigarre in Gesellschaft der anderen Herren immer so sehr genoss, konnte es schließlich kaum erwarten, dass die Zeit verging, nachdem sich die Damen zurückgezogen hatten. Als die Herren sich zu ihnen in den Salon gesellten, suchte er sie nicht auf – das wäre viel zu offensichtlich gewesen. Aber er ließ sie wissen, dass er sie beobachtete.

Und zwar mit Vergnügen.

Es war eine weitere sternenlose wolkige Nacht.

Felix stand vor seinem Fenster, schaute hinaus. Er war in bester Laune heimgekommen, fühlte sich lebendiger als seit Langem. Aber jetzt, da der Rausch des Hochgefühls abzuklingen begann, schien die Straße unten so verlassen wie der Himmel über der Stadt. Sein Schlafzimmer hallte praktisch, als er sich umdrehte und es durchquerte.

Er wollte etwas, etwas, was er nicht ganz fassen, nicht benennen konnte.

Er drehte das Licht im Bad an und fand sich einer gerahmten Handarbeit der Marchioness gegenüber. Solche Stickereien waren hier überall zu finden, im Stadthaus genau wie auf dem Landsitz – welcher ergebene Sohn würde schließlich solch wunderschöne Erinnerungsstücke seiner geliebten Mutter entfernen lassen?

Er kannte viele Arbeiten aus der ihm täglich gestatteten Zeit in ihrer Nähe, wenn er ihr beim Sticken zugesehen hatte. Anfangs hatten sie als Mahnung gedient, stets auf der Hut zu sein, damit ihm die Bitterkeit erspart blieb, dass ihm seine Liebe ins Gesicht geschleudert wurde. Aber es war Jahre her, dass er sie sich genauer angesehen hatte. Sie waren mit dem Hintergrund verschmolzen und würden ihm nicht mehr auffallen als das Muster der Tapete.

Aber nun betrachtete er die feinen säuberlichen Stiche vor sich, eine blühende weinrote Dahlie. Eines der späteren Werke seiner Mutter. Er erinnerte sich, neben ihr gegangen zu sein, eine Zigarette in der Hand, wie er sich erwachsen und weltgewandt gefühlt hatte, weil er sie mit dieser Angewohnheit, die ihr zuwider war, ärgern konnte.

Er hatte sich so weit entfernt von dem Schmerz und den Sehnsüchten seiner Kindheit gefühlt.

Nur, um ein Jahr später an ihrem Sterbebett zu erfahren, wie sehr er sich getäuscht hatte. Wie wenig er die Sehnsüchte, die er längst hinter sich gelassen zu haben glaubte, überwunden hatte.

Schickte ihm das Universum ein Signal, sagte ihm, er müsse sich so sehr vor Miss Cantwell in Acht nehmen wie sie vor ihm? Dass an der Freude, die ihm ihre Gesellschaft bereitete, etwas verdächtig war?

Er drehte sich um und verließ das Bad.

Er wusste, was Liebe war. Was Miss Cantwell in ihm weckte, war so wenig Liebe wie ein zufälliger Tonklumpen die Venus von Milo war. Liebe gab, aber er wollte nehmen. Liebe adelte – oder das sollte sie wenigstens. Er war sich ziemlich sicher, dass sein Verlangen nach Miss Cantwell ihn zu einem schlechteren Mann machen würde, als er es je gewesen war.

Sie würde ihm kein Unbehagen oder Sorge bereiten. Er würde sie nicht aufgeben, um irgendein eingebildetes Desaster in der Zukunft zu vermeiden. Es blieb abzuwarten, auf welche Weise er seine Befriedigung finden würde, wenn es um sie ging.

Natürlich würde er sie nicht heiraten. Er war ein Mann, der Traditionen achtete, und was war eine gute traditionelle Ehe ohne ein gewisses Maß an Heuchelei? Er würde der Ideale Gentleman sein in seiner Ehe, aber bei Miss Cantwell …

Er hoffte, dass sie eine durch und durch schlechte Meinung von ihm hatte, sonst stünde ihr nämlich ein ganz schöner Schock bevor.

KAPITEL 3

DER BALLSAAL IN FIELDING HOUSE hatte mit karmesinroten Vorhängen aufzuwarten, einer dunkelblauen Decke und einem Marmorboden, der im Licht der neunhundert Kerzen in den großen Kronleuchtern glänzte. Düstere goldgerahmte Ölgemälde von flämischen Meistern zierten die Wände im Überfluss. Ein paar dunkel gekleidete Herren und Damen in Pastelltönen stiegen die Stufen hinab, zu beiden Seiten von symmetrisch angeordneten Zimmerfarnen flankiert.

Es war noch früh, der Großteil der Geladenen war noch in der Oper oder bei Dinnergesellschaften. Das Orchester spielte leise hinter einem mit japanischer Seide bespannten Paravent, sparte sich seine Kraft für später auf. Aber Lady Balfour verließ ihre Loge in der Oper stets nach dem ersten Akt von *La Traviata*. Daher fand sich Louisa nun schon zu dieser verhältnismäßig unmodischen Stunde in Fielding House wieder.

Sie saß an einem Fenster, das sich bis zur Decke erstreckte, die Hände züchtig im Schoß auf dem apfelgrünen Rock ihres geborgten Ballkleides gefaltet, und ging im Geiste noch einmal den Schlachtplan für heute Abend durch.

Es war seit Lady Tenwhestles Dinner eine Woche vergangen. Mr. Pitt war wieder in der Stadt und wurde in Fielding House erwartet. Auch Lord Firth war geladen und hatte zugesagt. Aber was sollte sie wegen seiner Schwester Miss Edwards unternehmen? Nach all ihren Bemühungen, freundlich zu sein und ihr zu schmeicheln, schien Miss Edwards sie nur noch weniger zu schätzen.

Neben Louisa saß Lady Balfour und erging sich mit einer ihrer verwitweten Freundinnen in Erinnerungen an die Mode ihrer Jugend. Hatte die Silhouette einer Frau nicht zu Zeiten der Krinolinen wesentlich eleganter ausgesehen, als eine schlanke Taille so perfekt durch einen glockenförmig ausgestellten rüschenbesetzten

Rock betont wurde? Die Turnüren von heutzutage machten eine Frau hinten so ausladend, und man konnte sich nie darauf verlassen, dass diese trügerischen Dinger ihre Form behielten, nachdem man sich zum Dinner gesetzt hatte oder auch nur für eine Viertelstunde zu einem Gesellschaftsbesuch.

Aber auch die Krinoline hatte ihre Tücken, räumten sie ein. Vor einem Herrn die Treppe hochzugehen barg viele Gefahren. Und wer würde je die Abendgesellschaft vergessen, an der Lady Nevilles Röcke Feuer fingen, ohne dass sie es mitbekam?

„Seine Lordschaft, der Marquis of Wrenworth", verkündete der stimmgewaltige Butler.

Louisa erschrak.

„Oh. Da ist der liebe Junge!", rief Lady Balfour erfreut. „Ein bisschen früh, oder?"

Mehrere Abende in der vergangenen Woche war Louisa Opfer eines wiederkehrenden Albtraums geworden. Darin begegneten sie und Lord Wrenworth einander in der Öffentlichkeit, im Park oder auf einer gut besuchten Soiree. Sie kam bestens zurecht, doch in genau dem Augenblick, in dem sie ihn erblickte, musste sie zu ihrem unbeschreiblichen Entsetzen feststellen, dass sie splitterfasernackt war. Niemand anders würde etwas davon bemerken, aber er jedes Mal – und er würde weiter zu ihr gehen und sie auf unaussprechliche Weise berühren.

Während er die Stufen hinabstieg, lässig und elegant, fühlte sich Louisa von Hitze und Angst gleichermaßen bedrängt. Am liebsten hätte sie ihm die Schuld an ihren schlimmen Träumen zugeschoben, irgendeinem bösen Zauber, mit dem er sie belegt hatte, aber sie konnte schwerlich leugnen, dass sie diejenige war, die nicht aufhören konnte, sich vorzustellen, dass er irgendwo in den Schatten ihres Zimmers stand und sie beobachtete, wenn sie im Bett lag, sein Blick halb Verlangen, halb Niedertracht und ganz Macht.

Er ließ sich Zeit, schlenderte am Rand des Ballsaals entlang, bevor er neben Lady Balfour und ihrer Freundin stehen blieb, die beiden älteren Damen mit einem Kompliment zu ihrer Toilette und ihren Teint erfreute. Louisa verspannte sich, wie man den Atem anhielt und den Bauch einzog, um sich für ein zu plötzliches Anhalten der Kutsche zu wappnen.

„Ach, genug", schalt Lady Balfour fröhlich. „Verschwenden Sie Ihren Charme nicht an alte Hennen wie uns. Schenken Sie Ihre

Aufmerksamkeit besser meiner lieben jungen Cousine hier. Sie haben Sie doch gewiss nicht vergessen, oder?"

Louisas Verheiratung hatte vielleicht als Wohltätigkeitsprojekt begonnen. Aber Ihre Gönnerin wollte verflucht sein, jetzt, nachdem sie sich des Mädchens angenommen hatte, wenn sie nicht eine hinreichend spektakuläre Partie machte.

„Ja, natürlich, Miss Cantwell." Er warf ihr kaum einen Blick zu, sein einnehmendes Lächeln galt allein Lady Balfour. „Ihr Schützling ist die amüsanteste Begleitung fürs Dinner, die man sich nur wünschen kann."

„Gut", antwortete Lady Balfour. „Das heißt, dass Sie ihr einen Walzer schulden, junger Mann."

Und so kam es, dass Louisa in Lord Wrenworth' Armen durch den Ballsaal wirbelte. Es war ernüchternd, wie geschickt er es angestellt hatte, sie auf die Tanzfläche zu bekommen − und vorübergehend mit ihr ungestört zu sein.

Es half nicht, dass sie bestenfalls Indizien hatte und ihre Intuition, um ihre Annahme zu stützen, dass er genau das hatte erreichen wollen. Schließlich tanzte er von Zeit zu Zeit mit unverheirateten jungen Damen aus guter Familie − mit genau der Häufigkeit, um zu Aufregung Anlass zu geben, aber nicht zu überzogenen Hoffnungen.

Sie wünschte, sie wüsste, was er von ihr wollte. Und warum.

„Das ist ein sehr hübsches Kleid, was Sie da tragen, Miss Cantwell", sagte er.

„Danke", murmelte sie, war sich des sanften Drucks seiner Hand auf ihrem Rücken überdeutlich bewusst.

„Hübscher, als es mir schien, als Lady Tenwhestle es vor ein paar Saisons anhatte."

Ein echter Gentleman hätte diese Beobachtung für sich behalten, aber sie wusste ja bereits, dass er kein Gentleman war. Er musste seine Seele dem Teufel verkauft haben, dass alle anderen ihn weiterhin für den Gipfel der Ritterlichkeit hielten.

„Lady Tenwhestle ist sehr großzügig, mir dieses Kleid zu leihen − und andere", erwiderte sie herausfordernd.

Er führte sie schwungvoll durch mehrere Drehungen, sodass ihr nichts anderes übrig blieb, als sich an ihm festzuhalten. Die Kraft des Mannes …

In ihren Träumen hatte er ihren nackten Körper gegen eine Säule gedrückt und mit einer Hand dort festgehalten.

„Es ist ein Vergnügen, mit Ihnen zu tanzen, meine liebe Miss Cantwell", sagte er leise. „Ich habe mich schon seit Tagen darauf gefreut."

Ein Schauer durchlief sie. Träumte er von ihr wie sie von ihm?

„Ach, wirklich?" Sie hoffte nur, sie klang bescheiden und nicht hoffnungsvoll.

„Aber Sie sind nicht nur hübsch und leichtfüßig, Miss Cantwell, nicht wahr?", sprach er weiter. „Sie sind außerdem ungewöhnlich klug."

Sie wurde nachdrücklich daran erinnert, dass der Mann ein Minenfeld war – warum machte er plötzlich eine Bemerkung zu ihrer Klugheit? –, und sie durfte sich nicht gestatten, sich auch nur einen Augenblick ablenken zu lassen. „Ich bin sicher, ich verdiene solche außergewöhnlichen Komplimente von Eurer Lordschaft nicht."

„Ich versichere Ihnen, Miss Cantwell, Sie haben sich jedes Lob von mir verdient. Nur sehr wenige Debütantinnen treten die Reise mit dem Ziel Ehehafen mit solcher Zielstrebigkeit und solch sorgfältiger Planung an wie Sie und wirken dabei derart unschuldsvoll. Sie haben das jahrelang vorbereitet, oder täusche ich mich?"

Es kostete sie größte Mühe, nicht zu stolpern. „Meine Güte, Sir, halten Sie mich wirklich für eine so durchtriebene Ränkeschmiedin?"

Er schaute sie an, seine Augen so klar und hypnotisch wie immer. „Das tue ich, und ich bewundere Frauen mit Tatendrang und Eigeninitiative, Miss Cantwell. Aber ich wünschte, Sie hätten sich vorher meinen Rat geholt. Denn wissen Sie, Ihre Taktik ist gut, aber bei der Wahl Ihrer strategischen Ziele sind Sie leider wesentlich weniger umsichtig gewesen."

Warum hatte sie den Eindruck, als überlegte er, sie zu küssen? Und warum wollte sie, dass er es tat, dieser Mann, der nicht das Beste für sie wollte? „Ich verstehe leider nicht, was Sie meinen, Sir."

„Das erkläre ich Ihnen gerne. Nehmen wir Mr Pitt zum Beispiel. Oberflächlich betrachtet scheint sein Familienanwesen eines dieser seltenen Beispiele zu sein, das erfolgreich den Preisverfall in der Landwirtschaft gemeistert hat. Das Land, das ihnen gehört, ist ausgezeichnet, und die Methoden, die dort angewendet werden, sind modern und wirkungsvoll. Darüber hinaus besitzt sein Vater, Baron

Sunderley, die Klugheit, erkannt zu haben, wie unvorsichtig es ist, alles auf ein Pferd zu setzen, und hat sorgfältig anderweitig investiert.

Leider habe ich aus berufener Quelle erfahren, dass zwei von Lord Sunderleys wichtigsten Investitionen vor Kurzem fehlgeschlagen sind. Mr Pitts Abwesenheit aus London war in der Tat eine direkte Folge dieser Fehlschläge. Es ist immer schon der Wunsch von Mr Pitts Eltern gewesen, dass ihr Sohn ein nettes Mädchen heiratet, das entweder Besitz in der Stadt mit in die Ehe bringt oder eine beträchtliche Mitgift. Jetzt hingegen ist es unerlässlich geworden, dass er genau das tut.

Mr Pitt ist natürlich bei Weitem nicht so gut vorbereitet oder so entschlossen wie Sie, Miss Cantwell. Daher stelle ich mir vor, dass er so lange in Ihrer Nähe bleibt, wie es nur geht. Aber Ihnen muss klar sein, dass sein willfähriges Wesen, das ihn für Sie so erstrebenswert als Gatten macht, auf der anderen Seite bedeutet, dass er nicht die innere Stärke haben wird, sich dem ausgesprochenen Wunsch seiner Eltern zu widersetzen.“

Louisas Hand spannte sich auf dem feinen Kaschmirstoff von Lord Wrenworth’ Abendrock. Wenn das, was er sagte, stimmte, wäre das ein schwerer Schlag für ihre Chancen auf eine erfolgreiche Ehe.

„Lord Firth auf der anderen Seite“, fuhr Lord Wrenworth fort.

Louisa machte einen falschen Schritt. Sie konnte begreifen, wie er ihr Interesse an Mr Pitt erraten haben konnte. Aber woher wusste er von Lord Firth?

Lord Wrenworth führte sie geschickt wieder in die Drehungen des Walzers. „Lord Firth dagegen ist ein hervorragender englischer Gentleman, steht loyal zur Krone und seinen Fuchshunden. Hatte ich schon erwähnt, dass er auch mit seiner Halbschwester schläft?“

Louisa war stumm vor Schreck. Sie war kein naives Mädchen, das niemals mit den Tatsachen des Lebens in Berührung gekommen war. Aber so etwas wie das laut ausgesprochen zu hören in Bezug auf Leute, die sie wirklich kannte – das erschütterte sie zutiefst.

Lord Firth, der aufrechte, altmodische … *inzestuöse* Lord Firth? Erzählte ihr Lord Wrenworth da die Wahrheit? Aber wenn nicht, warum sollte er sich die Mühe machen, ihr solche haarsträubenden Lügen aufzutischen?

„Aber natürlich hätte ich nie ein Wort darüber verloren, wenn ich mir nicht wegen Ihrer begrenzten Zeit hier in London Sorgen machte. Ich fände es unendlich schade, wenn Sie Ihre kostbare Zeit auf Herren verschwenden, die Ihre Zeit nicht verdienen – geschweige denn Ihre Aufmerksamkeit.“

In ihrem Kopf drehte sich alles. „Danke für Ihre freundliche Sorge, Sir. Aber vielleicht hätten Sie dennoch besser kein Wort darüber verloren.“

„Da haben Sie gewiss recht. Es steht schließlich der Ruf von Mitgliedern der guten Gesellschaft auf dem Spiel. Aber wie hätte ich Stillschweigen bewahren sollen, wo ich doch weiß, dass Ihnen am Ende der Saison eine herbe Enttäuschung droht, meine liebe Miss Cantwell, wenn in Ihrem Fall ebenso viel, wenn nicht sogar mehr auf dem Spiel steht?“

Die Musik hätte an dieser Stelle eigentlich jäh aufhören müssen, aber Herr Strauß’ Walzer, so unbekümmert und sorglos wie immer, war noch nicht zu Ende. Und Louisa blieb keine andere Wahl, als weiter in Lord Wrenworth’ Armen über die Tanzfläche zu wirbeln.

Absurderweise schien ihr Kummer die herrlichen Empfindungen, die sie beim Tanz fühlte, nur noch zu verstärken. Die Wärme seiner Hand an ihrer Taille, der regenkühle Duft, der ihm anhaftete, die Mühelosigkeit und Sicherheit seiner Drehungen – ihre Körper bewegten sich in vollkommenem Gleichklang.

Als sie sich schließlich am Ende des Tanzes voneinander lösten, bot er ihr den Arm, um sie zu Lady Balfour zurückzubringen. Sein Betragen war tadellos, wie immer, aber irgendwie wusste sie, dass er sich in fast schon unanständigem Maße amüsierte.

„Haben Sie Ihren Spaß an meinem Pech, Mylord?“, fragte sie, war zu unglücklich, um diplomatisch zu sein.

„Niemals“, erklärte er, und in seinen Augen stand ein diabolisches Glitzern.

„Sie, Sir, sind in etwa so glaubwürdig wie ein adeliger Herr, der einem Milchmädchen verspricht, dass sein Herz niemals einer anderen gehören wird“, erwiderte sie heftiger, als sie es beabsichtigt hatte.

Er lächelte nur.

Als Mr Pitt später an diesem Abend auf dem Ball eintraf, kam er sogleich, um Louisa seine Aufwartung zu machen. Aber die Erleichterung, die sie darüber verspürte, löste sich rasch auf, als ihr

Würde sich das am Ende als leeres Versprechen herausstellen?

42

KAPITEL 4

FELIX VERLIEß LONDON FÜR EINE Woche. Am Tag nach seiner Rückkehr suchte er den Lesesaal des Britischen Museums mit der berühmten blau-goldenen Kuppel auf. Nach zwei Stunden mit stapelweise Büchern vor und neben sich ging er sich eine Tasse Tee besorgen.

In der Ecke des nicht weiter erwähnenswerten Raums für Erfrischungen saß, einen Teller mit hauchdünnen Gurkensandwiches vor sich, keine andere als Miss Louisa Cantwell, in demselben samtgrünen Promenadenkleid, das er noch von dem zufälligen Zusammentreffen vor der Buchhandlung kannte.

Er blinzelte, war sich nicht sicher, ob er ihr Bild vielleicht irgendwie heraufbeschworen hatte. Er war nach Huntington, seinem Landsitz, gefahren, weil er nicht den nächtlichen Himmel einer ungewöhnlich klaren sonnigen Woche in einem ungewöhnlich regnerischen Sommer verschwenden wollte. Man könnte aber auch anmerken, dass er die Reise unternommen hatte, um sich selbst zu beweisen, dass er sich ganz problemlos von ihr fernhalten konnte.

Er hatte auch wirklich keine Probleme, beschäftigte sich mit seinen Sternbeobachtungen. Er dachte sehr oft an sie, aber das war schließlich nur zu erwarten, denn er hatte ja Pläne, die sie betrafen. Außerdem waren diese Gedanken überaus angenehm und bereiteten ihm keine Minute Sorge oder Angst.

Miss Cantwell schenkte ihren Sandwiches keinerlei Beachtung, spielte mit der Serviette – etwas, das sie nie bei Tisch bei einem Dinner tun würde – rollte sie eng zusammen und schüttelte sie wieder aus, faltete sie in immer kleinere Dreiecke. So fand er sie hübscher, geistesabwesend und ohne Lächeln, ohne die grenzenlose Liebenswürdigkeit, die sie sonst wie ein Kostüm im Theater anlegte.

Im nächsten Moment änderte sich etwas an ihrer Haltung. Ihre Finger, die die Serviette bislang nur als Stofftuch behandelt hatten, spielten nun mit dem Leinen, streichelten es, knautschten es – als sei sie erregt, als sei das Tuch das Bettlaken, auf dem sie lag und ihren Liebhaber erwartete.

Er spürte, wie sein eigener Atem schneller ging. Es war leicht beunruhigend, festzustellen, dass sie ihn erregen konnte, selbst wenn sie nicht auf seine Anwesenheit reagierte.

Sie blickte auf. Der Ausdruck auf ihrem Gesicht, als sie ihn sah – als sei er eine Schlange und sie seine hilflose Beute, die fliehen wollte, aber gegen ihren Willen reglos verharrte. Er wünschte, er könnte das Gefühl destillieren und in Flaschen abfüllen. Ein Tropfen einer solchen Essenz konnte einem Eunuchen zu der Manneskraft eines Herkules verhelfen.

Er näherte sich ihrem Tisch. „Miss Cantwell, was für ein unerwartetes … Vergnügen.“

Wie er dieses letzte Wort aussprach, die Silben in die Länge zog, könnte man meinen, er verführte wöchentlich zwei tugendhafte Töchter vornehmer Familien.

Aber er wurde durch ihre noch unangemessenere Reaktion darauf vor der Lächerlichkeit bewahrt. Ihre Pupillen weiteten sich. Der Puls an ihrem Hals pochte sichtlich. Und sie wurde überall rot – oder wenigstens bis zu ihren Ohrläppchen.

Sie räusperte sich. „Lord Wrenworth, wir dachten alle, sie seien noch auf dem Land.“

„Ich kann einfach nicht lange auf die Freuden Londons während der Saison verzichten. Darf ich Ihnen Gesellschaft leisten?“ Er setzte sich und gab dem Kellner seine Bestellung, der sofort herbeigesprungen war, um sich nach seinen Wünschen zu erkundigen. „Was hat Sie hier in den Lesesaal geführt?“

Er hatte sie nicht für an Büchern interessiert gehalten. Aber dieser besondere Erfrischungsraum war den Besuchern des Lesesaales vorbehalten, die eine Karte für die Nutzung der Bibliothek gelöst hatten – der öffentliche Raum mit Erfrischungen befand sich bei der Statue Merkurs, in der Antikengalerie.

„Ach, einfach Neugierde.“

Schade, dass Bücher oder Manuskripte den Lesesaal nicht verlassen durften. Das hätte es ihm einfacher gemacht, herauszufinden, weswegen sie gekommen war.

Sie schaute ihn nicht länger an – oder eher, sie schaute ihm nicht mehr in die Augen. Aber er konnte ihren Blick an anderen Stellen seines Körpers spüren, eine Hitze, die einen Moment oben an seinem Kragen verweilte, sich dann über eine Schulter ausbreitete und den Arm hinunterlief, sich mit jedem Zoll weiter abwärts verstärkte.

Es wäre beunruhigend gewesen, wie sehr sie ihn erregte und folterte, während sie vollkommen bekleidet blieb und in angemessenem Abstand zu ihm saß, wenn er sich nicht völlig Herr der Lage gefühlt hätte.

Dennoch sprach er ein ernüchterndes Thema an – ernüchternd für sie immerhin. „Und wie geht es mit Ihrer Suche nach einem Bräutigam voran, Miss Cantwell?"

Ihre Ablehnung kehrte zurück. Und er, pervers, wie er nun einmal war, fand ihren verschlossenen, argwöhnischen Blick furchtbar erregend. Die oberflächlich so ausgeglichen wirkende Dame besaß offenbar Feuer.

„Sie wissen sehr gut, Mylord, wie schwierig es für eine junge Dame von unbedeutender Herkunft und mit gewöhnlichem Aussehen, aber ohne nennenswertes Vermögen ist, die Hand eines wohlhabenden Mannes zu gewinnen."

„Ach, kommen Sie, Miss Cantwell, London ist zu dieser Jahreszeit doch randvoll mit Gentlemen. Sicherlich kann doch der Verlust lediglich zweier Kandidaten Ihre Chancen auf eine günstige Partie nicht ernsthaft mindern."

„Sie denken das, weil Sie sich keine Gedanken über Ihre Finanzen machen müssen, Sir, aber überall sonst spüren die Herren die Knappheit in ihren Geldbeuteln."

„Ich bin mir durchaus bewusst, wie viel Glück ich in dieser Hinsicht habe. Aber ich weiß auch, dass ich nicht der Einzige bin, der sich solchermaßen glücklich schätzen kann."

„Allerdings, aber der Duke of Lexington geht noch zur Universität, wie auch der jüngste Mr Marsden."

Sie hatte ihre Hausaufgaben gemacht. Nicht viele Leute wussten um das gewaltige Vermögen, das der jüngste Mr Marsden von seinem Patenonkel erben würde.

„Was ist mit dem Marquis of Vere? Er besucht keine Universität."

Miss Cantwell hob eine Braue. Seine Frage zielte darauf ab, das Ausmaß ihrer Verzweiflung zu erkunden, und das wusste sie sehr gut. Lord Vere war weithin als harmloser Irrer bekannt. „Ja, ich würde liebend gerne Lord Vere heiraten. Er ist nett anzusehen und sicherlich vermögend genug. Aber Lord Vere zieht Debütantinnen vor, die schön und reich sind. Zudem hat er nicht meine Nähe gesucht, außer einmal, um mir Limonade übers Kleid zu kippen."

„Und Mr de Grey? Er macht keiner Erbin den Hof, nach dem zu urteilen, was ich beobachtet habe."

„Ich bin überrascht, dass Ihnen entgangen ist, wie er seine Schwägerin ansieht. Er wird niemandem einen Antrag machen, bevor er nicht diese Besessenheit überwunden hat. Und das wäre viel zu spät für mich."

„Nun, dann wäre da noch Sir Roger Wells. Er braucht verzweifelt einen legitimen Erben. Wenn Sie ihm einen freundlichen Blick gönnen würden, würde er sogleich um Ihre Hand anhalten."

Sie schaute ihn zornig an – und er genoss ihre unverhohlene Gereiztheit, die ihm das Gefühl vermittelte, sein Ziel erreicht zu haben. „Jetzt spielen Sie mit mir, Mylord. Aber lassen Sie sich Folgendes sagen: Ich möchte nicht Sir Rogers Ehefrau werden, nicht nur wegen seiner unaussprechlichen Krankheit, sondern weil mehrere verlässliche Quellen mir versichert haben, dass er sein Vermögen verprasst hat und nunmehr hoch verschuldet ist."

„Aber Sie hätten ihn geheiratet, wenn er noch im Besitz seines Vermögens wäre?"

„Nein."

„Nein?"

„Er ist ein widerwärtiger Mann, auch ohne diese schreckliche Krankheit. Ich bin nach London gekommen, um meiner Familie zu helfen, nicht um die Märtyrerin zu spielen."

„Aber was, wenn Sie am Ende der Saison keine andere Wahl haben? Was, wenn Sir Roger als Einziger übrig bleibt?"

„Meine Familie ist nicht völlig mittellos. Wir werden am Ende der Saison nicht auf der Straße sitzen. Meine Mutter erfreut sich bester Gesundheit, sodass man davon ausgehen kann, dass sie noch viele Jahre leben wird."

„Aber nicht ewig. Und wenn sie stirbt, was wird dann aus Ihrer Schwester, der, die unter epileptischen Anfällen leidet?"

Sie blinzelte, als fragte sie sich, wie er so viel über ihre Familie wissen konnte, wenn sie nie zuvor in seiner Anwesenheit darüber gesprochen hatte. „Wir werden uns selbstverständlich um sie kümmern."

„Wie? Wenn Sie eine Stelle als Gouvernante finden könnten oder als Gesellschafterin, dürften Sie sie nicht bei sich wohnen lassen. Sie braucht jemanden, der ständig bei ihr ist, wenn ich das recht verstanden habe. Was bedeutet, dass Sie zwei Personen benötigen, damit sie nie sich selbst überlassen ist. Wie schlagen Sie vor, das zu finanzieren?“

Ein Schatten glitt über ihre Züge, aber ihre Worte klangen unvermindert optimistisch. „Wenn der liebe Gott eine Tür schließt, öffnete er ein Fenster. Ich habe andere heiratsfähige Schwestern. Nicht zu vergessen, dass Matilda selbst sehr hübsch ist und ein angenehmes Wesen hat. Irgendein vom Schicksal begünstigter Gentleman könnte ihr einen Antrag machen und sich eine wünschenswerte Ehe sichern.“

Er beugte sich leicht vor. „Glauben Sie das im Ernst?“

Sie hatte entweder links oder rechts an ihm vorbeigesehen, aber nun erwiderte sie seinen Blick fest. „Vielleicht nicht. Aber während ich einen Mann heiraten würde, den ich nicht liebe, will ich keinen Ehemann haben, den ich nicht ausstehen kann.“

Ihre Augen waren groß, aber die Augenwinkel ungewöhnlich nach unten geneigt, was den Eindruck von unglaublicher Offenheit erweckte, als sei sie nicht auf der Hut, sondern vertrauensvoll. Er begann zu verstehen, warum manche Leute sie für eine liebreizende Unschuld hielten.

Und warum Mr Pitt und Lord Firth sie so attraktiv fanden.

Aber sie war, wenn vielleicht auch nicht ein Hai, dann wenigstens ein Delphin: lächelnd und mit einem süßen Gesicht, aber darunter überaus intelligent und unbestreitbar ein Raubtier.

Eine interessante Frau, selbst wenn sie nicht vor unerfülltem Verlangen nach ihm zitterte.

„Also ... was wollen Sie tun?“, fragte er halblaut.

Ihre Lippen teilten sich, als fände sie es schwierig zu atmen. Und plötzlich waren sie wieder in dieser erotischen Spannung gefangen, nach der er süchtig war.

Aber ehe sie antworten konnte, rief jemand seinen Namen. „Wren!“

Erstaunt schaute Felix auf in das lächelnde Gesicht von John Baxter. Baxter allein war völlig harmlos, aber er war der angeheiratete Neffe von Lady Avery – einer stadtbekannten Klatschtante.

Er erhob sich, schüttelte Baxter die Hand und stellte ihm Miss Cantwell vor. „Es war wirklich eine Überraschung, Miss Cantwell hier zu entdecken. Es passiert nicht alle Tage, dass eine der beliebtesten jungen Damen der Gesellschaft die staubigen Hallen des Lesesaals aufsucht."

Es würde nicht gehen, wenn der Eindruck entstand, es handele sich um eine Verabredung – nicht, wenn das so weit von der Wahrheit entfernt war. Und sicher nicht, wenn er Pläne hatte, die darauf fußten, dass man ihn nicht zu den Reihen ihrer Bewunderer zählte.

Baxter verabschiedete sich, um sich ein Sandwich zu besorgen, Felix folgte seinem Beispiel und sorgte dafür, dass er ihn gehen sah. „Ich fürchte, ich muss ebenfalls das Vergnügen Ihrer Gesellschaft aufgeben. Die Bücher, die ich ausgewählt habe, lesen sich nicht von allein."

„Schicken Sie mir Lord Vere", sagte sie statt eines Abschiedswortes. „Ich glaube, ich könnte sehr glücklich mit ihm sein."

Er nickte freundlich. „Ich werde sehen, was sich tun lässt."

FELIX SAH MISS CANTWELL ZWEI Tage später in der Oper. Lady Balfours Loge wurde in der Pause rege besucht, darunter auch von Mr Pitt und Lord Firth, wobei Felix Letzteren als sein größtes Hindernis ansah. Aber ihr Tête-à-Tête beim Ball der Fieldings zeitigte das gewünschte Ergebnis: Miss Cantwell war recht kühl gegenüber Lord Firth, und er blieb nicht lange. Sonst hörte sie zu, unterhielt sich und lachte, strahlte Lebhaftigkeit und Esprit aus.

Er erspähte sie wieder beim Pferderennen und verbrachte mehr Zeit damit, sie zu studieren als die Pferde – und das sogar, wenn seine eigenen liefen. Sie sah ganz reizend aus, was einen stetigen Strom von Herren zur Folge hatte, die ihr ihren Respekt erwiesen.

Das war das Los einer hübschen, mittellosen jungen Dame. Die Herren schauten sie gerne an und verbrachten Zeit mit ihr. Aber es mangelte ihnen am Mumm, sie auch zu heiraten, nicht wenn eine mit einer größeren Mitgift ausgestattete Ehefrau Hummer auf den Speiseplan setzen und dafür sorgen konnte, dass sie nie von ihrem angestammten Platz in der Gesellschaft verstoßen wurden.

Felix war sich ziemlich sicher, dass Miss Cantwell sich als Regel und nicht als die Ausnahme erweisen würde. Dennoch, jedes Mal, wenn ihr ein Gentleman vorgestellt wurde, verspannte er sich seltsamerweise. Zwei Männer im Besonderen, ein Mr Peterson und ein Mr Featherington beschäftigten ihn tagelang.

Mr Peterson war der Sohn eines Fabrikbesitzers, der genug Geld hatte, um ein Dutzend epileptische Schwägerinnen zu versorgen. Felix brauchte eine gute halbe Woche, um herauszufinden, dass Mr Peterson mindestens die Tochter eines Earls, vorzugsweise eines Herzogs, heiraten musste, sonst riskierte er, seine Apanage zu verlieren.

Mr Featherington, ein Squire vom Land mit einem Einkommen von achttausend Pfund im Jahr, kostete Felix tatsächlich die nächtliche Ruhe. Bis sich abzeichnete, dass Mr Featherington in Wahrheit Miss Cantwells freundliche Nähe suchte, um das Herz einer anderen jungen Dame zu gewinnen.

Die fast schwindelig machende Erleichterung, die Felix verspürte, als er in der Zeitung von Mr Featheringtons Verlobung las, ließ ihn innehalten. Aber dann tat er die Reaktion als völlig normal ab für einen Mann, der das Scheitern nicht kannte und nicht einmal die Möglichkeit davon in Erwägung zog.

Natürlich war er angespannt. Er hatte einen Plan und Interesse daran, dass er aufging.

Er beschloss, den Plan anzupassen, der mit einem bestimmten Datum im Kopf gefasst worden war – Ende Juli, drei Tage, bevor er sich aufs Land zurückzog. Aber jetzt war er überzeugt, dass es nicht klug wäre, so lange zu warten. Es gab so viele Unsicherheiten abzuwägen. Und die Möglichkeit, dass ein Märchenprinz auftauchte, wie unwahrscheinlich das auch sein mochte, war lange nicht so ausgeschlossen, wie es ihm lieb wäre.

Die Zeit war gekommen, ihre Entscheidung vorwegzunehmen, sofern das möglich war.

ALS RAHMEN ENTSCHIED SICH FELIX für ein Picknick, zu dem Lady Tenwhestle eingeladen hatte, bei dem Miss Cantwell sicherlich erwartet wurde. Das Picknick fiel auf einen selten schönen Tag, herrlich klar und blau nach dem Gewitter des vorigen Tages, mit Wolken so weiß und voll wie frisch aufgeschüttelte Kissen.

In ihrem crèmefarbenen Musselinkleid spielte Miss Cantwell mit den Damen eine Runde Krocket. Es war sogleich zu sehen, dass sie mit den Regeln nicht vertraut war und über sehr wenig Erfahrung mit dem Schläger verfügte. Trotzdem gelang es ihr während des gesamten Spieles, so dazustehen oder zu gehen, dass sie stets ihre Figur bestmöglich betonte.

Man konnte nicht umhin, ihre Disziplin und ihre Hingabe zu bewundern.

Er wartete, beteiligte sich beim Kricket an ein paar Overs, bevor er sich zu einigen aus seinem engeren Bekanntenkreis auf eine Picknickdecke setzte. Nachdem sie sich gesättigt hatten, entschieden sich die jungen Leute, die anwesend waren, zu einer Runde Blinde Kuh.

Sie gehörte nicht zu den Mitspielern – was ihm den Ansatzpunkt lieferte, auf den er gewartet hatte. Er ermutigte seine Freunde zum Mitmachen. Sobald sie gegangen waren, begann er einen gemächlichen Spaziergang.

Vorhersehbarerweise winkte ihn Lady Balfour mit ihrem Fächer zu sich, obwohl er überhaupt nicht in ihre Nähe gekommen war. Da alles andere unhöflich gewesen wäre, folgte er ihrer Aufforderung.

„Lady Balfour, Miss Cantwell, wie geht es Ihnen?"

Miss Cantwell, die einen crèmefarbenen Spitzenschirm auf der Schulter balancierte, griff nach den Weintrauben, während sie die ganze Zeit den Blick auf die Decke im Schottenkaro gesenkt hielt, das perfekte Bild züchtiger Bescheidenheit.

Ihm fiel allerdings auf, dass sie schluckte, noch bevor sie sich eine Weintraube in den Mund steckte.

Dass er bewusst Abstand zu ihr gehalten hatte, schien die Wirkung, die er auf sie hatte, nicht im Geringsten abgeschwächt zu haben. Die Erregung, mit der ihn diese Erkenntnis erfüllte, stand in keinem Verhältnis zu der eher geringen Bedeutung der Beobachtung. Natürlich hatte sich in dieser Beziehung nichts geändert. Er hatte sich nicht einmal Sorgen deswegen gemacht.

Lady Balfour schnaubte. „Es war alles ganz wunderbar, bis mir aufgefallen ist, dass Sie Miss Cantwell heute noch gar kein Kompliment zu ihrer Toilette gemacht haben."

Er begann die alte Dame langsam richtig gern zu haben – sie war eindeutig eine ernstzunehmende Streiterin für ihren Schützling. „Wie unverzeihlich von mir", antwortete er leichthin. „Miss

Cantwell, darf ich so kühn sein zu erwähnen, wie entzückend Sie heute aussehen?“

Sie schaute auf, eine leichte Röte färbte ihre Wangen, und ihre Augen leuchteten auf.

Was, wie er im nächsten Moment begriff, weniger ein Ausdruck von Erregung war als ein Widerspiegeln der Panik, die in ihr simmerte. Also spürte sie es auch, dass die Aussicht auf eine vorteilhafte Ehe mit jedem Tag, der verging, für sie in immer weitere Ferne rückte.

Zu seiner Überraschung verspürte er Gewissensbisse. Vielleicht sogar Schuldgefühle. Aber nichts, das stark genug wäre, als dass er das Bedürfnis empfand, sich zu entschuldigen. Oder seine Pläne noch einmal überdenken.

„Sie sind zu freundlich, Sir“, murmelte sie.

„Nun, nun, Louisa“, widersprach Lady Balfour. „Sei nicht so dankbar. Lord Wrenworth hat dir keine Freundlichkeit erwiesen, sondern einen Fauxpas begangen. Und nun muss er Wiedergutmachung leisten, indem er dich auf einen Spaziergang durch den Park begleitet.“

Hätte er Lady Balfour im Voraus dafür bezahlt, sie hätte ihre Rolle nicht besser spielen können.

Miss Cantwell erhob bescheiden Einspruch. „Ich bin sicher, Lord Wrenworth hat so viel …“

„Ich bin entschlossen, in Zukunft eine ganze Reihe von Fauxpas zu begehen, wenn alle meine Strafen sich als so süß erweisen. Miss Cantwell, erweisen Sie mir das Vergnügen Ihrer Gesellschaft für einen kurzen Spaziergang?“

„Ja, gewiss doch“, antwortete Lady Balfour an ihrer Stelle. „Und jetzt fort mit Ihnen beiden, unterhalten Sie sich, worüber sich junge Leute heutzutage so unterhalten.“

„SIE SOLLTEN IHR NICHT SOLCHE Hoffnungen machen“, sagte Miss Cantwell, als sie aus Lady Balfours Hörweite waren.

Sie hatte wirklich eine ansprechende Art, sich zu bewegen. Sie ging, als schwebte sie, aber mit genug Schwung in den Hüften, um Interesse zu erregen.

„Ich kann aufrichtig beschwören, dass ich nie etwas getan habe, um ihr Hoffnung zu machen“, antwortete Felix auf ihren Vorwurf, einen Anflug von Selbstgefälligkeit in der Stimme.

Sie hörte es. „Das ist mir nicht entgangen. Am Ende der Saison wird sie, wenn sie zurückblickt und sich fragt, warum es keinen Antrag von Ihnen gegeben hat, erkennen, dass jedes Mal, wenn uns die Umstände zusammengebracht haben, es entweder wegen eines Gefallens für Lady Tenwhestle oder sie selbst geschehen ist − und dass Sie mich nie aus eigenem Antrieb aufgesucht haben.“

„Ich hoffe, Sie würden das billigen − dass ein Mann in meiner Stellung tut, was er kann, um zu verhindern, versehentlich zu heiraten.“

Ihr Sonnenschirm drehte sich. „Ich habe keinen Zweifel, dass sie ohne den Schatten eines Vorwurfs bleiben, aber Sie können mir nicht weismachen, dass Sie sich nicht darüber im Klaren sind, welche Hoffnung Sie in Lady Balfours Herz säen.“

„Ich werde mein Tun für verzeihbar halten, solange ich diese Hoffnungen nicht in Ihrem Herzen säe“, erwiderte er glatt. Und dann, in einem Moment echter Neugier, fragte er: „Tue ich das?“

„Ich will nicht vorgeben zu verstehen, was hinter Ihrem Interesse an mir steht, außer, dass ich weiß, dass es nicht von der Art ist, die zur Kirche führt.“

Kluges Mädchen. Er strahlte sie an. „Dann muss ich keine Angst haben.“

Sie kamen an den jungen Männern und Frauen vorbei, die Blinde Kuh spielten. Mr Pitt gehörte dazu, stand neben Miss Lovett. Er sandte einen Blick voll unglücklicher Sehnsucht zu Miss Cantwell.

„Irgendwelche …“, begann Felix.

„Nein“, erwiderte Miss Cantwell schlicht.

„Was für eine Schande. Ich bin sicher, dass all die wichtigen Herren, die dafür gestimmt haben, als das Parlament die Korngesetze außer Kraft gesetzt hat, nie gedacht hätten, dass ihre Entscheidung solch drastische Auswirkungen auf Ihre Eheaussichten haben würde.“

„Sie vergessen die Herren, die die Entwicklung von Eisenbahn und Dampfkraft weiter vorangetrieben haben, sodass diese Techniken billiger und schneller wurden, und auch all jene, die den Maschineneinsatz in der Landwirtschaft weiterentwickelt haben“, antwortete sie düster. „Die haben auch nicht einen Gedanken an die zukünftige Verarmung all der englischen Squires verschwendet, die anderenfalls so herrliche Ehemänner für mich abgegeben hätten."

„Der gesamte Lauf der jüngsten Geschichte scheint sich gegen Sie verschworen zu haben."

„An diesem Punkt würde mich das nicht erstaunen." Sie schwieg ein paar Atemzüge lang. „Und warum, genau, sind Sie, mein Herr, an meinen Fortschritten in Bezug auf eine Ehe – oder dem Fehlen davon – interessiert? Sie wollen mich selbst nicht heiraten, daher kann das nicht der Grund sein. Trotz Ihrer ungewöhnlich offenen Diskussionen zu dem Thema, sind Sie keiner meiner Freunde, daher kann das also nicht der Grund sein. So sehr ich mich auch bemühe, ich kann mir nichts anderes vorstellen."

Endlich, eine direkte Salve. Sie erreichten ein neues Level von Vertrautheit, er und Miss Cantwell. „Verbringen Sie viel Zeit damit, über meine Motive nachzudenken?"

Der Griff des Sonnenschirms drehte sich schneller. „Manchmal. Freut Sie das?"

Ja. Und wie. „Manchmal."

„Und mein Missgeschick – meine Unfähigkeit, einen guten Antrag zu erhalten – macht Ihnen das auch Freude?"

Sie hatte ihn schon zuvor mit ähnlichen Vorwürfen konfrontiert. Es störte ihn, dass der Ideale Gentleman solch unverhohlener Schadenfreude bezichtigt wurde. „Dann wäre ich ein schrecklicher Mann, Miss Cantwell."

„Aber ich habe recht, nicht wahr?", fragte sie und starrte geradeaus. „Amüsiert es Sie, zuzusehen, wie ich mich vergeblich abmühe?"

Er hob einen niedrig hängenden Ast, sodass sie darunter hindurch gehen konnte. „Es amüsiert mich nicht an sich. Aber ich kann nicht leugnen, dass es mir Gelegenheiten eröffnet, die ich nutzen kann."

Sie warf ihm einen argwöhnischen Blick zu. „Mir ist nicht klar, wie Sie aus meinem Misserfolg auf dem Heiratsmarkt Vorteile ziehen können."

„Ich habe ein paar Berechnungen bezüglich Ihrer zukünftigen Umstände angestellt, sollten Sie am Ende der Saison heimkehren, ohne einen Antrag ergattert zu haben."

„Und haben diese Berechnungen Ihr Mitgefühl erregt oder Ihre Verachtung geweckt?"

„Mir ist aufgefallen, dass die Summe, die nötig ist, um all Ihren Schwestern und Ihnen ein Leben in angenehmen Umständen zu sichern – man könnte sogar von mildem Luxus sprechen –, sich auf eine Höhe beläuft, die in meinen Rechnungsbüchern nicht weiter auffallen würde."

„Himmel, wie konnte ich nur ahnen, dass Ihre Einnahmen von einem Tag meine Familie ein ganzes Jahr mit allem Lebensnotwendigem, Kleidung und einem Dach über dem Kopf versorgen würde? Es ist so schade, dass reiche Männer nicht reich werden – oder bleiben –, indem sie mittellose junge Damen von vornehmer Abstammung retten."

Sie hatte eine spitze Zunge, dieses Frauenzimmer. Das gefiel ihm.

„Allerdings. Reiche Männer finanzieren junge Frauen nicht aus reiner Herzensgüte. Immerhin kann ich mir durchaus vorstellen, Ihnen eine solche Summe zu überlassen – für eine entsprechende Rendite."

Sie starrte ihn an.

Er musste sich ein Lächeln verkneifen. „Bleiben Sie nicht stehen, Miss Cantwell. Ich sehe, Ihr Verstand hat schon eine bestimmte Richtung eingeschlagen."

Sie setzte wieder einen Fuß vor den anderen, obwohl sie ein wenig stolperte. „Wie viele Richtungen gibt es bei so etwas?"

„Stimmt, nicht viele. Also, lassen Sie mich direkt sein: Ich werde Ihnen ein Haus geben, nicht weit von dem gegenwärtigen Wohnsitz Ihrer Familie entfernt und mit bester Ausstattung. Sie können damit tun und lassen, was Sie wollen, aber ich empfehle Ihnen, es zu vermieten, sodass Sie ein zusätzliches Einkommen haben zu der Pension, die ich Ihnen für den Rest Ihres Lebens aussetzen werde, eintausend Pfund im Jahr."

Er musste sie wieder daran erinnern, nicht stehen zu bleiben.

„Für … dafür, dass ich mit Ihnen schlafe?"

„Für das Vergnügen Ihrer Gesellschaft."

Sie sah aus, als müsste sie sich mit aller Kraft beherrschen, nicht mit ihrem Sonnenschirm auf ihn einzuschlagen. „Nein."

Natürlich musste sie seinen Vorschlag unverzüglich ablehnen. Natürlich war sie empört und beleidigt. Sein Ziel des Tages war keineswegs ein sofortiger Sieg, sondern ihr die Keimzelle des Möglichen einzupflanzen.

„Warum nicht?", fragte er, als hätte sie nicht einen schändlichen Verkauf ihrer selbst abgelehnt, sondern nur ein Tennisspiel auf dem Rasen.

Seine Frage erstaunte sie. Als sie antwortete, war es fast ein Fauchen. „Ich werde meinen Ruf nicht opfern. Oder meiner Familie Schande bereiten."

„Wer hat denn irgendetwas von dem Verlust Ihres Rufes gesagt? Sie glauben doch sicherlich nicht, dass ich vorhabe, am helllichten Tag aus einer anständigen jungen Dame eine gefallene Frau zu machen?"

„Wie dann?"

Er hatte etwas moralische Entrüstung von ihr erwartet. Dennoch war es ermutigend, wie rasch sie sich den praktischen Aspekten zuwandten. „Sehr leicht sogar. Ich gebe zweimal jährlich eine Hausgesellschaft auf meinem Landsitz, jeweils mit einer Dauer von zehn bis vierzehn Tagen. Ich werde Sie und eine Anstandsdame einladen – und dann im weiteren Verlauf dafür sorgen, dass Ihre Anstandsdame beschäftigt ist."

Sie blinzelte angesichts dieser gewandten Erläuterung. „Was Sie da vorschlagen, ist Wahnsinn. Es gibt einen Grund, warum junge Damen, die etwas auf ihren Ruf geben, sich nicht auf diese Weise mit Herren einlassen. Es gibt schließlich Konsequenzen. Was, wenn ich", sie wurde über und über rot, „schwanger werde?"

„Wer hat etwas von Handlungen gesagt, die zur Fortpflanzung führen?"

Einen Moment lang sah sie verblüfft aus, dann färbten sich ihre Wangen in einem noch zornigeren Rot. „Dann haben Sie also unnatürliche Akte im Sinn?"

Er lachte leise. „Nennen Sie so die amourösen Aktivitäten, die nicht dazu führen, dass eine anständige junge Dame ein Kind erwartet?"

Sie holte tief Luft. Mit beiden Händen fasste sie den Griff des Sonnenschirms. „Ich hatte schon vorher keine besonders hohe Meinung von Ihnen, Sir, aber dennoch wäre ich nie auf den Gedanken gekommen, Sie seien zu etwas derart Obszönem imstande."

Ihre Zurechtweisung gefiel ihm. „Es ist nicht schön, was ich vorschlage. Keine Blumen, keine Geschenke, aber es wird Miss Matilda vor dem Armenhaus bewahren, wenn Ihre anderen

Schwestern sich abmühen müssen, ein Dach über dem Kopf zu haben.“

„Sie wird nie auch nur in die Nähe eines Armenhauses kommen“, erwiderte Miss Cantwell heftig. „Sie ist ein wunderbares Mädchen, und wir haben Verwandte, die sie liebend gerne bei sich aufnehmen.“

„Und welche Verwandten sollten das sein? Lady Balfour überlebt Ihre Mutter am Ende nicht, Und selbst wenn eine ihrer Töchter bereit wäre, eine Invalidin bei sich aufzunehmen, die rund um die Uhr beaufsichtigt werden muss, denken Sie nicht, deren Ehemann könnte Einwände erheben? Wollen Sie sich wirklich auf deren Freundlichkeit und Güte verlassen, wenn Sie stattdessen verlässlich ein Vermögen in barer Münze und zusätzlich ein stattliches Haus erhalten können?“

LOUISA KAM EIN SCHRECKLICHER GEDANKE. „Das haben Sie schon früher getan, nicht wahr? Eine eigentlich respektable junge Frau in schwierigen Umständen dazu verleitet, den rechten Weg zu verlassen und sich zu prostituieren.“

Er wirkte ehrlich entsetzt über diese Anschuldigung. „Selbstverständlich nicht.“

„Warum dann mich?“

Er sah ihr direkt in die Augen. „Weil ich nie so heftig von einer Frau begehrt worden bin, die mich derart verabscheut. Ich würde das gerne voll und ganz auskosten.“

Zur Hölle mit seinen schönen Augen. Und der liebe Gott müsste eigentlich mal darlegen, warum Er sich so oft dafür entschied, die korruptesten Menschen mit einem attraktiven Äußeren zu beschenken.

„Was ist mit Ihnen los?“, beschwerte sie sich.

„Ein Adeliger mit verderbtem Geschmack – wie schockierend“, murmelte er und fühlte sich offenkundig nicht im Mindesten getadelt.

Einen Moment war sie sprachlos angesichts dieser unbekümmerten Akzeptanz seiner Verderbtheit. Der Ideale Gentleman, also wirklich.

„Sie sind vermutlich die vernünftigste und pragmatischste junge Frau, die ich je getroffen habe“, fuhr er fort. „Denken Sie über das nach, was ich Ihnen angeboten habe – und ich meine nicht nur Sicherheit für Miss Matilda. Ihnen bleibt die Ehe mit einem Mann erspart, den sie nicht lieben. Elf Monate im Jahr wird kein Mann Sie behelligen, den Frieden und die Stille ihres Daseins stören. Sie können reisen, wenn Sie wollen. Sie können sich entscheiden, nie das Haus zu verlassen. Oder Sie können all Ihre wachen Stunden im Lesesaal des Britischen Museums verbringen.

Welcher Ehemann wird Ihnen Freiheiten von solchen Ausmaßen und solcher Güte einräumen? Welcher Ehemann wird mit dem Nadelgeld, das er Ihnen bietet, so großzügig sein? Und welcher Ehemann wird, sei er noch so perfekt in allen anderen Aspekten, Ihnen zugestehen, Ihre berechnende und eigentlich gar nicht so liebenswürdige Art weiterzupflegen?"

Der Mann sprach mit der süßen gespaltenen Zunge des Teufels höchstpersönlich.

„Nein", sagte Louisa erneut, aber dieses Mal fiel es ihr schwerer.

Er hob eine Braue. „Nicht einmal für die liebe Matilda?"

„Die liebe Matilda würde nie wollen, dass ich mich der Erniedrigung aussetze – und besonders nicht ihretwegen."

„Sie sind sich ihrer Liebe so sicher?"

„Ja. Und sollte es so sein, dass sie mich nicht genug liebt, warum sollte ich dann für sie zum Märtyrer werden?"

Er lächelte neuerlich. „Wie wahr."

Sie verspürte eine Wärme, die nichts damit zu tun hatte, dass das Thema ihres Gespräches so vollkommen unpassend war, aber alles mit seiner Billigung dessen, was der Rest der Welt als Selbstsüchtigkeit abgetan hätte.

Sie hatte diese egoistische Überlegung für sich behalten. Selbst ihre Mutter und ihre Schwestern verstanden es nicht wirklich – sie hielten sie alle für die gute, selbstlose Tochter, die liebend gerne alles für ihre Familie täte.

Aber er mochte sie. Genau betrachtet schien er sie viel mehr wegen ihrer Mängel zu schätzen als wegen irgendwelcher Tugenden, die sie vielleicht besaß.

„Dann lassen Sie mich Ihnen erzählen, was Sie persönlich an Vorteilen daraus ziehen würden. Das Haus, das ich Ihnen überschreiben würde, erzielt derzeit Mieteinnahmen in Höhe von fünfhundert Pfund im Jahr. Stellen Sie sich vor, was sie mit einer solchen Summe tun könnten. Oder, wie ich Sie kenne, stellen Sie sich vor, wie angenehm es sein wird, dabei zuzusehen, wie Ihr Bankkonto sich jeden Monat weiter füllt."

Das würde ihr gefallen, oder etwa nicht? Sie würde voller Eifer die verschiedenen monatlichen Einnahmen aufschreiben – Mieten und Zinsen und vielleicht Dividenden aus vorsichtigen Investitionen –, ein Vergnügen, das sie nie zuvor gehabt hatte in all den Jahren, in denen sie arm gewesen war. Dann würde sie ausrechnen, um wie viel ihr Einkommen ihre Ausgaben überstieg und sich daran freuen, wie ihr angenehmes Sicherheitspolster wuchs.

Dieses Mal musste sie sich bemühen, prüde zu widersprechen. „Mylord, die einzige Art und Weise, wie ein Mann in mein Bett kommt, besteht darin, mich zuvor zu heiraten. Das gilt für Sie so wie für alle anderen."

„Verführerisch, aber leider trage ich mich momentan nicht mit Heiratsabsichten", erwiderte er entschieden. „Sie sind sich ganz sicher, dass ich Sie nicht mit einer Grundausstattung für Ihre eigene Bibliothek in Versuchung führen kann?"

Eine bloße Kleinigkeit, trotzdem fühlte sie sich, als sei sie vom Blitz getroffen. Und mit einem Mal hatte sie das Gefühl, als verstünde sie das Spiel jetzt, wie sie es zuvor nicht getan hatte. Zunächst einmal *war* es für ihn ein Spiel. Er verlangte alles von ihr, was irgendeinen Wert besaß, aber er selbst gab nicht mehr als – wie hatte er es vorhin ausgedrückt? – einen Betrag, der in seinen Rechnungsbüchern gar nicht weiter auffiel.

Zweitens würde er ihre Antwort von heute nicht als ihre endgültige Antwort ansehen. Er hatte sich schließlich noch mehrere Wochen bis zum Ende der Saison Zeit gelassen, um ihren Widerstand nach und nach niederzuringen, einen Prozess, den er so genießen würde wie der Herr des Château Lafite-Rothschild seinen besten Wein genoss.

Und drittens musste es einen Weg für sie geben, dieses Spiel mitzuspielen. Außer, dass sie bislang nicht wusste wie. Sie hatte sein erstes Gebot gehört. Konnte sie auch zwei Häuser verlangen? Oder zweitausend Pfund im Jahr?

Und, noch wichtiger, wollte sie das? Er verlangte nur vier Wochen im Jahr, aber sie war nicht so naiv zu glauben, dass Gedanken an ihn nicht all ihre wachen Stunden im Rest des Jahres beherrschen würden, wenn er ihr Liebhaber wurde. War ein Haus und eine

Pension von tausend Pfund im Jahr – oder auch das Doppelte – eine hinreichend Kompensation dafür, ihm völlig verfallen zu sein?

Vergiss die Eifersucht nicht, die sicherlich nicht ausbleibt, fügte eine Stimme in ihr hinzu. *Du glaubst doch selbst nicht, dass er die anderen elf Monate zölibatär leben wird, oder? Er wird eine Affäre nach der anderen haben. Außerdem würde er irgendwann auch einmal heiraten.*

Beim Gedanken an die zukünftige Lady Wrenworth breitete sich in ihrer Brust eine seltsame Taubheit aus. Sie konnte sich mühelos vorstellen, wie sie sich zufällig begegneten, was natürlich erst sein würde, nachdem er ihrer längst müde geworden war. Mit einem belustigten Lächeln würde er seiner ehrenwerten Gattin sein ehemaliges „Spielzeug" vorstellen, die natürlich, jung, schön und unverbraucht wäre, während Louisa selbst sich langsam einem mittleren Alter näherte und den Inbegriff einer hausbackenen Frau darstellen würde.

„Und habe ich schon erwähnt, dass ich ein kompetenter und rücksichtsvoller Liebhaber bin?", bemerkte der gegenwärtige Lord Wrenworth und hielt ihr einen weiteren Köder vor die Nase.

„Das bezweifle ich nicht", antwortete sie. „Genau genommen …" Ihre Stimme verlor sich.

„Genau genommen was?", hakte er nach.

Sie hätte ihm beinahe von diesen erotischen Gedanken erzählt, die sie jede Nacht plagten. Unter normalen Umständen wäre es ein Fehltritt von biblischen Ausmaßen. Aber gab es überhaupt noch so etwas wie normale Umstände, wenn es um Lord Wrenworth ging?

„Genau genommen", zwang sie sich zu sagen, ehe sie es sich anders überlegen konnte, „liege ich des Nachts wach und stelle mir vor, wie Sie mich aus der Dunkelheit beobachten. Und wenn ich dann endlich einschlafen kann, träume ich, dass ich völlig nackt bin, unfähig, Sie davon abzuhalten, sich … viele Freiheiten herauszunehmen."

Dieses Mal blieb er stehen, allerdings musste sie ihn nicht daran erinnern, weiterzugehen. „Miss Cantwell, versuchen Sie etwa, mich zu erregen?"

Ihr Herz hatte eine Weile lang heftig geschlagen, und nun rauschte ihr das Blut in den Ohren. „Ich spreche nur die Wahrheit aus. Ich verachte mich für diese Sehnsüchte, dieses Verlangen, das in mir wütet. Aber es wütet nun einmal. Ich möchte sagen, dass ich den Rest meines Lebens davon träumen werde, dass Sie mich berühren."

Seine Augen verdunkelten sich, seine Hand schloss sich fester um seinen Gehstock. Innerlich zitterte sie. Vor Nervosität, ja, aber auch vor etwas, was beinahe ein Hochgefühl war.

So also konnte sie das Spiel spielen.

„Was haben Sie dagegen, Ihre Träume wahr zu machen?"

„Meine ganze Erziehung, wie wohl nicht eigens erwähnt werden muss. Aber es gibt noch etwas anderes, etwas, das Sie mit ihrem gewaltigen Reichtum nicht verstehen können."

„Bitte erhellen Sie mich."

„Wir sind arm, wissen Sie. Wir nagen nicht am Hungertuch, da meine Mutter immer noch eine Küchenmagd hat und eine Drittelstelle von einem Gärtner. Wir können von ihrem Einkommen leben. Aber das heißt auch, dass wenig übrig bleibt für alles andere außer Lebensmittel, Tee und Kohlen.

Es gibt da einen Laden in Cirencester, der ein Teleskop im Schaufenster hatte. Zehn Jahre lang bin ich jeden Monat davor stehengeblieben, um das Teleskop zu bewundern. Ich wollte dieses Teleskop dringender haben, als ich sonst irgendetwas in meinem Leben wollte. Ich habe jede Nacht davon geträumt und am Tag Pläne darum geschmiedet.

Das Teleskop war in Kommission dort. Der Ladenbesitzer hat mir insgeheim anvertraut, was der niedrigste Preis war, zu dem er es veräußern durfte. Aber ich konnte mir das nicht leisten – jeder Pfennig, der übrig blieb, wurde in eine Notfallkasse für Matilda getan. Dann, eines Tages war das Teleskop fort. Ein Gentleman hatte es für seinen zehnjährigen Sohn gekauft, zu dem ursprünglichen Preis, den sein Besitzer haben wollte."

Verspätet merkte sie, dass sie beide stehen geblieben waren. Er sah sie an, wandte den Blick nicht von ihr.

„Und?", hakte er nach.

„Nichts. Ich habe weitergemacht. Ich war so daran gewöhnt, es nicht zu haben, dass es an meinem Leben nichts geändert hat. Und so wird es auch mit Ihnen sein. Egal, wie sehr ich Sie auch begehre, es wird mir gelingen, es auszuhalten. Und ich werde weitermachen, als ob nichts weiter geschehen wäre."

Melodramatisch, aber gelungen melodramatisch, wenn sie so vermessen sein durfte, das zu sagen. *Er* jedenfalls schien davon wie gebannt.

Sie setzte sich wieder in Bewegung – sie begannen die Aufmerksamkeit von den Blinde-Kuh-Spielern zu erregen, wenn sie so dastanden. Ein paar Schritte weiter hatte er sie eingeholt.

„Warum wollten Sie das Teleskop?“

Das war nicht das, was sie erwartet hatte. Nicht, dass sie überhaupt noch wusste, was sie von ihm erwarten durfte. „Das ist für unser Gespräch nicht weiter von Bedeutung.“

„Ich wüsste es aber gerne.“

„Dann werde ich es Ihnen sagen, wenn wir zusammen im Bett sind, aber nicht vorher.“ Sie errötete angesichts des Bildes, das sie damit heraufbeschwor.

„Und wir werden erst dann gemeinsam in einem Bett liegen, nachdem ich Ihnen meinen Namen und meinen Schutz vor einem Mann Gottes versprochen habe.“

„Ganz genau.“

„Sie sind eine durchtriebene Frau, Miss Cantwell“, teilte er ihr mit.

Sie spürte die Wärme in seiner Stimme bis tief in ihr Innerstes, als hätte er sie berührt. „Nur aus Notwendigkeit“, antwortete sie mit gespielter Bescheidenheit.

„Sie wären an Mr Pitt verschwendet. Und noch mehr an Lord Firth. Dieser Mann würde eine Scheidung verlangen, wenn er wüsste, wie Sie in Wahrheit sind.“

„Ich würde dafür sorgen, dass er das nie erfährt.“

„Und was für eine Ehe wäre das dann?“

„Eine, wie Sie sie mit Ihrer zukünftigen Gattin führen werden, die nie ahnen wird, wie Sie in Wahrheit sind“, stellte sie fest, was ihr einen weiteren überraschten Blick von ihm eintrug. „Also sagen Sie bitte nicht, das, was Sie für sich selbst für eine ausgezeichnete Idee halten, sei nicht gut genug für mich.“

„Touché“, gestand er ihr zu.

Er sagte sonst nichts. Die Stille war zugleich nervenaufreibend und elektrifizierend. War sie überzeugend genug gewesen? Oder am Ende *zu* überzeugend? Hatte sie sein Interesse angestachelt oder war es ihr lediglich gelungen, ihn zum Umdenken zu bewegen?

Bei ihrer Rückkehr empfing Lady Balfour sie mit einem strahlenden Lächeln. „Ich konnte von hier aus sehen, dass es eine intensive und überaus interessante Unterhaltung war, die Sie da geführt haben.“

„Miss Cantwell war ganz fasziniert von den Hausgesellschaften, die ich gebe", antwortete Lord Wrenworth aalglatt. „Ihr war gar nicht bewusst, dass ein Gentleman ohne Ehefrau oder Schwester Gesellschaften veranstalten kann, die sowohl prächtig sind als auch vollkommen respektabel."

Lady Balfour schlug sofort zu. „Nun, dann müssen Sie sie auf jeden Fall einladen. Sie können ihr damit nicht erst den Mund wässrig machen und ihr dann die Erfahrung vorenthalten."

Louisa seufzte innerlich, als Lord Wrenworth völlig unschuldig sagte: „Oh, ich habe gar nicht vor, Miss Cantwell die Erfahrung vorzuenthalten. Aber sie hat erklärt, sie wolle nach der Saison nach Hause zurückkehren und sich dort eine ganze Weile erholten, ohne einen Fuß vors Haus zu setzen."

„Ach, Louisa, das ist Unsinn. Ich weiß, wie sehr dir deine Familie fehlt, aber man sollte sich auf keinen Fall die Gelegenheit entgehen lassen, die Gastfreundschaft des Herrn von Huntington kennenzulernen."

„In der Tat. Meine Gastfreundschaft ist der Stoff, aus dem Legenden sind", bemerkte Lord Wrenworth mit einem scheinbar arglosen Blick zu Louisa. „Aber das Ende der Saison ist noch weit, und es ist noch mehr als genug Zeit für Miss Cantwell, es sich noch einmal zu überlegen."

„Und das wird sie auch tun", bestimmte Lady Balfour ungnädig.

„Ich bin sicher, Sie haben recht, Mylady." Er verneigte sich. „Guten Tag, Lady Balfour. Und Ihnen ebenfalls, Miss Cantwell."

Erst als Louisa wieder in ihrem Zimmer in Lady Balfours Stadthaus war und in ihrem Notizbuch blätterte, wurde ihr bewusst, wie ungeheuerlich das war, was Lord Wrenworth ihr da vorgeschlagen hatte.

Der Mann spielte mit Dynamit. Und sollte etwas schiefgehen, hatte er ebenso viel zu verlieren wie sie. Nein, mehr.

Er war es, der über ein Einkommen von mehr als zweihunderttausend Pfund im Jahr verfügte. Er hatte den über jeden Tadel erhabenen Ruf. Und er war es, der all die Jahre geschickt jede Verwicklung mit infrage kommenden jungen Damen vermieden hatte.

Wenn sie entdeckt würden, hätte er keine andere Wahl, als sie zu heiraten.

Die bloße Idee reichte aus, dass ihr die Luft aus den Lungen wich. Für einen Mann, der weder impulsiv noch dumm war, war diese Art von Leichtsinnigkeit nichts weniger als verblüffend.

Und verblüffend verräterisch.

Bis zu diesem Augenblick hatte sie keine Ahnung, was er für sie empfand außer der Neigung, mit ihr zu seiner Unterhaltung zu spielen. Aber jetzt konnte sie mit einiger Sicherheit davon ausgehen, dass er sie nicht nur begehrte, sondern das mit einer Intensität tat, die der Leidenschaft ihrer Gefühle gleichkam.

Es war …

Sie stand auf und ging ziellos in ihrem Zimmer umher, bis sie sich an ihrem Bett wiederfand. Sie nahm wieder Platz, hielt sie sich am Bettpfosten fest.

Es war … beruhigend.

Natürlich war es auch unmoralisch, verderbt, unerhört und schrecklich, entsetzlich – und all die anderen Adjektive, die ein Synonym für „einfach furchtbar“ waren.

Aber wenigstens wusste sie nun, dass der Wahnsinn, der sie befallen hatte, ihn nicht verschont hatte.

Zumindest nicht völlig.

KAPITEL 5

Felix fühlte sich entblößt.

Das seltsame Gefühl beschlich ihn fast sofort, nachdem er das Picknick verlassen hatte. Mit jeder Stunde, die verging, wurde es intensiver und ließ sich einfach nicht abschütteln. Als er ins Bett ging, war ihm in seiner eigenen Haut nicht wohl.

Das, was dem hier in seiner Erfahrung am nächsten kam, stammte aus seiner Kindheit, wenn er seinen Eltern, einem von ihnen oder beiden, ein sorgfältig gebasteltes Geschenk gemacht hatte, und diese schrecklichen Minuten wartete, um zu sehen, ob sein Vater es hochheben würde oder ob seine Mutter es nach all dem übertriebenen Geherze dieses Mal mit auf ihr Zimmer nehmen würde, statt es achtlos im Teesalon liegen zu lassen, auf dass die Hausmädchen es beim Aufräumen wegwarfen.

Dabei war der Vergleich albern. Er hatte Miss Cantwell kein Geschenk gemacht. Sein Vorschlag war eine Unerhörtheit, ein Anschlag auf Anstand und Würde, ein anzügliches Geschoss, das direkt über die Mauern in ihre Burg geschleudert wurde.

Wie konnte da er, derjenige, der den Angriff führte, sich verletzlich fühlen?

Weil du schon seit langer Zeit nicht mehr du selbst gewesen bist. Weil du sie mehr hast sehen lassen als irgendjemanden sonst. Weil, wenn sie dieses Angebot ausschlägt …

Er beschied der Stimme in sich, die Klappe zu halten. Wenn Miss Cantwell sein Angebot schließlich doch ausschlug, hätte das wenig mit seiner Person zu tun. Ihre gesamte Erziehung stand ihm im Weg. Und die Strukturen der Gesellschaft, all ihre Regeln und Vorschriften, stellten die Reinheit des weiblichen Körpers über alles.

Er würde nicht weiter über dieses geheime Unbehagen nachdenken. Stattdessen würde er sich auf ihre Geständnisse konzentrieren, diese Träume, in denen sie nackt und ihm hilflos ausgeliefert war.

Nur um sicherzugehen, begab er sich für eine weitere Woche auf seinen Landsitz, damit er sie nicht aufsuchte und am Ende ungeduldig wirkte. Sogar nach seiner Rückkehr beschränkte er sich ein paar Tage lang auf das maskuline Refugium seines Clubs, verzichtete auf Gartenpartys und Musikabende.

Allerdings raffte er sich auf, Lady Tremaines Ball zu besuchen, da ihm anderenfalls eine scharfe Zurechtweisung gedroht hätte – sie hatten einmal eine Affäre gehabt und danach eine stabile angenehme Freundschaft gefunden.

Beim Ball tanzte er mit einem halben Dutzend junger Damen, spielte am Kartentisch ein paar Runden Faro und verbrachte einige Zeit an Lady Tremaines Seite, erkundigte sich nach ihrem Wohlergehen und ihren Unternehmungen.

„Ich kann sehen, dass du heute in einer der Fabriken warst", sagte er zu ihr.

„Warum? Habe ich noch Maschinenöl im Gesicht?" Lady Tremaine lachte. Sie war eine strahlende und selbstsichere Frau, völlig ohne falsche Scham bezüglich ihrer Freude an Fabriken und darüber, damit Geld zu verdienen.

„Du strahlst diese Zufriedenheit aus, für die entweder ein fabelhafter Liebhaber oder eine fabelhafte Abrechnung verantwortlich ist. Und da ich weiß, dass du in letzter Zeit niemanden in dein Bett …"

„Vielleicht ist deine Informationsbeschaffung fehlerhaft."

„Niemals. Hast du gerade entdeckt, dass du heute reicher bist, als du es gestern warst?"

Sie lachte erneut. „Ja, und um ein gutes Stück."

Er suchte mit den Augen die Menge ab, hielt nach einem inzwischen vertrauten Schopf schimmernden braunen Haares Ausschau – obwohl er wusste, dass Miss Cantwell gar nicht geladen gewesen war. „Meinen Glückwunsch. Wie willst du das feiern?"

„Vielleicht mit einem schwedischen Liebhaber?", scherzte Lady Tremaine. „Ich plane eine Reise durch Skandinavien."

Er richtete seine Aufmerksamkeit wieder auf sie. „Wann?"

„Ich reise übermorgen ab." Sie zuckte die Achseln. „London langweilt mich – und die Saison auch."

„In dem Fall solltest du das meiste aus deiner Reise herausholen. Probier auch einen norwegischen Liebhaber aus. Liegt Finnland ebenfalls auf deiner Route?"

„Nein, dieses Mal nicht, aber Dänemark."

Er lehnte sich ein wenig zurück. „Lord Tremaines Schwester lebt seit ihrer Heirat in Dänemark, oder?"

„Ja. Ich will sie besuchen, wenn ich durch Kopenhagen komme. Ich habe immer schon eine gute Beziehung zu meiner angeheirateten Familie gepflegt", erwiderte sie und klang dabei ein wenig trotzig.

„Natürlich", sagte er beschwichtigend. „Bei deiner Rückkehr erwarte ich einen lückenlosen Bericht über deine Erfahrungen in Skandinavien."

„Den bekommst du." Sie klang erleichtert, das Thema ihrer Schwägerin und alle Themen, die mit ihrem Mann zusammenhingen, zu verlassen. „Und du? Verfolgst du irgendwelche interessanten Pläne?"

„Nein, ich werde einfach die Langeweile Londons ohne dich erdulden müssen. Und dann die Last, die gleiche alte Hausgesellschaft zu veranstalten."

„Ha. Du bist der letzte Mensch, der die gute Gesellschaft langweilig findet. Du bist viel zu sehr damit beschäftigt, dir vom einen Ende von Mayfair zum anderen die Stiefel lecken zu lassen."

„Wenn mich die Welt bewundern will, wer bin ich, ihr dabei im Weg zu stehen?"

Er drückte ihr leicht die Hand und überließ sie ihren anderen Gästen. Er selbst zog sich in den Musiksalon zurück, um für eine Weile dem Trubel zu entkommen. Er mochte die Bewunderung der Massen, aber ein Mann musste auch atmen, und es gab nichts, was stickiger war als ein Ballsaal voller Menschen an einem Hochsommerabend.

Das Innere des Musiksalons wurde von einem wunderschönen Érard-Flügel beherrscht, von dem Felix immer schon glaubte, dass es damit eine besondere Bewandtnis hatte. Lady Tremaine, die kein bisschen musikalisch war, würde so ein edles Instrument nicht für sich anschaffen. Und der Flügel wurde auch nie benutzt – sie hatte ein anderes Klavier, ein einfacheres, in einem Salon stehen, falls ihre Freunde nach dem Essen Lust auf ein oder zwei Lieder hatten.

Er vermutete, dass der Flügel etwas mit dem Ehemann zu tun hatte, den sie so selten erwähnte, der auf der anderen Seite des Ozeans in New York lebte und nie zu Besuch kam. Die perfekte Ehe wurde sie von der Gesellschaft genannt – Höflichkeit, Abstand und Freiheit, unbelastet von ermüdenden Gefühlen.

Die Wahrheit sah vermutlich ganz anders aus. Aber er hatte nie nachgefragt. Ihre Freundschaft fußte auf Respekt vor persönlichen Grenzen. Keiner von ihnen hinterfragte je, ob der andere war, was er zu sein schien.

Lady Tremaine war glücklich, wenn alle Welt dachte, sie sei gänzlich zufrieden mit ihrer Ehe. Und er war glücklich, wenn alle Welt ihn für ohne Fehl und Tadel hielt, wenn er fast so perfekt – und möglicherweise auch so leer – wie ihre Ehe war.

Die Tür öffnete sich, und genau die Frau trat ein, deren Weigerung, seinem unzüchtigen Verlangen nachzugeben, der Anlass für seine derzeitige Selbstbetrachtung war.

Sie trug eine Schöpfung in der Farbe gekochter Krabben, die wahllos mit langen Rüschen und Bordüre aus Samtrosenblättern und Puffärmeln aus kristallbesetztem Tüll verziert war. An jeder anderen hätte das Kleid furchtbar ausgesehen. Aber mit ihren klaren Zügen verwandelte sie das in einen Vorteil: Natürlich sollte eine junge Dame so süß und unbefleckt wie sie zu einem Ball in zwanzig Ellen rosafarbener Seide erscheinen, überladen mit allen nur verfügbaren Sorten Verzierungen.

Sie lehnte sich mit dem Rücken gegen die Tür, als könne sie der Wirkung, die das Wiedersehen mit ihm auf sie hatte, nicht anders widerstehen.

Er hatte oft daran denken müssen, was sie über das Teleskop gesagt hatte, das sie sich so verzweifelt gewünscht hatte, über die simple Tatsache, dass sie einfach ohne weitergemacht hatte. In ihrem unerfüllten Sehnen hatte eine gewisse Würde gelegen. In seinen hoffnungslosen Wünschen von einst hatte nie irgendeine Würde gelegen, nur Elend.

Schließlich merkte er, dass eine ganze Minute verstrichen war, ohne dass er ein Wort des Grußes geäußert hatte.

„Sie sind sich bewusst, Miss Cantwell, dass wir bereits den Verlust des Schwiegervaters der königlichen Prinzessin zu beklagen haben und ihren Ehemann vermutlich auch bald verlieren werden?", erkundigte er sich in schärferem Ton als beabsichtigt. „Ihr Kleid könnte als unangemessen farbenfroh angesehen werden.“

„Dessen bin ich mir bewusst. Aber es gibt keine Farbe, die besser für den Teint eines Mädchens vom Lande ist als Himbeersorbet“, entgegnete sie leise.

Und keine Farbe war besser als Himbeersorbet dazu angetan, das Sehnen zu unterstreichen, das ihre Augen fiebrig glänzen ließ.

Wie sie so dastand und die Haut an ihrem Hals und ihren Schultern unter dem strahlenden Licht im Musikzimmer schimmerte, ihre Brust sich rasch hob und senkte, sie sich mit den Fingern an der Tür abstützte, als wollte sie sich irgendwo festhalten, hätte er sofort und ohne Zögern sein Angebot wiederholt, und das obwohl er wusste, wie entblößt er sich danach fühlen würde.

„Es ist trotzdem ein albernes Kleid. Aber ich gebe zu, als Teil eines Kostüms kann es nützlich sein.“ Er stützte sich mit einer Hand auf den Flügel. „Woher wissen Sie, dass ich hier bin?“

„Wir haben davon auf dem Ball bei Mrs Cornish erfahren. Gäste brachen von dort auf, um herzukommen, und sie sagten, Sie würden hier sein. Daher entschied Lady Balfour, es ihnen nachzutun. Wir hatten noch nicht einmal Einladungen, aber Lady Balfour hat mir gesagt, ich solle einfach hocherhobenen Hauptes hineingehen.“

„Und das haben Sie natürlich bewundernswert getan.“

„Ich wollte Sie sehen“, erklärte sie schlicht. „Und als ich aus dem Puderraum kam, wen habe ich da hier hineingehen sehen als ausgerechnet Sie?“

„Haben Sie mich vermisst?“

Er stellte solche Fragen nicht. Oder wenigstens stellte er solche Fragen nicht, wenn es auf die Antwort ankam.

Ihre linke Hand ballte sich zur Faust. „Natürlich habe ich Sie vermisst.“

Der Boden unter seinen Füßen hörte auf zu schwanken. Er atmete wieder.

„Jeden Tag habe ich mich gefragt, ob ich nicht den größten Fehler meines Lebens begangen hatte, als ich Ihr Angebot ausgeschlagen habe, Ihre Mätresse zu werden …“ Sie atmete bebend aus. „Lassen Sie uns einfach sagen, dass ich keine Vorstellung von der Reichweite und der Zügellosigkeit meiner Phantasie hatte.“

„Erzählen Sie.“

Er wollte es wissen. Er musste es wissen. Dass sie sich so heftig zu ihm hingezogen fühlte wie er zu ihr, das machte dieses Gefühl von Verwundbarkeit überhaupt nur erträglich.

Ihre Finger spielten mit einer tropfenförmigen Glasperle an ihrer Hüfte, ihr Blick war auf einen Punkt irgendwo zu seinen Füßen gerichtet. „Sie haben gesagt, Sie wollten mich auf Ihren Landsitz holen. Nun, Lady Balfour hat zufällig einen Reiseführer zu den großen Herrschaftssitzen der Gegend, in dem drei Seiten der Beschreibung von Huntington gewidmet sind. Daher weiß ich nun alles über den ummauerten Ziergarten, das Lavendelhaus und den griechischen Lusttempel auf der anderen Seite des Sees, gegenüber dem Herrenhaus.

Ich kann es fast vor mir sehen: das Haus, hell erleuchtet in der Nacht, die Lichter, die sich im Wasser des Sees spiegeln. Ich stehe bei einer der Säulen im Tempel, und sie treten von hinten zu mir."

Ihm war seltsam schwindelig. „Sie sollten wissen, wenn ich Gäste habe, werden abends Fackeln in der Nähe des Tempels angezündet, sodass man ihn vom Haus aus sehen kann."

Ihre Finger krampften sich in den Stoff ihrer Röcke. „Ja, das passt zu Ihnen. Nun werde ich die ganze Nacht wach liegen und darüber nachdenken, wie groß meine Angst ist, obwohl ich von der Säule verdeckt bin. Und ich frage mich, warum ich Sie nicht einfach aufhalte, da ja alles ohnehin nur in meinem Kopf stattfindet. Warum ich Sie nicht einfach bitte, mich an einen Ort zu bringen, an dem die Gefahr der Entdeckung weniger groß ist – aber ich lasse Sie weiter alles tun, was Sie wollen."

Objektiv betrachtet, hatte er schon wesentlich besseres erotisches Geplänkel gehört, hitzige Worte begleitet von jeder Menge nackter Haut und keinerlei Vorbehalten. Doch Miss Cantwell mit ihrem Zögern und ihrer Unfähigkeit, weiter ins Detail zu gehen als „ich lasse Sie weiter alles tun, was Sie wollen", hätte ihm unbeholfen erscheinen müssen und amateurhaft. Aber ihre Unerfahrenheit im Kontrast zu ihrer Bereitwilligkeit, sich an einem halböffentlichen Ort lieben zu lassen …

Er konnte es jetzt selbst sehen. Nur dass es ihm noch viel detaillierter vor Augen stand. Seine Gäste wären nicht im Haus, sondern schlenderten während der Feier mit dem großen Feuer, wie es stets in der letzten Nacht seiner Sommergesellschaften stattfand, durch die Gärten. Die meisten würden zwar in der Nähe des Hauses bleiben, aber manche würden sich weiter wagen und sie beinahe entdecken, wie sie in den Schatten versteckt standen, beide völlig bekleidet, aber sie mit hochgeschobenen Röcken und er tief in ihr.

Ihre Blicke begegneten sich. Sie schluckte. Sie hatte die Richtung seiner Gedanken begriffen.

„Müsste ich Ihnen mit einer Hand den Mund zuhalten, damit Sie keinen Laut machen?", fragte er, überrascht, dass seine Stimme ein wenig heiser klang.

Sie schluckte erneut. „Vermutlich."

Er kam langsam näher. „Und ich bin sicher, dass Sie wissen, das wäre erst der Auftakt zu der Nacht. Sie werden in meine Zimmer kommen müssen und dort bis zum Morgen bleiben."

Sie umklammerte den Türrahmen. „Wie viele Male wollen Sie mich in dieser Nacht lieben?"

Ihre Frage war kaum hörbar.

Bis Sie mich anflehen, Sie das ganze Jahr auf Huntington zu behalten.

Er blieb erst stehen, als seine Rockaufschläge ihr Oberteil streiften. Ihre Augen waren beinahe schwarz, die Pupillen geweitet. Die Hitze, die von ihrer Haut aufstieg, war fast greifbar. Ihre Lippen teilten sich weiter, als erwartete sie, dass es bald keine Luft mehr im Raum gäbe – als erwartete sie von ihm, dass er sich vorbeugte und sie küsste.

Seine Lippen strichen fast über ihre, als er sich zu ihr lehnte. So nah waren ihre Augen, in denen Bereitwilligkeit und Hingabe stand. Er benötigte jede Unze seiner Selbstbeherrschung, den Kopf ein wenig zu senken und ihr ins Ohr zu flüstern: „Sie sind nicht gekommen, um mir mitzuteilen, dass Sie Ja sagen, oder?"

Sie atmete nur schwer.

„Wenn die Vorstellung, entdeckt zu werden, Sie erregt, es gibt noch einen anderen Tempel in Huntington in römischem Stil mit einer Aussichtsplattform im oberen Stockwerk. Das Ganze ist auf einer Anhöhe errichtet und bietet einen wunderschönen Blick auf die umliegende Landschaft."

Ihr Atem ging noch ungleichmäßiger.

„Wissen Sie, was das sogar noch aufregender machen wird als den griechischen Tempel? Hier wird es hell sein – vielleicht nicht mitten am Tag, sondern, sagen wir, bei Sonnenaufgang. Und weil Sie eine Frau mit skandalösen Neigungen sind, wird Sie der Liebesakt in der Öffentlichkeit vielleicht nicht genug erregen, wenn der Ort zu abgelegen ist, um unmittelbar in Gefahr zu schweben, entdeckt zu werden. Daher werde ich Sie ausziehen. Und falls jemand im Umkreis von ein paar Meilen zufällig ein Fernrohr hat und es auf die Plattform richtet …"

Sie hob eine Hand, legte sie sich an den Hals.

„Sagen Sie etwas", verlangte er. „Oder ich könnte beschließen, Ihr Schweigen als Zustimmung zu werten."

Sie blinzelte mehrere Male. Ihm fiel zum ersten Mal auf, dass sie perfekt geformte Brauen besaß. Sie drückte ihm ihre behandschuhten Finger auf die Lippen, weiches, warmes Ziegenleder, das leicht nach Zeder duftete.

Ihm blieb das Herz stehen. Er konnte bereits ihren Körper an seinem spüren, die Lust, unter der sie erbeben würde, genau, wenn in der Nacht das Feuerwerk begann, den Himmel erleuchtete.

„Ich sollte besser gehen", murmelte sie und ließ die Hand sinken. „Lady Balfour wird sich wundern, wo ich bleibe."

Jetzt war er es, der sie berührte, seine behandschuhte Hand an ihr Kinn legte, damit sie ihn weiter anschauen musste, als sie am liebsten den Blick abgewandt hätte. „Wann werden Sie zugeben, dass Sie Ihre Meinung geändert haben?"

Ihre Augen sagten, sie werde sich stundenlang unruhig umherwerfen, wenn sie heimkam, dass sie vielleicht sogar keinen anderen Ausweg sah, als sich selbst zu berühren. Aber sie erwiderte nur: „Gute Nacht, Lord Wrenworth."

Und entkam seinem Griff.

Ließ ihn zurück, damit er sich nach und nach von der Verwirrung erholte.

Und um zu erkennen, lange nachdem sie fort war, dass der Musiksalon im Grunde genommen nur sehr spärlich beleuchtet war, und dass sein früherer Eindruck von strahlendem Licht eben nur genau das war: ein Eindruck.

Es HÖRTE SICH AN, ALS schöbe jemand oben einen Tisch über den Boden.

Louisa schaute einen Moment zur Decke der Buchhandlung, ehe sie ihre Aufmerksamkeit wieder den Büchern zuwandte. Sie erklärte sich immer gerne bereit, Lady Balfours Buchbestellungen abzuholen. Es geschah nur selten, dass sie sich selbst einen Band leisten konnte, aber sie ließ keine Gelegenheit aus, zwischen den Regalen voller leinengebundener Buchrücken entlangzugehen. Eine Freude, die mehr ein Schmerz war: ästhetische Wertschätzung, die mit dem auf ewig unerfüllten Sehnen nach Besitz rang.

Warum sollte sie zu Lord Wrenworth und seinem Angebot nicht einfach Ja sagen? *Dann hättest du, wenn schon sonst nichts, immerhin für den Rest deines Lebens mehr Bücher, als du lesen könntest.*

Genau, warum sollte sie eigentlich *nicht* einfach darauf eingehen?

Als er nach seinem ursprünglichen Vorschlag so viele Tage wie vom Erdboden verschluckt gewesen war, war sie sich mit einem schrecklichen Gefühl in der Magengrube sicher gewesen, dass sie die ganze Sache falsch verstanden hatte. Dass das, was sie für die Ouvertüre gehalten hatte, in Wahrheit die gesamte Transaktion darstellte: Angebot gemacht, Angebot abgelehnt, Angebot für nichtig erklärt.

Dass das, was sie für echtes und tiefer gehendes Interesse gehalten hatte, von seiner Seite aus nicht mehr als eine Seifenblase gewesen war, die im Sonnenlicht glitzerte, nur um im nächsten Augenblick zu verschwinden.

Lady Balfour hatte ihr nicht zureden müssen, so zu tun, als gehöre sie auf Lady Tremaines Ball. Hätte irgendein Diener sie davon abhalten wollen, hineinzugehen, hätte sie bereitwillig die Perlenbrosche ihrer Mutter als Bestechung geopfert – so dringend hatte sie ihn sehen müssen.

Es sprach für sie, dass sie ihr Abendkleid angelassen hatte – der Mann hatte etwas an sich, wie er sie anschaute, das in ihr den Drang weckte, sich unverzüglich ihrer Kleider zu entledigen. Nicht langsam und bedächtig, sondern als stünden sie in Flammen und müssten ohne Aufschub heruntergerissen werden.

Und als er gefragt hatte, ob sie gekommen sei, um Ja zu sagen, als er sein Angebot erneuert und ihrer Hoffnung neue Nahrung gegeben hatte, hatten ihre Beine unter den Röcken zu zittern begonnen.

Er würde nie erfahren, wie nah sie davor gestanden hatte, ihm die Antwort zu geben, die er hören wollte.

Doch trotz ihrer Erleichterung darüber, dass er noch interessiert war – immer noch diesem Wahnsinn anhing –, hatte sie sich umgedreht und war gegangen.

Ein Teil von ihr hatte erkannt, dass das Spiel noch lief, noch lange nicht vorüber war, hatte es aber nicht zugeben wollen. Aber wie viel länger konnte sie mitspielen, wenn sie keine Ahnung hatte, wie oder ob es überhaupt möglich war zu gewinnen? Machte sie nur weiter, um am Ende nicht zu verlieren? Und was genau würde denn „verlieren" in diesem besonderen Fall bedeuten?

Donner, als sei direkt neben ihr ein Feldgeschütz abgefeuert worden, ließ sie zusammenzucken, und sie sprang zur Seite. Regen ergoss sich in Strömen vom Himmel, als seien in den Wolken alle Dämme gebrochen. Sie begriff, dass das, was sie für das Scharren von Tischbeinen gehalten hatte, in Wahrheit fernes Donnergrollen gewesen war, ein Gewitter, das schon eine Weile heraufzog.

Sie würde hier im Buchladen warten müssen, bis das Unwetter vorbei war, was wirklich keine Zumutung war. Und da sie eine geschätzte Stammkundin war oder sie immerhin gewissermaßen repräsentierte, würde sich der Ladenbesitzer Mr Richards nicht über ihren in die Länge gezogenen Aufenthalt beschweren.

„Ich suche die junge Dame, die Lady Balfours Bücher abholen wollte."

Louisa blinzelte verwirrt. Lord Tenwhestle. Was tat er hier?

„Mylord Tenwhestle." Sie kam hinter dem Regal vor. „Ich bin hier."

„Selbstverständlich, meine liebe Cousine." Er nickte Mr Richards zu, kam zu ihr, aber statt sie zur Tür zu geleiten, führte er sie tiefer in die Buchhandlung.

Als sie außer Hörweite von Mr Richards waren, fragte Lord Tenwhestle mit einem spitzbübischen Lächeln: „Haben Sie je *Stolz und Vorurteil* gelesen, Miss Cantwell?"

Diese Frage verblüffte sie. „Ja, allerdings vor Jahren schon."

Mrs Cantwell war enttäuscht gewesen, dass kein moderner Mr Darcy oder Mr Bingley gekommen war, um eine ihrer wunderschönen älteren Töchter in ein großes Landhaus zu entführen. Louisa fand es seltsam, dass ihre Mutter überhaupt solche Hoffnungen gehegt hatte. Schließlich hatte auch Miss Austen selbst im echten Leben keinen Mr Darcy gefunden. Warum sollte er plötzlich fast ein Jahrhundert, nachdem seine Schöpferin längt zu Staub zerfallen war, aus dem Nichts auftauchen?

„Erinnern Sie sich noch an den Teil, in dem Mrs Bennet ihre älteste Tochter zu Pferde nach Netherfield Park schickt, obwohl sie genau weiß, dass sie dann dort über Nacht wird bleiben müssen?"

Louisa biss sich auf die Innenseite der Wange, sah, wohin das hier führen würde.

„Meine Schwiegermutter hat wohl etwas Ähnliches ersonnen“, fuhr Lord Tenwhestle fort, bestätigte Louisas Verdacht. „Sie hat mich zu Fuß in meinen Club geschickt, obwohl klar zu sehen war, dass es regnen würde, mit der genauen Anweisung, dass ich dafür sorgen solle, dass Sie, falls der Himmel tatsächlich seine Schleusen öffnet, trocken und warm wieder zu Hause eintreffen.“

Was würde Lady Balfour denken, wenn sie nur wüsste, dass, während sie ihre unschuldigen Tricks plante, Louisa sich auf viel gewagtere Spielchen einließ? „Und da es unmöglich ist, bei diesem Wetter eine Droschke aufzutreiben …“

„Exakt.“ Lord Tenwhestle zwinkerte ihr verschwörerisch zu. „Als ich mein Problem beklagt habe, trat ein sehr feiner Gentleman vor, um mir seine Kutsche zur Verfügung zu stellen.“

Einer mit mehr als einem Lustpavillon auf seinem Landsitz?, hätte Louisa fast gefragt.

Sie hatten mit gesenkten Stimmen gesprochen, aber nun begann sie zu flüstern: „Denken Sie, Sir, dass Lady Balfour am Ende zu optimistisch ist bezüglich meiner Aussichten? Ich würde es hassen, wenn sie enttäuscht wird, aber wenn es sich um den Gentleman handelt, von dem ich glaube, dass er es ist, so habe ich keinen Grund zu der Annahme, dass aus dieser Richtung ein Heiratsantrag zu erwarten ist.“

Lord Tenwhestle tätschelte ihr begütigend den Arm. „Machen Sie sich keine Sorgen, liebe Cousine. Wir sind alle erwachsen. Außerdem kenne ich den fraglichen Gentleman seit Jahren, und auch wenn er perfekt ist, ist er auch überaus geschickt darin, ränkeschmiedenden Mamas und ihren ebenso ränkeschmiedenden Töchtern auszuweichen. Ich werde gerne zugeben, dass ein Mal ein Zufall sein kann – als er eingesprungen ist, als Mr Pitt unvermutet nicht zu unserem Dinner kommen konnte –, aber ich denke nicht, dass Lord Wrenworth zufällig zwei Mal der Familie der gleichen Debütantin seine Hilfe anbieten wird.“

Nein, nicht zufällig. Aber was immer Lord Wrenworth auch tat, es geschah in Verfolgung seiner eigenen Absichten: damit sie zum Sonnenaufgang nackt auf der Aussichtsplattform in seinem Park stand, während er sich mit ihr vergnügte.

Sie verspürte einen Stich in der Brust. Würde dieses Bild für immer nur in ihrer Phantasie existieren?

„Wenn Sie es sagen, Sir", antwortete sie schwach.

Zwei Lakaien warteten mit Regenschirmen vor der Buchhandlung. Lord Wrenworth stand neben seiner eleganten Stadtkutsche unter einem eben solchen Regenschirm und sah aus, als sei er geradewegs aus einem Märchen getreten, der wunderschöne Schwindlerprinz – ein Märchen, das sorgsam zensiert werden musste, bevor man es Kindern vorlesen konnte.

Er grüßte sie mit höchstem Anstand. Sein Griff um ihre Hand, als er ihr in die Kutsche half, war leicht und völlig züchtig. Und als er selbst einstieg, streiften seine Hosen nicht einmal ihre Röcke.

Trotzdem war nur ein rascher Blick, sogar ohne Lächeln nötig, dass eine Hitzewelle sie erfasste. Sie umklammerte Lady Balfours Buchpaket, das sie auf dem Schoß hatte.

Lord Tenwhestle folgte ihnen. Die Tür schloss sich hinter ihm. Mit einem sanften Schaukeln setzte sich die Kutsche in Bewegung.

„Ich habe gerade zu Miss Cantwell gesagt, wie dankbar ich bin, dass Sie zu meiner Rettung gekommen sind", bemerkte Lord Tenwhestle zu dem Mann, der Louisa einen Antrag gemacht hatte, bei dem es allerdings nicht um Heirat gegangen war. „Und wie erfreut ich bin, in diesem Wolkenbruch keine Droschke suchen zu müssen."

Louisas Liebhaber – die Bezeichnung schockierte sie selbst, aber wie sonst sollte sie ihn ansprechen? – neigte huldvoll den Kopf. „Es ist mir eine Freude und Ehre, zu Diensten sein zu können."

Mein Liebhaber, wiederholte sie für sich. Sie hatten sich nicht geliebt, aber das war eine Nebensächlichkeit, schließlich hatten sie es im Geiste getan. Und obwohl sie noch nicht nackt vor ihm gestanden hatte, hatte sie eine Menge von sich preisgegeben, als sie ihm von ihren Träumen erzählt hatte.

Der Verkehr geriet ins Stocken. Lord Tenwhestle übernahm den Großteil der Unterhaltung, irgendein amüsanter Zwischenfall von seiner Grand Tour mit seinem Bruder, als sie sich während eines heftigen Regenschauers in Rom verfahren hatten.

Plötzlich rief er aus: „Gütiger Himmel, fast hätte ich es vergessen! Ich werde in zehn Minuten bei meinem Bruder erwartet. Irgendein Treffen mit den Anwälten der Familie wegen eines nutzlosen Stücks Land, das wir seit Urzeiten loswerden wollen."

„Wenn ich mich nicht ganz irre, lebt Mr Northmount in der nächsten Straße, oder?", fragte Lord Wrenworth.

„Stimmt. Wenn ich nicht eben zufällig diese Geschichte erzählt hätte, hätte ich es glatt vergessen."

Lord Wrenworth nannte dem Kutscher die neue Adresse, und Minuten später befand sich Lord Tenwhestle im Hause seines Bruders, während Louisa und Lord Wrenworth weiter zu Lady Balfours Haus fuhren.

Louisa war seltsam befangen, nicht weil sie mit ihrem Beinahe-Liebhaber allein in der Kutsche saß, sondern weil das Vorgehen ihrer Verwandten so lachhaft durchsichtig war. Sie war sowohl unendlich dankbar für Lord Tenwhestles und Lady Balfours aufrichtige und freundliche Anstrengungen – und zugleich unendlich verlegen.

Besonders da sie Lord Wrenworth mehr oder weniger gestanden hatte, dass sie überhaupt nicht der süßen unschuldigen jungen Frau glich, die jeder Mann mit einem Funken Selbstachtung sich zur Braut erwählen würde. Sie war genau genommen so etwas wie eine Nymphomanin, die es nicht kümmerte, ob er sie in der Öffentlichkeit nahm, solange er sie nur überhaupt nahm.

Sie entfernte die Bücher von ihrem Schoß, stellte sie neben sich und fuhr mit dem Daumen über den Bindfaden, mit dem das Päckchen verschnürt war.

„Erzählen Sie mir von dem Teleskop", sagte er.

Sie schaute auf. „Ich dachte, ich hätte klar gemacht, dass das etwas ist, worüber ich nicht spreche."

„Nichts, über das Sie sprechen, außer Sie sind mit mir im Bett", verbesserte sie. „Aber das betraf den Grund, warum Sie es sich gewünscht haben. Was ich hören möchte, ist eine Beschreibung des Teleskops selbst."

„Warum?"

„Weil ich mich dafür interessiere."

Sogleich wusste sie wieder, warum sie nicht schon vor zwei Wochen Ja gesagt hatte. Warum sie dieses gefährliche Spiel weiterspielte.

Sie fürchtete, ihn zu verlieren.

Sobald sie seine Mätresse war, sobald es ihm freistand, sich ihrer zu bedienen, wäre das der Anfang vom Ende. Aber solange sie ihm widerstand, solange seine Lust unerfüllt blieb, gab es die Chance, dass er Teil ihres Lebens blieb.

Vielleicht würde er ihr gewagte Briefe auf einer Schreibmaschine schreiben, ohne Unterschrift, sodass sie nicht zu ihm zurückverfolgt werden konnten. Vielleicht würde er einen Grund finden, ein Haus in der Nähe ihres Wohnortes zu erstehen und sie alle zwei Jahre mal besuchen, wenn er kam, um das Anwesen persönlich zu inspizieren. Vielleicht würde er auch …

„Wie groß ist die Blende?", wollte er wissen.

Sie zögerte. Ihre fleischlichen Gelüste konnte sie nicht verbergen, aber konnte sie es ertragen, mehr von sich preiszugeben, noch entblößter vor ihm zu stehen?

„Sechs Zoll?", riet er.

„Neuneinhalb", hörte sie sich antworten.

„Und die Brennweite?"

„Zwölf Fuß, vier Zoll."

Er legte die gespreizten Finger aneinander. „Kein Wunder, dass Sie nicht imstande waren, es sich zu leisten. Anfangs dachte ich, Sie wollten eines dieser Teleskope für fünf Guineen. Aber Sie, Miss Cantwell, sind anspruchsvoll."

„Bei gewissen Dingen", räumte sie ein.

„Wenn es um ein Teleskop geht, möchten Sie eines, das Ihnen beide Teile eines Doppelgestirns zeigen kann. Wenn es Ihnen um einen Mann geht, möchten Sie den Idealen Gentleman." Mit einem einzelnen Finger auf seinem Gehstock neigte er ihn von links nach rechts und wieder zurück. „Was wollen Sie außerdem?"

Sie sollte ihm nichts mehr verraten. Sie hätte niemals überhaupt erst das Teleskop erwähnen sollen, ihm nie einen Blick auf sich selbst gewähren dürfen.

„Alles, was ich je wollte, war, eine unabhängige alte Jungfer zu sein."

Sie zuckte innerlich zusammen. Was hatte sie dazu getrieben, ihm weiter mehr über sich zu verraten? Sicher, es war furchtbar einsam, verliebt zu sein, und sicher, sein fortgesetztes Interesse an ihr war …

Ihre Gedanken kamen zu einem jähen Halt, wie ein Schiff, das plötzlich auf eine versteckte Sandbank lief. Sie hörte auf, mit dem Bindfaden zu spielen. Was war geschehen?

Sie war so vorsichtig gewesen. Vernarrtheit, Betörung, Wahnsinn – sie benutzte alle Wörter aus dem Wörterbuch, um ihren Geisteszustand zu beschreiben.

Jedes Wort außer *Liebe*.

Weil Liebe kein Geisteszustand war, der sich von einer auf die andere Stunde änderte, von einem Tag auf den anderen. Liebe war wie Pocken: Selbst die Überlebenden kamen nicht ungeschoren davon.

Sie blickte ihn an, als sehe sie ihn zum ersten Mal, die Schönheit, die Selbstsicherheit, die Verruchtheit. Sie hatte sich in einen Mann verliebt, dem keine Frau, die recht bei Sinnen war, nahekommen, geschweige denn ihn begehren würde.

Er klopfte die Fingerspitzen aneinander. „Das kann ich Ihnen geben: Unabhängigkeit, um als alte Jungfer unbehelligt zu leben. Und ein größeres Teleskop als das, das Sie sich gewünscht haben."

„Sie haben die Überredungskraft der Schlange im Paradies."

„Und Sie sind viel klüger und argwöhnischer, als es die arme Eva je war."

Er hob seinen Gehstock und legte ihr den Knauf in den Schoß, eine erschreckend intime, in die Privatsphäre eindringende Geste, die Hitze durch ihren Körper sandte.

Das Schlimme aber war, je mehr er ihr bewies, dass er gefährlich und pervers war, desto mehr geriet sie unter seinen Bann. Und je mehr sie unter seinen Bann geriet, desto mehr verriet er ihr von seinem wahren Wesen.

Sein Blick traf ihren. „Lassen Sie sich von mir alles geben, was Sie sich je erträumt haben."

Aber das konnte er nicht. Oder wollte es wenigstens nicht.

Denn sie konnte nicht länger mit einem teuren Teleskop zufrieden sein, einem beispiellos freien Leben als alte Jungfer oder seinem zweifellos herrlichen Körper – oder allem drei zusammen.

Sie war eine verliebte Frau, und sie wollte nichts weniger als sein skrupelloses und möglicherweise sogar prinzipienloses Herz, ihr in sklavischer Ergebenheit dargeboten.

Sie legte die Finger auf den Knauf des Gehstockes, der immer noch von seiner Hand warm war. Erst dachte sie, es sei einfach ein Knauf aus schwerem, glattem Ebenholz, aber als sie darüber fuhr, sah sie hinab und erkannte, dass der Knauf in Wahrheit die Form eines glatten Pantherkopfes besaß.

„Das ist aber ein schönes Exemplar, das Sie hier haben", sagte sie ein wenig schockiert, sowohl über ihre Worte als auch über ihr Tun.

Sie streichelte das von ihm, was er ihr hinzuhalten beschlossen hatte, ihre Fingerspitzen erkundeten jede Furche und jede Vertiefung in dem Griff. Sein Blick, intensiv und unter halb geschlossenen Lidern, glitt über ihr Gesicht zu ihrer Hand und wieder zurück.

„Gefällt es Ihnen?"

Er war ein sehr überlegt handelnder, überaus beherrschter Mann, wie ihr noch kein anderer begegnet war. Wann immer sie an ihn dachte und dass er sie berühren konnte, stellte sie ihn sich als geschickten Liebhaber vor mit unendlicher Geduld und Beherrschung, der sie erregte, bis ihr Atem schneller ging und sie sich hilflos unter ihm wand, der sie ein bisschen folterte – oder auch nicht nur ein bisschen –, indem er ihr vorenthielt, was sie so verzweifelt brauchte.

Aber in seiner Frage schwang ein gewisser Unterton mit, die das Bild vor ihrem geistigen Augen erstehen ließ, wie er sie gegen eine Wand drängte oder vielleicht auch die Säule eines griechischen Gartentempels, und sie hart nahm, all seine Kontrolle und Geduld wie weggewischt.

Ihre Stimme bebte leise. „Ja."

„Ich habe viel bessere Exemplare, die ich Ihnen zeigen könnte."

„Dessen bin ich mir sicher. Aber das hier wird stets mein erster sein."

Die Kutsche schien aus Glas gemacht zu sein, mit großen Fenstern zu beiden Seiten. Die Vorhänge waren vor keines vorgezogen, und sie waren schwerlich das einzige Gefährt auf der Straße.

Dennoch hob sie den Griff seines Gehstockes und beugte sich vor, küsste die Spitze.

„Sie bringen mich dazu, unaussprechliche Dinge zu tun", murmelte sie mit Blick auf den Pantherkopf.

Langsam entzog er ihr den Stock. Er betrachtete den Griff genauer, dann sah er wieder sie an, und in seinen Augen stand ein hitziger, aber unergründlicher Ausdruck.

Regen trommelte auf das Kutschendach. Donner grollte. Die Räder der Kutsche rollten durch das Flüsschen, in das sich die gepflasterte Straße verwandelt hatte, aber alles, was sie hörte, war der rhythmische Schlag ihres Herzens, ein Stakkato heißen unerfüllten Sehnens.

Die Stille war ihr unbehaglich. Sie war niemand, der unbedingt jede Gesprächspause füllen musste, aber *sein* Schweigen schien ein Ventil in ihr zu öffnen, und Worte strömten ihr förmlich über die Lippen, in die Leere zwischen ihnen.

„Warum lassen Sie mich ihn nicht noch einmal anfassen? Ich mag es, wie er sich in meiner Hand anfühlt."

Er warf einen Blick nach unten und spielte geistesabwesend – wenigstens wirkte es auf sie so – mit dem Ebenholzknauf. Nur das, was auch immer er da tat, dazu führte, dass ihr der Atem stockte und ihr Gesicht heißer wurde.

„Sind Sie sicher, dass ich es bin, der Sie unaussprechliche Sachen tun lässt?", fragte er leise, und sein Blick nagelte sie auf dem Sitz fest. „Oder finden Sie ganz einfach von sich aus Gefallen an Gehstöcken von Herren?"

SIE RUTSCHTE AUF IHREM SITZ herum.

Felix würde liebend gerne das Gleiche tun, einfach um bestimmte Körperteile zu verlagern, damit er etwas bequemer sitzen konnte. Aber er wusste auch, dass es völlig witzlos war. Nichts würde gegen seine Erregung helfen – nichts, außer sie zu nehmen.

Er dachte ständig an sie: auf dem Rücken, auf den Knien, auf den Füßen, manchmal nackt, manchmal nicht, aber immer war er in ihr, immer hatte sie die Augen weit geöffnet, immer schaute sie ihn an mit diesem ihr ganz eigenen Ausdruck darin: Lust, Vorfreude, Begehren, Argwohn und eine Prise Verehrung.

Selbst jetzt dachte er daran, den Griff seines Gehstockes zu nehmen, damit ihre Beine zu spreizen, sodass sie vor ihm entblößt war.

„Das werde ich herausfinden, nicht wahr, wenn ich den Metzger heirate", antwortete sie ihm schließlich.

Seine Finger umklammerten den Griff seines Gehstocks. Er hatte nicht vorgehabt, so unverhohlen zu reagieren, aber er war nicht imstande gewesen, sich zu beherrschen. Was meinte sie, den Metzger? „Hat er einen Gehstock, der es Ihnen angetan hat?"

Sie rang die Hände. „Ich weiß nichts über seinen Gehstock – ich habe ihn ja nur in seinem Laden gesehen. Er ist ein guter Mann und nicht unangenehm anzusehen. Gerüchteweise habe ich erfahren, dass er angeblich eine Schwäche für mich hat, aber Mutter hat allen zu verstehen gegeben, sie würde nie zulassen, dass eine ihrer Töchter so tief sinkt, einen Metzger, Gemüsehändler oder Ähnliches zu heiraten.

Das liegt daran, dass ihr Vater ein Gentleman war. Mein Vater war ein Mitgiftjäger, und ich bin weniger wählerisch bei der Frage, welcher Mann gut genug ist, mein Ehemann zu werden. Das Geld eines Metzgers ist genauso viel wert wie das eines feinen Herrn. Und wenn er Matilda bei sich aufnimmt, heirate ich ihn."

Er wollte ihr nicht glauben. Aber so fühlte sich die Wahrheit an: ein fester harter Klumpen irgendwo in seiner Brust. „Wird er Miss Matilda bei sich aufnehmen?"

Sie zuckte die Achseln. „Das mag davon abhängen, ob ich ihn davon überzeugen kann, dass es mir sein Gehstock wirklich angetan hat."

Plötzlich wurde ihr der Knauf gegen das Brustbein gedrückt, zwischen ihre Brüste. Er hatte keine Ahnung, wie das passiert war. Er hatte nicht gewusst, dass er zu etwas derart Unerhörtem imstande war – oder zu diesem Jähzorn.

Sie schaute ihn verwundert an, unternahm aber nichts, um den Gehstock noch einmal zu berühren.

„Schlafen Sie mit mir, und ich werde Ihnen Zugang zu dem besten Teleskop in Privatbesitz von ganz England verschaffen, etwas, was Ihr Metzger niemals tun kann."

Ihr Herz klopfte heftig, jeder Schlag übertrug sich mit einem leisen Vibrieren über den Gehstock in seine Hand. „Ich dachte, ich hätte keinen Zweifel daran gelassen, dass ich nicht so eine Frau bin."

Der Gedanke an einen anderen Mann, wie er sie berührte … wie sie mit dieser Bereitwilligkeit, die sie vermittelte, diesen Mann ermutigte … er selbst, dem nur Erinnerungen zum Trost blieben …

Sein Vermögen verschaffte ihm über die meisten anderen Männer in London Vorteile, aber wie sollte er all die „Metzger, Gemüsehändler oder Ähnliches" ausstechen?

Langsam zog er den Gehstock zurück. „Sie werden gewiss gut essen, wenn auch sonst nichts."

Er hatte vorgehabt, eine gewisse Leichtigkeit auszustrahlen, aber er klang nur sarkastisch.

„Man muss immer nach dem Silberstreif am Horizont Ausschau halten", antwortete sie leise.

„Ich bin mir sicher, Sie schaffen das."

„Ja", sagte sie völlig ernst. „Ich schaffe es immer irgendwie."

Als die Kutschentür geöffnet wurde, erschreckte sie das beide. Er hatte gar nicht bemerkt, dass sie vor Lady Balfours Haus angekommen waren. Plötzlich lächelte Miss Cantwell süß und dankte ihm für seine Freundlichkeit, sie nach Hause zu bringen. Er war auch ganz höflich und ritterlich, versicherte ihr, dass er für ihren Komfort liebend gerne auch weitaus größere Berge versetzt hätte.

Als seine Kutsche wieder anfuhr, war es jedoch nicht ihr anzügliches Geplänkel, das seine Gedanken beherrschte, sondern ihre Entschlossenheit – und die darunter liegende Melancholie –, mit der sie ihm versichert hatte, dass sie die Ehe mit praktisch jedem einigermaßen gesunden Mann überstehen würde.

Sein gesamter Plan beruhte auf ihrem Scheitern bei dem Unterfangen, sich einen Mann ihrer gesellschaftlichen Stellung zu angeln. Aber er hatte nicht damit gerechnet, dass sie bereit sein könnte, unter ihrem Stand zu heiraten. Ein Metzger war ein ehrenwerter Bürger und in fast jeder Gemeinschaft angesehen, aber wenn sie mit einem die Ehe einging, konnte sie sich darauf verlassen, nie wieder Lady Balfour zu besuchen oder die Tenwhestles.

Oder Freunde, die sie in ihrer Zeit in London gefunden hatte. Oder überhaupt jemanden, den sie von zu Hause kannte. Es war grausam, aber bis die Welt sich änderte, würde der Landadel stets auf gebührend Abstand zu Metzgern, Gemüsehändlern und Ähnlichem achten.

Er stellte sie sich in diesem Leben vor, wo sie sich stets Mühe gab, besonders fröhlich zu wirken, weil sie nicht wollte, dass ihr Ehemann, ihre epileptische Schwester oder ihre neuen Freunde und angeheirateten Verwandten auf die Idee kämen, sie sei etwas anderes als zufrieden. Er stellte sich vor, wie sie gelegentlich einem alten Bekannten begegnete und die unbehagliche Unterhaltung, die sich dann entspann, vor allem, wenn sie dabei in Begleitung ihres Gatten wäre. Er sah sie im Geiste nach einem Blatt Papier greifen, den Beginn eines Briefes im Sinn, dann zögern und schließlich die Idee ganz fallen lassen – sie würde nicht wollen, dass der Empfänger mit sich ringen musste, ob er antworten sollte. Und sie würde auch nicht mit einer Antwort rechnen wollen, nur um sich dann später eingestehen zu müssen, dass sie nicht kam.

Nicht zu vergessen die Sterne. Das Mädchen, das sich ein Teleskop wie von ihr beschrieben wünschte, war nicht einfach zufrieden damit, die Krater auf dem Mond zu bestaunen oder die Ringe des Saturn. Sie wollte die Berge auf dem Mars sehen. Den äußersten Rand des Sonnensystems.

Warum sollte sie auf all das verzichten, was ihr wichtig war, wenn sie mühelos …

Er hielt sich davon ab, weiter in diese Richtung zu denken.

Stattdessen schleuderte er seinen Gehstock auf den Sitz, den sie eben geräumt hatte, und wünschte ihren Starrsinn und ihre Hartnäckigkeit zur Hölle.

KAPITEL 6

Louisa hatte Lord Wrenworth nicht alles über Mr Charles erzählt, den Metzger, der eine Schwäche für sie hatte.

Mr Charles war in der Tat ein guter Mann und ein ausgezeichneter Metzger, aber er hatte einen Bruder, der trank und spielte und oft genug mit Bitten um Geld zu ihm kam. Er hatte auch eine verwitwete Schwester, die sich finanziell auf ihn verließ, dass sie und ihre beiden Kinder ein Auskommen hatten. Selbst wenn er Louisa unbedingt heiraten wollte, würde er es sich zweimal überlegen müssen – oder sogar dreimal –, ob er wirklich auch ihre invalide Schwester bei sich aufnehmen konnte, die ständiger Betreuung bedurfte.

Und angenommen Mr Charles warf seine eigenen Bedenken über Bord – konnte Louisa ihn wirklich heiraten? Es gab einen gewaltigen Unterschied dazwischen, einen Mann zu heiraten, in den man nicht wahnsinnig verliebt war, und einen Mann zu heiraten, während man in einen anderen wahnsinnig verliebt war.

Wer hätte zu Beginn des Jahres je gedacht, dass sie derart in Schwierigkeiten geraten könnte? Jeder, sie selbst eingeschlossen, hatte sie für das vernünftigste, besonnenste Mädchen auf Gottes weiter Welt gehalten – oder wenigstens diesseits der Cotswolds. Hätte ihr jemand da gesagt, sie werde von romantischer Liebe ins Straucheln gebracht, hätte sie verächtlich gelacht. Hätte dieser Prophet sie vor sexueller Vernarrtheit gewarnt, hätte sie so laut gelacht, dass sie sich leicht eine Rippe hätte brechen können.

Und doch war sie hier …

„Louisa, willst du uns die Ehre erweisen, …?", fragte Lady Balfour.

„Ja, natürlich, Ma'am." Louisa erhob sich und begann, den Gästen Tee einzuschenken.

Mittwoch war Besuchstag bei Lady Balfour. Heute Nachmittag machten besonders viele Bekannte ihre Aufwartung – wofür auch die Dinnergesellschaft verantwortlich war, die sie vorgestern gegeben hatte. Die Frauen in ihren feinen Nachmittagskleidern blieben exakt die angemessene Viertelstunde, nippten kaum an ihrem Tee und erhoben sich wieder, um im nächsten Haus vorstellig zu werden.

Louisas zog ihre Sticknadel langsam geistesabwesend durch den Stoff. Fünf Tage waren seit der Kutschfahrt mit Lord Wrenworth vergangen. Es war inzwischen die zweite Juliwoche, und es wurde mit Wörtern wie *Cowes* und *Schottland* um sich geworfen wie mit Reiskörnern bei einer Hochzeit.

Die Leute machten Pläne für das Ende der Saison, wohin sie fahren wollten, um sich zu amüsieren und zu erholen.

Das Ende der Saison.

Sie hätte sich um die Zukunft Sorgen machen müssen, aber wie ein liebeskrankes Mädchen, das maximal halb so alt wie sie selbst war, dachte sie stattdessen an Lord Wrenworth. Würde sie ihn je wiedersehen, nachdem sie London verlassen hatte? In zehn Jahren oder in fünf oder gar nach nur zwölf Monaten, würde er sich da noch ihrer mit einem Stich des Bedauerns oder auch nur einem Achselzucken erinnern?

Ob irgendwer sonst ihren Kummer mitbekam, konnte sie nicht sagen. Mitte Juni hatte Lady Balfour noch stolz verkündet, in der ersten Juliwoche rechne sie mit einem Antrag. Diese Woche war gekommen und vergangen, ohne dass irgendwelche Heiratsabsichten in Bezug auf sie spruchreif wurden. Lady Balfour blieb jedoch unvermindert zuversichtlich, glaubte unbeirrbar weiter an Louisas Erfolg.

„Habe ich schon erzählt, was letzte Woche geschehen ist?", fragte sie ihre Gäste selbstzufrieden. „Nein, natürlich nicht. Ich habe es mir für heute aufgespart."

Es war nach vier Uhr. Die, die jetzt im Empfangssalon saßen, waren engste Vertraute Lady Balfours, deren langwährende Freundschaft mit der Gastgeberin es ihnen gestattete, ein wenig länger zu bleiben als die üblichen fünfzehn Minuten.

„Bitte erinnern Sie sich freundlicherweise an den Wolkenguss vor ein paar Tagen", fuhr Lady Balfour fort.

„Hat mir den Saum meines Promenadenkleides restlos ruiniert“, bemerkte Lady Archer, die Lady Balfour seit vor der Thronbesteigung der Königin kannte.

„Genau der. An dem Nachmittag sollte mein guter Tenwhestle Miss Cantwell von der Buchhandlung heimbegleiten. Doch plötzlich öffnete der Himmel seine Schleusen, und er war in seinem Club gestrandet, ohne irgendein Gefährt zur Verfügung. Droschken waren nicht zu bekommen, und es regnete ja derart heftig, dass er auch nicht einfach einen Regenschirm nehmen und zu Fuß gehen konnte.“

„Allerdings nicht“, pflichtete ihr Mrs Constable bei, die mit Lady Balfour das Mädchenpensionat besucht hatte.

„Tenwhestle hat sich so aufgeregt. Sie wissen ja, wie ernst der Mann seine Verpflichtungen nimmt. Aber kaum hatte er seine Sorge in Worte gefasst und Miss Cantwells Namen genannt, trat auch schon ein Märchenprinz vor – nicht unbedingt auf einem prächtigen weißen Pferd, aber dafür mit einer schimmernden Stadtkutsche.“

Mrs Tytherley, Mrs Constables Schwester, rief leise: „Meine Güte, wollen Sie etwa sagen, dass es wiederum Lord Wrenworth war?“

Lady Balfour warf sich stolz in die Brust. „Allerdings.“

Ein Chor aus „Ohs“ und „Ahs“ erhob sich.

„Wir alle wissen, dass der Junge sich bestens vor abenteuerlustigen jungen Damen schützen kann. Aber unsere Miss Cantwell hatte ihn als Begleiter zum Dinner, bei einem Tanz und einem langen Spaziergang beim Picknick, einer Fahrt nach Hause an einem Regentag … Habe ich etwas vergessen?“, fragte Mrs Constable.

„Nein“, beeilte sich Louisa, ihr zu versichern.

„Oh, aber ich muss widersprechen“, sagte Mrs Tytherley.

Louisa hob mit einem Ruck den Kopf.

„Ich bin heute Morgen bei der Modistin Lady Avery begegnet. Und sie hat mir erzählt, dass ihr Neffe Mr Baxter vor einer Weile Miss Cantwell und Lord Wrenworth im Raum mit den Erfrischungen im Lesesaal des Britischen Museums beieinander sitzen gesehen hat. Allerdings hat Mr Baxter, wie Männer nun einmal sind, es nicht für nötig befunden, das ihr gegenüber zu erwähnen.“

„Louisa!“, rief Lady Balfour, sodass sich Louisa fast vor Schreck in den Finger stach. „Mr Baxter wusste es nicht besser, aber warum hast du es bislang nicht erzählt?“

„Es war doch völlig zufällig!", wandte Louisa ein, und wenigstens entsprach das in diesem Fall auch voll und ganz der Wahrheit. „Ich hatte jedenfalls nicht damit gerechnet, ihn dort zu treffen, und ich wette, Lord Wrenworth ging es ebenso."

„Das Treffen selbst mag Zufall gewesen sein, aber Lord Wrenworth hätte sich auch auf ein Nicken beschränken und weitergehen können. Dass er sich zu dir gesetzt hat, war unbestreitbar eine bewusste Entscheidung."

„Dem könnte ich nicht entschiedener beipflichten", erklärte Mrs Tytherley. „Zudem bin ich, wenn man alles im Ganzen betrachtet, der Ansicht, dass so viele Zufälle unmöglich zusammenkommen können. Es muss eine Absicht dahinterstehen – und das auf Lord Wrenworth' Seite."

„Ich sage, ob es Absicht oder Zufall ist, Sie sind eine junge Frau, die sich glücklich schätzen kann, Miss Cantwell", äußerte Lady Archer. „Tatsächlich könnte es sich sogar herausstellen, dass Sie die glücklichste junge Dame von ganz London sind, wenn alles weiter so läuft."

„Ich möchte Ihnen nicht widersprechen, Lady Archer, aber ich …"

Der Rest von Louisas Einspruch wurde nie vernommen, denn genau in diesem Moment öffneten sich die beiden Flügel der Tür des Salons und Lady Balfours Lakai verkündete: „Seine Lordschaft, der Marquis of Wrenworth."

DIE GESICHTER DER VIER ÄLTEREN Damen im Zimmer zeigten alle den gleichen Ausdruck der Verwunderung – weit aufgerissene Augen, den Mund offen –, als sie sich zu Louisa umdrehten. Die ebenso erstaunt zurückschaute.

Lord Wrenworth kam in den Salon geschlendert, wirkte entspannt und elegant in seinem taubengrauen Newmarket Rock. Louisa schloss den Mund und beugte sich wieder über ihren Stickrahmen, musste sich konzentrieren, um sich nicht in den Finger zu stechen, als sie die Nadel durch den Seidenstoff schob.

Nachmittagsbesuche waren in der Gesellschaft nahezu ausschließlich Frauen vorbehalten. Berücksichtigte man, dass Lady Balfour keinen literarischen Salon hielt und zu keinem sonderlich exklusiven Kreis gehörte, war die Anwesenheit eines Mannes an diesem weiblichen Ort zu dieser weiblichen Stunde – in der er eigentlich in seinem Klub sein und ein Nachmittagsschläfchen halten sollte – wirklich außergewöhnlich.

Was wollte er?

Ein theatralisches Vorspielen von Normalität setzte ein: Lord Wrenworth wurde ein Platz angeboten, frischer Tee wurde bestellt und man tauschte Bemerkungen über das Wetter aus – ein sonniger Nachmittag endlich einmal.

Manche der Damen waren bessere Schauspielerinnen als andere: Lady Archer wirkte ganz natürlich, während sie über ihre meteorologischen Apparaturen zu Hause sprach, denn ihr Ehemann nahm es mit der Messung der Niederschlagsmenge und dem Druck in der Atmosphäre sehr genau. Aber keiner von ihnen war so gut wie Lord Wrenworth, der es so aussehen ließ, als sei es etwas völlig Alltägliches für ihn, jeden Mittwoch während der Saison mit Damen den Tee zu nehmen, die der Generation seiner Mutter angehörten.

Er erkundigte sich nach Lady Archers Sohn, der gegenwärtig auf einer Tour über den Kontinent war. Er fragte nach einem Zaun von Lady Tytherley, der offenbar seit letztem Herbst immer wieder zu Problemen geführt hatte. Und er sprach das Thema von Mrs Constables Hybridrosen an, was Erstere überraschte und ihr zudem schmeichelte – selbst Louisa hatte keine Ahnung, dass sie mit neuen Sorten experimentierte.

War es möglich, dass er aus einer Laune heraus gekommen war? Vielleicht fehlte sie ihm ein wenig. Vielleicht mehr als nur ein wenig. Und vielleicht war er zufällig in der Nähe gewesen und hatte entschieden, dass er lieber für hochgezogene Brauen sorgen wollte, als einen weiteren Tag vergehen zu lassen, ohne sie zu sehen.

Bei diesen gefährlich selbstsüchtigen Gedanken verzog sie das Gesicht. Dies waren noch mehr Beweise für ihre Vernarrtheit: Ihr altes Ich hätte aus den Garnspulen der sexuellen Neugierde eines Mannes nie einen ganzen Wandteppich aus verträumter *amour* gewoben.

Die Uhr schlug halb fünf. Er war seit zehn Minuten in Lady Balfours Empfangssalon. Fünf Minuten waren noch übrig, ehe die Etikette von ihm verlangte, dass er ging.

Sie wünschte, sie könnte verstehen, was hinter seinen hypnotischen Augen vor sich ging. Der Mann würde nicht ohne guten Grund wilde Spekulationen auslösen. Aber wenn dieser gute

Grund existierte, konnte sie ihn nicht aus dem Chaos in ihrem Kopf herausfischen.

„Und sie sehen wirklich herrlich auf einem Rosenbogen aus", bemerkte Mrs Constable mit flatternden Händen, mit denen sie das Klettern einer Rose nachmachte. „In ein paar Jahren hat man eine unvergleichliche Blütenfülle, besonders im Frühsommer."

„Ich werde das auf jeden Fall meinem Obergärtner mitteilen lassen", erwiderte Lord Wrenworth und sah aus, als habe er nichts im Sinn als Sommerrosen.

„Ich kann Ihnen auch einen Entwurf für den Rankbogen schicken, wenn Sie wollen", bot Mrs Constable ein wenig atemlos an.

„Das würde mich wirklich freuen, meine liebe Mrs Constable."

Er lächelte die ältere Frau an. Und Louisa konnte ihr eigenes Herz heftiger klopfen spüren. Jetzt griff Lord Wrenworth nach seinem Tee, eingeschenkt von niemand Geringerem als Lady Balfour selbst, und nahm einen Schluck.

Eine kurze Stille entstand. Und dehnte sich aus, während Lord Wrenworth ohne Eile ein Stück Madeira-Kuchen verzehrte. Er schien nichts von der atemlosen Spannung zu spüren, die sich im Salon ausbreitete. Louisa stickte stur weiter – einstechen, durchziehen, einstechen, durchziehen –, während ihr Herz wie eine Schlachttrommel bei einem Gefecht hämmerte.

Schließlich hielt es Lady Balfour nicht länger aus. „Nun, möchten Sie uns vielleicht verraten, was Sie heute zu uns führt, Lord Wrenworth? Es kann ja wohl kaum sein, weil Sie ein Stück von meinem Madeirakuchen probieren wollten."

Lord Wrenworth stellte seinen Teller beiseite. „Hätte ich geahnt, wie ausgezeichnet Ihr Madeirakuchen ist, Lady Balfour, hätte ich bei jedem Einzelnen Ihrer Besuchstage vorgesprochen. Aber Sie haben recht. Ich bin mit einer ganz anderen Absicht im Sinn hergekommen."

Lady Balfours Stimme wurde merklich höher. „Und die wäre?"

Eine weitere Stille. Louisa, die den Blick fest auf den Stickrahmen gerichtet hielt, stellte sich vor, wie er sich zu ihr umdrehte, sie mit seiner zuweilen so unergründlichen Miene anschaute.

„Mit Ihrer Erlaubnis", sagte er, „würde ich gerne ein paar Augenblicke ungestört mit Miss Cantwell sprechen."

Weder ließ sie den Stickrahmen fallen, noch stach sie sich mit der Nadel. Solche Ungeschicklichkeit setzte die Fähigkeit voraus, sich zu bewegen. Sie starrte einfach geradeaus, unfähig zu verstehen, was sie da gerade hörte.

„Louisa, Lord Wrenworth wünscht mit dir zu reden." Lady Balfours Stimme hallte ihr in den Ohren. „Führe ihn in den Morgensalon."

Und dann zu Lord Wrenworth: „Wir erwarten sie in zehn Minuten zurück in unserer Mitte, Sir."

Louisa legte vorsichtig den Stickrahmen beiseite und erhob sich. Sie schaute auf den Boden vor sich − eine angemessene Zurschaustellung von Bescheidenheit, dessen war sie sich sicher, außer, dass sie keine Verlegenheit empfand, nur restlose Verblüffung − und ging ihm voraus in den genannten Salon.

In dem Moment, in dem er die Tür schloss, wirbelte sie herum. „Haben Sie den Verstand verloren? Was soll das? Die Frauen dort im Empfangssalon erwarten einen Antrag. Einen*Heirats*antrag. Was soll ich ihnen sagen, wenn Sie gehen? ‚Nein, meine Damen, Seine Lordschaft wünscht mich nicht zu seiner angetrauten Gattin zu machen. Er wollte nur, dass ich noch einen weiteren meiner unzüchtigen Träume vor ihm ausbreite.' Soll ich das wirklich sagen?"

Er trat näher. Zum ersten Mal fiel ihr sein selbstsicherer Gang auf, das lässige Selbstbewusstsein darin. So bewegte sich ein Mann, der stets alles bekommen hatte, was er wollte.

„Hatten Sie mehr von diesen Träumen?", fragte er, sprach ihr direkt ins Ohr.

Sie erschauerte, als sein Atem ihre Haut streifte. Und sein Duft − wie Wald nach einem Gewitter. Am liebsten hätte sie ihr Gesicht darin geborgen und so viel davon eingeatmet, wie sie nur konnte. „Natürlich. Aber darum geht es nicht. Es geht vielmehr darum …"

„Erzählen Sie ihn mir."

War das sein Daumen, der da die Linie ihres Schlüsselbeins nachzog? Sie konnte es nicht sicher sagen, weil ihre Nerven unter Strom zu stehen schienen. „Jetzt?"

„Wir haben noch gute fünf Minuten. Warum nicht?"

„Warum nicht? Ich werde Ihnen sagen, warum …" Ihre Stimme erstarb, als er den obersten Knopf ihrer Bluse öffnete. Sie starrte ihn mit offenem Mund an, und ihre Kehle wurde eng vor Angst und Erregung. „Was machen Sie da?"

„Wonach sieht es denn aus? Tun Sie, was ich sage, oder ich knöpfe die Bluse weiter auf.“

Sie blinzelte, nicht sicher, ob sie überhaupt wollte, dass er aufhörte.

Er lachte leise. „Gütiger Himmel, sagen Sie jetzt nicht, Sie wollen, dass ich weitermache.“

„Wann habe ich Ihnen je den Eindruck vermittelt, dass ich nicht wollte, dass Sie weitermachen?“

Er schüttelte den Kopf. „Sie lassen mir keine Wahl. Gut. Ich werde ganz nett darum bitten. Bitte schildern Sie mir einen Ihrer Träume, meine liebe Miss Cantwell.“

Sie schluckte. „Das ist nicht annähernd nett genug. Sie müssen ‚meine liebe Louisa‘ sagen.“

Er schaute sie einen Moment seltsam an. „Wollen Sie es mir bitte erzählen, meine liebe, liebe Louisa?“

Ihr Name von seinen Lippen war pure Musik. Sie wollte das wieder und wieder hören.

Meine liebe, liebe Louisa.

„In den vergangenen drei Nächten habe ich geträumt, dass wir zusammen in einer Kutsche fahren, eine Stadtkutsche ganz wie Ihre, nur dass sie vollkommen aus Glas ist, selbst der Boden. Und … und habe nichts an.“

Seine Augen waren von einem tiefen, dunklen Grün, fast wie bei einer Tanne im Winter – und doch loderte die Hitze eines Vulkans darin. „Weiter.“

„Ich … ich rege mich wegen meiner Nacktheit auf. Also nehmen Sie Ihre Krawatte und machen daraus eine Augenbinde für mich und sagen mir, solange ich nicht hinaussehen kann, würde ich mir auch keine Sorgen machen, wer hereinschauen könnte.“

„Unfehlbare Logik, in der Tat. Was geschieht als Nächstes?“

„Sobald mir die Augen verbunden sind, berühren Sie mich mit etwas. Sie behaupten, es sei ihr Gehstock, aber ich bin nicht sicher, ob ich Ihnen glauben soll.“

„Warum der Zweifel?“

„Weil … es heiß ist.“ Ihr Gesicht wurde glühend rot. „Und bitte, fragen Sie mich nicht, was als Nächstes passiert. Es gibt kein Nächstes.“

In ihren Träumen machte sie einfach weiter, für immer gefangen in dieser entsetzten Erregung.

Er lächelte leicht. „Mögen Sie es, wenn ich Sie mit meinem … Nichtgehstock berühre?"

Sie konnte sehen, wie sie die Hand hob, konnte aber nicht glauben, was sie da tat, selbst als sie eine Locke seines Haares zwischen den Fingern hielt. „In meinen Träumen tun Sie nichts, was ich nicht mag."

„Es ist es wert, Sie in Anwesenheit von einem halben Dutzend Augenzeugen aus Lady Balfours Empfangssalon zu entführen, nur um Sie das sagen zu hören."

Oje, Lady Balfour und ihre Freundinnen. „Bitte sagen Sie mir, dass es nicht das war, weswegen Sie gekommen sind."

„Natürlich nicht. Ich bin gekommen, um Ihnen zu sagen, dass ich mein Angebot zurückziehe. Die Idee hat sich totgelaufen."

Es fühlte sich an, als explodierte etwas in ihrem Kopf. Sie konnte nicht denken. Sie konnte nichts sehen. Sie bekam keine Luft mehr.

Er war kein guter Mensch, und ihr war das gleich gewesen. Sie war bereit, eine ganze Reihe schlimmer Charaktermängel zu übersehen, solange er wenigstens einen Bruchteil dessen für sie empfand, was sie für ihn fühlte.

Und dabei hatte er die ganze Zeit mit ihr gespielt.

Wie aus großer Entfernung hörte sie sich sagen. „Das können Sie meinetwegen gerne tun. Ich hätte mich nie so weit unter Wert verkauft, um dieses Angebot anzunehmen."

Das war eine Lüge. Sie hätte es gehasst, seine Mätresse zu werden – weil es den Anfang vom Ende kennzeichnen würde –, aber sie hatte nie, zu keinem Punkt die Möglichkeit völlig ausgeschlossen.

„Sie wirken nicht so befriedigt, wie Sie es von Rechts wegen könnten", stellte er fest, und seine Stimme war ganz leise, ganz nahe.

„Lassen Sie sich versichern, meine unsterbliche Seele ist erfreut. Lediglich meine Eitelkeit hat ernstlich Schaden genommen."

Und ihr armseliges Herz.

„Mein armer Liebling", raunte er, der schlimme, schlimme Mann.

„Es ist immer noch schlecht von Ihnen, herzukommen und mich so in den Mittelpunkt zu stellen, nur um mir mitzuteilen, dass Sie sich eines Besseren besonnen und von ihrem schändlichen Vorhaben Abstand genommen haben. Was soll ich Lady Balfour in", sie schaute auf die Uhr, „genau fünfundvierzig Sekunden sagen?"

Und wenn diese Dreiviertelminute verstrichen war, wenn er durch Lady Balfours Tür ging, konnte es gut sein, dass sie ihn nie wieder sah. Wer sonst würde Sie wegen ihres berechnenden Vorgehens mögen? Wer sonst würde ihr dazu gratulieren, dass sie an sich dachte? Und wer sonst würde sie nach dem Teleskop fragen, das sie sich so sehnlich gewünscht und doch nicht bekommen hatte?

Er berührte ihr Gesicht – und zu ihrem Schrecken merkte sie, dass er ihr die Tränen wegwischte.

„Sie können Lady Balfour sagen, dass Sie in exakt drei Wochen heiraten."

Sie starrte ihn durch den Tränenschleier an. „Wen?"

Er schaute sie nur an, als sei sie ein besonders begriffsstutziges Kind, das einfach nicht verstehen wollte, dass eins und eins zwei ergab.

„Ich verstehe nicht", sagte sie, obwohl Verstehen langsam in ihrem wie mit Watte ausgestopften Verstand dämmerte.

„Was gibt es da zu verstehen? Ich habe Ihnen einen Heiratsantrag gemacht. Wollen Sie ihn annehmen, oder muss ich den auch zurückziehen?"

Plötzlich fühlte sie sich, als hätte sie eine ganze Gallone Kaffee getrunken. Ihre Fingerspitzen zitterten. „Natürlich werde ich ihn annehmen – ich bin nach London gekommen, um mir das größte Vermögen zu erheiraten, das ich nur finden konnte, und es ist keines auf dem Markt, das Ihres übersteigt. Aber warum wollen Sie *mich* heiraten?"

„Weil es junge Damen, die sich zu pornographischen Träume bekennen, verdienen, mit Reichtümern, die ihr Vorstellungsvermögen übersteigen, belohnt zu werden?"

Das ergab keinen Sinn. „Ich habe nicht …"

„Unsere zehn Minuten sind vorbei", verkündete er und schloss die Knöpfe an ihrer Bluse, wischte ihr die letzten Tränen ab, und seine Finger fühlten sich sicher und warm an. „Ich werde nicht zulassen, dass auch nur eine überzogene Sekunde meinen makellosen Ruf befleckt. Zeit für uns, in den Salon zurückzukehren, Louisa."

Er wandte sich bereits zum Gehen, als sie ihn an der Hand fasste.

Küss mich. Solltest du mich nicht wenigstens küssen, wenn du um mich anhältst?

Aber als sie den Mund öffnete, kam heraus: „Ich möchte trotzdem mein Haus und meine tausend Pfund im Jahr – auf Lebenszeit. Und ich will, dass das in den Ehevertrag geschrieben wird."

Er neigte den Kopf. Sie konnte nicht sehen, ob er verärgert oder belustigt war. „Ach ja?“

Sie sammelte all ihren Mut. „Wenn etwas zu gut scheint, um wahr zu sein, dann ist es das vermutlich auch. Sie könnten schon jetzt insgeheim Ihre Anwälte in Stellung bringen, eine Annullierung anzustrengen, sobald Sie meiner müde sind.“

„So eine Zynikerin.“

„Besser unromantisch als ausgenutzt und immer noch arm zu sein.“

Er nahm ihr Kinn in eine Hand. „Und wenn ich mich weigere?“

„Dann sage ich Lady Balfour, dass ich Ihnen einen Korb gebe.“

Sie konnte es selbst kaum glauben, aber sie erpresste hier den begehrtesten Junggesellen von ganz London.

„Ich werde Ihnen ein Haus und fünfhundert im Jahr geben“, erwiderte er.

Ihr schlug das Herz bis zum Hals. „Ich werde Sie für keinen Pfennig weniger als achthundert heiraten. Und es sollte besser ein Haus mit mindestens zwanzig Zimmern sein.“

Seine Finger umfingen ihre Wange. Mit dem Daumen rieb er ihr über die Lippen. Sein Blick war kühl und ernst, und mit einem Mal verspürte sie Panik.

Nein, nein, es ist alles gut. Ich werde dich für fünfhundert im Jahr und eine baufällige Hütte heiraten. Wenn ich’s mir recht überlege, hier, nimm die Perlenbrosche meiner Mutter. Und die Jett-Nadel meiner Großtante Imogen. Du kannst auch noch den gesamten Notgroschen haben, den ich zu Hause versteckt habe, die ganzen elf Pfund und acht Schilling.

Er lächelte. „Ich werde Sie hierfür bezahlen lassen, das wissen Sie, oder?“

Wie er sie anschaute, so viel Schlechtigkeit, Entzücken und *Kameradschaft*. Wenn sie nicht mit einer so robusten Konstitution gesegnet wäre, wäre sie vor Erleichterung und Glück ohnmächtig geworden.

„Ja“, flüsterte sie. „Ja.“

Tausendmal Ja.

KAPITEL 7

VON DEM MOMENT AN, IN dem Lord Wrenworth einem Raum voll atemlos wartender Damen erklärte, Miss Cantwell habe eingewilligt, seine Gattin zu werden, änderte sich Louisas Leben schlagartig.

In den knisternden, frisch gebügelten Seiten der *Times* des folgenden Tages fand sie die Verlobung angemessen stolz und feierlich bekannt gegeben. Eine Stunde später traf ein gewaltiger Blumenstrauß von ihrem zukünftigen Gatten ein, weiße Orchideen mit rosafarbenem Rand. Gegen Mittag hatte ein weiteres Zeichen seiner Wertschätzung, ein herrlicher Diamantring, seinen dramatischen Auftritt, der Lady Balfour vor Entzücken einer Ohnmacht nahe brachte.

„Was habe ich dir gesagt, Louisa? *Was habe ich dir gesagt?*"

Glückwunschkarten gingen einem Regenschauer gleich auf das Haus hernieder, dazu kamen Einladungen zu jeder Veranstaltung, die von jetzt bis zum Ende der Saison geplant war. Louisa verbrachte zwei ganze Tage damit, auf die Gratulationen zu antworten. Wenn sie mit Lady Balfour Besuche machte, sandte man ihr zwar den einen oder anderen neidischen und zuweilen auch ungläubigen Blick, aber es wurde stets viel Aufhebens um sie gemacht.

Die glücklichste junge Dame von London.

Louisa selbst hatte ebensolche Schwierigkeiten wie ihre Gratulanten, es zu fassen. Sie kicherte albern, wenn sie allein war. Sie starrte ihren Ring mit offenem Mund an, wann immer er in ihr Blickfeld geriet. Manchmal, wenn sie nachts im Bett lag, trommelte sie mit Händen und Füßen auf die Matratze, übermütig wie ein Kind, das zum ersten Mal in die Sommerfrische fahren durfte.

Aber manchmal nahm ihre Verblüffung auch ernstere Züge an. Sein Antrag war echt, er hatte ihn gemacht, aber mit jedem Tag, der verging, ergab es für sie weniger Sinn. Eine Mätresse war etwas

Vorübergehendes im Leben eines Mannes, eine Laune des Augenblicks, die man ablegte oder ersetzte, wann immer man das wollte. Auf der anderen Seite war eine Ehefrau eine dauerhafte Einrichtung, beinahe so unabänderlich wie die eigene Mutter.

Was konnte ihn nur dazu verleitet haben, solch eine Entscheidung zu treffen? Sie schätzte sich selbst sicher nicht gering ein, aber selbst wenn sie ihre Vorzüge aufbauschte und überbewertete, konnte sie nicht nachvollziehen, was sie an sich hatte, das sich für einen Mann als unwiderstehlich erwiesen hatte, der jede beliebige andere Frau hätte haben können.

Die zaghafte Erklärung, die sie sich zusammenschusterte, war beunruhigend. Er genoss es, sie in seiner Macht zu haben. Beinahe von Beginn an hatte er sich sehr bewusst daran gemacht, sie zu destabilisieren und für Unruhe zu sorgen. Sie musste sich jedes Stück Boden erkämpfen, damit sie ihm nicht vollends ausgeliefert war.

Es war möglich, dass er trotz ihres Widerstands zu der Erkenntnis gelangt war, dass er niemals eine Frau mehr in der Hand haben würde. Vielleicht war es auch genau ihr Widerstand, der es ihm angetan hatte, dass er sich gegen sie durchsetzen konnte.

Sie dachte oft zurück an den Moment, in dem ihre Verlobung Wirklichkeit geworden war, dieses beglückende Hochgefühl, dass er sie mochte und begehrte, so sehr, dass er ihr seinen Namen anbot und all die Vorteile, die er mit sich brachte. Aber die Tatsache blieb bestehen, dass sie ihm, jetzt, da er ihr Verlobter war, nicht mehr trauen konnte als zu der Zeit, als er lediglich ein unmoralischer Möchtegern-Liebhaber gewesen war.

Wenn sie verheiratet waren, würde sie nicht versuchen, seine Dominanz im Ehebett infrage zu stellen – auf diesem besonderen Gebiet würde er sie vermutlich immer atemlos und hilflos machen. Aber das war die einzige Schwäche, die sie je eingestehen würde: körperliche Lust. Ihre Gedanken würden immer ihr allein gehören. Und ihre verrückte und fast beschämende Liebe würde ein Geheimnis bleiben, das sie mit ins Grab nahm.

Es war der einzig mögliche Weg durch das gefährliche und eines Tages vermutlich herzzerreißende Gebiet, das ihre Ehe sein würde.

Louisas gewaltiger Erfolg brachte auch ihre Familie nach London.

Die Abreise zu Hause verzögerte sich allerdings um zwei Tage, da sich Frederica strikt weigerte, ihr Zimmer zu verlassen. Verzweifelte Telegramme erreichten Louisa, die zurückschrieb: *Sagt Frederica, dass Lord Wrenworth über die finanziellen Mittel und die Verbindungen verfügt, ihre Haut wieder glatt zu machen.*

Ob irgendetwas auf der Welt das bewerkstelligen konnte, was sie da versprochen hatte, war unerheblich. Mit siebenundzwanzig war Frederica immer noch so schön, dass man sich nach ihr umdrehte. Ihr Problem hatte viel weniger mit ihrer Haut zu tun als vielmehr mit ihrer Wahrnehmung derselben.

„Ihre Aufgabe ist es, ihr, wenn sie ankommen, das Gefühl zu geben, sie sei so schön wie der Morgenstern", teilte sie Lord Wrenworth mit.

Es war das erste Mal, dass sie einander seit dem Tag ihrer Verlobung sahen. Sie war vollauf mit der Arbeit beschäftigt gewesen, die es bedeutete, in nur drei Wochen eine Hochzeit auszurichten, die in Bezug auf Großartigkeit und Pracht der Stellung eines Marquis entsprach.

„Was?", rief er übertrieben entsetzt. „Ich bin ein Haus mit zwanzig Zimmern und achthundert Pfund im Jahr ärmer. Und zusätzlich soll ich auch noch meine Schwägerin umschmeicheln?"

Er sah sowohl anmaßend als auch wunderbar aus, wie er dort im Fenster von Lady Balfours Empfangssalon stand, gebadet in das Licht der späten Nachmittagssonne. Bei seinem Anblick empfand sie im einen Moment Stolz, im nächsten Verlangen und dann Angst. Es würde immer so sein, wenn man die Ehefrau eines Mannes war, den man liebte, dem man aber nicht vertrauen konnte, dessen wahre Motive so trüb waren, wie das Wasser am Grund des Meeres, oder?

„Es wird Ihnen – oder genauer mir – später Geld für Milchbäder und exotische Schönheitsmittel sparen."

„Und warum sollte ich Ihnen Geld sparen helfen?" Er trat neben ihren Polsterstuhl und schaute auf sie hinab. „Wäre es mir nicht viel lieber, wenn Sie alles ausgeben und zu mir kommen müssen, um um mehr zu bitten?"

Sie starrte auf seine Lippen. Er hatte sie nicht geküsst, nicht ein Mal. Sie hätte es gerne, dass er ihr einen Kuss gab, aber sie weigerte sich, ihn darum zu bitten. Sie hielt sich sogar davon ab, die Hand auszustrecken und seine zu berühren, mit der er sich auf der Rückenlehne abstützte. Es war eine Sache, zu versuchen, seine

Herrschaft über die Situation mit unzuträglichen Reden und Taten zu untergraben, aber etwas völlig anderes, Herzenswünsche zu verraten, die ihm nur noch mehr Macht geben würden.

„Ich könnte unmöglich achthundert Pfund im Jahr ausgeben, selbst wenn ich mir wirklich Mühe geben würde."

„Lassen Sie das nur ja niemanden hören. Mein Ruf würde es nicht verkraften, wenn bekannt wird, dass ich eine Frau geheiratet habe, die mit achthundert Pfund im Jahr auskommt. Außerdem, worüber kann ich mich dann im Club beschweren, wenn meine Ehefrau nicht das Geld mit beiden Händen zum Fenster hinauswirft?"

Meine Ehefrau. Eine Ehefrau könnte das Objekt grenzenloser Bewunderung oder einfach ein weiteres lästiges Ärgernis im Leben eines Mannes sein. Wo in diesem Spektrum würde sie sich wiederfinden? Und würde sein, wenn auch vielleicht nicht schwarzes, aber mindestens dunkelgraues Herz irgendwann ihr gehören?

Sie verschränkte die Hände züchtig vor sich. „Beschwert sich nie jemand darüber, dass seine Ehefrau im Bett unersättlich ist?"

Sein Blick glitt über sie, vom Kopf bis zu den Füßen. Ihre Haut prickelte. Er wollte schlimme Dinge mit ihr tun – das war die Reaktion, die sie sich erhofft hatte –, aber er berührte sie nirgends, nicht einmal den Stoff ihrer riesigen Ärmel.

Er ließ sich ihr gegenüber nieder, und seine langen Beine nahmen fast den ganzen Platz zwischen ihnen ein. „Planen Sie, eine übertrieben enthusiastische Ehefrau zu sein?"

Die Art und Weise, wie er sie anschaute, faszinierte und beunruhigte sie. „Würden Sie das denn wollen?"

„Ich bin viel mehr an der Ehefrau interessiert, die Sie nicht umhin können zu sein", erwiderte er, offenkundig das letzte Wort zu diesem Thema.

Er wollte sie auf jede denkbare Weise entblößen. Ihr nackter Körper war nur der Anfang. Danach ihre unverhüllten Gedanken. Und schließlich ihr schutzloses Herz.

Sie nahm einen Schluck Tee, schloss die Finger um den Henkel der Tasse. „Also ... versprechen Sie nun, Frederica schamlos zu schmeicheln?"

***

Als Lord Wrenworth zwei Tage später in Lady Balfours Empfangssalon schlenderte, um Louisas Familie kennenzulernen, hielten alle Anwesenden den Atem an, als seien die Cantwell-Frauen eine Gruppe Sterblicher, die sich zufällig in Gegenwart von Apollo selbst wiederfanden.

Auch für Louisa fühlte es sich an, als sähe sie ihn wieder zum ersten Mal, und ihr verschwamm die Sicht, so wunderschön war er.

Sie, mein Herr, sind ein Schuft.

Als hätte er ihren Gedanken gehört, schaute er sie an. Ihre Blicke trafen sich, verfingen sich, zwei Missetäter, die einander in einem Raum voll aufrechter Menschen erkannten.

Es dauerte nur einen Moment, aber die Süße dieser geheimen Kommunikation verweilte länger: eine Freude, die aber von einem leisen Schmerz im Herzen begleitet wurde. Sie waren aus demselben Holz geschnitzt – aber sie wünschte, sie müsste bei ihm nicht immer auf der Hut sein.

„Darf ich Seine Lordschaft, den Marquis of Wrenworth vorstellen?", sagte Lady Balfour, immer noch aufgeregt, dass sie diese spektakulär gute Partie – oder unpassende Partie, wie Louisa manchmal dachte – eingefädelt hatte. „Sir, meine liebe Cousine Mrs Cantwell, Miss Julia, Miss Matilda, Miss Cecilia und Miss Cantwell."

Frederica, die als Älteste mit Miss Cantwell angesprochen wurde, hielt den Kopf gesenkt.

Lord Wrenworth ging zu ihr. Sie blieb so sitzen, schaute nicht auf.

Zur Überraschung aller Anwesenden ließ er sich auf ein Knie nieder, damit er mit ihr auf einer Höhe war. Verlegen drehte sie sich weg, und er betrachtete sie in dieser abgewandten Stellung, bevor er sich auf die andere Seite begab.

Lady Balfour und Mrs Cantwell sahen beide fragend zu Louisa, die nur den Kopf schütteln konnte. Sie hatte keine Ahnung, was er da tat.

Er richtete sich auf. „Soweit ich es verstanden habe, trauern Sie seit Jahren um den Verlust Ihrer Schönheit, Miss Cantwell. Was ich allerdings nicht verstehe, ist, warum Ihre Familie einen solchen Akt hemmungsloser Selbstverliebtheit zugelassen hat."

Erschreckt blickte Frederica zu ihm hoch.

„Die einzige Unvollkommenheit, die ich erkennen kann, sind ein paar ganz flache Pockennarben auf ihrer rechten Wange. Ich hätte meiner Schwester nie erlaubt, so viele Jahre lang aus derart unbedeutenden Kleinigkeiten so ein Drama zu machen.

Wären Sie zur Saison nach London gekommen, hätten Sie vielleicht nicht Mrs Townsend von ihrem Thron als schönste Frau Londons gestoßen, und Sie hätten vielleicht noch nicht einmal Miss Besslers dritten Platz auf der Liste gefährdet. Aber lassen Sie sich versichern, Sie wären in einem Atemzug mit all diesen Frauen genannt worden. Stattdessen haben Sie Ihre Jugend darauf verschwendet, einen Schicksalsschlag zu betrauern, der so nie stattgefunden hat: Sie sind vielleicht fünf Prozent weniger schön als Sie es ohne die Pockennarben wären, aber keinesfalls mehr.

Miss Louisa hat mich gebeten, Ihnen Komplimente zu machen, doch das werde ich nicht tun, nicht solange Sie ausgehen und Hunderte davon ganz allein und ohne fremde Hilfe erhalten können. Und wenn Sie das nicht tun, dann hilft vermutlich nichts. Das Problem ist nicht Ihr Gesicht, sondern in Ihrem Kopf."

Ohne auf eine Antwort zu warten, ging er weiter. „Meine liebe Miss Matilda, hatten Sie eine angenehme Reise?"

WENN ÜBERHAUPT MIT ETWAS, DANN hatte Louisa mit einer Charmeoffensive gerechnet – und genau das war dies nicht. Er tat gerade so, als sei ihm noch nie etwas so Lächerliches untergekommen, wie dass Frederica fand, ihr Aussehen sei ruiniert.

Es war lächerlich, nur dass Frederica sich standhaft weigerte, ihrer Familie zu glauben, wenn sie sie davon zu überzeugen versuchte, dass es überhaupt nicht so schlimm war. Sie war überzeugt, ihre Mutter und ihre Schwestern würden sie aus Liebe anlügen – oder aus Mitleid. Aber Lord Wrenworth' schlichtes, fast brüskes Urteil über das, was sie für wahr gehalten hatten, zeigte wesentlich mehr Wirkung. Als er sich verabschiedete, beobachtete Louisa zufällig, wie Frederica sich heimlich im Spiegel über dem Kamin betrachtete – und das, wo sie sich jahrelang größte Mühe gegeben hatte, unter keinen Umständen in reflektierende Oberflächen zu schauen.

Sie war nicht die Einzige, der das aufgefallen war.

„Hast du das gesehen?", erkundigte sich Cecilia, sobald Frederica und Lord Wrenworth beide außer Hörweite waren.

„Allerdings!", rief Mrs Cantwell. „Denkt nur, was für eine wunderbare Partie sie noch machen kann, wenn sie nur hinausgehen und sich zeigen würde. Es muss doch irgendwo einen reichen Witwer geben, der sie liebend gerne heiraten würde."

„Warum haben wir eigentlich nie so mit Frederica gesprochen?", fragte Cecilia.

„Das haben wir doch", wandte Matilda ein. „Wir haben auf sie eingeredet, bis wir ganz blau im Gesicht waren. Wir haben alles gesagt, was Lord Wrenworth gesagt hat – nur eben nicht auf die Art und Weise, wie er es getan hat."

Lady Balfour nickte. „Und wie er es gesagt hat, das hat den Unterschied gemacht."

Mrs Cantwell wandte sich an Louisa. „Ich höre, man nennt dich die glücklichste Frau von London, meine Liebe, aber ich denke fast, du bist die glücklichste junge Frau von ganz England."

Diese Meinung war die vorherrschende. Matilda, mit der sich Louisa zu Hause ein Zimmer teilte, war die Einzige, die bemerkte, als sie beide an dem Abend zu Bett gingen: „Ich weiß, alle sagen, wie glücklich du dich schätzen musst, Louisa, aber ich glaube, er ist es, der Glück hat. Denk nur daran, wie sehr ihn Mr Charles darum beneiden wird, dich zur Ehefrau bekommen zu haben."

Louisa streckte den Arm aus und drückte ihre Lieblingsschwester an sich. „Danke, meine Liebe."

„Ich hoffe, du heiratest ihn nicht nur, weil wir das Geld brauchen", sagte Matilda. „Du hast ihn gern, nicht wahr?"

Louisa hatte sich diese Frage zuvor nicht gestellt. Glücklicherweise – oder unglücklicherweise, je nach Betrachtungswinkel – war die Antwort offensichtlich. Sie mochte ihn, seine schlimmen Seiten eingeschlossen. Genau genommen war es seine charakterliche Unvollkommenheit, die dafür verantwortlich war, dass sie ihn mochte, dieses düster-schadenfrohe Geheimnis, das er nur mit ihr teilte.

„Ich habe ihn nicht nur gern", antwortete sie. „Ich wäre freiwillig seine Mätresse geworden, wenn ich nicht seine Frau hätte werden können."

Darüber musste Matilda so heftig kichern, dass sie sich gar nicht wieder beruhigen konnte. Sie erwiderte Louisas Umarmung. „Ich bin ja so froh, das zu hören. Ich bin sicher, du wirst ihn sehr, sehr glücklich machen, und ich hoffe, er tut dasselbe für dich."

Louisa hatte da so ihre Zweifel. Sie hatte keine Ahnung, was ihren Verlobten glücklich machte. Und ebenso wenig wusste sie, wie sie es aufnehmen würde, sollte der Tag kommen, wenn ihn der Gedanke, mit ihr zu schlafen, nicht länger erregte – wenn er mit der nächsten Frau ins Bett ging, die ihn reizte.

Sein Herz in ihrer Hand könnte – vielleicht – eine Art Versicherung gegen diese mögliche Untreue sein. Aber wie fand sie den Weg in sein Herz? Hatte er riesige Trolle, die es bewachten? Vielleicht einen feuerspeienden Drachen, der vor das Burgtor gekettet war?

Vorausgesetzt natürlich, dass der Ideale Gentleman überhaupt ein Herz hatte.

„Ich stehe in Ihrer Schuld, mein Herr", teilte Louisa Lord Wrenworth bei ihrer nächsten Begegnung mit.

Eine Woche war wie im Flug vergangen, seit er ihrer Familie vorgestellt worden war. In dieser Zeit hatte Frederica sich kurz bei Lady Balfours Nachmittagsteegesellschaft gezeigt, die diese gegeben hatte, um die Cantwell-Damen in London willkommen zu heißen – und sie war in einer offenen Kutsche zur Modistin gefahren, mit nur einem Hut mit dünnem Schleier zum Schutz, der ihr Gesicht kaum verbarg.

„Das ist schrecklich. Sie werden es mir nur mit meinem eigenen Geld zurückzahlen können", sagte er, während er ihr beim Einsteigen in die Kutsche behilflich war. Es regnete wieder in Strömen. Da sie nun verlobt waren, war es ihm gestattet, sie ohne weitere Begleitung von der Buchhandlung abzuholen. „Aber Scherz beiseite. Wollen Sie mir etwa sagen, dass meine Worte eine Wirkung auf Ihre Schwester hatten?"

„Ja. sie hat jetzt ständig einen Handspiegel bei sich und betrachtet darin pausenlos ihr Gesicht."

„Klingt mir nach den Symptomen geistiger Umnachtung."

Mit seinem Gehstock klopfte er gegen das Kutschendach, um dem Fahrer zu signalisieren, dass sie bereit zum Aufbruch waren. Louisa hatte ihn, seit sie das letzte Mal zusammen in seiner Stadtkutsche gewesen waren, vor der Verlobung, nicht mehr ohne dieses Accessoire gesehen. Sie konnte nicht verhindern, dass sie einen Moment auf den Ebenholzknauf starrte.

Und er half ihr kein bisschen, indem er mit seinem Daumen einen kleinen Kreis auf dem stilisierten Pantherkopf beschrieb.

„Nehmen Sie die Hand weg“, verlangte sie.

Er sah sie mit einem leisen Lächeln an, das alles in ihr in Schieflage brachte, stellte den Gehstock weg. „Besser?“

„Nein, nicht wirklich. Was haben Sie gesagt?“

Er lächelte wieder. „Dass die neu entwickelte Neigung Ihrer Schwester, sich ständig im Spiegel zu betrachten, für mich krankhaft klingt.“

„Tut es auch, aber es ist auf jeden Fall dem Leiden vorzuziehen, das sie zuvor geplagt hat. Wir sind alle überglücklich. Vor allem Mutter. Sie spricht bereits wieder von Frederica als zukünftiger Gattin eines reichen Mannes.“

Sie warf ihm einen Blick von der Seite zu. „Genau genommen denkt sie mit leiser Wehmut von Ihnen als diesem reichen Mann. Ich glaube, es ist ihr fast ein wenig peinlich, dass Sie stattdessen mich bekommen, obwohl sie so viel hübschere Töchter hat.“

„Ihre Mutter denkt tatsächlich, irgendeine ihrer anderen Töchter könnte auch nur die geringste Versuchung für mich darstellen?“

Es war nicht richtig, aber sie liebte den ungläubigen Ton in seiner Stimme.

„Das ist ein sehr selbstzufriedenes Lächeln auf Ihrem Gesicht, meine liebe, liebe Louisa.“

„Das ist ein sehr selbstzufriedenes Gefühl in meiner Brust, mein lieber, lieber Lord Wrenworth.“

Die Kutsche bog um eine Ecke, und sein Gehstock rutschte zu Boden. Sie griffen beide danach, aber sie war schneller.

„Vielleicht sollte ich ihn besser festhalten“, bemerkte er.

Sie legte sich den Stock auf den Schoß. „Ich passe darauf auf, dass er keinen Unsinn anstellt.“

Sein Blick verweilte einen Sekundenbruchteil länger auf dem Accessoire, als eigentlich angemessen war, ehe er hoch und ihr in die Augen sah. „Ach, übrigens, unser Ehevertrag ist aufgesetzt. Wenn Sie sich das nächste Mal mit Ihrem Anwalt treffen, wird er Ihnen mitteilen, dass Sie fünftausend Pfund im Jahr als Nadelgeld zur Verfügung haben.“

Sie hätte fast den Gehstock fallen lassen. „Fünftausend!“

„Seien Sie nicht so laut, schauen Sie nicht so erstaunt, und bitte, um Himmels willen, seien Sie nicht dankbar. Ich würde mich nicht mehr in der Gesellschaft blicken lassen können, wenn bekannt würde, dass meine Ehefrau es nicht geschafft hat, mehr als achthundert Pfund im Jahr aus mir herauszupressen."

„Sie haben mir nur fünfhundert geboten", erwiderte sie indigniert.

„Und Sie waren im Verhandeln eine echte Niete. Nur tausend Pfund von einem Mann zu verlangen, der zweihunderttausend im Jahr zur Verfügung hat. Schämen Sie sich."

Ihr Gesicht wurde heiß. „Sie haben schließlich immer gewusst, dass ich ein einfaches Mädchen vom Land bin."

„Ich dachte, Sie seien anspruchsvoll. Sie waren jedenfalls anspruchsvoller, als es um das Teleskop ging."

„Ihr Heiratsantrag hat mich überrascht."

„Ausflüchte, nichts als Ausflüchte, Louisa. Würde mir weniger an meinem Ruf liegen, hätte ich Sie restlos ausgenommen."

Schwerlich, wenn sie ihm sogar die elf Pfund und acht Schilling gegeben hätte, die sie so sorgfältig für Notfälle zusammengekratzt hatte, nur damit er sein Angebot nicht zurückzog.

Dennoch, fünftausend Pfund im Jahr, nur für sie. Sie wollte lachen. Sie war nun selbst ihr „reicher Mann".

Plötzlich fiel ihr siedend heiß ihr Täuschungsmanöver ein. „Gütiger Himmel, da war etwas, das ich Sie allein herausfinden lassen wollte, nach der Hochzeit. Aber bei fünftausend im Jahr lässt mir mein Gewissen keine Ruhe, sodass ich nicht länger schweigen kann."

Er warf ihr einen Blick von der Seite zu. „Und mit achthundert hätte Ihr Gewissen keine Probleme?"

„Glauben Sie wirklich, mein Gewissen gehört zu denen, denen man nicht sagen kann, dass sie still sein sollen, wenn nur achthundert Pfund auf dem Spiel stehen?"

„Wahrlich, ein moralisches Vorbild sind Sie nicht gerade. Also welches schreckliche Geheimnis werde ich nun erfahren?"

War das Zuneigung in seinem Ton? Warum fühlte sie sich, als schmölze sie langsam? „Ich verwende Busenpolster."

Er zuckte die Achseln, wirkte unbekümmert. „Na und? Das tut die Hälfte der weiblichen Bevölkerung von London. Gott hat nicht so viele perfekte Figuren verteilt."

„Nun, meine Busenpolster sind eigentlich weniger dazu da, etwas zu polstern, als vielmehr etwas vorzutäuschen, was eigentlich nicht da ist."

Er schaute auf ihren Busen. „Wie viel davon sind dann Sie?"

„Fünfundzwanzig Prozent, allerhöchstens fünfunddreißig."

Seine Augen weiteten sich.

„Ich bitte um Verzeihung."

„Nur dafür, dass Sie ertappt wurden, soweit ich das sehen kann."

„Nun, ich hatte immer vor, es wiedergutzumachen."

„Wie?" War das in seiner Stimme ein kaum verborgenes Lachen? „Ist es nicht ein bisschen spät, sich einen größeren Vorbau zuzulegen?"

„Ich habe mal mitangehört, wie Lady Balfour über die Mätresse ihres Schwagers gesagt hat, dass sie vollkommen flachbrüstig sei, aber bereit, sich auf die unnatürlichsten Akte einzulassen."

Er machte ein Geräusch, das nach unterdrücktem Lachen klang. „Entschuldigung, bitte sprechen Sie weiter."

„Daher dachte ich …" Sie zupfte an ihrem Kragen. „Ich dachte, wenn ich zu unnatürlichen Akten bereit wäre, dann wäre es vielleicht nicht so schwer, die Verzeihung meines Gatten in dieser Angelegenheit zu erlangen. Und, nun, Sie gehören ganz bestimmt zu den Männern, die eine Schwäche für unnatürliche Akte haben."

„Tue ich das?"

„Etwa nicht?" Sie konnte nicht sagen, ob sie aus Hoffnung oder Sorge fragte.

Er antwortete nicht. „Angenommen, Sie hätten sich statt meiner mit Mr Pitt verlobt. Hätten Sie die Sache einfach totgeschwiegen?"

„Ich hätte begonnen, nach und nach weniger übertriebene Polster zu verwenden, und darauf gehofft, dass es ihm nicht auffällt. Aber wenn doch, waren da ja noch immer die unnatürlichen Akte."

„Er hätte Ihnen am Ende nichts mehr geglaubt, bis an Ihr Lebensende."

Wegen Mr Pitt machte sie sich keine Sorgen. „Was ist mit Ihnen?"

„Ich habe ohnehin nie ein Wort geglaubt, das über Ihre Lippen gekommen ist, und das von Anfang an."

„Manchmal sage ich die Wahrheit", stellte sie leicht schmollend richtig. „Außerdem muss ich jetzt, da ich mir einen reichen Mann geangelt habe und meine Sünden in Bezug auf meine Oberweite gestanden haben, nicht mehr auf Lügen zurückgreifen."

„Glauben Sie denn, die Ehe sei ein Hort der Aufrichtigkeit und Offenheit?"

„Nun, nein …"

„Genau. So, wie ich Sie kenne, werden Sie weiter schwindeln, Busenpolster hin oder her."

„Warum haben Sie mir dann einen Heiratsantrag gemacht?"

Sie kam immer wieder darauf zurück, auf dieses Rätsel, den Kern aller Fragen, dieses augenscheinlich wohlwollende Geheimnis am Grunde ihres gegenwärtigen Glücks.

„Weil Sie nie Kopfschmerzen haben werden", antwortete er offensichtlich ganz ernst.

„Wie bitte?"

Seine Lippen bebten. „Nichts. Lassen Sie sich versichern, dass ich mich darauf freue, der am glücklichsten verheiratete Mann im gesamten Königreich zu sein."

Er lächelte sie an. Und es war ein so herrliches Lächeln, dass ein paar Augenblicke vergingen, ehe ihr wieder einfiel, dass auch sie keinem Wort glaubte, das er von sich gab.

WARUM HATTE FELIX IHR EINEN Heiratsantrag gemacht?

Er hatte die Frage nicht beantwortet, weil er zu der Erkenntnis gelangt war, dass es unmöglich war, Ausflüchte zu machen, wenn er die Wahrheit selbst nicht kannte.

Wie die Position der Sterne am Himmel zu bestimmen – wenn man nicht wusste, wo man stand, wurde das Unterfangen unmöglich. Ein exaktes Wissen um die Wahrheit war, für ihn wenigstens, ein notwendiger Ausgangspunkt für jede gute Lüge.

Er, der Menschen in die Augen schauen konnte, lächeln und aus dem Stegreif eine Geschichte fabrizieren, wich ihrer Frage aus, weil er selbst den wahren Grund hinter seinem Tun nicht ergründen konnte.

War es bloß deswegen, weil ihn das Gewissen plagte oder was er über Lord Firth gesagt hatte? Weil er Mitleid mit ihr hatte? Weil er immer vorgehabt hatte, ein Mädchen vom Land zu heiraten, und sie so gut wie jede andere war, die er in zwanzig Jahren haben könnte?

Er war in der Lage gewesen, der Ideale Gentleman zu werden, weil er um jeden einzelnen seiner Fehler wusste – und so genau erkannte, wie er die Aufmerksamkeit davon ablenken und Illusionen erzeugen konnte.

Aber nun hatte er eine der wichtigsten Entscheidungen seines Lebens auf einem schwankenden Fundament gegründet.

Vielleicht noch beunruhigender war, dass es ihn fast nicht kümmerte – nicht wenn es im Gegenzug Geständnisse zur Größe von Busenpolstern gab. Das Wissen verschaffte ihm ein geheimes Glücksgefühl und enormes Vergnügen, sodass er ihr, als sie sich an dem Tag trennten, sagte: „Tragen Sie weiter die Busenpolster. Oder, noch besser, lassen Sie sich größere anfertigen."

Ihre verblüfft-misstrauische Miene war ein weiterer Quell der Freude.

Und er lenkte sie weiter ab, indem er ihr Einkaufskonten bei verschiedenen Geschäften eröffnete und ihrer Mutter ein Haus mit dreißig Zimmern schenkte. Als sei sie nicht schon genug mit der in Kürze bevorstehenden Hochzeit beschäftigt, musste sie nun auch noch Stühle begutachten, Vorhänge und Beistelltische.

„Wenn Sie versuchen, mich zu Tode zu erschöpfen, dann wird Ihnen bald Erfolg beschieden sein", beschuldigte sie ihn, als sie einander das letzte Mal vor der Hochzeit sahen.

Niemand redete so mit ihm wie sie, mit solcher Unverblümtheit und … konnte er das Zuneigung nennen? Ja, entschied er, Zuneigung, in die sich leise Erbitterung mischte, aber trotzdem Zuneigung. „Werden Sie je aufhören, mir versteckte Motive zu unterstellen?"

„Ja, wenn Sie damit aufhören, so viele zu haben wie ein Medici-Papst."

„Wen wollen Sie dann zum Spaß verdächtigen?", erwiderte er fröhlich. Gewöhnlich genoss er es, unter Menschen zu sein. Ihre Gesellschaft jedoch *liebte* er.

Und morgen würden sie heiraten und ein Ehepaar sein, solange sie beide lebten.

Er hatte versucht, nicht an die Hochzeitsnacht zu denken. Es war nicht nötig, sich damit zu quälen, sich nach etwas zu verzehren, was ihm ohnehin bald gehören würde. Aber manchmal konnte er nichts gegen die Richtung unternehmen, die seine Gedanken einschlugen.

Der lieben, lieben Louisa stand eine Nacht bevor, die sie nicht vergessen würde.

Sie räusperte sich. „Sie haben gesagt, Sie seien gekommen, um mir mein Hochzeitsgeschenk zu geben."

Sie hatte ihn also dabei ertappt, wie er sie mit Blicken verschlang – wirklich verzeihlich bei einem Mann am Tag vor seiner Hochzeit. „Ihr Hochzeitsgeschenk wird gegenwärtig im Observatorium von

Huntington aufgestellt. Schließlich haben mir Ihre Mutter und Ihre Schwestern jede einzeln von dem Teleskop erzählt, sodass mir gar nichts anderes übrig blieb, als Ihnen genau so eines zu kaufen, wie das, was Ihnen durch die Finger geschlüpft ist.“

Ihre Augen verengten sich dramatisch. „Sie meinen, Sie hätten es mir nicht von sich aus gekauft?“

„Selbstverständlich nicht. Ich hätte Ihnen ein viel Besseres besorgt, aber nun müssen Sie damit leben, dass Ihnen Ihr Herzenswusch erfüllt worden ist.“

Das Stirnrunzeln verschwand, und ein Lächeln trat auf ihr Gesicht. „Das werde ich verkraften.“

Leute lächelten ihn die ganze Zeit an, aber wenn sie das tat, fühlte er sich … siegreich und perfekt.

Der Gedanke ließ ihn innehalten. War das nicht gewesen, wie er sich gefühlt hatte, als er sie aufgezogen hatte, bis sie gereizt war?

Er beschloss, diese besondere Erkenntnis zu ignorieren. „Aber es ist entsetzlich unbefriedigend, wenn einem gesagt wird, dass ein bestimmtes Geschenk Hunderte Meilen entfernt ist, daher habe ich das hier für Sie.“ Er holte ein Buch aus der Tasche und reichte es ihr. „Ein Teleskop ist nutzlos, wenn man nicht weiß, was man sieht.“

Der Band war eine Erstausgabe von *Catalogue de Nébuleuses et des Amas d'Étoiles*, gemeinhin als *Messier-Katalog* bekannt.

Eine Falte bildete sich zwischen ihren Brauen. Und plötzlich watete er knietief in Unsicherheit, ja, mehr noch, das Wasser stand ihm bis zum Hals, er wusste nicht, ob sein Geschenk angenommen werden würde, fürchtete, dass es achtlos beiseitegelegt werden könnte, sobald er den Raum verließ.

Es war gar nicht wirklich ein echtes Geschenk, nur einfach etwas, was er aus seiner Bibliothek in Huntington mitgenommen hatte, ehe er zum Bahnhof aufgebrochen war, nachdem er sich davon überzeugt hatte, dass das Teleskop ordnungsgemäß aufgebaut worden war. Er hatte geglaubt, es würde ein Mädchen freuen, das die Sterne liebte.

„Machen Sie sich keine Sorgen, wenn Sie kein Französisch können.“ Seine Stimme klang steif und förmlich. „Es gibt weit umfassendere Kataloge und Sternenkarten, die in letzter Zeit veröffentlicht wurden.“

„Ich bin sicher, es gibt dieser Tage bessere Bücher, aber dies ist genau das, was ich immer haben wollte", sagte sie mit gesenktem Blick, fuhr mit dem Finger über den Einband des Katalogs.

Er war sich nicht sicher, ob er ihr glaubte. „Warum sehen Sie dann so bestürzt aus?"

Sie drehte das Buch in den Händen. „Weil es mich beunruhigt, dass Sie so mühelos meinen Herzenswunsch erraten."

Alle Befürchtungen verflogen, an ihre Stelle trat ein erstaunliches Hochgefühl. Wie albern von ihm, sich solch unnötigen Sorgen hingegeben zu haben. „Ich werde Ihr Ehemann. Ich sollte imstande sein, Ihre Herzenswünsche zu erraten."

Sie schaute auf, sah ihm in die Augen. „Sie sind ein Mann, der einer Frau gerne ihren Herzenswunsch erfüllt, um sie danach damit zu quälen."

Und sie war die eine Frau, die wusste, dass er nicht weiter von dem Ideal eines Gentleman entfernt sein könnte, aber dennoch geweint hatte, als sie dachte, er wollte nichts mehr mit ihr zu tun haben. „Darf ich Sie daran erinnern, dass Sie mich und meine damenquälerische Art für läppische achthundert im Jahr genommen hätten?"

Das zauberte ihr ein zögerndes Lächeln auf die Lippen. „Ich bin nicht imstande gewesen, eine einzige gute Entscheidung zu treffen, seit ich in Lust für Sie entbrannt bin."

Ihre sexuelle Vernarrtheit hatte ihn immer zutiefst erfreut. Aber aus irgendeinem Grund entzückte ihn diese Wiederholung der Tatsache nicht so sehr, wie das gewöhnlich der Fall war. Es war fast, als wollte er mehr.

Was genau konnte er nicht sagen. Wenn sie noch williger wäre, würden sie es auf der Straße treiben. Vielleicht war er einfach ungeduldig, sie endlich unter sich liegen zu haben und ihr Gesicht zu sehen, während ihre Lust sich steigerte.

„Ich lasse Sie nun allein, damit sie in Ihrem neuen Buch lesen können."

Als er sich zum Gehen wandte, fasste sie seine Hand. Sie berührten sich so selten wie je, und die Empfindung, die ihre Haut auf seiner in ihm weckte, war beinahe betäubend in ihrer Intensität.

„Ich will nicht andeuten, dass ich nicht dankbar wäre", sagte sie.

„Aber das sind Sie nicht", stellte er fest.

„Doch. Ich bin nur auch argwöhnisch, wie es jede Frau, die mindestens halb bei Verstand ist, sein sollte, wenn es um Sie geht.“

Damit gab sie ihm einen Kuss auf die Wange. „Wir sehen uns zur Hochzeit.“

110

KAPITEL 8

DIE HOCHZEIT WAR EIN GEWALTIGER Erfolg, nicht dass es anders hätte sein sollen. Das Brautkleid, das Hochzeitsfrühstück und der Blumenschmuck in der Kathedrale – jedes Detail wurde als kostspielig, aber geschmackvoll gepriesen. Ganz genau so, wie die Hochzeit des Idealen Gentleman sein sollte.

„Es freut mich, dass ich schmückendes Beiwerk bei einer der am besten geplanten und durchgeführten Zeremonien unserer Zeit dienen durfte", erklärte Felix' frisch angetraute Ehefrau, als sie schließlich allein in seinem privaten Eisenbahnwaggon saßen und nach Norden, nach Huntington fuhren.

Er lächelte. „Und so endet meine Herrschaft als begehrenswertester Junggeselle des Königreiches. Es ist das Ende einer Ära."

Sie verdrehte die Augen.

Er grinste. „Das Gleiche könnte man von Ihnen sagen. Wann haben Sie begonnen, sich auf Ihre Saison in London vorzubereiten?"

„Vor acht Jahren."

„Und nun liegt das alles hinter Ihnen. Welche Pläne haben Sie für sich selbst?"

Sie zupfte sich den Ärmel ihres neuen Reisekleides zurecht, ein modisches, aber zurückhaltendes Gewand in Graphitgrau – ein Kleidungsstück, das an und für sich keine Aufmerksamkeit erregte, sich aber bei näherer Betrachtung als perfekt gearbeitet herausstellte und zudem makellos saß. Er glaubte nicht, dass diese Perfektion zufällig erreicht worden war. Sie hatte gewiss gründlich darüber nachgedacht, wie sie als Lady Wrenworth erscheinen wollte, und musste dann entschieden haben, dass er im Mittelpunkt stehen sollte, während sie sich so verhielt, dass niemand in der Lage wäre, irgendetwas an seiner Wahl zu bemängeln.

„Zwischen Anproben für mein Kleid und meine Aussteuer, Einkaufstouren mit meiner Familie und dem Beantworten aller Fragen, die Lady Balfour und Ihr Sekretär mir zur Hochzeit gestellt haben", erklärte sie und zog den anderen Ärmel gerade, „hatte ich keine Minute Zeit, über die Zukunft nachzudenken."

„Lügnerin. Sie würden eher aufhören zu atmen, als dass Sie aufhörten, sich auf das vorzubereiten, was als Nächstes kommt."

Ihre Augen waren groß und klar, als sie antwortete: „Ich habe ein Haus mit dreißig Zimmern, fünftausend Pfund im Jahr und ein gutes Teleskop, nicht zu vergessen meinen *Messier-Katalog*. Es gibt nichts mehr, für das es sich lohnte, Ränke zu schmieden."

Er stützte den Kopf in die Hand. „Aber Sie sind anspruchsvoll. Ich wette, Sie haben versucht, astronomische Journale zu lesen, wenn Sie sie in die Finger bekommen konnten. Und ich wette, Sie fanden es schwierig, weil Sie keinen ausreichenden Unterricht genossen haben, vor allem im Bereich Mathematik."

„Ich kann rechnen."

„Oh, ich bezweifle nicht, dass Sie mühelos das Budget für einen Haushalt und das Vermögen eines Mannes berechnen können. Aber können Sie Gleichungen lösen?"

Sie schaute ihn an, als habe er sie schonungsloser Aufrichtigkeit beschuldigt. „Natürlich kann ich Gleichungen lösen. Sogar gekoppelte."

„Und was ist mit quadratischen?"

Sie presste die Lippen aufeinander. „Nein."

„Kennen Sie sich in irgendeiner Weise mit Trigonometrie aus?"

„Nein."

„Mit nicht-euklidischer Geometrie?"

„Nein."

Er legte ihr eine Hand unters Kinn und betrachtete sie.

„Sie machen mich nervös", erklärte sie leise.

„Weil ich nun weiß, dass Sie gerne in höherer Mathematik bewandert wären?"

Sie seufzte. „Weil Sie in mir lesen wie in einem aufgeschlagenen Buch, obwohl ich genau weiß, dass ich das nicht bin. Ich bin nicht durchschaubarer als ein Stück Schiefertafel – oder wenigstens sollte ich das sein."

Bei jeder anderen würde er einfach lächeln und die Sache auf sich beruhen lassen. Aber es war sein Hochzeitstag, und er hatte

versprochen, sie zu lieben und ehren, und war in reichlich
großmütiger Stimmung.

„Dann lassen Sie mich Ihnen das hier sagen. Alles, was ich über
Sie wissen muss, habe ich bereits am ersten Abend erfahren, als wir
uns kennengelernt haben. Und doch sind Sie, nachdem ich die ganze
Zeit seither in Ihnen wie in einem aufgeschlagenen Buch gelesen
habe, trotzdem noch so etwas wie ein Rätsel für mich.“

Das tröstete sie hinreichend, dass ihre Schultern sich entspannten.
„Also … ich traue Ihnen nicht, und Sie verstehen mich nicht.“

Er musste trotz allem lachen. „Kein Wunder, dass wir so gut
miteinander auskommen.“

Ein Moment verstrich schweigend. Sie wandte ihr Gesicht leicht
zur Seite und schaute ihn aus dem Augenwinkel an. „Also, was sollen
wir nun tun, nachdem wir nunmehr festgestellt haben, dass unsere
Ehe auf Unwissen und allgemeinen Bedenken fußt?“

Er beugte sich vor. „Spielen Sie Karten, meine liebe Lady
Wrenworth?“

SIE SPIELTE NICHT NUR KARTEN, sie war auch einer der besten
Gegner, mit denen es Felix je zu tun gehabt hatte.

„Wo haben Sie das gelernt?“, rief er, nachdem sie eine weitere
Runde gegen ihn gewonnen hatte.

„Zu Hause. Wir haben kaum Bücher, keine Musikinstrumente.
Raten Sie, womit wir uns die Zeit vertreiben.“

„Zählen Sie die Karten im Geiste mit?“

„Selbstverständlich“, antwortete sie, als sei alles andere
undenkbar.

„Und Sie sind die beste Kartenspielerin, richtig?“

„Nein. Ich kann mich gegen Cecilia und Julia behaupten, aber
Matilda ist einfach furchteinflößend.“

Das erstaunte ihn. „Ehrlich?“

„Wäre sie ein Mann, hätten wir sie nach Monte Carlo geschickt,
damit sie da ein Vermögen am Spieltisch gewinnt.“

„Und worum ging es, wenn Sie zu Hause gespielt haben?“

„Worum es ging? Was ist denn das für eine Frage?“ Sie warf ihm
einen verächtlichen Blick zu. „Wir haben gespielt, um zu gewinnen.
Kann ich mich jetzt bitte wieder konzentrieren?“

Er wünschte, es sei möglich, ihre verächtliche Miene irgendwie festzuhalten. Für die arme Tochter eines Mitgiftjägers konnte sie ein erstaunliches Maß an Hochmut ausstrahlen, wenn sie wollte. „Aber gewiss doch, Lady Wrenworth."

Sie hatte den Blick bereits wieder auf die Karten gesenkt, aber nun schaute sie wieder auf. „Sie wollen mich nicht Louisa nennen, nicht wahr?"

Kleine Dinge wie das waren dafür verantwortlich, dass sie ein solches Rätsel für ihn war: Dass sie ihm unverblümt erklärte, sie misstraue ihm, und im nächsten Moment solche Vertraulichkeit von ihm forderte.

„Dafür gibt es eine Zeit und einen Ort", sagte er ihr.

Sie deutete auf ihre Umgebung, den Privatwaggon, bis auf sie beide leer. „Wir sind doch ganz unter uns."

Er wiederholte nur: „Dafür gibt es eine Zeit und einen Ort."

Ihre Wangen wurden rot – weder die Zeit noch der Ort, das war nun noch weit entfernt.

„Richtig." Sie räusperte sich. „Sie sind an der Reihe, mein Herr."

ES WAR REICHLICH SCHWIERIG, SICH danach noch zu konzentrieren, aber da Louisa nicht die Einzige war, die abgelenkt war, gewann sie haushoch gegen ihren Ehemann.

„Es ist ein Segen, dass Sie nur ums Gewinnen spielen", zog er sie auf. „Erinnern Sie mich unbedingt daran, niemals Geld dafür auf den Tisch zu legen."

„Solange Sie Ihren Freunden nichts sagen. Ich habe keinerlei Scheu, deren Geld zu nehmen."

„Ich würde Sie gerne gegen Lady Tremaine spielen sehen. Sie ist auch ausgezeichnet darin."

Sie verzog das Gesicht. „Ihre frühere Geliebte Lady Tremaine?"

„Meine gegenwärtige gute Freundin Lady Tremaine. Ich habe mal fünfhundert Pfund an sie verloren. Sie werden meine Rache sein und ihr die Summe wieder abnehmen – natürlich mit Zins und Zinseszins."

„Sind Sie sicher, dass ich besser Karten spiele als sie?"

„Ihr Vorteil bei den meisten Männern ist, dass sie einen beeindruckenden Busen hat, den sie schamlos zur Schau stellt, wenn sie sich an den Spieltisch setzt. Sie hingegen werden sich von einem Paar Brüste nicht ablenken lassen.“

Plötzlich sah Louisa vor ihrem geistigen Auge, wie seine Finger auf Lady Tremaines beindruckendem Busen lagen – und fühlte sich sofort herzlich unterentwickelt. „Ist sie zu Ihrer Hausgesellschaft eingeladen?“

„Sie ist immer dazu eingeladen. Aber in diesem Monat ist sie außer Landes, tut sich an der männlichen Bevölkerung von Skandinavien gütlich.“

„Aber wenn sie kommt, wird ihr Busen Sie ablenken?“

„Das hat nichts mit ihr persönlich zu tun. Ab und zu ertappe ich mich dabei, die nackten Brüsten von Statuen hier auf Huntington anzustarren, und wo wir gerade davon reden …“

Der Zug fuhr am Tor des Anwesens vorbei.

„Willkommen in Ihrem neuen Zuhause“, sagte er leise. „Ich hoffe, es gefällt Ihnen.“

Natürlich hatte sie die Stelle über Huntington in Lady Balfours Buch über die bedeutenden Landsitze des Königreiches gründlich studiert. Aber trockene, sachliche Beschreibungen konnten unmöglich den Charme und die Ruhe des Ortes angemessen wiedergeben, die sich wellenden Hügel und die grünen Täler.

Dann öffnete sich die Landschaft, und da stand das Herrenhaus, aufs Prächtigste beleuchtet durch das volle goldene Licht des Sonnenuntergangs. Es war im Tudorstil erbaut, das im Laufe seiner langen Geschichte ein großzügig barockes Flair angenommen hatte. Die früher einmal schlichte Vorderseite zierten nun eine üppige Kuppel und zwölf Säulen, die sich von einer herrlichen Terrasse, die zu beiden Seiten in großzügige Freitreppen auslief, drei Stockwerke hoch erstreckten. Siebenundzwanzig Fenster, neun in jedem Abschnitt, reflektierten das Licht aus dem rechteckigen Wasserbecken in der Mitte der formalen französischen Gartenanlage.

„Es ist fast schon ungerecht“, teilte sie ihm mit. „Der Herr dieses Anwesens müsste eigentlich wie der Glöckner von Notre-Dame aussehen.“

„Manchmal tut er das“, sagte ihr Ehemann und zog sich die Handschuhe an. „Wenn Sie die Gemäldegalerie mit den Familienporträts besuchen, werden Sie sehen, dass meine Vorfahren nicht durch ein einnehmendes Äußeres bestochen haben.“

Ihr blieb keine Zeit, über diese Bemerkung nachzudenken. Die Kutsche wartete schon am Bahnhof und brachte sie zum Herrenhaus. Als sie davor zum Stehen kam, war die Zeit gekommen, der Dienerschaft gegenüberzutreten.

Hinterher wurde sie in ihr Zimmer gebracht, das über ein privates Bad mit Wänden und Boden aus blauem und weißem Marmor verfügte. Darin gab es eine versenkte Badewanne mit fließend warmem und kaltem Wasser.

Sie gab sich Mühe, ihr Staunen zu verbergen, während ihre neue Zofe ihr ein Bad bereitete und ihr zeigte, wie die Hähne funktionierten. Aber als sie allein war, schlug sie sich die Hände vor den Mund und schrie leise.

Es war zu viel, dieses Glück.

Sie trat in dieses dekadente Badezimmer, ließ sich in das parfümierte Wasser sinken, legte den Kopf in den Nacken und verspürte … Ungeduld. Sie lächelte vor sich hin. Wenigstens in dieser Hinsicht war nichts unanständig in ihrer Ehe. Sie hätte ihn geheiratet, solange er genug Geld besaß, um für Matildas Unterhalt aufzukommen. Und wenn er das nicht gehabt hätte, hätten sie einen anderen Weg gefunden.

Gleich und Gleich gesellt sich gern – sie waren beide Intriganten.

Doch heute Abend würden sie sich auf ein Gebiet begeben, auf dem sie ihm restlos vertraute: das Ehebett.

Sie beendete ihr Bad summend.

Es fiel Felix immer schwerer, bezüglich seiner frisch angetrauten Ehefrau objektiv zu bleiben.

Wenn sein erster Eindruck ihn nicht trog, dann war sie nur passabel hübsch, aber äußert bewandert darin, ihre Vorzüge perfekt herauszustellen. Doch als sie an diesem Abend den Salon betrat und förmlich strahlte, konnte er sich an keine ihrer Listen mehr erinnern.

Sie war atemberaubend.

„Sie sind eine Vision, Lady Wrenworth", flüsterte er ihr ins Ohr, als er sie am Arm nahm und in den Speisesalon führte.

„Und Sie wären ein überaus erfolgreicher Mitgiftjäger geworden, wenn das nötig gewesen wäre, mit Ihrem Charme, Ihren Tricks und Ihrem schönen Apollogesicht."

Er spürte ein unvertrautes Flattern im Bauch. „Das ist das schönste Kompliment, das mir je vor dem Dinner gemacht wurde."

„Ich hoffe, Ihnen auch noch nach dem Essen eine Menge Komplimente machen zu können. Wird das Dinner lang dauern?"

Er lachte leise. „Nein, wird es nicht. Die Küche hat die Anweisung erhalten, Sie nicht mit zu vielen Gängen zu überanstrengen, da Sie einen langen Tag hinter sich haben und sich natürlich gerne früh zurückziehen möchten."

„Natürlich", antwortete sie, während er ihr persönlich den Stuhl hielt.

Er hätte sich nie für einen Mann gehalten, der seine Ehefrau berührte, solange andere anwesend waren, aber jetzt glitten seine Finger wie von selbst über ihren Nacken, als wirkte die Weichheit ihrer Haut wie ein Magnet.

Sie atmete hörbar aus.

Er schlenderte so nonchalant zu seinem Platz, wie es ihm nur möglich war. „Wenn Sie aus dem Fenster blicken, können Sie, glaube ich, den griechischen Lusttempel sehen."

Besonders beleuchtet heute Nacht, extra für sie.

Ihre Augen weiteten sich. „Gütiger Himmel, das sind aber sehr schlanke Säulen. Die verbergen nicht viel, oder?"

„So schlank sind sie nun auch wieder nicht", versicherte er ihr. „Der Tempel scheint auch näher am Haus zu stehen, als er es in Wahrheit tut."

„Wann werden Ihre Freunde eintreffen?", fragte sie.

„Übermorgen."

Es hatte nicht zur Debatte gestanden, dass sie ihre Flitterwochen woanders als auf Huntington verbringen und dass seine Hausgesellschaft wie geplant stattfinden würde. Wie sonst sollte er ihre erotischen Phantasien wahrmachen?

Sie atmete zischend ein. „Es ist ein faszinierender Ziertempel."

Und sie war eine faszinierende Frau. Er konnte sich nicht vorstellen, was er sich gedacht hatte, als er geglaubt hatte, er könnte ein Mädchen heiraten, das zwanzig Jahre jünger war als er, mit einem Paar spektakulärer Brüste und nichts im Oberstübchen.

„Ich habe auch einen römischen Lusttempel, wissen Sie", teilte er ihr großspurig mit.

Und zur Verblüffung seiner Lakaien brachen sie beide in Gelächter aus.

KAPITEL 9

DAS DINNER WAR NACH FÜNFUNDVIERZIG Minuten beendet, ein Rekord auf Huntington. Sie stand auf und zog sich mit einem vielsagenden Blick zu ihm zurück. *Lass mich nicht warten.*

Aber das tat er. Sie sollte es besser als jede andere wissen, dass er so ein Mistkerl war. Er genoss lächelnd sein Glas Armagnac – vielleicht war das Lächeln auch hämisch –, dachte an ihre bereitwillig gespreizten Beine. Er ging in sein Zimmer, malte sich dabei ihr williges Stöhnen aus, ihre hilflose Lust. Und dann machte er sich ganz langsam und gemächlich fürs Bett bereit, konnte sie im Geiste schon um mehr flehen hören.

Und mehr. Und noch mehr.

Es gelang ihm nur mit knapper Not, einer durch die Luft segelnden Haarbürste auszuweichen, als er schließlich die Verbindungstür öffnete.

Sie stand an ihrem Frisiertisch, immer noch in ihrem Abendkleid, das Haar gelöst, das Gesicht missfällig verzogen. „Ich habe dir doch gesagt, du sollst mich nicht warten lassen."

„Meine Güte." Er lachte. „Ich habe nicht nur eine Schwindlerin geheiratet, sondern auch einen Zankteufel."

Sie wandte den Kopf in einer dramatischen Geste und mit fliegenden Haaren zur Seite. „Ich bin nicht länger in amouröser Stimmung."

„Und das einem Mann gesagt, der gekommen ist, dich zu lieben", erklärte er und kam zu ihr. „Und warum, bitte, hast du, wenn du in so amouröser Stimmung warst, dein Kleid angelassen?"

„Ich habe meine Zofe für die Nacht entlassen, bevor ich zum Dinner gegangen bin. Ich hatte vor, dich heute Abend eine Reihe niederer Tätigkeiten für mich erledigen zu lassen – mein Haar zu bürsten eingeschlossen –, was ich übrigens allein tun musste, weil du vermutlich im Garten warst, um vollbusige Statuen anzustarren."

Er klemmte sie zwischen sich und dem Frisiertisch ein. „Völlig falsch. Ich habe mir deinen Busen vorgestellt und gehofft, dass er ganz besonders winzig ist.“

Er fasste ihr Haar zusammen und schob es beiseite, damit er ihr einen Kuss auf den Nacken hauchen konnte. Sie atmete langgezogen aus. „Warum solltest du mich so flachbrüstig haben wollen?“

Er küsste sie aufs Ohrläppchen, genoss das Beben ihrer Haut. „Weil ich Geheimnisse mag, je größer desto besser – und die Größe dieses Geheimnisses ist umgekehrt proportional zur Größe deiner Brüste, meine liebe, liebe Louisa.“

Die Knöpfe auf dem Rücken ihres Abendkleides stellten keine große Herausforderung dar. Sie beobachtete ihn, die Lider schwer, die Lippen halbgeöffnet, im Spiegel, als er den letzten aufmachte. Er befreite sie aus dem Kleid und wandte sich ihrem Korsett zu.

„Wo ist dieses sagenhafte Busenpolster, von dem du die ganze Zeit redest? Ich möchte es dringend kennenlernen.“

„Dieses ist in das Korsett integriert.“

Er hatte nun das Korsett weit genug lockert, um es ihr über den Kopf zu ziehen und das üppig ausgestopfte Innere zu betrachten. „Gut gemacht.“

„Danke … glaube ich.“

„Und jetzt, wenn du mir gestattest, dir aus diesen Unterröcken zu helfen, werden wir das Hemdhöschen in Angriff nehmen und sehen, wie sehr du übertrieben hast.“

„Kannst du noch nicht sehen, dass ich oben herum praktisch nichts habe?“

Die Unterröcke glitten zu Boden. Er drehte sie um. „Leere Versprechungen, nichts weiter.“

Sie biss sich auf die Unterlippe. „Ich wünschte, ich könnte meiner Mutter von deiner Begeisterung für meine flache Brust erzählen. Sie war sehr besorgt während unseres ‚Gesprächs‘. Ich glaube, sie hat sich kaum beherrschen können, vorzuschlagen, dass du statt meiner Frederica, die keine künstliche Hilfe benötigt, um ihr Korsett auszufüllen, als Ersatzbraut nimmst.“

Er rieb mit einem Finger über den Rand ihres Hemdhöschens. „Deine Mutter entpuppt sich als nicht sonderlich kluge Frau. Hat sie dir auch irgendetwas Nützliches gesagt?“

„Nein. Ich glaube, du hast mir mit deinem Gehstock mehr über den männlichen Körper beigebracht.“

Sie lachten, und sie zwinkerte ihm verschwörerisch zu. Er lächelte immer noch, als er begann, mit dem obersten Knopf zu spielen. Sie war so überaus hübsch mit dem offenen Haar, das ihr in dicken federnden Locken auf die Schultern und über den Rücken fiel, die klaren Augen auf ihn gerichtet, ihr Blick im einen Moment auf seiner Hand, im nächsten in seinem versunken.

Er hingegen schaute nur in ihr Gesicht. Der Umfang ihrer Brust war völlig belanglos. Was ihn erregte, war die Offensichtlichkeit ihres Verlangens, die Tiefe ihres Hungers und die Größe ihrer Vernarrtheit.

Ihre Haut hingegen war in der Tat köstlich zart und glatt unter seinen Fingern. Und ihre freudige Erwartung, dieser Anflug von Nervosität, war zutiefst befriedigend – sie wollte ihm mit ihrem Körper Lust bereiten.

Mit fast so etwas wie *königlicher Herablassung* schaute er nach unten.

Irgendwo in seinem Hinterkopf war eine fast lautlose Stimme, die ihn daran erinnerte, dass er seine Objektivität verloren hatte, wenn es um sie ging, weswegen er seine Reaktion besser durch eine gesunde Dosis Skepsis dämpfen sollte.

Aber er hörte nicht darauf. Alles, was er hörte, war das plötzlich Rauschen des Blutes in seinen Adern. Und alles, was er sah, war Vollkommenheit, reine, ungetrübte Vollkommenheit.

Kleine Brüste, ja, aber hoch angesetzt, fest und wundervoll geformt mit den allerschönsten Brustspitzen, die er je gesehen hatte, die sich in Vorfreude versteiften. Ihm wurde der Mund trocken. Er streckte eine Hand aus und berührte eine Knospe, so fest und doch so unglaublich weich und seidig.

Sein Herz klopfte. Sein Atem ging stoßweise, und er wurde so schnell so hart, dass ihm von dem plötzlichen Blutverlust im Kopf ganz schwindelig wurde.

Er blickte zurück in ihr Gesicht. Hatte er Schritt für Schritt die raffinierte Verführung dieses wunderbaren Wesens geplant? Das musste er wohl. Vage erinnerte er sich an Dinge, die er vorgehabt hatte, mit ihr zu tun, Worte, die er ihr hatte ins Ohr flüstern wollen.

Aber das raue Verlangen, das ihn erfasst hatte, beraubte ihn der Fähigkeit zu solcher Raffinesse. Er legte ihr eine Hand in den Nacken, zog sie an sich und küsste sie. Verschlang sie förmlich. In irgendeinem entlegenen Teil seines Gehirns wusste er, dass solche Gier völlig falsch für den ersten Kuss war. Aber sie schien sich nicht daran zu stören. Sie klammerte sich an ihn, die Hände auf seinem Kopf hielt sie ihn fest, presste die Lippen auf seine, als befände sie sich unter Wasser und brauchte seinen Atem zum Überleben.

Ohne den Kuss zu unterbrechen, hob er sie hoch und trug sie zum Bett. Immer noch seinen Mund auf ihrem, befreite er sie von ihrer Unterwäsche. Hungrig berührte er sie, war zu keinerlei Strategie oder auch nur Taktik fähig. Alles, was er wollte, war mehr. Mehr von ihrer überwältigend glatten Haut, mehr von ihrem betörend süßen Mund, mehr von ihrem herrlichen Po.

Seine Finger glitten zwischen ihre Beine – und der Laut hilfloser Lust, den er hörte, kam von ihm. Sie war so bereit, als hätte er sie stundenlang erregt. Tagelang.

Die gesamte Saison war ein quälend in die Länge gezogenes Liebesspiel gewesen.

Ohne den Kontakt ihrer Lippen zu unterbrechen, berührte er sie dort. Sie stöhnte, wand sich, küsste ihn mit verzweifelter Leidenschaft. Dann plötzlich schluchzte sie auf, ihr Körper spannte sich.

Einen Herzschlag später war er tief in ihr, füllte sie, wurde von einer Ekstase erfasst, die sein Innerstes nach außen kehrte.

Die Zuckungen seines Höhepunktes gingen immer weiter, entzogen ihm alles bis zum letzten Tropfen – oder wenigstens kam es ihm so vor. Dennoch war er immer noch steinhart, immer noch beherrscht von dem verzweifelten Verlangen, die wunderschöne Frau unter sich zu besitzen.

Er küsste sie auf Wange, Lippen, Kinn. Er vernachlässigte auch ihren Hals und ihre Schultern nicht. Und schließlich waren ihre herrlichen Brüste an der Reihe. Das Stöhnen, das er ihr entlockte, trieb ihn zu immer schnellerem Tempo, immer tieferen Stößen an.

Sie keuchte.

Er zwang sich, den Unterleib still zu halten, strich ihr mit bebender Hand über das Haar. Er beugte sich vor, küsste sie auf den Stelle unter ihrem Kinn. Sie duftete zart nach Blumen, nach frischen taufeuchten Blüten.

„Sag mir, dass ich aufhören soll, und ich werde es tun." Seine Stimme klang heiser, völlig anders als sonst.

Die Augen hatte er fest geschlossen. Vage erinnerte er sich, dass er sich an ihr hatte satt sehen wollen, während er sie zu einem bebenden Höhepunkt nach dem anderen brachte. Aber die Gefühle, die sie in ihm weckte, waren alles, was er im Moment verkraften konnte. Ihr Anblick wäre zu viel für ihn.

„Ich will, dass du nie aufhörst", flüsterte sie und küsste ihn aufs Ohr, was eine neue Welle der Lust durch ihn sandte. „Niemals."

Sie umfasste seine Arme, spreizte ihre Beine weiter. Und, gütiger Himmel, sie hob die Hüften, als versuchte sie ihn tiefer zu ziehen.

Die Wonnen, die sie ihm bereitete … Er war wie besessen von ihr. Er drang immer wieder in sie ein, und ihre Laute der Lust waren wie Feuer in seinem Blut. Ihr Name entrang sich seiner Kehle. Er konnte einfach nicht aufhören, ihr zu sagen, wie köstlich sie war und wie sehr er sie begehrte.

Als ihre Muskeln sich um ihn zusammenzogen, verlor er den letzten Rest Kontrolle, den er vielleicht noch gehabt hatte, und überließ sich dem explosivsten Höhepunkt, den er je erlebt hatte.

DIE NACHT GLICH IN NICHTS dem, was Louisa erwartet hatte – und war alles, was sie sich hatte erträumen können.

So wie sie ihn kannte, war sie darauf gefasst gewesen, die willige, aber hilflose Maus in seinem Katz-und-Maus-Spiel zu sein. Er würde sie necken und reizen bis an die Grenze des Erträglichen – und sie vermutlich auch noch um alles betteln lassen: Küsse, Zärtlichkeiten, Befriedigung.

Aber dieser zügellose Liebhaber, der aus dem Nichts kam, war für ihre Eitelkeit so viel schmeichelhafter.

Und was er zu ihr sagte. Manche der Worte hatte sie nie zuvor in ihrem Leben gehört – und sie hätte nie gedacht, dass sie ihm über die Lippen kommen würden. So ungehörig, schmutzig und … nun, grob.

Also konnte sie ihn um den Verstand bringen – und das mit ihren kleinen Brüsten.

Sie lächelte.

Sie hatte vielleicht auch leise gekichert.

Als er sich von ihr löste, drehte sie sich auf die Seite, um sich an ihn zu schmiegen.

„Habe ich dir wehgetan?", fragte er, den Arm über den Augen.

„Du kannst kein Omelette machen, ohne Eier zu zerschlagen", erwiderte sie unbekümmert.

Anfangs hatte es leicht gebrannt, und sie war immer noch ein wenig wund, aber das war nichts, was sich nicht aushalten ließe. Besonders, wenn im Gegenzug dafür so wunderbares Vergnügen auf sie wartete wie zum Beispiel, als er ihre Brustspitzen mit der Zunge verwöhnte oder sie zwischen den Beinen berührte, dabei gleichzeitig in sie eindrang.

Sie küsste ihn auf die Schulter. „Also … wir machen das die ganze Nacht lang, richtig?"

Wenn sie sich nicht sehr irrte, hatte er ihr gesagt, das sei nur der Anfang der Nacht, als sie über den griechischen Lusttempel gesprochen hatte – die öffentliche Kopulation dort, wie sie es nannte. Dass er sie danach in sein Bett bringen und sie dort bis zum Morgengrauen bei sich behalten wollte.

Sie konnte nicht erkennen, was dagegen spräche, dass sie sich in ihrer Hochzeitsnacht bis zum Morgen liebten.

„Ganz bestimmt nicht. Das wäre unvorstellbar rücksichtslos von mir."

Sie zog ihm den Arm vom Gesicht. „Nicht, wenn ich es will."

Er öffnete die Augen. So hatte sie ihn nie zuvor gesehen, zerzaust und fast ein wenig benommen, was sie unendlich anziehend fand. Es ließ ihn menschlicher erscheinen, weniger wie ein Dschinn, der in jedem Augenblick das ganze Spektrum zwischen Schabernack und Bosheit im Schilde führen konnte.

Er streckte eine Hand aus, langsam, fast zögernd, um mit einer ihrer Locken zu spielen. „Dein Körper ist nicht dafür gedacht, so missbraucht zu werden. Heute Nacht jedenfalls nicht."

Schmollend rollte sie sich von ihm weg. Aber der Abstand sollte ihm auch die Gelegenheit geben, erneut ihren nackten Körper anzusehen. Wenn es einmal funktioniert hatte …

Er atmete hörbar ein.

Sie hob ihr Haar aus dem Weg, sodass es nicht ihren Busen verdeckte. Bei der Bewegung hoben sich ihre Brüste, und unter seiner Musterung richteten sich die Spitzen auf.

Wie in Trance rieb er seine Hand darüber. Sie wimmerte. Er nahm die Knospe zwischen Daumen und Zeigefinger, spielte damit. Sie stöhnte.

Und dann tat er, was sie wirklich wollte, er nahm die Brustspitze in den Mund. Der Mann hatte wirklich die geschickteste Zunge überhaupt und bereitete ihr damit unbeschreibliche Wonnen.

Sie schlang die Beine um seine Mitte. „Du bringst mich dazu, alles mit dir – für dich – machen zu wollen."

Ihre Schmeichelei war nicht vergebens. In der nächsten Sekunde war er wieder in ihr, heiß und riesig. Sie zog ihn zu einem Kuss an sich und ließ ihn nicht los, bis ihr Verlangen sich höher und höher schraubte, sich weiter und weiter in ihr spannte und sie um Atem rang.

Es war, als stürzte der Himmel ein.

Und dahinter die Sterne.

FELIX KONNTE EINFACH NICHT AUFHÖREN, seine Frau anzufassen. Nicht lüstern und nicht mit der Absicht zu erregen – wenigstens nicht im Moment. Im Moment war es einfach das Vergnügen seiner Hand auf ihrer. Er fuhr eine Braue nach, ihre Wange und den Umriss ihrer Unterlippe. Sie küsste ihn auf den Daumenballen, und ihre Augen lächelten, fielen ihr aber auch allmählich vor Müdigkeit zu.

„Es ist noch nicht einmal Mitternacht, Marchioness. Werden Sie etwa schon alt?"

„Sie, mein Herr, wissen offensichtlich nichts über Hochzeiten. Ich musste im Morgengrauen aufstehen, um auch nur eine annähernd des Idealen Gentleman würdige Braut zu sein."

„Und ich dachte, du wolltest von mir verlangen, mindestens doppelt so oft geliebt zu werden."

„Wer sagt denn, dass ich das nicht werde? Das hier ist nur ein Nickerchen, um mich ein wenig zu erfrischen", erwiderte sie, aber ihre Worte kamen langsam und klangen verschwommen.

Er beugte sich vor und küsste sie auf die Stirn, die Wange und die Nasenspitze. Als er sie aufs Kinn küsste, waren ihre Augen geschlossen … aber sein Körper erneut erwacht.

Er wollte jeden Zoll von ihr anknabbern, überall. Er wollte sie zum Stöhnen bringen, dass sie sich im Schlaf wand. Er wollte erneut die unfassbare Lust erleben, wenn er in ihr zum Höhepunkt kam.

Nicht, dass er so etwas wirklich tun würde – die Arme brauchte eindeutig Ruhe. Er beschränkte sich auf ihr Haar, ihre Schultern, ihren Rücken, während er sich ausmalte, wie er sie im Morgengrauen wecken würde, auf eine Weise, die gewiss ihre Billigung fand.

Sie rührte sich.

„Entschuldige", murmelte er. Seine gestärkte Manschette hatte sie vielleicht gekratzt.

Seine gestärkte Manschette? Er trug noch sein Hemd?

Er blickte an sich herab. Er war in Hemdsärmeln und Hosen in ihr Zimmer gekommen und hatte beides noch an – das Hemd zugeknöpft, die Hosen bis unter die Hüften geschoben, aber nicht weiter.

Er wusste nicht, was ihn mehr erschreckte, dass er es so eilig gehabt hatte, dass er sich nicht ausgezogen hatte, oder dass er so von Sinnen vor Lust gewesen war, dass er es nicht gemerkt hatte.

Sein Schwanz zuckte, schwer von Verlangen, reckte sich ihr entgegen. Vor einem Moment noch hätte ihn der Anblick amüsiert, vielleicht auch mit einer gewissen Selbstzufriedenheit erfüllt – er war schon seit zehn Jahren nicht mehr achtzehn, aber er stellte heute unter Beweis, dass er ihn noch ein halbes Dutzend Mal in einer Nacht hochbekam.

Jetzt hingegen störte es ihn. Er zog die Hose hoch und verstaute sein Glied darin. Dass es ein wenig unangenehm war, diente ihm nur dazu, die Bestürzung zu betonen, die sich in ihm breit machte.

Was war geschehen?

Er hatte immer vorgehabt, jede Sekunde seiner Hochzeitsnacht nach Kräften zu genießen – aber mit einer gewissen Gelassenheit, als ob er in dem Augenblick, in dem er sie liebte, gleichzeitig die Vorgänge aus angemessener Entfernung verfolgte.

Er erinnerte sich genau an die knappe Stunde, die er absichtlich vertrödelt hatte, nachdem sie vom Dinnertisch aufgestanden war. Er war kühl, ruhig und unbeteiligt gewesen. Selbst nachdem er in ihr Zimmer gekommen war, hatte er sich restlos unter Kontrolle gehabt, hatte sich mit ihr ein Wortgefecht geliefert und sie dabei gemächlich entkleidet.

Er verließ das Bett. Sie machte ein Geräusch, als er ihr seine Wärme entzog. Er breitete die Decke über sie und steckte sie um sie fest.

Der Anblick ihrer Brustspitzen – war das alles gewesen, was es gebraucht hatte? Hieß das, wenn er es in Zukunft vermied, ihre bloßen Brüste anzusehen, wäre er sicher vor einem so umfassenden Kontrollverlust?

Als er sie jetzt anschaute, wie sie da lag, die Decke bis zum Kinn hochgezogen und kein Zoll Haut unterhalb ihres Gesichts entblößt, konnte er es nicht erwarten, sie wieder zu berühren. Sie zu küssen, sie flüstern hören: *Du bringst mich dazu, alles mit dir machen zu wollen.*

Er trat einen Schritt zurück vom Bett, dann noch einen. Mit einem gelegentlichen Kontrollverlust konnte er leben. Was er jedoch nicht dulden konnte, unter keinen Umständen, war ein derart heftiges Begehren.

Aber wie war er da überhaupt nur hineingeraten?

Er blickte sie noch einen Moment lang an, dann ging er, löschte das Licht. In seinem Apartment schlüpfte er in seine Schuhe und in eine Jacke, ging zur Tür hinaus. Die Korridore des Herrenhauses waren still und dunkel. Er fand auch ohne Kerze den Weg, war seit Langem vertraut mit den Schatten seines eigenen Hauses.

Er wollte eine gewisse Zeit im Observatorium arbeiten, das in der Kuppel untergebracht war, die er hatte errichten lassen. Aber oben angekommen ging er nur auf dem Dach auf und ab, presste sich die Fingerspitzen gegen die Schläfen und fluchte ab und zu.

Er war zu lange der Ideale Gentleman gewesen, und sein Erfolg hatte dazu geführt, dass er alle Vorsicht hatte fallen lassen. Als er nach ihrer ersten Begegnung nicht hatte aufhören können, an sie zu denken, als er begann, Einladungen anzunehmen mit der Absicht, in ihrer Nähe zu sein, als er Mr Pitt dazu überredet hatte, umgehend die Stadt zu verlassen, nachdem er das Telegramm seiner Eltern erhalten hatte, damit er seinen Platz beim Dinner der Tenwhestles einnehmen konnte … Er hätte jederzeit aufhören können und erkennen, auf was für eine Dummheit er im Begriff stand sich einzulassen.

Selbst wenn ihm an seinem Verhalten und seinem Tun nichts absonderlich oder völlig ungewohnt erschienen wäre, er hätte die Notbremse ziehen müssen, als er den Plan fasste, sie zu seiner Mätresse zu machen. Es stieß ihn ab, wenn er daran dachte, dass er einen solchen Vorschlag ausgesprochen, ihr tatsächlich das Angebot gemacht hatte. Warum war ihm nicht aufgefallen, wie hirnrissig das war?

Wenn er es eher bemerkt hätte …

Aber das hatte er. Die ganze Zeit hatte der vernünftige Teil von ihm ihn gewarnt, dass es eine dumme Idee sei, sich auf dieses

Mädchen zu fixieren. Und die ganze Zeit war er so von ihr besessen gewesen, dass er alle Warnsignale ignoriert hatte.

Und sich einredete, dass er nur leicht perverse Späße trieb, als ob Kapitän Ahab irgendwie zu der Einschätzung gelangt sei, dass er nur ein Freizeitangler sei, während er seiner besessenen Idee über alle sieben Weltmeere nachjagte, die Harpune im Anschlag.

Besessenheit. Bei dem Wort verzog er das Gesicht, aber die Wahrheit ließ sich nicht abstreiten. Er war seit Monaten besessen.

Er blieb jäh stehen, entsetzt. Um sein Gewissen zu beschwichtigen und sicherzugehen, dass sie nicht gezwungen war, einen Mann zu heiraten, der gesellschaftlich weit unter ihr stand, hätte es vollauf genügt, ihr die tausend Pfund im Jahr und das Haus zu überschreiben, aber ohne die Bedingung, dass sie es ihm mit ihrer Willigkeit im Bett zurückzahlte.

Die Summe hätte er gar nicht gespürt. Sie wäre nicht schlechter weggekommen, weil sie ihn kennengelernt hatte. Und er wäre frei von ihr gewesen.

Aber der Gedanke war ihm bis eben gar nicht gekommen.

Natürlich nicht. Es gab keine größere Dummheit als die, die ein Mann beging, der sich für das klügste Wesen auf der Welt hielt.

Sein Kopf pochte. Er wollte nicht dastehen, sich geißeln, bis die Sonne aufging. Er wollte zu ihr zurück und sie erneut lieben, dass ihr süßer Eifer alles besser machte.

Lieber Gott. An diesem Punkt wollte er ihr immer noch nahe sein.

Was war eigentlich der Unterschied zwischen Besessenheit und Liebe? Und wie dicht stand er vor dem gefährlichen Punkt, an dem die Waagschale sich neigte? Würde er morgen früh aufwachen und ihr in die Augen sehen, sein Schicksal einfach hinnehmen?

Nein.

Warum nicht?, wollte ein unvernünftiger Teil seines Verstandes wissen. *Sie ist hingerissen von dir, von dir, wie du in Wahrheit bist.*

Sie weiß gar nicht, wie ich in Wahrheit bin, du Idiot.

Ein Mann, der nichts begehrte, dem lag die Welt zu Füßen. Ein Mann, der sich nach etwas – irgendetwas – sehnte, war zu Enttäuschung und Herzschmerz verdammt.

Und er hatte bereits mehr Enttäuschungen und Herzschmerz erlebt, als jemand in einem ganzen Leben brauchte.

Er presste sich die Fingerknöchel gegen die Schläfen. Er begehrte sie viel zu sehr, aber das war nicht das Ende der Welt. Noch nicht, wenigstens. Mit etwas Zeit und Abstand würde die sexuelle Leidenschaft abkühlen, bei ihm und bei ihr.

Bis dahin würde er sich von ihr fernhalten.

KAPITEL 10

LOUISA WAR SICH IRGENDWANN IN der Nacht vage bewusst, dass ein Gewitter aufzog. Sie wickelte sich fester in die Decke und ließ sich von dem Prasseln der Regentropfen tiefer in den Schlaf lullen.

Als sie aufwachte, stand die Morgensonne strahlend hell am Himmel. Ein paar Sekunden der Verwirrung folgten, als sie auf den fremden Betthimmel über sich starrte, den Blick über die unvertraute Umgebung wandern ließ.

Es war der Morgen nach ihrer Hochzeit. Und sie war aufs Wunderbarste geliebt worden, wenn sie das so sagen durfte. Sie hielt sich eine Hand vor den Mund und kicherte.

Der Mann hatte einen schlimmen Einfluss auf sie. Erst verwandelte er sie in eine Nymphomanin – das war die wissenschaftliche Bezeichnung für eine Frau, die einfach unersättlichen sexuellen Appetit hatte, oder? –, und jetzt machte er sie auch noch zu einer Kicherliese.

Das war sie nie gewesen. Sie war immer diejenige, die die Folgen bedachte, die, die das Haushaltsbudget im Auge behielt und Cecilia oder Julia Vorhaltungen machte, wenn sie mehr als ihr Taschengeld ausgaben. Die Langweilige – wenn man Cecilia glaubte – wie die mittlere Bennet-Schwester, bis auf das mittelmäßige Klavierspiel und die Neigung, ständig Moralpredigten zu halten.

Sie stellte sich vor, wie sie Cecilia entgegenhielt: *Aber immerhin bin ich wirklich gut im Bett,* und musste wieder kichern.

Sie hörte damit erst auf, als ihre neue Zofe Betsey mit einem Tablett mit einer Tasse heißer Schokolade eintrat. Dann kicherten sie beide, als sie die ganzen Kleider überall im Zimmer verstreut sahen. Und dann noch einmal, als sie unter der Bettdecke in ihren Morgenrock schlüpfte, damit sie nicht nackt aus dem Bett steigen musste.

Als sie sich in das warme Badewasser sinken ließ, brannte die Stelle zwischen ihren Beinen einen Augenblick lang ziemlich heftig. Aber dann war alles in Ordnung.

Und sie bereit für mehr.

Sie würde ihn in doppelter Ausführung brauchen, dachte sie und kicherte schon wieder.

Als sie schließlich ordentlich angekleidet und frisiert war, zeigte ihr ein Lakai respektvoll den Weg ins Frühstückszimmer. Sie stellte sich vor, wie ihr Ehemann über den Rand seiner Zeitung spähte, ihr lüstern zulächelte. Sie würde das erwidern. Und, vorausgesetzt, sie waren ungestört, würde sie ihm von ihrer neusten Theorie erzählen, dass er am Ende nicht Manns genug für sie war.

Doch er war nicht im Frühstückszimmer.

Der Schurke. Sie könnte wetten, das war Absicht. Das wäre typisch für den Mann, der sie gestern Abend eine geschlagene Stunde hatte warten lassen, bis er zu ihr gekommen war, sie jetzt mit seiner Abwesenheit zu reizen.

Aber da dies ihr erster Tag auf Huntington war, gab es genug, was sie beschäftigte. Den Vormittag verbrachte sie damit, darauf zu achten, dass ihr nicht zu oft der Mund offen stand. Der Landsitz überstieg alles, was sie sich je vorgestellt hatte. Es gab fünfzig Hausangestellte, vierzig Gärtner, dreißig Mann in den Ställen und einen Jagdhüter mit weiteren Helfern, der sich um die Fasanenpopulation kümmerte, die, wie man ihr mitteilte, irgendwo um viertausendfünfhundert lag.

Es war nur gut, dass sie diese Dienstbotenarmee nicht direkt anleiten musste, denn ihre einzige Erfahrung mit Dienerschaft beschränkte sich darauf, ständig Sally, die Küchenmagd der Cantwells, anzuflehen, sie nicht zu verlassen, indem sie einige ihrer Aufgaben selbst übernommen hatte – natürlich hinter Mrs Cantwells Rücken –, um die Arbeitslast zu mindern, schließlich konnten sie ihr keinen höheren Lohn zahlen.

Hier ließen die detailliertere Aufgabenverteilung und die ganzen Positionen Raum für viel mehr Hierarchien. Ganz oben an der Spitze dieser Pyramide musste sich Louisa nur mit der Haushälterin Mrs Pratt beraten, dem Butler Sturgess und dem Küchenchef Monsieur Boulanger, die alle in ihren jeweiligen Zuständigkeitsbereichen erschreckend kompetent wirkten.

Eine Führung durch die Dienstbotenräume schüchterte sie ein. Die häusliche Leitung eines großen Landsitzes erforderte militärische Präzision. Die Küche war größer als das Haus, in dem sie mit ihrer Mutter und ihren Schwestern gelebt hatte. Die Räumlichkeiten der Wäscherei bestanden aus einem Waschhaus, einem Trockenraum, einem Raum zum Mangeln und einem zum Bügeln sowie einem, in dem die Wäsche zusammengelegt und sortiert wurde, gefolgt von einer Kammer für die Wäscherinnen. Alles war mit Überlegung angeordnet, sodass die schmutzigen Sachen am einen Ende hinein und am anderen wieder sauber, trocken und gebügelt herauskamen. Louisa wurde rot, als ihr aufging, dass ihrer Bettwäsche von gestern Nacht mit den verräterischen Spuren eine recht öffentliche Reise durch diese Anlage bevorstand.

Nachdem Mrs Pratt ihr in ihrer knappen Art, aber durchaus stolz Vorratskeller, Speisekammer und Porzellanschrank gezeigt hatte, führte sie Louisa auch durch den Rest des Herrenhauses. Louisa war gewarnt worden, dass Huntington der Öffentlichkeit zur Besichtigung offen stand, aber es war doch befremdlich, zu sehen, wie Touristen sich den Hals verrenkten bei dem Versuch, all die architektonischen Details zu bewundern, die erlesenen Möbel in den makellos herausgeputzten Staatsräumen, in deren prächtigen Betten dereinst gekrönte Häupter geruht hatten. Der Raum, in dem sie die Nacht verbracht hatte, blieb jedoch neugierigen Augen verschlossen, da er im Privatflügel lag.

Die lange Gemäldegalerie war leer, als sie dorthin kam. Während sie sich die Portraits der Vorfahren ihres Ehemannes anschaute, erinnerte sie sich, was er am Abend zuvor zu ihr gesagt hatte, dass manchmal der Herr von Huntington wie der Glöckner von Notre-Dame ausgesehen habe.

Der dreizehnte Marquis of Wrenworth, sein direkter Vorgänger, und eine Reihe Viscounts, bevor die Familie in den Rang eines Marquis erhoben wurde, waren in der Tat ein unansehnlicher Haufen gewesen.

Wie Mrs Pratt knapp erklärte, verhielt es sich so, dass die Männer der Linie in der Regel sehr pragmatisch in Bezug auf die Ehe vorgegangen waren und sich eher Frauen mit einer stattlichen Mitgift ausgesucht hatten als welche mit schönen Augen.

„Aber wie Sie sehen können, Mylady, war das bei dem Vater Seiner Lordschaft nicht der Fall", sagte Mrs Pratt und blieb vor dem Portrait der letzten Marchioness stehen.

Louisa konnte es in der Tat sehen. Portraits wurden ihrer Ansicht nach großen Schönheiten selten gerecht. Aber auch so konnte man erkennen, dass ihre verstorbene Schweigermutter wirklich atemberaubend gewesen sein musste. „Meine Güte. Haben Sie sie persönlich gekannt, Mrs Pratt?"

„Nein, Ma'am. Ich bin erst 1880 nach Huntington gekommen, als Unterhaushälterin, mehrere Jahre, nachdem Ihre Ladyschaft verschieden war."

Das erstaunte Louisa. Aus irgendeinem Grund hatte sie gedacht, Mrs Pratt hätte den Großteil ihres Lebens in Diensten der Familie gestanden. War das nicht mehr oder weniger in allen großen Häusern der Fall, dass die höherrangigen Diener – vielleicht mit Ausnahme des französischen Kochs – sich hochgearbeitet hatten?

„Seine Lordschaft hat mich gebeten, Ihnen die Bibliothek als Letztes zu zeigen, Ma'am", sagte Mrs Pratt.

Weil er weiß, dass es mein Lieblingsraum sein wird?

Aber das war nicht der Grund. Sie hatte sich gefragt, wo genau sich der Wintergarten befand, der sagenumwobene Standort ihres neuen Teleskops. Wie sich herausstellte, gelangte man zum Observatorium über die Bibliothek.

Und da war das Hochzeitsgeschenk, um das ihre ganze Familie gebeten hatte, zweifellos sehr höflich und charmant. Es war unzählige Bitten wert, wie es dort stand, in der Ecke des Raumes, ganz wunderbar gearbeitet und schimmernd.

„Diese Verkleidung kann geöffnet werden", erläuterte Mrs Pratt und deutete auf die Glasscheibe direkt vor dem Teleskop.

Louisa ging einmal herum, völlig hingerissen von der Schönheit und zur selben Zeit verwirrt, warum er beschlossen hatte, es hier aufstellen zu lassen. Das Teleskop war parallaktisch montiert, sodass es fest auf einen Himmelskörper fixiert blieb, der eine tageszyklische Umlaufbahn besaß, indem es um die eine Achse mit konstanter Geschwindigkeit gedreht wurde. Diese praktische Funktion war an dieser Stelle aber völlig nutzlos, da man geradewegs auf ein paar Palmwedel blicken würde, sobald das Teleskop ein paar Grad gedreht wurde.

Neben dem Teleskop war eine schmale Bank. Darauf lag ein Umschlag mit den Worten: Für Lady Wrenworth. Sie nahm ihn und drehte ihn um. Er war mit dem Siegelring ihres Mannes versiegelt. Innen befand sich ein Blatt Papier, das dasselbe Wappen trug.

Ich hoffe, dir gefällt, was du siehst. W.

Er besaß auf jeden Fall eine schönere Handschrift als sie. Aber die Bedeutung seiner Worte blieb kryptisch. Was konnte sie von hier sehen?

Sie blickte wieder auf die Nachricht. Sie trug das Datum von vor drei Tagen. Also war er hier gewesen, hatte persönlich die Aufstellung des Teleskops beaufsichtigt, wusste ganz genau, dass es hier nicht wirklich zu gebrauchen war.

Und der Winkel, in dem der Apparat ausgerichtet war, war auch zu niedrig. Was konnte sie so dicht über dem Horizont schon sehen, außer vielleicht Venus und den aufgehenden Mond?

Sie entfernte die Abdeckungen von dem Okular und den Linsen, schaute hindurch … und schnappte nach Luft.

Das Teleskop zeigte geradewegs auf den römischen Tempel. Zuerst dachte sie, da seien zwei Menschen auf der Aussichtsplattform, aber es waren nur lebensgroße Puppen, die eine in eine Bahn rosa Stoff gehüllt, die andere in etwas, was dem Abendrock eines Mannes nachempfunden war – wie sie und Lord Wrenworth gekleidet waren, als sie das erste Mal darüber gesprochen hatten, wie sie nackt wären und sich auf dieser Plattform unzüchtig benahmen.

Sie konnte sich gerade noch beherrschen, nicht laut aufzulachen. Die Schurkenhaftigkeit des Mannes war bewundernswürdig.

Sie begab sich in den Speisesalon in der Hoffnung, ihm danken zu können, musste aber feststellen, dass sie den Lunch allein einnehmen würde, da Seine Lordschaft auf dem Anwesen unterwegs war und sich Dächer ansah, die das Unwetter in der Nacht in Mitleidenschaft gezogen hatte. Sie seufzte. Bewundernswerte Schurkenhaftigkeit und verantwortungsvolle Gutsverwaltung – konnte sich eine Frau mehr von ihrem Ehemann wünschen?

Nach dem Mittagsimbiss widmete sie sich der Bewältigung der Glückwunschpost zu ihrer Hochzeit, Dankeskarten, die sie schreiben musste, stimmte Menüvorschlägen für die nächste Woche zu und verbrachte eine höchst angenehme Stunde in der Bibliothek, wo sie ein komplettes Dossier mit älteren Ausgaben des *Astronomical Register:*

A Communication for Amateur Observers and all others interested in the Science of Astronomy, entdeckte.

Ein höchst erfreulicher Start ins Eheleben, das musste sie schon sagen.

Was nur angenehmer werden würde, wenn der Tag der Nacht wich.

FELIX STARRTE AUF DEN BILLARDTISCH.

Vor seinem geistigen Auge sah er seine Ehefrau ausgestreckt auf dem grünen Filz liegen, splitterfasernackt. *Nimm mich,* flüsterte sie. *Ich warte schon den ganzen Tag auf dich.*

Er stieß den Spielball mit unnötig viel Wucht an, sodass die fünfzehn roten Bälle über den Tisch schossen.

Seine Pächter waren überrascht gewesen, ihn zu sehen, einen Mann, nur einen Tag nach seiner Hochzeit, nicht bei seiner Frau im Herrenhaus, sondern unterwegs, um ihre Häuser zu begutachten. Sie hatten ihm gratuliert und versucht, ihre Verwirrung zu verbergen. Er erklärte, ohne gefragt zu werden, in seinem besten glücklich-reuigen Ton, dass die neue Herrin es sich in den Kopf gesetzt habe, sich so schnell wie möglich mit der Führung des Haushalts vertraut zu machen, und das, ohne ihn dabei zu haben, da er sie nur ablenke.

Das Heben einer Braue, was andeutete, dass er ihr später jede Menge Ablenkung liefern würde, reichte für diese schlichten, ehrfürchtigen Menschen. Sie wollten, dass er glücklich war – sowohl im Bett als auch außerhalb. Aber das ging nicht beides, wenigstens nicht mit ihr, jetzt, da ihm klar geworden war, welche Macht er ihr über sich eingeräumt hatte.

„Du kannst mir beibringen, wie man spielt. Dann musst du nicht allein hier stehen."

Er blickte scharf auf. Der Billard-Raum war ein männliches Refugium. Dass er sich hier aufhielt, hieß, dass er nicht von einer Frau gestört werden wollte.

Sie stand in einem ganz reizenden pastellblauen Kleid auf der Schwelle, und der Ausdruck in ihren Augen besagte, dass sie sich liebend gern da auf den Billardtisch legen würde, splitterfasernackt.

„Ich habe die Aussichtsplattform vom Wintergarten aus gesehen. Die Puppen sind einfach genial."

Er hätte wissen müssen, dass etwas mit ihm nicht in Ordnung war, als er die Puppen höchstpersönlich zu dem Hügel hinausgefahren und den Rest der Strecke hinaufgetragen hatte. Als Entschuldigung hatte ihm gedient, dass er seinen Dienern nicht so befremdliche Aufgaben übertragen wollte, aber in Wahrheit hatte ihm jeder einzelne Schritt dieser albernen Inszenierung unendlich Spaß gemacht.

So sehr, dass ihn nicht einmal die wiederholten Gänge zwischen Haus und dem römischen Tempel gestört hatten, bis die Puppen in genau dem richtigen Winkel standen, wenn sie durch das Teleskop schaute.

„Was meinst du, sollen wir sie morgen besuchen gehen?", sprach sie weiter, und ihre Stimme klang heiser.

Er konnte sie vor sich sehen, wie sie oben an der Balustrade stand, die Hände darauf gestützt, und über ihre Schulter zu ihm schaute. Von der Taille aufwärts, wäre sie durchaus respektabel, die Bluse bis zum Kinn zugeknöpft, ihre Jacken ebenfalls, die Frisur ordentlich, ihr Hut züchtig. Aber ihr Unterleib wäre vollkommen nackt, bis auf ihre Halbstiefelchen und Strümpfe vielleicht. Und sie würde sich vorbeugen, nur ein bisschen, ihm ihren runden kecken Hintern entgegenstrecken.

Er war bereits hart.

„Das werden wir vom Wetter abhängig machen müssen, findest du nicht? Es könnte schließlich regnen", erwiderte er.

„Ah, ich sehe, du bist schüchtern." Sie legte den Kopf schief. „Versuchst du, meine Vorfreude nach Kräften in die Länge zu ziehen?"

„Was meinst du?", fragte er, sein Ton sorgsam unverbindlich.

„Und wirst du mich auch heute Nacht ewig warten lassen?"

„Länger." Das wenigstens war ein Versprechen, das er aufrichtig geben konnte.

Sie krauste die Nase. „Was für eine Art und Weise, sich bei deiner jungen Braut beliebt zu machen."

„Ich verfüge über jede Menge solch einnehmender Taktiken und Manieren."

„Ha! Nicht nur du allein kannst dieses Spielchen spielen. Als Strafe für deine Unverschämtheit werde heute ein besonders tief ausgeschnittenes Kleid tragen – und eines meiner größten Busenpolster benutzen."

Ihre unverkennbar gute Laune versetzte ihm einen schmerzhaften Stich. „Dem blicke ich erwartungsvoll entgegen und freue mich auf eine exklusive Aussicht beim Dinner, Lady Wrenworth."

Sie ging, aber im nächsten Moment war sie zurück. „Übrigens, Mrs Pratt hat mir erzählt, dass sie erst seit acht Jahren in deinen Diensten steht. Ich dachte, sie müsse schon zwanzig oder dreißig Jahre im Hause sein."

„Nein, das ist sie nicht."

„Und Mr Sturgess? Wie lange ist er schon hier?"

„Zehn Jahre oder so."

„Monsieur Boulanger?"

„Nicht mehr als fünf."

„Ist das nicht ein wenig seltsam, dass all deine höheren Dienstboten verhältnismäßig neu hier sind?"

„Mein Vater und meine Mutter sind binnen sechs Monaten gestorben. Sie haben beide großzügige Pensionen für langjährige Bedienstete in ihrem Testament gemacht. Das hat bei der Mehrzahl dazu geführt, dass sie sich zur Ruhe gesetzt oder anderen Berufen zugewandt haben."

Er erwähnte nicht, dass er, sobald er volljährig geworden war und die Kontrolle über sein Vermögen erhalten hatte, weitere finanzielle Anreize für ältere Diener geschaffen hatte, die geblieben waren, sodass sie nicht mehr arbeiten mussten und ein angenehmes Leben genießen konnten. Er hatte niemanden in seinen Diensten haben wollen, der sich an die Zeit erinnerte, bevor er der Ideale Gentleman geworden war.

„Das muss für die alten Familienbediensteten sehr schön gewesen sein", sagte sie und lächelte ihm zu.

Sie warf ihm einen Handkuss zu und ging diesmal wirklich, und ihre Schritte verhallten auf dem Flur.

ALS LOUISA AM ARM IHRES Gatten den Speisesalon betrat, fand sie den Tisch vom einen Ende bis zum anderen vollgestellt mit Tafelaufsätzen und Kerzenhaltern. Nachdem sie Platz genommen hatte, konnte sie ihn dank all der Hindernisse zwischen ihnen kaum sehen.

Der hinterhältige Schurke. Aber das Dinner war dennoch angenehm, ihre Unterhaltung drehte sich hauptsächlich um Gutsangelegenheiten.

Es war erst neun Uhr, als sie vom Tisch aufstand. Sie setzte sich in den Salon und schrieb einen langen Brief an ihre Familie, schwärmte von der Schönheit ihres neuen Zuhauses.

Er gesellte sich im Salon nicht zu ihr, wirklich ein hinterhältiger Schuft. Aber sie konnte es nicht leugnen: Dass er sich rar machte, hatte den erwünschten Effekt. Ihr Herz schlug schneller, als sie in ihr Schlafzimmer zurückkehrte und sich auskleidete.

Dieses Mal würde sie dafür sorgen, dass auch er die Kleider ablegte. Langsam. Sie hatte so wenig von seinem Körper gesehen. Sie wollte ihn berühren, ihn studieren und vielleicht kleinere Unvollkommenheiten kartieren wie die Sternkonstellationen am Nachthimmel.

Sie blickte auf die Uhr. Es war halb elf. Er würde um elf Uhr zu ihr kommen. Das wusste sie. Daher holte sie zwei weitere Briefbögen hervor und schrieb jeweils einen Brief an Lady Balfour und an Lady Tenwhestle.

Es war zwei Minuten vor elf, als sie damit fertig war. Sie löschte die meisten Lampen im Zimmer und schlüpfte unter die Bettdecke. Sie wollte ihn, wenn er endlich die Tür öffnete, mit Schnarchlauten empfangen.

Sie kicherte vor sich hin, stellte sich seine Reaktion vor. Sie würden vermutlich beide gleichzeitig lachen müssen. Dann würde sie ihn an den Rockaufschläge packen und nicht mehr loslassen, bis die Sonne aufging.

Doch die Verbindungstür blieb hartnäckig geschlossen. Sie lauschte, konnte aber kein Geräusch hören. Erbost setzte sie sich im Bett auf. Der Mann war unerträglich. Ja, eine gewisse Wartezeit steigerte den Appetit. Aber danach wich dieser Appetit rasch Verärgerung.

Um halb zwölf hatte sie genug. Sie verließ das Bett, schlüpfte in ihren Morgenrock und riss die Verbindungstür auf. Seine Räume waren dunkel. Licht aus ihrem Zimmer fiel hinein, sodass sie sehen konnte, dass sein Schlafzimmer leer war. Sie ging zu verschiedenen Türen, die von hier aus abgingen, aber nichts. Die gesamte Suite lag verlassen.

Sie ging zurück in ihr Schlafzimmer, entzündete eine Kerze und machte sich auf den Weg zum Billardzimmer, hoffte, dass sie sich noch an den Weg dorthin erinnerte. Ihr Orientierungssinn erwies sich als ausgezeichnet, aber auch dort war er nicht. Ebenso wenig wie im Rauchsalon, in der Bibliothek und dem Wintergarten, oder all den anderen Räumen, an denen sie bei ihrer Suche vorbeikam.

Leise vor sich hin redend überprüfte sie noch einmal seine Räume. Immer noch dunkel und verlassen. Wohin, um alles auf der Welt, konnte ein Mann zu dieser Nachtzeit gehen? Sicherlich hatte er vor, sie soweit zu treiben, dass sie das Haus Zimmer um Zimmer nach ihm absuchte.

Sie setzte sich auf ihre Bettkante und rieb sich den Nacken. Das hier konnte unmöglich ein Spiel sein, es sei denn, es ging ihm darum, sie zu kränken und zu frustrieren. Aber wenn es kein Spiel war …

Wenn es kein Spiel war, hieß das, dass er vorerst genug von ihr hatte.

Unmöglich. Letzte Nacht war er so erregt gewesen, dass er sich nicht einmal Zeit genommen hatte, sich auszuziehen. Er musste sie immer noch begehren – und zwar heftig.

Doch nach einem ganzen Tag von ihr getrennt hatte er sich, statt ihre Nähe zu suchen, dafür entschieden, für sich zu bleiben.

Sie legte sich in düsterer Stimmung aufs Bett. Sie wünschte, sie wüsste, wo er war. Sie wünschte, sie verstünde, was ihn zu diesen seltsamen Entscheidungen trieb. Sie wünschte, sie hätte nicht vergessen, dass sie bei ihm stets auf der Hut sein musste, nie ihre Verteidigungsschilde senken durfte. Sie konnte ihm nur im Bett trauen und nirgends sonst, gleichgültig wie wunderbar er die Puppen ausstaffiert hatte.

Sie schlief ein, träumte, dass er durch die Verbindungstür trat, lächelnd und voller Entschuldigungen.

KAPITEL 11

LOUISA WÄRE ES LIEBER GEWESEN, ihn am nächsten Morgen aufzuspüren und zur Rede zu stellen. Aber als sie aufwachte, herrschte überall bereits das geschäftige Treiben eines Haushaltes, der sich für die Schlacht rüstet. Die ersten Hausgäste wurden für den Nachmittag erwartet. Und hatte sie irgendwie geglaubt, sie müsse nur beiseitetreten und die große Dienstbotenmaschinerie im Untergeschoss laufen lassen?

Wie sehr sie sich da geirrt hatte. Das hier war eine Armee und sie der General. Es war egal, dass sie niemals auch nur in die Nähe eines echten Feldzuges geraten war – Dutzende und Aberdutzende Entscheidungen fielen nun ihr zu.

Manche davon waren wirklich wichtig. Zahlungen mussten bewilligt werden, damit die zusätzlichen Dienstboten, die eigens für die Gesellschaft eingestellt worden waren, am Ende jedes Tages ihren Lohn bekamen. Manche waren von größter Bedeutung für jene, die direkt davon betroffen waren: Mr Sturgess konnte nicht aufhören, sich wegen der Tischdekoration den Kopf zu zerbrechen. Sollte es ein weißes Tischtuch sein, um die leuchtenden Farben der Ranunkeln zu betonen oder lieber ein dunkles, damit die zartrosa Rosen der früheren Marchioness ideal zur Geltung kamen? Manche gaben ihr auch das Gefühl, eine rettungslose Landpomeranze zu sein und zugleich wunderbar weise, weil es ihr egal war. Sollte der östlich gelegene Rasen als Erstes auf die richtige Höhe für Krocket getrimmt werden und der westlich gelegene auf die für Tennis … oder genau umgekehrt? Sie tat so, als überlegte sie, dann wies sie den Gärtner an, sich an den Herrn von Huntington zu wenden.

„Hat Mr Connelly dich gefunden?", fragte sie, als sie ihn schließlich sah, eine Stunde nach dem Mittagessen, als er in einem leichten Tweedanzug die breite Treppe hinunterkam. Der Ideale Gentleman auf dem Land.

„Ja, hat er." Er sprach mit einer freundlichen Vertrautheit mit ihr, als seien sie Jahre verheiratet und als ob sich niemand deswegen Sorgen machen musste, wenn er mal eine Nacht ihrem Bett fernblieb.

„Und, was hast du ihm geantwortet?"

„Der Westrasen für Krocket und der Ostrasen für Tennis. So wird es immer Schatten geben, denn an heißen Tagen spielt man Tennis eher am Vormittag und Krocket am Nachmittag."

„Die Sorgen des reichen Mannes", bemerkte sie mit leisem Spott.

„Und die einer reichen Frau ebenfalls", erwiderte er mit einem Lächeln. „Vergessen Sie nicht, was Sie geworden sind, Lady Wrenworth."

Es war nur ein halbes Lächeln – oder vielleicht weniger, vielleicht auch nur ein Viertel. Aber trotzdem war es blendend.

„Wenn du mich entschuldigst, ich muss gehen und die Moorhühner begutachten, auf die wir schießen wollen", sagte er und lehnte sich vor, sodass seine Lippen ihre Wange streiften.

Sie legte ihm eine Hand aufs Herz, und der Tweed fühlte sich unter ihren Fingern warm an. „Ich habe dich letzte Nacht vermisst."

Vielleicht war die Ehe nicht unbedingt ein Hort der Offenheit und Aufrichtigkeit, aber sie hatte nie gelogen, wenn es um ihr Verlangen nach ihm ging.

Jetzt lächelte er nicht mehr. Er sah sie an, wie er es in ihrer Hochzeitsnacht getan hatte, mit einer Wildheit, die fast erschreckend war.

Aber nur für eine Sekunde. Dann nahm er ihre Hand, küsste sie und ging durch die Eingangstür nach draußen, ohne zu ihr zurückzusehen.

Sie blieb unsicher zurück, konnte nicht sagen, ob sie sich besser fühlte – oder schlechter.

LOUISAS EHEMANN BETRAT IHR ZIMMER gerade, als Betsey ihre Toilette für beendet erklärt hatte.

Er schickte die Zofe fort und stellte sich hinter Louisa, betrachtete sie im Spiegel, hielt die Hände hinter seinem Rücken. Sie hatte sich für ein reich verziertes Abendkleid aus lila Seidenbrokat entschieden und eine doppelreihige Perlenkette – ein Hochzeitsgeschenk von Lady Balfour – um den Hals.

„Sehr hübsch", bemerkte er. „Aber noch nicht vollkommen."

„Ich würde noch besser aussehen, wenn ich im Bett befriedigter wäre", erwiderte sie.

„Wirklich?" Er strich mit der Hand über das Perlenhalsband. „Ich würde sagen, du sahst hinreißend genug aus, als du vierundzwanzig Jahre ganz ohne ausgekommen bist."

Zweifellos hätte sie darauf eine geistreiche und zugleich spitze Bemerkung gehabt, aber er tat etwas mit der Kette, und seine warme Berührung in ihrem Nacken löste eine wahre Kaskade von Gefühlen in ihr aus.

Nun entfernte er die Kette völlig, legte sie mit einem leisen Klacken auf den Frisiertisch.

Sie wollte, dass er sie weiter berührte. Wenn er das tat, fühlte sie sich weniger verloren, weniger … wie beiseitegeschoben.

Er zog etwas aus der Tasche, was sich, als er es ihr um den Hals legte, als aufsehenerregendes Diamanthalsband entpuppte, in dessen Edelsteinen eisiges Feuer funkelte. „Aus der Schmucksammlung meiner Mutter. Alle Stücke gehören dir."

Das Halsband könnte sie nicht weniger interessieren, und die anderen Schmuckstücke ebenso wenig – ihre Aufmerksamkeit war restlos auf seine Finger fokussiert. Verweilten sie einen Moment länger als nötig, während er mit dem Verschluss hantierte? Verriet er ein noch so geringes Interesse an ihrer Haut?

Nein, er war vollkommen unpersönlich, brauchte nicht mehr als drei Sekunden, um das Halsband zu schließen.

„Jetzt siehst du perfekt aus", erklärte er, und seine Worte klangen ebenfalls vollkommen unpersönlich. „Sollen wir gehen?"

LOUISA BENÖTIGTE DIE ZEIT WÄHREND des gesamten Geplauders vor dem Dinner und den ersten Gang, um sich wieder in die Rolle zu zwängen, die sie während der Saison so oft und so gut gespielt hatte.

Es mussten ein paar Anpassungen vorgenommen werden, das lag auf der Hand. Nun musste sie sich um die Damen bemühen. Denn der Reichtum ihres Mannes und sein Stand verschafften ihr zwar ein gewisses Ansehen, doch das allein reichte nicht aus, sie auf die gleiche erhabene Stellung zu heben, die er genoss.

Für fünftausend Pfund im Jahr war sie ihm schuldig, ebenso beliebt und angesehen zu werden wie er. Daher sorgte sie dafür, dass sie liebenswürdig wirkte, aber auch selbstsicher. Ihre öffentliche Persönlichkeit sollte wenigstens in gewissem Maße seine kühle Abgeklärtheit widerspiegeln.

Nach dem Essen gesellten sich die Herren zu den Damen im Salon. Von diesem Augenblick an bis sich die Damen in ihre Zimmer zurückzogen, sprach er nur ein einziges Mal mit ihr, um sie zu fragen, für welche Zeit sie Kaffee und Gebäck bestellt hatte – eine Nichtbeachtung, die genau so war, wie sie sein sollte, da es die Aufgabe des Gastgebers und der Gastgeberin war, sich um das Wohlbefinden der Gäste zu kümmern statt umeinander.

Dennoch fühlte sie sich, als stünde sie unter ständiger Beobachtung, eine Erfahrung, die der glich, die sie an dem ersten Abend gemacht hatte, als sie einander vorgestellt wurden. Er sprach der Reihe nach mit jedem ihrer bislang eingetroffenen sechzehn Gäste, beteiligte sich an einem Kartenspiel oder übernahm den einen Part im Duett – seine Gesangstimme war bemerkenswert klar und warm –, und sie spürte seine Musterung fast körperlich.

Es gab keinen Beweis, dass er sie beobachtete, nur ihre Intuition. Aber selbst ihre Intuition konnte nicht herausfinden, was es damit auf sich hatte. Bedeutete es irgendetwas oder wollte er nur sichergehen, dass sie ihre Rolle als seine Ehefrau angemessen ausfüllte?

Um zehn Uhr wurden Kaffee und Gebäck serviert. Die Damen, sie selbst eingeschlossen, begaben sich kurze Zeit später auf ihre Zimmer. Sie hatte ihrer Zofe gesagt, sie solle nicht auf sie warten. Diese Bewegungsfreiheit erlaubte es ihr nun, sich in der Dunkelheit des Wintergartens zu verstecken, der gegenüber vom Billardraum lag.

Eine Viertelstunde später trafen die Herren alle zusammen ein.

„Ein Spiel, Wren?", fragte jemand. „Ich setze zwanzig Pfund."

„Morgen vielleicht", antwortete ihr Ehemann. „Ich werde heute Abend nicht lang genug für eine ganze Runde bleiben. Ich bin jetzt schließlich ein verheirateter Mann, mit den Pflichten eines verheirateten Mannes."

Seine Freunde lachten. Manche von ihnen neckten ihn gutmütig. Louisa rieb die Finger über den bedruckten Stoff, mit dem die Wand hinter ihr bespannt war. Meinte er das ernst, oder spielte er es nur?

Wie vorausgesagt verließ er den Billardraum nach nur wenigen Minuten. Sie schlüpfte aus ihrem Versteck und folgte ihm. An der Treppe blieb er stehen und drehte sich um, war nur als Umriss zu erkennen. Sie schloss zu ihm auf, und gemeinsam stiegen sie die Stufen hinauf.

„Ich folge dir nicht durchs Haus", erklärte sie leicht defensiv, sobald sie außer Hörweite der Männer waren, die sich um den Billardtisch scharten. „Ich möchte nur eine Minute deiner Zeit."

„Und das steht dir natürlich zu", antwortete er höflich. „Sollen wir in mein Wohnzimmer gehen?"

Er machte sie nervös, und nicht auf angenehme Weise. Vielmehr fühlte sie sich wie die mittellose junge Dame, die sie bis vor ganz kurzer Zeit gewesen war, die versuchte, einen Kaufmann dazu zu überreden, noch etwas länger anschreiben lassen zu dürfen.

Sie trat vor ihm in seine Räume. Einen Moment später ging das Licht an, erst eines, dann ein weiteres. Blinzelnd schaute sie sich um, wusste nicht recht, was sie da erblickte.

Die Einrichtung war nicht englisch und auch nicht das, was sie sich unter dem französischen Stil vorstellte. Seine Räume waren ein Rausch in Pastelltönen – Weiß, Gold und Himmelblau. Sie konnte fast vor sich sehen, wie heiter es während des Tages wirken musste, wenn Sonnenschein durch die Fenster strömte.

Die Stuckmedaillons an der Wand, die Freskomalereien von ländlichem Idyll, eine Decke, die den hellsten, strahlendsten Himmel mit fliegenden Vögeln darin und sogar einem Heißluftballon zeigte.

Wie das Innere eines Märchenschlosses, mehr oder weniger.

„Es ist wunderschön. Es ist …"

„Rokoko ist das Wort, nach dem du suchst, glaube ich."

„Ja, vermutlich schon." Sie hatte keine Ahnung, was das Wort bedeutete, außer zu wissen, dass es das Letzte war, das sie angesichts seines sonst so klaren, zurückhaltenden Stils erwartet hätte.

Sie mochte diese Rokoko-Einrichtung. Es war leuchtend und fröhlich. Aber statt ihre Stimmung zu haben, steigerte es ihr Unbehagen. Was wusste sie sonst noch nicht über ihn?

„Ich würde nach Tee läuten, aber die Diener sind schon längst zu Bett", sagte er ganz förmlich.

„Danke, aber ich brauche keinen Tee."

„In diesem Fall, was kann ich dann für dich tun?"

Sie biss sich auf die Innenseite der Unterlippe. „Vielleicht kannst du mir erklären, warum du nicht mehr mein Liebhaber bist."

„Bin ich das nicht mehr?"

„Du hast mich seit zwei Tagen nicht angefasst."

„Und achtundvierzig Stunden sind genug, um mir diesen Titel abzuerkennen?"

„Wir sind in den Flitterwochen. Und du hast mir jeden Grund zu der Annahme, nein, zu der Erwartung gegeben, dass ich verstärkt und oft mit deinen Aufmerksamkeiten rechnen kann."

„Vielleicht erinnerst du dich an Dinge, die ich gesagt habe, als ich dich für die Rolle meiner Mätresse im Sinn hatte, die ich weniger als drei Wochen im Jahr sehe. Eine Ehe ist etwas vollkommen anderes."

„Ich bin mir aber sicher, dass du in unserer Hochzeitsnacht zu mir gesagt hast, dass du … dass du mich … jede Stunde den ganzen Tag lang vögeln willst."

Die Innenseite ihres Mundes fühlte sich an, als stünde sie in Flammen. Das Wort war unglaublich vulgär, aber gleichzeitig seltsam machtvoll und stark.

Seine Augen wurden schmal, als könnte er nicht glauben, was er da hörte. Dann beugte er sich ein wenig vor, beinahe verschwörerisch. „Lass dir von mir etwas sagen, meine Liebe. Du solltest niemals glauben, was ein Mann zu dir sagt, während er dich vögelt."

Jetzt war das Brennen in ihrer Brust. „Wenn ich dir nicht einmal im Bett vertrauen kann, wo dann?"

„Das enttäuscht mich. Ich dachte, du seist klug genug, mir nirgends zu trauen, zu keiner Zeit."

Sie war mindestens ebenso von sich enttäuscht, aber es gab einen kleinen Teil in ihr, der einfach nicht glauben konnte, dass all ihre schlimmsten Befürchtungen wahr geworden waren. Dass die Ehe, von der sie gedacht hatte, sie könne sich als verheerend für ihr Herz erweisen, es ihr in diesem Moment brach.

„Ich hätte in die Ehevertrag schreiben lassen sollen, wie oft ich Sex haben will", erwiderte sie in dem Versuch, dem Ganzen eine frivole Note zu geben.

Darauf sagte er nichts. Sie hatte das Gefühl, als warte er darauf, dass sie ginge.

Ihr Herz zog sich schmerzhaft zusammen. War es das? War ihr Verlust so abrupt und beiläufig? Und würde sie die Verbannung widerspruchslos hinnehmen, ohne ein Wort des Protests?

Sie machte einen Schritt auf ihn zu. Er betrachtete sie mit ungeduldiger Herablassung, der große Aristokrat, der die Landpomeranze schrecklich langweilig fand. Aber diese neue Realität konnte sie noch nicht begreifen. Als sie ihn anschaute, sah sie immer noch den Mann, der sich solche Mühe mit den Puppen gegeben hatte, um sie zum Lachen zu bringen – und nur diesen Mann.

Sie machte einen weiteren Schritt auf ihn zu. Und noch einen. Und legte ihm eine Hand aufs Herz.

Sein schnell schlagendes Herz.

Sie blickte ihm in die Augen. Aus irgendeinem Grund konnte sie keine Verachtung darin erkennen, nur kaum gezügeltes Verlangen. Ihre Hand glitt zu seinem Kinn, gefolgt von ihren Lippen. Ein züchtiger Kuss, dann eine Berührung mit der Zungenspitze.

Er zuckte zurück, aber sie folgte ihm. Dieses Mal berührte sie ihn mit den Lippen am Hals, direkt über seinem gestärkten Kragen. Sein regenfrischer Duft stieg ihr zu Kopfe, weckte den Wunsch nach mehr. Sie fuhr ihm mit der Unterlippe über die Haut.

Und dann wurde sie jäh hochgehoben und gegen die Wand gepresst. Sie starrten einander an. Ihr wunderschöner Liebhaber hielt sie an den Schultern fest, unsanft genug, dass es wehtat, aber sie spürte nur die verzweifelte Sehnsucht nach mehr.

„Ich scheine das lüsternste Mädchen von ganz England geheiratet zu haben", sagte er leise, aber mit einer gewissen Schärfe.

„Das wusstest du lange vor der Hochzeit."

Seine Augen ruhten auf ihren Lippen „Ja, das stimmt wohl", murmelte er.

„Küss mich", hörte sie sich sagen. „Küss mich wie vorgestern Nacht."

„Aber wie soll dich ein Kuss befriedigen? Dir geht es doch um Befriedigung, oder? Sag ja, und ich gebe sie dir."

Sie konnte kaum glauben, was sie da hörte. „Ja", rief sie. „Ja, ja, ja."

Seine Hand strich zart an ihrem Arm abwärts. Einen kurzen Moment umschloss er ihr Handgelenk mit Daumen und

Mittelfinger. Im nächsten Augenblick zerrte er ihr mit raschen, effektiven Bewegungen die Röcke hoch.

Er spreizte ihre Beine, tastete nach dem Schlitz in ihrer Unterhose. Darauf war sie nicht vorbereitet. Sie wollte, dass er sie überall berührte, natürlich, aber wie er das anging, das wirkte so … konzentriert, als gäbe nirgendwo anders Lust zu empfinden, als an dieser einen Stelle.

Aber sie konnte nicht leugnen, dass sie die rasch und ohne Umstände verspürte. Sie war jetzt froh, dass er sie an der Schulter festhielt, sie gegen die Wand presste − sonst würden ihre Knie ihr Gewicht wohl nicht tragen können. Seine Finger, Himmel, diese geschickten Finger, abwechselnd sanft und nachdrücklich, die genau zu wissen schienen, was sie zu tun hatten.

Ihre Lider schlossen sich flatternd. Ihr schwerer Atem füllte den Raum. Und dann schrie sie leise auf, als sie den Höhepunkt erreichte.

Seine Lippen waren dicht an ihrem Ohr, auch sein Atem ging flach und abgehackt. Sie öffnete die Augen und schaute ihn an. Er hatte die Stirn gegen die Wand gelehnt, die Augen fest geschlossen.

Sie legte ihm eine Hand auf den Arm. Aber ehe sie ein Wort sagen konnte, wich er zurück. Ließ einfach so ihre Röcke fallen und entfernte sich ein paar Schritte. Er holte ein Tuch aus der Tasche und wischte sich die Hand, als habe er etwas Schmutziges angefasst.

Und dann warf er das Taschentuch in den Papierkorb.

Plötzlich zitterte sie.

„Ich glaube, meine Arbeit ist getan“, erklärte er kühl.

Sie war zu verblüfft, um sich zu rühren − oder zu weinen. Sie hatte sich nie in ihrem Leben für unglücklich gehalten. Sie hatte eine gesunde, liebevolle Familie. Ihr Dach tropfte vielleicht, aber es war trotzdem ein brauchbares Dach, und sie hatten immer genug Geld gehabt, um sich Essen zu kaufen, und es war auch noch ausreichend übrig geblieben, um den Anschein der Respektabilität zu wahren.

Aber bis zu diesem Moment hatte sie nicht begriffen, wie großes Glück sie gehabt hatte.

Sie war nie zuvor mit so absichtlicher Grausamkeit behandelt worden. Er hatte sie beschämen und demütigen wollen. Er hatte ihr Verlangen nach ihm verhöhnen wollen. Und er hatte ihr ein für alle Mal zeigen wollen, wie wenig ihm an ihr lag.

Sie stieß sich von der Wand ab und verließ wortlos das Zimmer, warf keinen Blick über ihre Schulter zurück.

FELIX STAND, WIE ES IHM vorkam, die halbe Nacht an der gleichen Stelle.

Er hatte immer gewusst, dass er voll und ganz der Sohn seiner Mutter war, aber seine eigene Boshaftigkeit hatte ihn erschreckt. Der Ideale Gentleman zu sein bedeutete, dass seine Grausamkeit wie eine antike Waffe behandelt werden musste, in einem Privatmuseum, ein Objekt, das man hinter Glas aufbewahrte und manchmal abstrakt betrachtete, das aber nur selten hervorgeholt und niemals wirklich eingesetzt wurde.

Doch er hatte so schwache Verteidigungsschilde gegen sie. Sich von ihr fernzuhalten und anderweitig zu beschäftigen, hatte nur dazu geführt, dass er mehr an sie denken musste, nicht weniger. Die gesamte Zeit im Empfangssalon, während er sich um seine Gäste bemühte, war er sich genau bewusst, wo sie war und was sie gerade tat. Jedes Mal, wenn sie lachte, war es, als berührte sie ihn.

Und als sie dann tatsächlich ihre Hand auf ihn gelegt hatte, konnte er sich fast nicht mehr daran erinnern, warum er Abstand wahren musste. Alles, was er wollte, war die nähere Zukunft in ihren Armen zu verbringen – sie zu lieben und zum Lachen zu bringen, dann wieder zu lieben.

Er dachte schon darüber nach, wie er es wieder gutmachen könnte. Er könnte ihrer Familie schreiben und um eine Liste dessen bitten, was sie am liebsten mochte. Er konnte ihr alle Funktionen ihres neuen Teleskops zeigen. Er konnte ihr Mathematik beibringen, die sie brauchte, um die Bahn von Kometen zu berechnen und die Gravitationskraft von Planeten.

Er verzog das Gesicht. Genau das war der Grund, warum er sich nicht gestatten durfte zu lieben. Er war dazu nur zu sehr imstande, viel zu willig, alles zu geben, und allzu sehr daran gewöhnt, weiter zu geben, auch wenn seine Geschenke immer nur links liegen gelassen wurden.

Als er sich schließlich in sein Observatorium begab, hatte der Himmel sich bereits zugezogen. Aber er blieb bis zum Morgengrauen dort, unter einem Himmel, den er nicht länger sehen konnte.

KAPITEL 12

AM ENDE DER ERSTEN WOCHE der Hausgesellschaft war die Zahl der Gäste auf Huntington auf vierzig angestiegen. Das Haus befand sich in einem Zustand ständiger Geschäftigkeit, Unmengen Kaviar wurden verzehrt, und die Gäste tranken fünfzig Jahre alten Claret, als sei es Limonade.

Brot wurde karrenweise aus dem Dorf herangeschafft. Körbe mit Krabben, Stören und Lachsen trafen ein, unter einer Schicht Eis transportiert. Hennen, Küken und Perlhühner kamen in Lattenkäfigen an und verließen die Küche nur in gebratener, gestopfter und gesottener Form.

Vorübergehend eingestellte Küchen- und Spülmägde schälten, schnitten und wuschen neben hektischen Sous-Chefs ab. Lakaien waren immer außer Atem. Die Wäscherei war sechs Tage die Woche in Betrieb, stellte sich tapfer Bergen von Servietten und Unterhemden.

Während des Tages hatte Louisa kaum einen Augenblick für sich, und dafür war sie froh und dankbar. Jeder Dienstbote, der sich mit einer Frage oder einem Problem an sie wandte, war eine willkommene Ablenkung, und für jeden Gast, der ihre Aufmerksamkeit beanspruchte, galt das Gleiche.

Abends war es nicht wirklich schwierig, einzuschlafen, da sie nun jeden Morgen um vier Uhr aufstand, um sich mit ihrem Teleskop zu befassen, das sie auf den Balkon vor ihrem Privatsalon hatte aufstellen lassen.

Sie begann mit der mit Kratern übersäten Oberfläche des Mondes, dem guten Freund all der Liebhaber der Astronomie, die sich damit begnügen mussten, den Himmel mit bloßem Auge oder bestenfalls einem Fernglas zu betrachten. Dann wandte sie sich den Planeten zu. Sie erinnerte sich noch gut an die Sternenkarte, die sie sich als Kind eingeprägt hatte, daher musste sie nur nach

Himmelskörpern Ausschau halten, die nicht am richtigen Ort waren. Marsmonde, Jupiters Großer Fleck, die Ringe des Saturn – Himmelserscheinungen, die sie nie zuvor gesehen hatte, zeigten sich vor der mächtigen Vergrößerung ihres Teleskops.

Nur einmal richtete sie das Teleskop auf den Hügel, auf dem der römische Tempel stand. Die Sonne war gerade aufgegangen, die Plattform war in ein wunderschönes champagnerfarbenes Licht getaucht, und die Puppen waren nirgends zu sehen. Verschwunden, wie das Interesse ihres Ehemannes.

Sie leistete den anderen Frühaufstehern Gesellschaft bei Morgenspaziergängen über den Landsitz. Ihr Ehemann tat das nie, obwohl er stets zur Stelle war, um Jagdinteressierte zur Reduzierung der Moorhuhnpopulation zu begleiten.

Seine Freunde waren Leute mit schier unerschöpflicher Energie. Gruppen von Fahrradbegeisterten sausten zur Verwunderung der weidenden Nutztiere der Gegend regelmäßig über die Landstraßen. Die Herren spielten Kricket und Fußball. Die Damen schwangen auf dem Westrasen die Tennisschläger. Und fast jeden Nachmittag fanden Bootsausflüge und Ruderrennen auf dem See statt.

Und da man den Titel „Der Ideale Gentleman" nicht erhielt, wenn man nicht auch ein ausgezeichneter Sportler war, war Lord Wrenworth selten müßig, sondern beteiligte sich an allem, lief elegant und sicheren Fußes über die Rasenflächen, als bewegte er sich in einem Ballsaal.

Er war der beste Tennisspieler unter den Herren, das bestritt niemand, und auch der beste Schütze. Was den schnellsten Schwimmer anging, diese besondere Frage galt es in einem Wettkampf zu entscheiden.

Louisa befand sich auf der anderen Seite des Hauses bei dem etwa halben Dutzend Gäste, die ihre Zeit lieber mit Malen, Lesen und Klatsch als mit anstrengenderen Betätigungen verbrachten. Aber bei der Nachricht, dass wenigstens ein Dutzend Herren sich in den See begeben hatten, sprangen diese vermeintlich ruhigeren Gäste auf und eilten zu dem Schauplatz, sodass Louisa praktisch nichts anderes übrig blieb, als ihnen zu folgen.

Am Ufer hatte sich bereits eine Menschenmenge versammelt. Sie wäre nur zu gerne in der hintersten Zuschauerreihe verblieben. Aber sobald ihre Gäste erkannten, dass sie da war, machten sie Platz und winkten sie nach vorn.

Mehrere Männer waren in einer Traube im Wasser auf der anderen Seeseite. Sie konnte ihre Gesichter nicht erkennen, aber anhand der Wetten, die ringsum abgeschlossen wurden, war ihr klar, dass ihr Ehemann unter den Wettkämpfern sein musste.

Ungefähr auf halber Strecke lösten sich die drei oder vier stärksten Schwimmer vom Rest.

„Mr Dunlop führt die Ausreißergruppe an, Mr Weston ist dahinter und Lord Wrenworth an dritter Stelle", berichtete eine scharfsichtige verheiratete Frau neben Louisa.

Hinter ihr schnaubte ein Mann. „Dunlop wird bald genug zurückfallen – der Kerl kann sich seine Kräfte nicht einteilen. Aber das wird gewiss ein interessanter Wettkampf zwischen Weston und Wrenworth. Weston ist ein wenig schwerer, aber er schwimmt wie ein Fisch."

Wie vorausgesagt konnte Dunlop das angeschlagene Tempo nicht halten, und es wurde ein Kopf-an-Kopf-Rennen zwischen den beiden anderen. Louisa hielt den Atem an, war nicht wirklich am Ergebnis des Wettschwimmens interessiert – was für einen Unterschied machte es schon, wer als Erster ankam? –, aber bei der Aussicht, dass es so aussehen musste, als verfolgte sie gespannt sein Treiben, empfand sie Unbehagen, denn im Gegenzug machte er sich ja schließlich keine Mühe, dieses Interesse zu erwidern.

Lord Wrenworth gewann mit einer ganzen Körperlänge Vorsprung. Er und Mr Weston stiegen aus dem Wasser, lachten und schüttelten sich die Hände und gratulierten einander freundschaftlich.

Sie waren beide nur spärlichst bekleidet. Ihr Ehemann hatte sich bis aufs Hemd ausgezogen. Und die Kleidung, die er angelassen hatte, klebte ihm am Körper, betonte die muskulöse, schlanke Figur, die seine formalen Kleider sonst nur erahnen ließen. Er rollte die Ärmel hoch, als er das Ufer erklomm, entblößte lange muskulöse Arme der Nachmittagssonne und interessierten weiblichen Augen.

„Oh", murmelte eine Dame rechts von Louisa. „Was für ein Anblick."

„Ich sollte besser jemanden schicken, die Kleider am anderen Ufer einzusammeln", bemerkte Louisa sehr vernünftig.

„Lassen Sie sie", sagte eine andere Dame völlig unvernünftig. „Wir brauchen sie nicht."

Es wäre seltsam gewesen, wenn sie sich nicht an dem darauf folgenden Gekicher beteiligt hätte, zu großen Teilen verursacht durch Bewunderung für den überaus ansehnlichen Körperbau ihres Mannes. Daher tat sie es, obwohl sie eigentlich nur weggehen wollte, sich an einem Ort verstecken, wo sie nicht seiner Schönheit und Kraft ausgesetzt wäre.

Und da sah er sie, als sie eine Hand vor den Mund geschlagen dastand und albern kicherte.

Sie machte damit weiter, auch wenn sie das Gefühl hatte, als hallte ihr Kopf davon wider. Aber heiße Scham hielt sie fest im Griff, als hätte er gerade wieder die Hand, mit der er sie berührt hatte, an einem Taschentuch abgewischt und es danach weggeworfen, als sei es nicht wert, jemals wieder in seiner Tasche zu stecken.

Er kam zu ihr und küsste sie auf die Stirn. „Und, bist du stolz auf mich?", murmelte er, laut genug, dass die, die dicht bei ihnen standen, es gerade noch hören konnten.

Ab und zu berührte er sie so, züchtig und stets vor Publikum, und immer mit einem Anflug verliebter Vertrautheit: eine Hand in ihrem Kreuz, ein sanfter Schubs mit der Schulter, und einmal auch ein verspieltes Zupfen an ihrem Hutband, als er an ihr vorbeiging.

Sie wusste, warum er das tat. Ohne sich darauf verständigt zu haben, spielten sie beide ihre Rolle als verliebtes junges Ehepaar, als seien sie seit Jahren Partner in der gleichen Theaterproduktion.

Sie spähte unter gesenkten Lidern zu ihm, berührte mit dem Zeigefinger einen nassen Knopf an seinem Hemd. „Vielleicht."

Einen Moment lang sahen sie einander in die Augen. Lust und Schmerz durchbohrten sie gleichzeitig. Es wäre so viel einfacher, wenn er kein so guter Schauspieler wäre – wenn nicht ein kurzer Blick dazu führte, dass sie den Eindruck hatte, er gäbe sein ganzes Vermögen für eine einzige Nacht mit ihr.

„Meine Güte, Felix, wie herrlich spärlich bekleidet!"

Erstaunt schaute Louisa zu der Sprecherin, einer atemberaubenden schwarzhaarigen Schönheit in einem burgunderrot und golden gestreiften Kleid.

Lady Tremaine. Zurück von ihrer Männertour durch die Nordlande.

Sie trat mit ausgestreckten Händen auf Lord Wrenworth zu. „Was höre ich da, Felix? Ich gehe für ein paar kurze Wochen auf Reise und komme wieder, nur um dich verheiratet vorzufinden?"

Felix. Was für eine scheußliche Intimität, selbst wenn alle anderen, selbst seine ältesten Freunde, es für angemessen hielten, sich an seinen Titel oder eine Abwandlung davon zu halten.

Es schien ihn nicht im Geringsten zu stören. „Meine Liebe", sagte er zu Louisa, „gestatte mir, dir die Marchioness of Tremaine vorzustellen. Lady Tremaine, Lady Wrenworth."

Die beiden Frauen reichten sich die Hände.

„Wir sind so froh, dass Sie es einrichten konnten zu kommen, Lady Tremaine", erklärte Louisa. „Und, haben sich die … Reize Skandinaviens als so köstlich herausgestellt, wie Sie gehofft hatten?"

Etwas flackerte in Lady Tremaines Augen, als hätte sie so eine gewagte Frage nicht von der Landpomeranze erwartet, die ihr ehemaliger Liebhaber geheiratet hatte. „Der Lachs war in der Tat überall von höchster Qualität. Darf ich Ihnen meine Glückwünsche zu Ihrer Hochzeit aussprechen? Ich bin davon überzeugt, dass sich Lord Wrenworth überglücklich schätzen kann, Ihr Herz erobert zu haben."

„Er dankt seinem Glücksstern jeden Tag", erwiderte Louisa süßlich. Sie drehte sich zu ihm um. „Mein Lieber, zieh dich besser um, bevor du dich erkältest."

Und dann an Lady Tremaine gewandt: „Es ist schade, dass wir nicht im Voraus von Ihrer Ankunft unterrichtet wurden. Aber wollen wir nachsehen gehen, wo wir Sie unterbringen können?"

Später am Nachmittag traf ein weiterer Gast ein, dieses Mal allerdings ein erwarteter, der jedoch Felix ebenso wenig willkommen war wie Lady Tremaine seiner Gattin.

Drummond.

Der Mann hatte ein untrügliches Gespür für Eheprobleme anderer – und zögerte selten, die Unzufriedenheit einer Ehefrau mit ihrem Ehemann nach Kräften zu seinem Vorteil auszunutzen und sich als jemand zu erweisen, der all das war, was der arme Tropf eben nicht war. Solche Neigungen hätten Felix als verheirateten Mann kaum gestört, lebten er und seine Frau in erotischer Seligkeit.

Aber erotische Seligkeit charakterisierte nun einmal nicht den Zustand seiner Ehe. Und als Drummond Louisa nach dem Essen mit Beschlag belegte, fühlte sich Felix wie ein verurteilter Häftling, der nur in hilfloser Wut an den Gitterstäben seines Gefängnisses rütteln konnte, während ein anderer Mann um seine Frau herumschlich, bereit, seine Abwesenheit weidlich auszunutzen.

„Erzähl mir doch", bat Lady Tremaine und lenkte seine Aufmerksamkeit auf sich. „Warum hatte dieses Mädchen Erfolg, wo so viele vor ihr versagt haben?"

Sie hatte ihn vorhin zu sich gewinkt, und nun standen sie in einer Ecke des Empfangssalons, halb verdeckt vor neugierigen Blicken durch einen japanischen Paravent.

Er entschied sich für eine unverbindliche Antwort. „Sie war zur rechten Zeit am rechten Ort?"

Sie wirkte nicht überzeugt. „Ich dachte immer, du wolltest die weibliche Entsprechung zu Lord Vere heiraten – unglaublich gutes Aussehen, aber herzlich wenig Hirn."

Ach, hätte er sich nur an diesen löblichen Plan gehalten. „Und das hast du geglaubt?"

„Ich hatte keinen Grund, das nicht zu tun. Viele Männer mögen solche Frauen."

„Nun, offensichtlich habe ich mich gegen eine dumme Gattin entschieden."

„Sie ist ziemlich klug, deine Lady." Sie beugte sich ein wenig vor. „Und wie gefällt dir das Eheleben, Felix?"

Er hatte sich bei Lady Tremaines unerwarteter Ankunft weiter nichts gedacht. Schließlich erwartete man von ihr, dass sie den halben August hier verbrachte, also warum sollte sie nicht seine Gastfreundschaft in Anspruch nehmen, wenn sie früher als angenommen wieder nach England zurückkehrte? Er hatte sich auch nichts bei ihrem Interesse an seiner plötzlichen Heirat gedacht. Es musste eine ziemliche Überraschung für sie gewesen sein, denn schließlich hatte er, als sie sich das letzte Mal unterhalten hatten, selbst keine Ahnung davon gehabt, dass seine Tage als Junggeselle gezählt waren.

Aber nun begann er Verdacht zu schöpfen. Da lag etwas in ihrem Ton, in ihrer Stimme. Vielleicht war es da gewesen, seit sie hier angekommen war, aber anfangs war er zu sehr von der Berührung seiner Frau an seinem Hemdknopf abgelenkt gewesen, dann noch viel mehr von dem Anblick, wie sie Drummond angelächelt hatte und dabei flirtend den Fächer bewegt hatte.

„Das Eheleben ist im Großen und Ganzen so, wie ich es erwartet habe", antwortete er und wählte seine Worte sorgfältig.

„Was? Kein Lobgesang auf das eheliche Glück?"

„Seit wann glaubst du an eheliches Glück?"

„Da hast du natürlich recht. Was für eine vulgäre Vorstellung – und reichlich unter der Würde des Idealen Gentlemans."

„Soweit würde ich nicht gehen. Meine Gattin und ich verstehen uns ausgezeichnet, wie du sehen wirst. Und ich habe jede Hoffnung, dass wir in den kommenden Jahrzehnten in größter Harmonie in diesem Hause leben werden."

„Nun, dann meinen herzlichen Glückwunsch", bemerkte Lady Tremaine.

Aber er war bereits wieder abgelenkt. Im Spiegel über dem Kaminsims konnte er sehen, wie seine Ehefrau Drummond mit dem nunmehr geschlossenen Fächer auf den Arm klopfte. Die Geste war beinahe flirtend.

Er dachte, sie könnte den Mann nicht ausstehen.

„Danke, meine Liebe. Wenn du mich bitte entschuldigen willst. Ich glaube, Drummond möchte mir etwas sagen."

Drummond hatte freilich noch keine Ahnung davon, dass er überhaupt mit Felix sprechen wollte. Aber Felix war entschlossen, ihn in eine Unterhaltung über Pferde zu verwickeln. Denn wenn es irgendetwas gab, dem Drummond nicht widerstehen konnte, dann ein Gespräch über einen vielversprechenden Hengst, der vielleicht einmal Rennen gewinnen würde.

Er berührte mit seiner Hand Louisa für einen Sekundenbruchteil am Rücken, ehe er Drummond einen Arm um die Schultern legte. „Ich weiß aus erster Hand, wie unwiderstehlich Lady Wrenworth' Gesellschaft ist, aber ich glaube, Mallen hegt die Hoffnung auf ein Zusammenkommen von Ihrem Gibraltar und seiner Lady Burke."

„Oh!", rief Drummond. „Lady Burke hat eine faszinierende Abstammung, nach allem, was ich gehört habe. Eine würdige Stute für Gibraltar."

„Verzeih uns", sagte Felix zu seiner Frau, während er ihr Drummond entführte.

Sie nickte mit einem schmallippigen Lächeln auf dem Gesicht. „Natürlich wird Ihnen jedes Vergehen verziehen, Mylord. Immer."

TAGELANG HATTE MAN DEN EINDRUCK gewinnen können, als ob die Hausgesellschaft nie ein Ende nehmen wollte, dass Louisa stets ihre Maske für Auftritte in der Öffentlichkeit fest aufgesetzt haben müsste, sechzehn Stunden am Tag. Aber dann mit einem Mal war der letzte Tag der Gesellschaft angebrochen.

Am Vormittag fand ein lebhaftes Tennisspiel statt. Louisa beteiligte sich nicht daran, aber sie musste zusehen und applaudieren, als ihr Ehemann einen Satz nach dem anderen gewann.

Mehrere Tage lang nach dem Zwischenfall mit dem Taschentuch hatte es sich angefühlt, als bestünde sie aus kalter Asche, unfähig selbst zu den geringsten Funken von Lust. Sie hatte gedacht, dass das immer so bleiben würde, dass seine Verachtung all ihr Verlangen permanent erstickt hatte.

Unseligerweise hatte sich das als unzutreffend erwiesen, vor allem zu Zeiten wie dieser, wenn sie ihn ansehen musste, um ihr Bild als hingerissene Braut aufrechtzuerhalten. Solche athletische Anmut, solche Kraft, solche Klugheit und Taktik – selbst wie er schlug, war schön –, nicht zu erwähnen von Zeit zu Zeit die bloße körperliche Dominanz, wenn er einen Gegner mit einer kraftvoll ausgeführten Vorhand überwältigte.

Sie war beinahe dankbar für Mr Drummond an ihrer Seite. Er machte weder kritische Bemerkungen über Lord Wrenworth' Technik noch über seine Schlagwahl, aber niemand anderer entkam seiner Kritik. Und dass er ständig und an allen etwas auszusetzen fand, ging ihr so auf die Nerven, dass sie sich nicht vor Verlangen nach ihrem Ehemann verzehrte, der es nicht erwiderte.

Ohne dass er sie begehrte, war sie nur eine Frau, der er fünftausend Pfund im Jahr gab, damit die in der Peripherie seines Lebens als bewegliche Zierde des Anwesens diente.

Nach dem Lunch begann es zu regnen. Viele von denen, die am Tennisturnier teilgenommen hatten, hatten sich zu einem Mittagsschlaf zurückgezogen, um für das Sommerfest am Abend frisch zu sein. Von denen, die wach waren, blieben die Damen in ihren Zimmern, um Briefe zu schreiben, und die Herren hielten sich im Billardzimmer auf. Zum ersten Mal seit vielen Tagen herrschte auf Huntington eine ruhige und entspannte Atmosphäre.

Louisa begab sich in die Bibliothek, setzte sich in den Alkoven am Fenster, um sich in ein Werk über die Pflege und Bedienung eines Teleskops zu versenken. Es war ein wunderbares Buch, für einen Neuling gedacht, und die Erklärungen waren detailreich und doch klar – oder wenigstens glaubte sie das. Denn eigentlich könnte sie genauso gut ein Buch über Haushaltsführung lesen.

Warum hatte er sie geheiratet?

Und war das Ausmaß ihrer weiblichen Reize? Alles in einer einzigen Nacht aufgebraucht?

Er bewirkte, dass sie den Mann vermisste, der rücksichtslos Pläne geschmiedet hatte, sie zu seiner Mätresse zu machen. Der Mann hatte sie wenigstens genug begehrt, dass er Risiken einging und zur Hölle mit den Konsequenzen. Wohingegen ihr Ehemann …

Tausend Mal hatte sie sich davor gewarnt, ihm zu vertrauen. Aber, dumm wie sie war, hatte sie sich nur gesorgt, dass das körperliche Vergnügen, das er ihr bereitete, sie dazu bringen würde, ihm in blumigen Worten ihre Liebe zu gestehen. Dass er sich schon während der Flitterwochen von ihr distanzieren würde … der Gedanke war ihr nie gekommen.

Die Tür zu Bibliothek ging auf. Der Alkoven lag hinter einem Bücherregal versteckt, das auf verborgenen Schienen verschoben werden konnte. Er bot wundervolle Ungestörtheit, aber das Regal verhinderte auch, dass sie sehen konnte, wer hereingekommen war.

Die Schritte klangen nicht nach ihrem Ehemann. Wahrscheinlich eine Frau. Diese ging einmal durch den Raum und verließ ihn nach weniger als einer Minute wieder.

Mit dem Regen war leichter Nebel über dem See aufgezogen und verhüllte das gegenüberliegende Ufer wie ein Schleier. Aber dann lichtete sich der Schleier, und Louisa fand ihren Blick auf den griechischen Tempel gerichtet.

Am See steht ein Pavillon mit Marmorsäulen.

Ein kurzer schnörkelloser Satz in einem sachlichen Reiseführer, aber seinerzeit, als er sie mit der Möglichkeit gequält hatte, sie zu seiner Mätresse zu machen, hatte sie einen ganzen Dreiakter um diesen Schauplatz ersonnen. Erster Akt: Das Mädchen starrt sehnsüchtig über den See zum Schloss, während es im Schatten des Pavillons verführt wird. Zweiter Akt: Das Mädchen, das seinen Liebhaber sehnsüchtig anschaut, wird überall auf dem Anwesen von ihm verführt. Dritter Akt: Das Mädchen ist nach zwei Wochen sinnenverwirrender Liebesspiele wieder zu Hause und stolpert wie eine leere Hülle ihres früheren Selbst umher, als es zu höchst ungewöhnlicher Stunde die Türklingel hört.

Eigentlich eher ein Zweieinhalbakter, denn die kluge Realistin, die sie gewesen war, hatte sich nie vorstellen können, dass sie die Tür öffnete und *er* davor stand. Der wahre Lord Wrenworth würde nicht läuten, schreiben oder Geschenke schicken. Sie würde monatelang warten müssen, ehe sie ihn wieder sehnsuchtsvoll anstarren konnte.

Dann hatte er um ihre Hand angehalten, und ihre Welt war auf angenehmste Weise auf den Kopf gestellt worden. Und sie hatte vergessen, dass sie bei ihm ständig ihr Schild und ihr Schwert brauchte. Sie war nackt und unbewaffnet in die Höhle des Drachen gegangen, mit nichts als der albernen Überzeugung, dass der Drache nie ein Mädchen, das er gern hatte, zu Asche verbrennen würde.

Aber wenn sie zurückschaute, hätte es sie überraschen sollen? Er hatte sie mit voller Absicht beim Dinner in Lady Tenwhestles Haus in einem Zustand andauernder Erregung gehalten. Es hatte ihm unverkennbar Spaß gemacht, sie darüber zu unterrichten, dass ihre bevorzugten Verehrer beide schwerwiegende Mängel aufwiesen. Nicht zu vergessen, dass er offenbar nicht die geringsten Gewissensbisse verspürt hatte, eine anständige junge Dame aus guter Familie dazu zu verführen, ihren Körper zu verkaufen.

Warum sollte so ein Mann sich nicht als launenhaft und herzlos erweisen?

Die Tür zur Bibliothek öffnete und schloss sich wieder.

„Hier ist niemand", sagte eine Frau. „Ich bin eben erst hier gewesen und habe mich umgesehen."

Lady Tremaine.

„Bitte sag mir doch, warum ist der Verzicht auf Öffentlichkeit so wichtig?" Diese unbeschwerte Stimme gehörte niemand anderem als Louisas Gatten.

„Ungestörtheit ist immer schön, findest du nicht?"

Er lachte leise, antwortete aber nicht.

Sie kamen näher. Stoff raschelte, eine Frau, die sich setzte und ihre Röcke ausschüttelte. „Möchtest du nicht Platz nehmen, Felix?"

Es war fast, als spräche Lady Tremaine Louisa direkt ins Ohr.

„Ich werde deine Toilette viel besser würdigen können, Philippa, wenn ich hier stehen bleibe", erwiderte er.

In seiner Stimme lag ein Lächeln, aber ein kühles.

Lady Tremaine lachte, ein schwüler Laut. „Sieh dich nur satt, Felix."

Eine lange Pause entstand. Wüste Bilder explodierten in Louisas Kopf. Dann sprach Lady Tremaine erneut. Sie klang nicht, als hielte ein Mann sie im Arm. „Meinen Glückwunsch zu deinem atemberaubenden Erfolg beim Tennisturnier."

„Danke."

„Du hast sehr, sehr kraftvoll gespielt."

„Ich bin ein Mann von achtundzwanzig Jahren, der sich auf dem Land erholt. Wenn ich nicht vor Energie überschäumte, müsste ich meinen Arzt aufsuchen."

„Du bist auch ein Mann in den Flitterwochen. Solltest du dir nicht Kraft dafür aufsparen, deine Frau zu befriedigen?"

„Deine Sorge ist sehr freundlich. Aber ich bin sicher, dass ich irgendwo die nötige Energie finde, meine Gattin zufriedenzustellen."

Lügner.

„Vielleicht kannst du das, aber tust du es auch? Jeden Tag seit meiner Ankunft habe ich dich aus meinem Fenster um halb vier morgens zum Haus zurückkommen sehen."

Das war keine Neuigkeit für Louisa. Aber dass Lady Tremaine davon wusste … Sie wurde vor Scham rot.

Lord Wrenworth ging nicht auf Lady Tremaines Äußerung ein, sondern fragte stattdessen: „Warum bist du denn um halb vier morgens wach?"

„Offensichtlich Schlafstörungen."

Wieder das Rascheln von Seide, als jemand aufstand. Schritte. Louisa stellte sich vor, wie Lady Tremaine um Lord Wrenworth herumging wie eine Wölfin kurz vor dem Sprung.

„Ich habe deine Frau beobachtet. Ich glaube nicht, dass sie dich liebt. Ja, ich glaube noch nicht einmal, dass sie dich mag."

Er schwieg eine lange Weile. Louisa hoffte, er sei wenigstens davon getroffen, dass jemand ihm so etwas ins Gesicht schleudern würde. Es war beinahe genug, dass sie für Lady Tremaine freundschaftliche Gefühle entwickelte.

„Meine Gattin schätzt es nicht, ihre Gefühle öffentlich zu machen", sagte er schließlich. „Was sie fühlt, wissen nur sie und ich."

Bei dieser Antwort schnaubte Lady Tremaine. „Also habe ich recht. Keine Sorge, ich werde nicht nach dem Grund für ihre Gefühle fragen. Oder deinen. Ich interessiere mich nur dafür, inwiefern du *mir* helfen kannst, besser zu schlafen."

Louisa fand es schwer, still zu bleiben. Sie schien nur noch zu Schnappatmung imstande zu sein. Auch mit beiden Händen über dem Mund klang ihr zitternder Atem überlaut in ihrem Versteck.

„Da wir beide mitten in der Nacht wach sind", fuhr Lady Tremaine fort, „komm doch für ein wenig Sex zu mir. Wenigstens weißt du, dass ich dich mag. Und manchmal liebe ich dich fast."

„Hm, ein verführerisches Angebot."

„Eines, das du bereuen würdest abzulehnen."

„Ach ja?" Seine Worte waren leise, sanft.

„Du erinnerst dich, wie es war." Lady Tremaines Stimme war pure Sinnlichkeit. „Wir waren einfach wunderbar zusammen."

„Ja."

„Dann um Mitternacht."

„Ich habe nicht gesagt, dass ich komme."

„Du wärst ein Narr, es nicht zu tun, oder?"

Und mit diesen siegessicheren Worten ging sie, marschierte aus der Bibliothek. Das Schließen der Tür hallte in der Stille.

Louisa keuchte auf, als das Bücherregal beiseitegeschoben wurde.

„Ich dachte mir schon, dass du hier bist", bemerkte ihr Ehemann kühl, als hätte er es nicht gerade eben versäumt, eine Einladung zum Ehebruch abzulehnen.

Und was sollte sie im Gegenzug sagen? *Schlaf mit ihr, und ich verpasse dir mit dem Stativ meines Teleskops eine Gehirnerschütterung?*

„Ja", entgegnete sie. „Der Platz hier ist so gemütlich. Und zudem ist die Aussicht schön."

„Dann lasse ich dich weiterlesen."

„Danke", sagte sie höflich.

Sie beugte den Kopf wieder über ihr Buch, gab ihm zu verstehen, dass sie ihm nichts weiter zu sagen hatte.

Ein paar Sekunden später glitt das Bücherregal zurück an seinen Platz und schloss sie ein.

Felix blieb stehen, wo er war.

Er wollte gehen, aber seine Füße waren wie festgewurzelt, und seine Hände hoben sich wie von selbst, um das Bücherregal wieder wegzuschieben. Verrückterweise wollte er sie nicht gegen das nächste Regal pressen und sie mit der Kraft eines Meteoriteneinschlags nehmen. Im Geiste setzte er sich neben sie und beobachtete mit ihr zusammen, wie die Wolken sich nach dem Regen verzogen und der makellos blaue Nachmittagshimmel dahinter zum Vorschein kam.

Er ging erst, als er es musste, um das Aufschichten des Holzes für das Feuer am Abend zu beaufsichtigen, verspürte eine Leere im Herzen, die sich leider nur allzu vertraut anfühlte.

Und dazu gesellte sich eine gewisse Sorge.

Die galt nicht Lady Tremaine und dem, was sie vielleicht tun konnte, er kannte sie schließlich gut. Wenn sie mit ihm ins Bett wollte, dann nur als Ablenkung – etwas auf ihrer Reise nach Skandinavien hatte sie verstört.

Seine Ehefrau auf der anderen Seite …

AN DEM ABEND, AN DEM das große Feuer entzündet wurde, gab es kein formales Dinner. Stattdessen konnten die Gäste sich an einem Buffet stärken, das auf der großen Terrasse aufgebaut war, die durch Dutzende Laternen beleuchtet war. Die Lampen hingen an einer Pergola, die eigens für diese Gelegenheit errichtet worden war.

Seine ungute Vorahnung verstärkte sich, als sie auf der Terrasse erschien und das gleiche Kleid trug wie in ihrer Hochzeitsnacht. Ohne nach links oder rechts zu schauen, ging sie direkt zu Drummond, der sich verneigte und ihr die Hand küsste.

Sie standen an der Balustrade und unterhielten sich, ignorierten das Buffet völlig. Während sie sprachen, rückte Drummond näher, bemühte sich offenbar nicht einmal um Subtilität. Sie schien mit dem Spiel bestens vertraut. Von Zeit zu Zeit berührte sie ihn mit der Spitze des geschlossenen Fächers an der Brust, um seinem unweigerlichen Näherkommen Einhalt zu gebieten. Und ab und zu schob sie ihren Fuß nach links, um den nötigen Abstand zwischen ihnen zu wahren.

Dann, ganz plötzlich, hörte sie auf, zurückzuweichen und beugte sich zu Drummond. Und als er den Kopf senkte, um ihr etwas ins Ohr zu flüstern, legte sie den Kopf schräg und schenkte ihm ein Lächeln von der Seite.

Ein Lächeln, das von dem griechischen Tempel, erleuchtet von Fackeln, sprach, von schlanken Säulen, die eine erwachsene Frau kaum verbergen konnten, einem heißen, sinnlichen Liebesakt in den

Schatten, vielleicht nur wenige Meter von den Zuschauern des Feuerwerks entfernt.

Nach dem Lächeln flüsterte sie Drummond etwas zu und deutete über das Wasser zu genau dem Ziertempel, den Felix nicht ansehen konnte, ohne ein hallendes Gefühl des Verlusts zu verspüren.

Sie ließ Drummond mit einer neckischen Berührung ihres Fächers an seinem Arm stehen, um sich unter die anderen Gäste zu mischen. Felix fühlte sich, als läge eine Hand an seinem Hals, die ihn würgte. Er hatte *nicht* in einen Ehebruch eingewilligt, das hatte sie doch gewiss nicht vergessen. Er hatte Lady Tremaines Angebot nicht einfach rundweg abgelehnt, weil er sie nicht näher dazu befragen wollte, weshalb sie aus heiterem Himmel so etwas vorschlug, wenn er wusste, dass sie nicht allein waren.

Er fand Lady Tremaine und geleitete sie zum Rasen, außerhalb der Hörweite der anderen. „Bereust du es schon?"

„Ich weiß nicht, was du meinst."

„Du weißt genau, was ich meine. Du fragst dich, ob du Kopfschmerzen vorschützen sollst oder so tun, als seist du betrunken, wenn ich um Mitternacht kommen sollte."

Sie seufzte. „Warum kennst du mich so gut?"

„Ich vermute, es ist nichts, was deine skandinavischen Liebhaber gesagt oder getan haben." Er bezweifelte stark, dass sie überhaupt welche gehabt hatte. Sie war keine Frau, die nach nur kurzer Bekanntschaft ihre Gunst verschenkte.

Sie schaute weg. „Tremaine war in Kopenhagen."

Ihr dauerhaft abwesender Gatte. „Bei seiner Schwester zu Besuch?"

„Nein. Ich meine, da war er sicher, aber wir sind uns zufällig über den Weg gelaufen." Sie atmete aus. „Er hatte eine Frau bei sich."

„Das tut mir leid."

Sie zuckte die Achseln. „Es ist nur der Schock. Ich bin bald wieder drüber weg."

Er berührte sie am Arm. „Komm Weihnachten wieder. Ich werde das Haus mit gut aussehenden Männern vollstopfen, dann hast du freie Auswahl."

Sie lachte tapfer, streckte eine Hand aus und rückte den Schal gerade, den sein Kammerdiener ihm gegen die abendliche Kälte umgelegt hatte. „Genau. Statt der vielen hässlichen Männer, die du sonst immer einlädst."

Der kaum verhohlene Schmerz hinter ihrer fröhlichen Maske war deutlich herauszuhören, tat auch ihm weh. Dieser Tage fühlte er zu viel – und wusste nicht, wie er das wieder abstellen sollte.

Er drückte ihre Hand. „Ich werde sogar deinetwegen die hässlicheren Lakaien entlassen."

Jetzt lachten sie beide tapfer, und sie küsste ihn auf die Wange. „Danke, Felix."

Und natürlich musste seine Frau genau diesen Augenblick wählen, sich zu ihm umzudrehen. Ihr Blick wurde hart und scharf wie ein Dolch.

UM ZEHN MINUTEN VOR MITTERNACHT betrat Felix den griechischen Lusttempel.

Seine Frau war bereits da. Eine Hand auf einer Säule blickte sie zu dem lodernden Feuer am anderen Seeufer. Er konnte es immer noch nicht ganz glauben – dass sie sich zu einem Rendezvous mit einem Mann verabredet hatte, den sie nicht leiden konnte, nur um ihm eins auszuwischen.

„Es ist wunderschön, dieses Haus, nicht wahr?", fragte sie, ohne über die Schulter zu sehen. „Ich habe eine kleine Abbildung davon studiert und mir vorgestellt, wie es in echt aussehen würde, so beleuchtet wie jetzt, unglaublich majestätisch gegen den Nachthimmel."

Er war gekommen, um ihr zu sagen, dass er Drummond losgeworden war – indem er ihn hatte wissen lassen, dass ein Mann, dem er eine größere Summe Geld schuldete, unter den Gästen sein würde, die eigens für das Feuerwerk um Mitternacht kamen. Drummond hatte die Flucht ergriffen, noch bevor er aufgehört hatte zu sprechen, fast ein wenig zu Felix' Enttäuschung. Er hätte sich gerne noch ein wenig an dem Entsetzen des anderen geweidet.

Sie hob den Kopf. „Und solche Sterne. Habe ich je mein Interesse an Astronomie erwähnt? Ich bin vom Nachthimmel fasziniert, seit ich ein Kind war. Die Vorstellung, dass sich dort draußen die unendlichen Weiten des Universums erstrecken, so viel Wunderbares, was uns völlig unbekannt ist."

Sie hatte es ihm nie erzählt, nicht direkt, was sie an den Sternen so faszinierte. Hatte ihm nie gestattet, dieses Gefühl des Staunens mit ihr zu teilen.

„Aber Sie sind nicht gekommen, mein Herr, um mich daherschwatzen zu hören. Bitte beginnen Sie, worauf wir uns geeinigt hatten."

Er verspürte jäh ein Brennen im Hals. *Worauf wir uns geeinigt hatten.* Worauf hatten sie sich geeinigt?

Er hatte etwas sagen, sie wissen lassen wollen, dass Drummond abgereist war. Stattdessen fand er sich direkt hinter ihr stehend wieder, die Hände auf ihren bloßen kühlen Armen.

Sie zitterte. Vor Ekel – oder vor Verlangen? Wie konnte sie überhaupt irgendetwas für den Gecken empfinden, den Felix überhaupt nur duldete, weil er der Neffe seines früheren Vormunds war?

Er küsste sie aufs Haar, aufs Ohrläppchen, seitlich auf den Hals, strich mit den Fingern über ihr Schlüsselbein.

„So ein wenig raffiniertes Vorgehen, mein Herr. Kein Lob auf meinen schlanken Hals oder meine samtige Haut?"

Er biss sie in die Schulter, nicht fest, nur gerade genug, dass sie verlangend aufschluchzte.

„Haben Sie die Augenbinde dabei?", fragte sie mit unsicherer Stimme.

Sein Griff verstärkte sich. Das war ebenfalls eine Phantasie, die ihnen allein gehörte. Hätte sie nicht etwas mehr Originalität beweisen und etwas anderes für Drummond finden können?

Er nahm seinen Schal ab und verband ihr damit die Augen.

Sie drehte sich um. Ein wenig zögernd hob sie die Hand und tastete sich zu seinem Kinn vor. Konnte sie nicht spüren, dass er es war?

„Ich habe immer davon geträumt, in einer gläsernen Kutsche zu sitzen, nackt und mit verbundenen Augen. Bei mir war ein Mann. Es war egal, wer es war. alles, worauf es ankam, war, dass …"

Er verschloss ihr den Mund mit einem harten Kuss. Mehr von ihren grausamen Worten konnte er nicht ertragen, noch kümmerte es ihn, dass er sich seiner Besessenheit ergab.

Sie erwiderte seinen Kuss fast ebenso brutal, grub ihre Finger in sein Haar. Er drängte sie gegen die Säule, während sie sein Hemd hochzog, hungrig seine Haut suchte.

Später konnte er sich nicht bewusst daran erinnern, ihr die Röcke hochgeschoben oder sich aus der Enge seiner Hose befreit zu haben.

Das Nächste, was er wusste, war die verzweifelte Aufwärtsbewegung, mit der er in sie eindrang – und ihrer beider Keuchen.

Die Wildheit ihrer Lippen, die Gier ihrer Hände, ihre sengende Hitze, so heiß, dass es fast wehtat. Er wusste nicht, wie er daran dachte, ihr mit einer Hand den Mund zuzuhalten – vielleicht nur, weil er jemanden gehört hatte, der aus nicht mehr als zehn Metern Entfernung ausrief: „Schnell. Das Feuerwerk beginnt gleich."

Ihr eigenes Feuerwerk ging zuerst los. Er protestierte kaum, ehe er vor der dämonischen Lust ihres Körpers kapitulierte, der sich um ihn zusammenzog und zu beben begann.

Sie war der Himmel. Ihr Haar roch nach Kamille, ihre Haut war das Paradies, ihre Hüften unter seinen Händen von süßer Nachgiebigkeit.

Aber dann drang die Realität zu ihm durch, legte sich wie ein Strick um sein Herz, anfangs ganz leicht, kaum merklich. Und dann gab es einen scharfen grausamen Ruck.

Sie hatte sich von Drummond berühren, von ihm nehmen lassen. Hatte zugelassen, dass er seinen Samen in ihr verströmte.

Er stolperte einen Schritt rückwärts. Dann noch einen.

Ihr Atem ging immer noch abgehackt, aber sie schüttelte gelassen ihre Röcke aus und ordnete sie neu. Und ebenso gelassen hob sie die Arme und nahm die Augenbinde ab.

Es war spät und die Fackeln, die den Pavillon erleuchteten, flackerten. Aber er konnte ihr Gesicht klar und deutlich sehen, und sie musste seines ebenso erkennen können. Er wartete auf ihr Erschrecken, ihren Zorn. Beides blieb aus. Sie warf ihm nur einen Blick zu, halb verlangend, halb verächtlich, drehte sich um und ging fort.

Er streckte die Hand aus und fasste sie am Arm. „Ich hatte nie vor, mit Lady Tremaine zu schlafen."

Sie löste seine Hand von sich. „Und ich habe Drummond gesagt, dass er sich bloß von dem Tempel fernhalten solle wegen der Wespen."

Und dann war sie fort, entfernte sich unter dem Feuerwerk, das über ihr am Himmel explodierte.

Es war nicht lange, nachdem sich Louisa ins Bett gelegt hatte, dass ihr Ehemann sich zu ihr gesellte. Er sprach nicht mit ihr, sondern küsste sie nur und streichelte sie in der Dunkelheit, bis sie nicht länger still daliegen konnte.

Er drückte ihre Arme zu beiden Seiten von ihr auf die Matratze, verschränkte ihre Finger miteinander und drang in sie ein, jeder einzelne Stoß verheerend in seiner Wirkung.

Sie konnte gar nicht zählen, wie oft er sie zum Höhepunkt brachte. Aber es war genug, dass ihr, nachdem er schließlich in den frühen Morgenstunden gegangen war, die Tränen über die Wangen liefen.

KAPITEL 13

SPÄT AM VORMITTAG, ALS SIE ihren Gästen zum Abschied winkten, musterte Felix seine Ehefrau.

Er konnte sich von ihr nicht fernhalten, das war offensichtlich geworden. Alles andere jedoch war reines Chaos. Nachdem solcher Schaden angerichtet, solche Kränkungen zugefügt worden waren, und das nach erst zwei Wochen Ehe, wie sollten sie da weitermachen? Wie sollte er mit dem Wissen, dass ein Teil von ihm ihrer Gnade ausgeliefert war, umgehen?

Ehe er letzte Nacht zu ihr ins Bett gestiegen war, wusste er bereits, dass er Wiedergutmachung leisten musste, wenn die Sonne aufging. Ganz einfach, versuchte er sich einzureden. Wenn ein Mann sich schlecht benahm, gestand er seinen Fehler ein und entschuldigte sich. Da war nichts dabei.

Aber jetzt, im hellen Tageslicht, angesichts ihres kühlen Verhaltens ihm gegenüber, konnte er seine innere Aufregung nicht unterdrücken. Es fühlte sich an, als suchte er ihre Billigung – und dabei hatte er sich immer strikt geweigert, irgendjemandes Billigung zu suchen.

Als das Haus sich schließlich geleert hatte, sagte er zu der Frau, die ihn die ganze Zeit, in der sich ihre Gäste von ihnen verabschiedet hatten, nicht ein einziges Mal angesehen hatte: „Sehr gut, Lady Wrenworth. Deine Brillanz als Gastgeberin wird in ganz England besungen werden."

„Und unser häusliches Glück ebenfalls, zweifellos", erwiderte sie mit diesem Hochmut, den sie manchmal ihm gegenüber zeigte.

Er wusste noch, wie amüsant er das früher gefunden hatte, aber nun beunruhigte ihn diese Fähigkeit zu derartiger Seelenruhe.

Jetzt wusste sie, wie sie ihn strafen konnte.

„Ich habe der Dienerschaft den Rest des Tages freigegeben, aber wir haben einen Picknickkorb, der für uns gepackt wurde. Hättest du Lust, mir Gesellschaft zu leisten?“

„Du bist zu freundlich“, erwiderte sie kühl. „Fünftausend im Jahr sind alles, was ich von Ihnen verlange, Sir, mehr nicht.“

„Fünftausend ist das absolute Minimum dessen, was ich für dich tun sollte. Ich wäre sehr nachlässig in meiner Pflicht als Ehemann, wenn ich es dabei beließe.“ Ein Phaeton mit dem Picknickkorb fuhr gerade vor. „Sollen wir?“

Sie schenkte ihm einen kurzen harten Blick. Sie wusste, er nutzte es schamlos aus, dass sie sehr genau auf das Bild, das sie nach außen zeigte, achtete und ihm nicht in Anwesenheit des Kutschers, der den Phaeton gebracht hatte, eine Abfuhr erteilen würde: Auch seine Entschuldigung war nicht frei von Manipulation.

Er fühlte sich weniger verwundbar, wenn er auf seine alten Tricks zurückgriff.

Er schickte den Kutscher weg und nahm selbst die Zügel. Sie fuhren in fast ungebrochenem Schweigen. Wäre er sich sicherer gewesen, hätte er sie aufgezogen und Witze gemacht, bis sie nicht anders gekonnt hätte, als trotz allem zu lachen. Aber er war so unsicher und zögerte, wie er es in seinem Leben als Erwachsener eigentlich nicht kannte, verspürte eine Befangenheit, die alle leichtfertigen Bemerkungen erstickte, die ihm ansonsten vielleicht über die Lippen gekommen wären.

Für das Picknick hatte er einen seiner Lieblingsplätze in der Umgebung ausgesucht, auf einem Felsvorsprung, von dem aus man einen herrlichen Blick auf die hügelige Landschaft hatte. Sie verlor kein Wort über die Schönheit des Ortes, aber immerhin half sie ihm, die Ecken der Decke, die er auf einem üppig grünen Stück Wiese ausbreitete, mit Steinen zu beschweren.

„Danke“, sagte er von der anderen Seite.

Sie antwortete darauf nicht, sondern stand auf und ging zum Rand des Felsens, um die Aussicht zu betrachten, und ihre Röcke flatterten im Wind.

Er lud den Picknickkorb aus, stellte drei Salate, vier Pasteten, fünf Flaschen mit Getränken auf die Decke – und damit war der Korb noch lange nicht leer.

„Ich habe gesagt, sie sollen einpacken, was du magst“, teilte er ihr mit. „Es sieht aus, als hätte die Küche alles hineingetan, wofür du je eine Vorliebe zum Ausdruck gebracht hast. Wir haben hier genug, um eine Belagerung zu überstehen."

Sie drehte sich um und blickte auf die vollgestellte Picknickdecke. Er holte immer noch Sachen aus dem Korb: einen Laib Brot, ein Stück Käse, eine Schale Obst.

„Wenn du im Freien mit mir schlafen willst, musst du es nur sagen." Ihr Ton war ausdruckslos. „Es besteht keine Notwendigkeit, sich derart zu verausgaben."

„Wenn ich im Freien mit dir schlafen will, werde ich es sagen", antwortete er. „Aber jetzt würde ich einfach nur gerne mit dir essen."

Ihre Kiefermuskeln arbeiteten. Er konnte nicht sagen, ob sie auch rot wurde.

Als sie kam und sich auf die Kante der Picknickdecke setzte, war ihre Miene beherrscht. Statt sich von den zubereiteten Speisen zu bedienen, griff sie nach ein paar Weintrauben.

Das hatte sie auch bei einem anderen Picknick getan, an dem Tag, an dem er ihr vorgeschlagen hatte, seine Mätresse zu werden. Das war eine Zeit seliger Unwissenheit gewesen, als er noch keine Ahnung gehabt hatte, wie tief er bereits dieser Besessenheit verfallen war.

„Habt ihr zu Hause auch Picknicks gemacht, du und deine Familie?", fragte er und entkorkte eine Flasche Himbeerwein.

Sie musterte ihn. Er erkannte, dass sie das Picknick für ein macchiavellistisches Machtspiel von ihm hielt, bei dem jeder Zug von ihm darauf abzielte, sie zu schwächen. Er konnte ihr keinen Vorwurf daraus machen, dass sie so dachte – er hatte es immer genossen, bei allem, was zwischen ihnen geschah, die Oberhand zu haben.

Seine gegenwärtigen Motive jedoch waren nicht ganz so verachtenswert. Er war nicht gefühllos genug, ihren Körper zu benutzen, wenn ihm danach war, und sie den Rest der Zeit zu ignorieren, daher musste er für seine frühere Grausamkeit Wiedergutmachung leisten. Und das würde er tun und dabei seinen Stolz wahren.

„Gelegentlich", sagte sie schließlich, und rollte dabei eine Traube zwischen ihren Fingern. „Aber wir hatten nicht so erlesenes Essen – für uns gab es nur Tee und Sandwiches."

Er schenkte ihr ein Glas Wein ein. „Wie kommen sie ohne dich zurecht?"

Sie zog die Schale der Weintraube in schmalen Streifen ab. „Matilda hat die Leitung des Umzugs übernommen, und meine anderen Schwestern beschweren sich, sie sei viel herrischer, als ich es je war."

„Sie ist diejenige, die sich mit dir ein Zimmer geteilt hat, oder? Dein Generalsart muss auf sie abgefärbt haben."

Jetzt war die Traube nackt. Louisa schaute mit gerunzelter Stirn darauf, als ärgerte es sie, dass sie überhaupt etwas essen musste.

„Möchtest du das lieber mir geben?"

Das tat sie nicht. Sie steckte sich die Traube in den Mund und wischte sich die Finger an einer Serviette ab. Als sie sie zur Seite werfen wollte, änderte sich plötzlich ihr Gesichtsausdruck.

Die Erinnerung an den Moment, als er sein Taschentuch in den Papierkorb geworfen hatte, hing bedeutungsschwer zwischen ihnen.

„Ich möchte das zwischen uns in Ordnung bringen", erklärte er impulsiv.

Sie riss eine weitere Traube ab. „Ach, ich habe gar keine Spannungen zwischen uns bemerkt."

Ihre Worte waren voll herablassender Schärfe. Er erkannte mit mehr als leichtem Erschrecken, dass sie ihn nachmachte und nicht irgendeine Herzogin.

„Ich habe mich abscheulich benommen, und dafür entschuldige ich mich."

Sie richtete ihren ausdruckslosen Blick auf ihn. „Warum?"

„Warum ich mich entschuldige?"

„Warum hast du dich abscheulich benommen? Du tust nie etwas, ohne einen gut durchdachten Grund dafür zu haben."

Wenn das nur wirklich der Fall wäre. Er war von einem schlecht durchdachten Grund zum nächsten gesprungen, seit er sie das erste Mal erblickt hatte.

„Ich wollte unser Interesse aneinander wach halten. Da wir, so Gott will, lange Zeit verheiratet sein werden, schien es mir angeraten, unser gegenseitiges Entzücken aneinander nicht zu rasch abzunutzen."

Eine simple Lüge, denn er wusste genau, warum er sich von ihr ferngehalten hatte: um die Festung zu wahren, die er aus sich gemacht hatte, das Fundament dessen, was in einen bodenlosen Abgrund rutschte, während er noch sprach.

Sie schnaubte. „Ich bin enttäuscht. Du kannst besser lügen."

Er konnte nicht verhindern, dass er lächelte. „Ich liebe es, wenn du mich ins Gebet nimmst."

Sie bediente sich von dem Gurkensalat und rammte ihre Gabel mit mehr Kraft als nötig in den Berg auf ihrem Teller. „Also willst du unsere Beziehung in Ordnung bringen, indem du mir weitere Lügen auftischst?"

„Nein, das ist nur, was passiert, wenn du zu viele Fragen stellst", erwiderte er. „Du solltest meine Taten für sich sprechen lassen."

„WELCHE TATEN?", FRAGTE LOUISA UND stellte ihren Teller ab.

Seine Hand, die, an der er den Siegelring mit dem Karneol trug, spielte mit seinem Glas. Sie musste wieder an die erste Nacht denken, in der sie ihn gesehen hatte, ihr – besonders im Nachhinein – völlig gerechtfertigtes Zögern, den Blick zu seinem Gesicht zu heben. Als hätten ihre Instinkte gewusst, dass er sich als der Fluch ihres Lebens erweisen würde.

Er erhob sich mit der Anmut einer Raubkatze und kam zu ihr. Ruhig und effizient befreite er sie von ihrem Hut und drückte sie auf den Rücken.

„Das hast du schon vorher getan, und es beweist gar nichts", sagte sie.

Er antwortete darauf nichts, schlug nur ihre Röcke hoch.

„Die mangelnde Raffinesse deiner Methode ist schrecklich", fuhr sie in knappem Ton fort.

Das Gras war kühl unter ihr und duftete, die Sonne schien ihr warm ins Gesicht und auf den Streifen bloßer Haut über ihrem Strumpf. Sie müsste eigentlich ein gewisses verlegenes Entzücken darüber verspüren, dass er das mit ihr machte, während jederzeit zufällig jemand vorbeikommen und sie sehen könnte. Aber sie fühlte sich nur wie ein kleines Boot in turbulenter See, von beiden Seiten bedrängt von Verlangen und Angst.

Er hatte mühelos gewaltige Macht über sie, und das wusste er.

Das Einzige, was er nicht wusste, war das wahre Ausmaß des Bannes, in dem er sie hielt.

Er entfernte ihre Unterhosen und spreizte ihr die Beine. Es hatte eine Zeit gegeben, in der sie liebend gerne die Beine für ihn geöffnet hätte, um ihn zu foltern, als die Lust, die er schenkte, nicht gleichzeitig eine Lawine des Schmerzes in ihrem Herzen ausgelöst hätte. Aber jetzt musste sie sich auf die Unterlippe beißen, um ihre Schenkel nicht augenblicklich wieder zusammenzudrücken.

„Und die Trauben waren zu sauer", sagte sie, als er immer noch nicht antwortete.

Er spreizte ihre Beine weiter, küsste sie auf die Innenseite der Oberschenkel, liebte sie mit Lippen und Zunge. Die Unerhörtheit seines Tuns schockierte sie ebenso sehr wie die Intimität der Berührung. Die Gefühle, die er damit in ihr weckte, entlockten ihr Keuchen und Stöhnen. Seine Zunge war so geschickt, so fordernd, und er wusste genau, wo er sie streicheln und wann er den Druck seiner Zähne verstärken musste.

Der Höhepunkt, zu dem er sie brachte, war scharf und erschütternd. Aber da hörte er nicht auf. Als sei dieser erste Gipfel nur das Fundament, auf dem er weitere Höhepunkte errichtete. Und er trug sie zu diesen umfassenderen Höhepunkten, bis sie nichts mehr empfand als bebende, zitternde Lust.

Hinterher hielt sie die Augen geschlossen, unfähig, ihn anzusehen. Er arrangierte ihre Röcke, sodass sie anständig bedeckt war – wenn man nicht zu genau nach dem Verbleib ihrer Unterhosen fragte. Und als ihr abgehackter Atem nicht länger alle anderen Geräusche übertönte, hörte sie, dass er sich Trauben abpflückte.

„Du hast recht", sagte er eine Minute später. „Die Trauben sind zu sauer, besonders verglichen mit deiner Süße."

Ihr Gesicht, das sich ohnehin schon warm anfühlte, wurde glühend heiß.

„Ich will gerne einräumen, dass meiner Methode die Feinheit fehlt. Und wenn du immer noch meinst, sie bewiese nichts, lass es mich wissen, dann wiederhole ich das Experiment liebend gerne, damit wir sehen können, ob sich nicht ein besseres Ergebnis erzielen lässt."

Sie zwang sich, die Augen aufzuschlagen und sich aufzusetzen – irgendwann würde sie ihn ansehen müssen. Er lag auf der anderen Seite der Picknickdecke, stützte sich auf einen Ellbogen, musterte sie unter seinen Wimpern, sodass ihr Herz unwillkürlich schneller schlug. Damit erinnerte er sie daran, dass er, auch wenn er demütig wirkte, innerlich immer durch und durch Jäger blieb.

„Kann ich dir etwas geben?", erkundigte er sich fürsorglich. „Du hast kaum etwas von dem Essen angerührt – und die Weintrauben müssen furchtbar unbefriedigend gewesen sein."

Sie wurde wieder rot. „Nein, danke. Ich bin nicht hungrig."

Er trank aus seinem Weinglas. „Ich aber. Auf dich."

Sie schluckte. „Dann musst du dich wohl auf deine ehelichen Rechte berufen."

Er ließ ihren Blick nicht los. „Möchtest du das? Und bitte antworte mir nicht als gehorsame Ehefrau – ich weiß bereits, dass ich eine gehorsame Ehefrau habe. Willst du?"

Ja. Nein. „Ich weiß nicht."

„Hm", sagte er. Dann winkte er sie mit einem Finger zu sich. „Komm her."

Sie sollte genau da bleiben, wo sie war, in sicherer Entfernung. Aber sie wurde von derselben unleugbaren Kraft zu ihm hingezogen, die sie von Anfang an gespürt hatte, ein einst freifliegender Asteroid, der von der Gravitationskraft eines rücksichtslosen Planeten in seine Umlaufbahn gezwungen wurde.

So etwas wie sichere Entfernung zu ihm gab es nicht.

Sie legte sich neben ihn, und er verlagerte sein Gewicht, sodass er auf der Seite lag, den Kopf in eine Hand gestützt. Mit der anderen fasste er sie am Kinn, sodass ihr Gesicht ihm zugekehrt war – als könnte sie wegschauen.

„Du hast so hübsche Augen", murmelte er, „und so schöne Haut."

Seine Worte verursachten in ihr einen schwarzen Schmerz, der sich nicht so von dem unterschied, den sie immer verspürt hatte, wenn sie an seine zukünftige Ehefrau gedacht hatte. Sie war jetzt seine Frau, aber die Pein blieb die gleiche, nämlich die, ersetzt und vergessen zu werden.

„Wenn du zuvor versucht hast, dein Interesse an mir wachzuhalten, muss es doch heißen, dass du nun versuchst, meiner eher müde zu werden", hörte sie sich selbst sagen.

Er küsste sie auf die Lippen. „Glaubst du wirklich, ich könnte deiner jemals überdrüssig werden?"

Natürlich glaubte sie das – so wie sie an die elliptische Umlaufbahn der Erde um die Sonne glaubte. Es war der Grund, warum sie ihm nie vertrauen konnte. Der Grund, weswegen sie ihm niemals sagen würde, dass sie ihn liebte.

„Solange wir einander im gleichen Maße überdrüssig werden, habe ich keinen Grund zur Klage."

Seine Hand umfasste ihr Kinn fester. Einen Moment später ließ er sie los, fuhr ihr mit dem Finger über die Mitte des Oberteils ihres Kleides. „Du strafst mich, meine Liebe."

Er schob ihre Röcke beiseite und drang in sie ein, ohne sich weiter mit ihrer oder seiner Kleidung abzugeben. Dabei schaute er ihr tief in die Augen – ein Mann, der seine Macht über sie sehen wollte.

Und sie ließ es zu. Weil sie mitten im Liebesakt waren und sie das Verlangen in sich auf ihren Körper schieben konnte. Es hatte seinen Ursprung nicht in ihrer Seele. Ihr Verlangen, ihre Sehnsucht, auch ihre Angst.

„Spreiz die Beine weiter, Liebling", bat er mit leicht unsicherer Stimme. „Ich möchte ganz in dich kommen."

Die Gefühle, die er ihr bescherte … Selbst die Heiligkeit der Ehe würde sie nicht vor den Flammen der Hölle bewahren. Aus Verzweiflung und weil sie nicht die Einzige sein wollte, die so empfänglich war, sich so dicht am Abgrund bewegte, und das trotz des gemächlichen Tempos, das er anschlug, trotz der Höhepunkte, die sie schon vor erst wenigen Minuten gehabt hatte, flüsterte sie: „Ich habe mir gewünscht, für dich die Beine zu spreizen, seit ich dich das erste Mal gesehen habe."

Er machte ein raues Geräusch tief in der Kehle, und sein Blick verlor etwas von seiner Konzentration.

„Alle Nächte liege ich wach, all meine nackten Träume – darum ging es, nicht wahr? Dich in mir spüren zu wollen."

Er verzog das Gesicht, entblößte die Zähne. Sein Körper stieß sich in sie, schob sie ein paar Zoll über die Decke, brachte sie so dicht an den Abgrund, dass sie schon das unweigerliche Zusammenziehen ihrer Muskeln spürte.

Aber sie wollte nicht alleine die Kontrolle verlieren – dieser Pfad führte geradewegs in die Verzweiflung. „Komm noch tiefer. Bist du schon so tief in mir, wie du es sein willst?"

Jetzt fielen sie zusammen ins Nichts, jetzt war seine Kontrolle genauso zerstört wie ihre. Und jetzt schloss sie endlich die Augen und ließ sich von der Welle der Lust hinwegtragen.

Und von seinen heiseren Worten in ihrem Ohr: „Ich kann niemals tief genug in dir sein. Niemals."

ALS SIE WIEDER IHRE UNTERHOSE anhatte und ihre Röcke sie ordentlich verhüllten, erlaubte sie Felix, sie zwischen seine Beine zu ziehen, und er schlang die Arme um sie.

Er war sich nicht sicher, was er heute erreicht hatte und ob er den Streit zwischen ihnen wirklich beigelegt hatte. Aber das schien nicht wichtig, nicht wenn er sie so halten und sein Gesicht in ihr Haar drücken, tief einatmen durfte.

„Es riecht genau wie deins, Mylord", erklärte sie hochmütig, erstickte ein Kompliment von ihm im Keim. „Schließlich bin ich mir sehr sicher, dass wir die gleiche Seife benutzen."

„Dann muss mein Haar himmlisch riechen. Und du darfst mich ruhig Felix nennen, wenn wir allein sind. Wir wollen ja nicht, dass Lady Tremaine die Einzige ist, die dieses Vorrecht hat."

„Pah", lautete ihre wegwerfende Antwort.

Aber dann bot sie ihm einen Löffel von der Mokkacreme an, die sie aß, drehte sich halb zu ihm um. „Möchtest du welche? Sie schmeckt recht gut."

Er aß von ihrem Löffel. Die Creme war mehr als nur recht gut, sie war köstlich.

„Nur, dass du es weißt", fuhr sie fort, „ich bin noch böse auf dich. Ich kann es nur nicht gut zeigen, wenn ich in direktem körperlichen Kontakt mit dir bin."

„Dann werde ich wohl dafür sorgen müssen, dass wir einander ständig berühren. Ich mag es, wenn du deine Verärgerung nicht zeigen kannst."

„Pah", sagte sie wieder.

Er lehnte sich mit dem Rücken gegen den Baum hinter sich, verspürte solche Zufriedenheit, dass er am liebsten dahingeschmolzen wäre. „Erzähl mir von deiner kindlichen Faszination für den Nachthimmel."

„Muss ich?" Sie bot ihm einen weiteren Löffel an.

„Du hast es gestern erwähnt, als du wusstest, dass ich es war, der hinter dir stand. Daher ja, du musst."

Sie aß den nächsten Löffel Mokkacreme selbst, schaute in den taghellen Himmel. „Eines Nachts, als ich drei war, hat mein Vater all seine Töchter geweckt und uns mit nach draußen genommen, hat uns ein besonderes Schauspiel versprochen."

Da sie im Jahr 1864 geboren war musste sie die Leoniden 1867 gesehen haben, die zwar nicht so großartig ausgefallen waren wie der Meteor im Jahr zuvor, aber immer noch beeindruckend.

„Sie haben immer behauptet, dass ich danach eine ganze Woche lang meinen Vater nach Mitternacht aufgeweckt habe und mich von ihm nach draußen habe bringen lassen, um mehr Sternschnuppen zu sehen."

„Und hat er es getan?"

„Meine Mutter sagt, dass er das hat. Sie hat gesagt, dass er las, bis ich kam, um ihn zu holen, und dann so lange mit mir draußen geblieben ist, wie ich wollte."

Es gelang ihm, jeden Neid aus seiner Stimme herauszuhalten. „Ein liebevoller Vater."

„Das war er. Wenn man meiner Mutter glauben kann, war er teuer im Unterhalt, aber wir haben ihn alle geliebt. Schade, dass er nicht lange genug gelebt hat, um mich die Familientradition so erfolgreich fortführen zu sehen, sich ein Vermögen zu erheiraten. Er hätte seine Freude an den Busenpolstern gehabt."

„Es ehrt mich, die Freude an seiner Stelle zu haben."

Sie senkte den Kopf. Er lehnte sich seitlich vor, um ihr Gesicht zu sehen. Sie lächelte. Impulsiv küsste er sie auf die Wange.

„Sei nicht so selbstzufrieden", ermahnte sie ihn. „Ich misstraue dir und werde damit auch nicht aufhören."

„Dein Misstrauen ist die Würze meines Lebens", erklärte er großspurig. „Möge dein Argwohn stetig lauern."

Er ahnte nicht, wie sehr er diese Worte noch bereuen würde.

KAPITEL 14

LOUISA HATTE SICH NIE ZUVOR in ihrem Leben um Viertel vor vier morgens die Zähne geputzt oder das Haar gekämmt. Aber ihr Liebhaber hatte ihr gesagt, er werde um vier zu ihr kommen, um zu sehen, wie weit sie bei ihren astronomischen Beobachtungen gekommen war, daher stand sie hier und machte sich mitten in der Nacht für einen Mann zurecht, dem sie nicht vertrauen konnte.

Es war immer ein Problem, wenn er sie anfasste. Seine Berührung beeinträchtigte ihre Fähigkeit, sich an die Vergangenheit zu erinnern und die Zukunft zu planen, sodass sie geneigt war, nur so weit zurückzudenken wie bis zum letzten Mal, als sie sich geliebt hatten, und so weit voraus wie bis zum nächsten Mal, an dem sie sich lieben würden.

Ihr gesunder Menschenverstand wurde weiter eingeschränkt, da sie wenigstens eine Stunde auf seinem Schoß in seinen Armen gesessen hatte.

Hätte er nie aufgehört, in ihr Bett zu kommen, hätte er ihr nie vor Augen geführt, zu welcher Grausamkeit er ihr gegenüber fähig war, wäre sie restlos glücklich gewesen.

Sie war immer noch zufriedener, als gut für sie war, aber es war ein Glück mit Dornen.

Um genau vier Uhr kam er hereingeschlendert, hauchte ihr einen Kuss aufs Haar und führte sie durch den Salon zum Balkon, wo sie das Teleskop hingestellt hatte.

„Darf ich dir etwas zeigen?"

Er entfernte die Abdeckung von dem Gerät und schob es auf den Rädern zum Rand des Balkons. Er sah einfach wunderbar aus in seinem weißen Hemd mit den offenen Knöpfen.

„Such bitte Jupiter", sagte er.

Sie riss den Blick von ihm los. Teleskope, wunderbar, wie sie waren, vergrößerten nur einen kleinen Teilbereich des Himmels. Sie sollte besser wissen, auf welche Koordinaten sie das Ding ausrichten sollte, ehe sie durch das Okular schaute.

Jupiter kam in ihr Blickfeld, die bekannte leicht diesige weißlich orange Kugel. „Sieht ganz so wie immer aus."

„Lass mich mal." Er nahm ihren Platz am Okular ein. „Hm. Das Teleskop sollte eine höhere Auflösung als das hier hinbekommen."

Er drehte konzentriert an verschiedenen Knöpfen und zog dabei die Brauen zusammen, was sie leider hinreißend fand. Und diese starken Unterarme unter den hochgekrempelten Ärmeln … Sie konnte einfach nicht aufhören, hinzusehen.

Vergiss es nicht, dachte sie bei sich. *Vergiss diese Schwäche nicht. Vergiss nicht, dass du nicht weißt, warum er sich vor zwei Wochen dir gegenüber so abscheulich verhalten hat oder warum er sich jetzt so freundlich und fürsorglich um dich bemüht. Es könnte alles mit einem Blinzeln wieder verschwinden, ohne Vorwarnung, ohne Erklärung.*

„Ah!" Er tastete an der Unterseite des Teleskops entlang und öffnete eine Schublade, von der sie gar nicht gewusst hatte, dass sie da war, und tauschte das Okular gegen ein anderes aus. „Jetzt komm her und schau es dir an."

Als sie dieses Mal hindurchblickte, war Jupiter viel kleiner, kaum größer als ein Kupferpfennig. Das Bild jedoch war messerscharf. Jetzt konnte sie nicht nur zwei der Jupitermonde erkennen, sondern auch den kreisrunden Schatten, den der eine auf die Oberfläche des riesigen Planeten warf.

Eine Sonnenfinsternis auf Jupiter. Sie atmete scharf ein. „Woher wusstest du, dass das passiert?"

„Das wusste ich nicht. Ich habe es selbst erst vor einer halben Stunde entdeckt. Und ich dachte, ich zeige es dir."

„Wo ist dein Teleskop?" Sie wusste, dass er eines besitzen musste.

„Irgendwo auf dem Landsitz hier", antwortete er ausweichend, um sie aufzuziehen.

Sie würde ihn nicht anbetteln, es ihr zu zeigen. Wenigstens nicht jetzt. Sie sah wieder durch das Teleskop und fragte: „Wo kommt dein Interesse an den Sternen her?"

„Ich hatte als Kind Schwierigkeiten durchzuschlafen. Daher bin ich aufgestanden, habe mich aus dem Haus geschlichen und in den Himmel geschaut, und nach einer Weile sind mir die Sternenbewegungen aufgefallen."

„Hattest du gesundheitliche Probleme?" Sie konnte ihn sich nicht als kränkelndes Kind vorstellen.

„Nein, ich war ziemlich robust."

Sie schaute zu ihm. Vielleicht war es seine ruhige Haltung, die Dunkelheit der späten Stunde, das weiche Licht, das aus dem Salon fiel und seine Züge nachzeichnete, aber sie musste an das Portrait der verstorbenen Marchioness in der Galerie denken, ihr dramatisch schönes Gesicht vor dem samtig schwarzen Hintergrund.

„Du siehst deiner Mutter sehr ähnlich."

„Stimmt."

„Ich hätte an nichts erkennen können, dass du mit deinem Vater verwandt bist."

Sobald sie das gesagt hatte, bereute sie ihre Äußerung. Vor ihrer Saison in London hatte Lady Balfour ihr einen wichtigen Rat gegeben: *Mach niemals eine Bemerkung über Familienähnlichkeit oder das Fehlen davon.* So, wie es um die meisten Ehen der Oberschicht bestellt war, konnte niemand sagen, wer der Vater des dritten, vierten oder fünften Kindes einer Dame war.

Aber er war der Erstgeborene, der Erbe.

„Ich bin der Sohn meines Vorgängers", bemerkte er ruhig.

„Natürlich. Ich wollte nur sagen, dass eure Ähnlichkeit nicht ausgeprägt ist."

Es folgte eine Stille. Er deutete mit dem Kinn zu ihrem Teleskop. „Es ist übrigens Io."

Sie benötigte einen Moment, um zu verstehen, dass er von dem Mond sprach, der seinen Schatten auf Jupiter warf. Sie betrachtete das Schauspiel erneut durch ihr Teleskop. „Weil er Jupiter am nächsten ist?"

„Ja."

„Hast du Unterricht oder so etwas in Astronomie erhalten?"

„Nein, aber ich habe an der Universität Vorlesungen in Mathematik und Physik gehört."

Er war in Cambridge gewesen, das wusste sie. Aber sie hatte keine Ahnung, welche Schule er vorher besucht hatte. „Und vor der Universität warst du in …?"

„Hier. Ich wurde zu Hause unterrichtet."

Er hatte so viele Freunde, dass sie angenommen hatte, sie stammten aus seiner Schulzeit. Sie konnte sich nicht vorstellen, dass

jemand, der die Gesellschaft anderer so genoss wie er, zu Hause
festsaß, ohne andere Kinder zum Spielen in der Nähe.

„Warum? Ich dachte, du hättest gesagt, du seist nicht krank
gewesen.“

„Meiner Mutter war es lieber, mich hier auf Huntington zu
behalten.“

Fast hätte sie gefragt: *Hing sie so an dir?* Aber der gemessene
ausdruckslose Ton, mit dem er von seinen Eltern sprach, verriet
keine besondere Nähe.

„Verstehe“, sagte sie stattdessen, spielte mit den Knöpfen. „Gibt es
übrigens noch andere Okulare? Und würde es dir etwas ausmachen,
mir zu erklären, wie ich sie am besten benutzen kann?“

DAS WAR DIE GEFAHR, WENN man für einen anderen Menschen zu
viel empfand. Man wurde durchschaut.

Felix zog es vor, dass seine Biographie mit dem Tag begann, an
dem seine geschliffene Persönlichkeit das erste Mal geformt wurde.

Dabei wurde er durch die öffentlich zur Schau gestellte Hingabe
seiner Mutter unterstützt – selbstverständlich würde der Sohn der
Frau, die ihn so aufrichtig bewunderte, alle männlichen Tugenden
verkörpern. Dabei half ihm auch der Umstand, dass die meisten
Leute andere so nahmen, wie sie auf den ersten Blick wirkten. Der
wohlgeratene Sprössling bester Abstammung, mit makellosen
Manieren und zudem ein perfekter Gastgeber, musste einfach genau
das sein: der Inbegriff des Gentlemans.

Er hatte stets gewusst, dass er nichts dergleichen war. Wie Louisa
auch. Aber es war eine Sache, sie die Fehler an ihm sehen zu lassen,
die er insgeheim als Stärken betrachtete – Gerissenheit,
Skrupellosigkeit und den Willen, Regeln zu brechen –, und etwas
völlig anderes, seine echten Schwächen, die alten Schmerzen und
Sehnsüchte offenzulegen, die nie vollständig verschwunden waren.

Ihr Zugriff auf die verwundbare Stelle in seinem Panzer zu
gewähren, die weiche Unterseite des Drachen, die kein Feueratem
und keine stahlharten Schuppen schützen konnten.

DER HIMMEL IM OSTEN WURDE langsam heller, als sie das Teleskop
wieder verstauten und ins Zimmer zurückgingen.

„Wusstest du schon, dass ich mitten in der Nacht aufstehe und das Teleskop benutze?", fragte sie, als sie ihr Schlafzimmer betraten.

„Ich habe dich gesehen."

Zu den Gelegenheiten, an denen ihn Lady Tremaine dabei beobachtet hatte, wie er zu ungewöhnlicher Stunde ins Haus zurückkam, war er unterwegs gewesen, hatte in den Schatten gestanden und zum Balkon seiner Frau hinaufgeschaut, ihre einsame Gestalt am Teleskop beobachtet.

Sie setzte sich auf die Bettkante, beugte sich leicht vor, die Ellbogen auf den Knien, die verschränkten Finger unter dem Kinn.

So würde ein junges Mädchen dasitzen. Ihr Gesicht wirkte offen und süß, ihr Morgenmantel war cremefarben und mit einer Borte aus kleinen gestickten Gänseblümchen eingefasst. Die Unschuld, die sie ausstrahlte, wäre zu viel gewesen, wenn da nicht das unartige Funkeln in ihren Augen gewesen wäre.

Ihm stockte der Atem. „Du sieht erwartungsvoll aus."

„Ich habe dich noch nie nackt gesehen", erklärte sie, wie eine andere Ehefrau ihren Ehemann irgendeiner Verfehlung wie Trunk- oder Verschwendungssucht beschuldigte.

Er zog eine Braue hoch. „Und du glaubst, das wird jetzt geschehen?"

Ihr Tonfall war herrisch. „Das sollte es besser."

Dass sie sich so heftig zu ihm hingezogen fühlte, das war es, was dieses Gefühl der Verwundbarkeit überhaupt nur erträglich machte.

So hatte er vor einer Ewigkeit gedacht, als seine einzige Verletzlichkeit darin bestanden hatte, sein Interesse an ihr zu erklären, mit seinem Angebot, ihren Körper zu kaufen. Er war nun wesentlich schutzloser seinen Bedürfnissen ausgeliefert, weder Herr seiner Gedanken noch seines Tuns – ein Zustand, der nur deshalb auszuhalten war, weil sie ebenso Sklavin der Freuden des Ehebettes war.

Er zog sich die Schuhe aus. „Mache ich mich angezogen nicht gut genug für dich?"

„Sehr gut sogar. Mir hat die Reibung des Harrison-Tweed an meiner Haut ausgezeichnet gefallen. Wenn wir uns im Freien lieben, bestehe ich darauf, dass du deine Kleidung anbehältst. So war es in meinen Träumen, und ich nehme es sehr genau mit den erotischen Details."

Er begann sich das Hemd aufzuknöpfen. „Aber ich soll mich ausziehen, wenn wir uns an sicheren, langweiligen Orten dem Liebesakt hingeben?"

„Manchmal hat man auch Lust auf Haut."

„Hast du jemals nicht Lust auf Haut?"

„Ja, ab und zu möchte ich auch einfach deinen Kopf auf einer Pike", antwortete sie, ohne mit der Wimper zu zucken.

Ihre Worte machten ihm Angst. Das Schlimmste über ihn wusste sie gar nicht. Noch nicht.

Er schälte sich aus seinem Hemd und trat ans Bett. „Dann könnte ich aber das hier nicht tun."

Er küsste sie auf die Stelle unter ihrem Ohr.

Sie atmete zitternd aus. Aber im nächsten Moment deutete sie auf seine Hosen. „Ich wette, wenn du zur Schule gegangen wärest, fiele es dir leichter, dich auf deine Aufgabe zu konzentrieren."

„Nun, das nächste Mal, wenn ich meine alten Freunde aus Eton treffe, frage ich sie, ob sie sich effektiver ausziehen als ich."

„Ich bin davon überzeugt, dass sie das tun. Ich werde meine Schwestern anweisen, niemanden zu heiraten, der keine öffentliche Schule be…"

Er ließ die Hosen fallen. Sie verstummte dankenswerterweise. Dann leckte sie sich die Lippen und schaute ihm in die Augen. „Gut. Und nun benutz es."

Das tat er, liebte sie mit einer Hingabe und Leidenschaft, wie sie ein frisch Bekehrter zeigen würde, errichtete Festungswälle der Lust, um alle Furcht und Konsequenzen fernzuhalten, und hoffte, dass er etwas Haltbares und Dauerhaftes erschuf und nicht nur Luftschlösser.

ES WAR ZWEI ABENDE SPÄTER, als ihr Ehemann versuchte, ihr die Newton'sche Mechanik hinter Urbain Le Verriers Vorhersage der Position von Neptun zu erläutern, der damals noch unentdeckt gewesen war, dass sich Louisas Unwissen als so groß erwies wie die Entfernung zur Sonne.

„Es tut mir leid", gestand sie verlegen. „Aber ich habe kein Wort von dem verstanden, was du da gerade gesagt hast."

Er riss die Hände in gespielter Erbitterung hoch. „Das war höchstwahrscheinlich die beste Erklärung, die jemand in den vergangenen vierzig Jahren überhaupt gegeben hat. Und du willst mir jetzt sagen, dass du meine Brillanz nicht zu würdigen weißt?"

„Ja, ich fürchte schon."

„Nun, das kann so nicht weitergehen, oder?"

„Du kannst mir doch Newton'sche Mechanik beibringen", schlug sie zögernd vor, nicht sicher, wie er auf eine solche Bitte reagieren würde.

Er schüttelte den Kopf. „Das wäre, als wollte ich dir Handstand auf einem galoppierenden Pferd beibringen, wenn du gar nicht reiten kannst."

Ihre Hoffnung welkte dahin.

Aber bevor sie irgendetwas sagen konnte, um sich jede weitere Peinlichkeit zu ersparen, fuhr er fort: „Ich werde bei den Grundlagen anfangen und davon ausgehen, dass du nichts kennst als einfache Arithmetik."

„Aber ich kann …" Sie brach betreten ab. „Darauf zu verweisen, dass ich gekoppelte Gleichungen lösen kann, wäre das Gleiche, wie einem Safarijäger zu sagen, dass ich mal auf eine Ameise getreten bin, oder? Oder dass ich mal eine Maus in einer Falle gefangen habe."

„Du hast eine Maus in einer Falle gefangen? Ich laufe schreiend vor diesen Höllenviechern davon."

Bei dem Bild, das er vor ihrem geistigen Auge erstehen ließ, verspürte sie den Drang zu kichern, unterdrückte aber ihre Belustigung. Sie wollte sich nicht von seinem Humor entwaffnen lassen – es wäre umso schwieriger, auf der Hut zu sein, wenn sie sich vor Lachen bog.

Stattdessen räusperte sie sich. „Wirst du es mir wirklich beibringen?"

Ein paar Augenblicke schien er enttäuscht, dass sein Scherz nicht besser aufgenommen wurde. Sie verspürte einen Stich in der Brust. Sie sollte besser nicht vergessen, dass es bei ihm nicht einfach um den Wunsch ging, ihr Freude zu machen. Er zielte stets darauf ab, mehr Kontrolle auszuüben, mehr Macht zu erlangen.

Er klopfte mit dem Bleistift gegen das Fernrohr des Teleskops. „Siehst du, das ist der Grund, warum so viele Männer nicht heiraten. Man besorgt sich eine hübsche Frau, man verbringt die Hälfte seiner wachen Stunde damit, ihr zu Gefallen zu sein. Und dann verbringt man die andere Hälfte damit, ihre Unwissenheit zu beseitigen. Und ehe man es sich versieht, leidet das Anwesen unter Vernachlässigung und die eigene Körperhygiene wird in Mitleidenschaft gezogen. Die Pächter beschweren sich, die Bediensteten kündigen in Scharen und die Ehefrau wird einen nicht mehr in ihre Nähe lassen, weil man nun arm ist und nicht gut riecht."

Etwas an seinem Ton – eine kaum wahrnehmbare Melancholie – weckte in ihr den Wunsch, nach seiner Hand zu greifen. Aber vermutlich spielten ihr nur ihre Sinne einen Streich. Sie musste sich gegen ihn verwahren, nicht ihn trösten.

„Ich hatte elf Pfund und acht Schilling als Notgroschen beiseitegelegt", sagte sie forsch. „Ich werde es weiter für Seife aufheben, damit du niemals unangenehm riechen musst, egal, wie arm du noch wirst."

Er sah sie einen Moment an, seine Miene unergründlich. „Nun, in dem Fall muss ich dich wohl erst einem Test unterziehen, wie wenig du genau weißt. Dann werden wir das Schulzimmer in Schuss bringen müssen – um das ist es erbärmlich bestellt. Und danach werde ich dich unterrichten, vorausgesetzt, du kannst dich soweit beherrschen, deinen Lehrer nicht zu verführen."

Ein taktischer Rückzug, dachte sie. Sie hatte schon das Gleiche getan, das Gespräch auf das wesentlich weniger schwierige Terrain des Schlafzimmers gelenkt. Sie ließ die Augenlider flattern. „Gibst du mir einen Klaps mit dem Lineal auf die Finger, wenn ich das versuche?"

„Natürlich", antwortete er. „Ich muss dich vielleicht sogar über die Schulbank legen und dir den Hintern versohlen."

„Oje." Sie berührte mit einer Hand ihren Hals. „Ich nehme an, ich sollte dich besser davon in Kenntnis setzen, dass ich nie in Gegenwart eines Gelehrten war, ohne dabei nackt zu enden."

Das führte zu einer ausgezeichneten Zeit zwischen den Laken, ein paar Klapse auf den Po eingeschlossen. Aber jetzt war es am Nachmittag des nächsten Tages, Seine Lordschaft war mit seinem Sekretär beschäftigt, und sie stand allein im Schulzimmer, schaute sich um.

Sie würde nicht so weit gehen, den Zustand des Raumes als erbärmlich zu bezeichnen, aber verglichen mit der luftigen Rokoko-Pracht seines Schlafzimmers war es zweifellos langweilig und wenig inspirierend: dunkle Holztäfelung und Vorhänge in ernsten Farben. Ein großer Teil der Wand wurde von der Tafel beansprucht. An den

Fenstern stand ein Lehrerpult, in der Mitte des Raumes ein Tisch mit einem Stuhl.

In einer Glasvitrine befand sich eine Steinsammlung, jedes Exponat war fein säuberlich beschriftet mit Namen, Herkunft und Datum des Fundes. Ihre Aufmerksamkeit wurde von dem Glitzern einer Druse erregt, sodass ihr erst nach einer Weile auffiel, dass alle Steine von dem Anwesen stammten, aus der näheren Umgebung oder aus Parks in London während der Saison.

Da er nie dem starren Zeitplan einer Schule unterworfen gewesen war, hatte sie angenommen, dass er interessante Orte besucht hatte, während andere Jungen in zugigen Klassenzimmern hockten. Aber wenn überhaupt, dann schien seine Kindheit fast ebenso räumlich beschränkt gewesen zu sein wie ihre eigene.

Es war verstörend, ihn sich nicht als Mann vorzustellen, der Reichtum, gutes Aussehen und Klugheit genoss, um sich alles zu gönnen, was sein Herz begehrte, sondern als einen vermutlich einsamen kleinen Jungen, der die Vorgänge in seinem Leben nicht mehr bestimmen konnte, als er die Neigung der Erdachse verändern konnte.

Sie schüttelte den Kopf. Sie las zu viel in ein Zimmer, das er seit zehn Jahren nicht aufgesucht hatte. Wenn jemand dazu geboren war, andere zu manipulieren, dann er. Seine Kindermädchen hatten sich vermutlich die Hacken abgelaufen, um es ihm recht zu machen. Und seine Eltern hatten ihn mit Geschenken überhäuft. Und welcher Vater wäre nicht begeistert, einen solchen Sohn gezeugt zu haben?

Wie auch immer, sie verließ das Schulzimmer in nachdenklicher, vielleicht sogar ein wenig verlorener Stimmung.

FELIX FÜHLTE SICH, ALS BALANCIERTE er in der Mitte eines Hochseils, konnte weder wieder dahin zurückgehen, wo er hergekommen war, noch bis zum Ziel am weit entfernten anderen Ende gelangen – wenn es da denn ein Ziel gab.

Er brauchte ein Sicherheitsnetz: Wenn sie ihn liebte, dann wäre es vielleicht nicht so schlimm, von dem wackeligen Seil zu fallen.

Wenn er zurückblickte, erschreckte es ihn, dass er sich gar keine Gedanken wegen ihres Herzens gemacht hatte. Ob sie ihn liebte oder nicht, war unerheblich gewesen. Es hatte ihm gereicht, sie in seinem Bann zu halten und dass sie unfähig war, ihm zu entkommen.

Aber jetzt war er es, der gebannt war und nicht entkommen konnte.

So sehr er ihr auch im Bett Lust bereitete und so wenig sie auch von ihm genug bekommen zu können schien, war das Bett ein begrenztes Gebiet. Es war wie auf der Pferderennbahn: All die Rennen, all die Starts und Zieleinläufe, und dennoch waren sie noch genau an der gleichen Stelle wie zuvor.

Er musste etwas tun, was ihre Schranken durchbrechen würde. Die Entscheidung, sie in sein Observatorium einzuladen, hatte er nicht leichtfertig getroffen. Es war eine Tür, die, einmal geöffnet, nicht wieder so einfach zugeschlagen werden konnte, die Tür zu fast allem, was sein Privatleben ausmachte, etwas, was er mit niemand anderem teilte.

Selbst nachdem die Entscheidung getroffen war, zögerte er noch. Es war nicht anders als die Geschenke, die er seinen Eltern gemacht hatte, in der Hoffnung, ihnen eine Freude zu bereiten.

Das schlechte Wetter – es war dicht bewölkt, wenn es nicht gerade regnete – bot ihm die passende Entschuldigung, die Einladung Nacht für Nacht hinauszuschieben.

Aber schließlich klarte es auf.

Zehn Minuten, nachdem sie sich vom Dinnertisch zurückgezogen hatte, betrat er den Salon. Sie saß an dem Rosenholzschreibtisch und schrieb einen Brief. Es verging kaum ein Tag, an dem sie nicht einen Brief an ihre Familie verfasste. In den frühen Morgenstunden ging er manchmal und nahm die Schale mit der Post, wog ihre Briefe in der Hand. Er fragte sich, welche Beschönigungen und Auslassungen wohl in den Schilderungen enthalten waren.

Sie schaute über ihre Schulter. „Du hast deinen Cognac aber schnell ausgetrunken.“

„Es gibt etwas, das ich dir gerne zeigen würde, wenn du nicht zu beschäftigt bist.“

„Was ist es?“

„Das beste Teleskop im Privatbesitz in ganz England – wir haben schon mal drüber gesprochen.“

Sie blinzelte verwundert und drehte sich ganz zu ihm um. „Du willst, dass ich es jetzt sehe?“

Verspätet erinnerte er sich daran, dass sie ihn nur ein einziges Mal nach seinem Teleskop gefragt hatte. Was, wenn sie nicht länger interessiert war? „Wenn du möchtest."

„Ist es weit?"

„Nein, es ist ganz in der Nähe."

Sie drehte den Füllfederhalter in den Fingern. Es fühlte sich an, als sei es sein Herz, was sie da hielt, in die eine Richtung kippte, dann in die andere.

Er erkannte, dass sie zögerte, weil sie auch unsicher war. Aber er konnte nicht verstehen, warum sie das sein sollte. Es war nicht sie, die ihre Absichten und Angebote offen darbot, während die Gefahr der Ablehnung im Raum stand.

Nach einer gefühlten Ewigkeit tupfte sie ihren Brief trocken und verschloss den Füllfederhalter. „Ja, sehr gerne sogar", sagte sie. „Bitte geh voraus."

ER NAHM SIE AN DER Hand.

Obwohl sie sich Tag und Nacht liebten, hielten sie nur selten Händchen.

Die Wärme ihrer ineinander verschlungenen Finger machte es Louisa schwer, auf der Hut zu bleiben. Sein ganzes Verhalten seit dem Ende der Hausgesellschaft machte es ihr schwer, auf der Hut zu bleiben. Er war ein fürsorglicher Gatte, ein aufmerksamer und unersättlicher Liebhaber, nicht zu vergessen der perfekte Lehrer, dessen enzyklopädisches Wissen über den Nachthimmel ihr den Weg ebnete, sich als Hobbyastronomin weiterzuentwickeln.

Manchmal schienen die schrecklichen Tage zu Beginn ihrer Ehe Ewigkeiten zurückzuliegen, in einer Zeit, als Dinosaurier noch die Erde bevölkerten. Es waren nur die Tiefe und Trostlosigkeit des früheren Gefühls der Verletztheit, die sie nicht vergessen konnte, die sie immer noch schmerzten und die ihre Vorsicht nährten.

Eine Nahrung, die offensichtlich alles andere als sättigend war, denn als sie zu ihm schaute, während er neben ihr ging, wollte sie seine Motive nicht in Zweifel ziehen, sondern ihn auf die Wange küssen – oder irgendetwas ähnlich Mädchenhaftes tun.

„Warum jetzt?", zwang sie sich zu fragen, als sie eine weitere Treppe hochstiegen. „Warum willst du, dass ich mir dein Teleskop heute Abend anschaue, aus heiterem Himmel."

Wenn sie ihr Herz nicht schützte, wer täte das dann?

„Ich habe auf eine klare Nacht gewartet.“

„Ich meine, warum willst du überhaupt, dass ich das Teleskop sehe?“

Er schaute sie schief von der Seite an. „Weil ich Hintergedanken habe?“

Sie verspürte eine gewisse Verlegenheit, dass er ihren Argwohn so klar erkannt hatte. „Hast du das nicht?“

„Natürlich“, erwiderte er aalglatt.

Dieses Mal blickte er geradeaus, und sie konnte nicht recht sagen, was er meinte.

Sie gelangten an eine Leiter. Er stieg sie hoch, um die Klapptür in der Decke zu öffnen, dann kam er wieder herunter, damit er hinter ihr bleiben konnte, während sie die Sprossen erklomm.

Die Kuppel auf dem Dach des Herrenhauses war schon von beträchtlicher Größe, wenn man sie vom Boden aus betrachtete. So aus der Nähe war sie riesig. Einzig die gewaltige Größe des Gebäudes verhinderte, dass sie die ganze Struktur erdrückte.

„Mein Observatorium“, sagte er, sobald er hinter ihr hochgekommen war und die Klapptür geschlossen hatte.

Sie hätte wissen müssen, dass es die Kuppel war, da sie von nirgends im Haus ein Glasgewölbe gesehen hatte. Aber konnte irgendein Teleskop so groß sein, dass es einen so riesigen Raum benötigte?

„Bereit?“, fragte er.

Sie zögerte wieder. Es war nicht das Teleskop, für das sie nicht bereit war, sondern immer nur er. „Warum nicht?“

Er nahm sie wieder an der Hand – aber dieses Mal, ohne die Finger zu verschränken, hielt sie nur am Handgelenk. Dennoch war es nahezu unmöglich, an irgendetwas anderes zu denken als das Gefühl dieser Berührung. Deprimierend, ehrlich, wenn man bedachte, dass er sie auf viel unsäglichere Weise und an unsäglicheren Stellen berührt hatte, und das täglich, ja manchmal stündlich.

„Jetzt sieh nach oben.“

Verspätet merkte sie, dass sie stehen geblieben waren, aber sie starrte auf die Finger um ihr Handgelenk. Sie zog ihre Hand weg und hob den Kopf.

Ihr entwich ein erstickter Laut. „Mein Gott.“

Sie hatte nie zuvor den Namen des Herrn missbraucht, wenigstens nicht laut. Ein Monster von einem Teleskop ragte vor ihr auf. „Verzeih meine Ausdrucksweise. Wie … wie groß ist die Blende?“

„Vierundsechzig Zoll.“

Es war schier unfassbar, dass es eine solch herrliche Monstrosität gab. Sie lachte – der Laut klang seltsam fremd in ihren Ohren, als hätte sie ihn seit langer Zeit nicht gehört –, und sie lachte weiter, zu erstaunt und ehrfürchtig, um irgendetwas anderes sagen zu können.

Er zog an ihrem Ellbogen. „Komm, sieh es dir genauer an.“

Sie folgte ihm zögernd, wollte das Teleskop nicht aus den Augen lassen. Aber im Observatorium war sie noch sprachloser. Ja, der Apparat war großartig, aber sie hatte nicht gedacht, dass das Teleskop länger als zehn Meter sein könnte. Und dieser Leviathan war fahrbar, wie es aussah, denn er befand sich auf Schienen und wurde mit verschiedenen kompliziert angeordneten Flaschenzügen bewegt, um den Himmelsbewegungen zu folgen und die Nutzbarkeit zu maximieren.

Sie strich ungläubig über den dicken Zylinder. „Das hast du bauen lassen?“

„Es hat fünf Jahre gedauert.“

Sie legte ihre Wange auf den kalten Stahlmantel des Sehrohrs. „So lange?“

„Nicht der eigentliche Aufbau, aber es hat viele Versuche gebraucht, um es so zu konstruieren, dass ich es ohne fremde Hilfe ausrichten kann.“

Sie schaute zu ihm. „Das bewundere ich. Das bewundere ich außerordentlich.“

Er zuckte die Achseln, fast, als sei ihm das Kompliment nicht recht.

„Ich weiß, das wird jetzt albern klingen“, fragte sie atemlos, „aber ist das das größte Teleskop überhaupt?“

„Nein.“ Er lächelte. „Das Teleskop des Earl of Rosse auf seiner Burg in Irland hat eine Blende von zweiundsiebzig Zoll. Ich habe es gesehen, und es ist wirklich gewaltig. Aber meines hat den Vorteil, beweglich zu sein.“

Sie tastete den Zylinder ab, bestaunte die Größe. „Ich kann gar nicht genug davon bekommen.“

„Ja, ich weiß. Das hast du letzte Woche jede Nacht gesagt.“

Ihr Gesicht wurde unter seinem Necken ganz warm. „Ha. Ich werde nie wieder von deinem mickrigen Instrument beeindruckt sein, nachdem ich dieses Monster hier gesehen habe."

„Nun, dann viel Glück dabei, dieses Monster in dein …"

Sie schnappte nach Luft.

„… Haus zu bekommen." Er lachte. „Was? Was dachtest du, wollte ich sagen? Ich musste das Dach eigens verstärken lassen, und wir haben es hier an Ort und Stelle Stück für Stück zusammensetzen lassen. Es geht nirgendwohin."

Sie schlug ihn auf den Arm.

Ihr wurde vage bewusst, dass sie seit ihrer Hochzeitsnacht nicht mehr so entspannt und verspielt miteinander umgegangen waren. Aber es schien sie nicht wirklich zu kümmern.

„Lass mich sehen, ob ich dir etwas Schönes zeigen kann", bemerkte er.

Er konsultierte zwei Notizbücher, änderte die Koordinaten des Teleskops, dann setzte er sich vor das Okular, um zu überprüfen, dass er das hatte, was er wollte. „Ich bin sicher, du wirst mich nach heute Nacht nicht mehr brauchen, jetzt, da du deine wahre Liebe getroffen hast", sagte er und überließ ihr seinen Platz, „aber ich hoffe, du wirst dich meiner dennoch voller Zuneigung erinnern."

Impulsiv fasste sie seine Schulter, als an ihm vorbeiging.

Er sah sie beinahe überrascht an.

Ihre Blicke verfingen sich mehrere Sekunden lang, ehe sie ihn ein wenig ungelenk losließ, um zu sehen, was er für sie gefunden hatte.

VOR DEM OKULAR SEUFZTE SIE bebend und restlos hingerissen. „Ist das – meine Güte – ist das Neptun? Er ist wirklich blau wie das Meer."

Ihr Vergnügen war bittersüß in Felix' Brust. Er beobachtete sie. Er hatte sie seit ihrer ersten Begegnung beobachtet und vermutete, er werde das auch in absehbarer Zukunft weiter tun.

Als sie Neptun nach Herzenslust bestaunt hatte, traten sie vor die Kuppel. Es war eine herrliche mondlose Nacht, die Sterne wie eine Million Edelsteine achtlos auf ein Stück schwarzen Samt ausgeschüttet, mit dem diesigen Streifen der Milchstraße, der sich von Nord nach Süd erstreckte.

Sie legte den Kopf in den Nacken. Die Sternbilder Schwan und Leier beherrschten den Zenit des Himmels.

„Deneb, Wega, Altair." Sie flüsterte die Namen der Sterne, die das Sommerdreieck bildeten.

Die Perlenkette in ihrer Frisur glänzte wie kleine Sterne in ihrem üppigen, dunklen Haar. Der hellblaue Stoff ihres Rockes wehte in der nächtliche Brise, schimmerte wie eingefangenes Sternenlicht. Ihre Ärmel aus durchsichtiger Gaze umhüllten ihre Oberarme wie Feenstaub.

„Thuban, Polarstern, Capella." Er fiel in ihre Aufzählung alter Freunde ein, treue Gefährten seiner nächtlichen Streifzüge.

Sie nahm seine Hand. Und dann kam noch etwas Erstaunliches. Sie legte den Kopf an seine Schulter.

Er vergalt es ihr, indem er ihr einen Arm um die Mitte schlang. Das Chaos in seiner Brust dehnte sich zur Größe des Universums.

Ein Gefühl, das fast an Schmerz grenzte. Fast.

Er konnte es nicht länger leugnen. Er war rettungslos in sie verliebt.

Louisa kämpfte gegen die Worte, die sich ihr auf die Zunge drängten.

Das ist die schönste, vollkommenste Nacht in meinem Leben. Du bist der wunderbarste Mann, den ich je gekannt habe. Und ich verspüre diesen erschreckenden Drang, dir zu sagen, dass ich dich liebe. Dass ich dich schon die ganze Zeit liebe.

„Hast du einen Lieblingsstern?", murmelte er.

Sie war dankbar, eine Antwort geben zu können, die nichts mit dem Drängen ihres Herzens zu tun hatte. „Algol."

„Der Teufelsstern?"

Die Helligkeit des Sterns änderte sich alle paar Tage, was sie faszinierte. „Ja. Und deiner?"

„Der Polarstern, immer schon."

Wie seltsam, dass er etwas Konstantes, Verlässliches vorzog, während sie das Geheimnisvolle und stets Wandelbare faszinierte.

Im Fall von Algol gab es einen Grund für die Unbeständigkeit. Höchstwahrscheinlich handelte es sich um ein Doppelsternsystem, wobei der schwächere Stern in regelmäßigen Abständen vor dem helleren Stern vorbeizog, was die Leuchtkraft von der Erde aus gesehen reduzierte.

Aber was war sein Grund dafür, unvorhersehbar zu sein? Wann würde seine Umsicht und Fürsorglichkeit wieder überdeckt werden durch unerklärliche Ferne und Kälte?

Behalt dein Geheimnis noch ein wenig länger. Es ist etwas, das nicht ungesagt gemacht werden kann.

„DANKE FÜR DIESEN DENKWÜRDIGEN ABEND“, sagte sie, als sie ihr Schlafzimmer betraten.

„War es das?“ Felix sah ihr forschend ins Gesicht, hoffte, etwas zu finden, das ihm helfen würde, sich besser zu fühlen.

Es war so ein einsames Gefühl, hoffnungslos verliebt zu sein.

Einmal hatte er ihr gesagt, er fände sie schwerer zu durchschauen, als er erwartet hatte, wenn es um Dinge ging, die nicht direkt mit körperlichem Verlangen zusammenhingen. Das traf jetzt nur noch mehr zu. Wenn sie ein Buch wäre, dann wären einige entscheidende Abschnitte in einer Sprache geschrieben, die ihm vollends fremd war.

Sie schubste ihn aufs Bett. „Natürlich. Ich liebe Monsterinstrumente. Und ich finde es noch besser, wenn ich vom einen zum nächsten übergehen kann.“

Er war steinhart. Aber ihre entschiedene Vorliebe für seinen Körper kannte er bereits – sie waren von Beginn an wild auf einander gewesen. Doch was war mit ihrem geheimnisvollen Herzen und ihrer rätselhaften Seele?

Er konnte nicht anders. „Ist das alles, was du brauchst, um glücklich zu sein? Zwei Monsterinstrumente?“

Der Blick, den sie ihm zuwarf, war verschleiert wie die Oberfläche der Venus. Sie hob seine Hand und nahm seinen Zeige- und Mittelfinger in den Mund, saugte daran. Er verzog unter der sogleich heftig aufwallenden Lust das Gesicht.

„Ich habe auch noch dein hübsches Gesicht und deinen Reichtum. Also ja, mein Glück ist vollkommen.“

Sie küsste ihn, mit Lippen, Zähnen und Zunge, stieg auf ihn und öffnete ihm das Hemd bis zur Taille, knabberte an jedem Zoll Haut, das sie freilegte. Aber dabei schaute sie ihn die ganze Zeit an, beobachtete ihn.

Konnte sie es an seinem Gesicht ablesen, dieses Verlangen, ihrer beider Moleküle zu vermischen und ihrer beider Atome zu verschmelzen? Konnte sie ihn durchschauen, bis in die tief verborgenen, spinnwebverhangenen Ecken seines Herzens sehen?

Sie öffnete seine Hose. Ihr Mund folgte ihren Händen, ihre Zunge glitt sengend heiß weiter nach unten. Seine Hüften hoben sich wie aus eigenem Willen, während Verzweiflung ihn erfasste. Sie nahm ihn tief in den Mund, und er stöhnte laut vor Verlangen.

„Ich liebe es, wie groß du bist", erklärte sie, „wie du dich anfühlst, wie du schmeckst."

Und sonst nichts?

Er schloss die Augen, gegen die Lust, gegen den Schmerz, gegen die Möglichkeit all das Sehnen seiner Seele zu verraten.

KAPITEL 15

Louisa erhielt nicht nur Zugang zu seinem Teleskop, sondern ihr Ehemann erteilte ihr auch die uneingeschränkte Erlaubnis, jederzeit sein Arbeitszimmer zu besuchen.

Huntington hatte eine Bibliothek, die dem Prachtbau gerecht wurde, aber die wahren Schätze seiner Sammlung befanden sich in seinem Arbeitszimmer. Es gab wissenschaftliche Klassiker des Altertums, Erstausgaben von Newtons Werken und jede Ausgabe des Magazins *Nature* aus den vergangenen fünfzehn Jahren. Die Bibliothek konnte auch mit einer ganzen Reihe Hilfen für Astronomen aufwarten, von *Uranometria* und *Atlas Coelestis* zu dem kürzlich erst eingetroffenen *Neuen Generalkatalog*, einem erschöpfenden Überblick über siebentausendachthundertvierzig Sternenhaufen und -nebel. Und schließlich, zuletzt genannt, aber keineswegs unwichtig, viele Bände mit seinen eigenen Notizen sowie Schachteln über Schachteln mit von ihm aufgenommenen Photographien, die er durch sein Teleskop vom Nachthimmel gemacht hatte.

Bis jetzt hatten sie die meisten ihrer wachen Stunden getrennt voneinander verbracht, die Zeit im Bett und vor ihrem Teleskop nicht eingerechnet. Nun aber, da ihr das Arbeitszimmer zur Verfügung stand, änderte sich das. Nachdem sie ihre eigenen Pflichten erfüllte hatte, zog sie sich zum Lesen in eine Ecke des Zimmers zurück, einen Stapel Bücher auf dem Schoß, einen weiteren auf dem Boden zu ihren Füßen, und notierte sich alles, was sie nicht verstand, in einem Heft.

Wenn das Wetter gut war und manchmal auch, wenn es regnete, unternahmen sie am Nachmittag Spaziergänge. Nach dem Dinner wies er sie jeden Abend in die Bedienung seines Teleskops ein – in die Hebel und Seilzüge, die man verwandte, um die Richtung und den Winkel des Apparates zu verändern, wobei Kraft und Feingefühl verlangt wurden. Sie lernte, wie das Prisma am Teleskop das ankommende Licht in die Regenbogenfarben aufspaltete, mit hellen Linien bei der Emission des Lichts von Atomen und dunklen bei dessen Absorption. Und er lehrte sie die Schritte, die zum Photographieren der Muster am Himmel auf silberbeschichtete Daguerreotypie-Platten notwendig waren, um sie später für eine genauere Untersuchung zu betrachten.

Manchmal ertappte sie sich dabei, wie sie dachte, sie sei eigentlich eine glücklich verheiratete Frau: sowohl oberflächlich betrachtet als auch ein gutes Stück tiefer.

Wenn sie tiefer grub, kam sie natürlich an einem gewissen Punkt in Kontakt mit einer Barriere und Schildern, die warnten: *Bis hierhin und nicht weiter.*

Und nicht nur von ihrer Seite.

So freundlich und hilfreich er auch in letzter Zeit gewesen war, wie er sie manchmal anschaute, konnte man fast meinen, er traute *ihr* nicht.

„Und? Hast du etwas in meinen Aufzeichnungen gefunden?"

Sie schaute auf und sah den Mann, der in letzter Zeit ihre Gedanken zu sehr beschäftigte, hinter sich die Tür zum Arbeitszimmer schließen. Er war noch in Reitkleidung, kam gerade von der Inspektion der kürzlich reparierten Dächer der Häuser seiner Pächter zurück.

„Es sind hervorragende Aufzeichnungen", sagte sie. „Sehr detailliert und gut lesbar."

Er hatte sie wegen der Unleserlichkeit ihrer Handschrift aufgezogen und sie gewarnt, dass ihm ihre Schrift besser keinen Anlass zu Tadel geben sollte, wenn sie mathematische Aufgaben mit ihm als Lehrer löste, sonst würde er alles als falsch anstreichen und ihr mit dem Lineal einen Klaps auf die Finger geben.

„Was hältst du von meiner Berechnung zur Position des neunten Planeten?"

Sie fuhr mit einem Finger über die glatte Kante der Blätter. Trotz der Klarheit seiner Buchstaben und Zahlen konnte sie nicht genug Mathematik oder Physik, um viel zu verstehen. Sie saß nur gerne mit seinen Notizen da, weil er sie aufgeschrieben hatte. Denn wenn er auch sonst nichts liebte, so immerhin diese Arbeit. Und wenn sie Teil seiner Arbeit werden konnte …

„Sie ist vollkommen falsch. Er sollte mindestens eine halbe astronomische Einheit weiter außen liegen."

„Wirklich, meine junge Meisterschülerin von Newtons Mechanik?"

„Finde den Planeten und beweise mir, dass ich unrecht habe."

„Das werde ich, heute Nacht noch."

Sie lächelte und klappte das Heft zu, nur um zu bemerken, dass sie förmlich unter den anderen begraben war. Es waren Notizhefte auf ihrem Schoß, neben ihr auf dem Stuhl, auf beiden Armlehnen, hinter ihrem Kopf und zu ihren Füßen – sie hatte sich fühlen wollen, als hielte er sie im Arm. „Das wirst du nicht. Heute Nacht soll es regnen. Du solltest die Zeit besser in meinem Bett verbringen."

Er schaute sie seltsam an, beinahe, als sei er nicht erfreut über diese Einladung. „Hast du noch nicht genug von mir?"

Seine Frage beunruhigte sie. „Es muss jeden Tag so weit sein", erwiderte sie absichtlich leichthin. „Daher solltest du besser aus meinen Lustgefühlen Nutzen ziehen, solange sie andauern."

Er nahm eine Zeitung, die auf einem niedrigen Regal gelegen hatte, ging damit zu seinem Schreibtisch und begann zu lesen. Sie schaute ihn dabei an – das wunderschöne Profil, die starke Schulter, der lange sehnige Arm –, aber nur einen Moment lang. Sie wollte sich nicht von ihm dabei erwischen lassen, wie sie ihn anstarrte.

Daher schaute sie stattdessen auf den Einband des Notizheftes. *Planeten IX, Band 2.* Nach ein paar Minuten ließ er die Zeitung sinken und stellte ein Buch zurück ins Regal, direkt hinter ihrem Stuhl.

Ihr Herz begann heftiger zu schlagen, als seine Hand ihr Gesicht umfing und sie so weit zu sich umdrehte, dass er sie küssen konnte. „Endlich", murmelte sie. „Ich habe mich schon zu fragen begonnen, ob ich meine fleischlichen Bedürfnisse nachhaltig genug geäußert hatte."

„Mach dir keine Sorgen. Du bringst deine fleischlichen Bedürfnisse immer laut und deutlich zu Gehör."

Es beunruhigte sie weiter, dass sie nicht sagen konnte, ob er sie für ihre Keckheit loben oder tadeln wollte.

Er ging um sie herum und schob all die Notizhefte beiseite, mit einer Achtlosigkeit, die vollkommen im Widerspruch stand zu den Tausenden Stunden konzentrierter Arbeit, die in diese Aufzeichnungen geflossen sein mussten. Das Nächste, was sie wusste, war, dass ihre Röcke hochgeschlagen waren und er sich vor sie kniete, ihr die Beine spreizte und sie an die Stuhlkante zog.

Sie begann zu beben, als sich sein Mund auf sie senkte, und das Beben verging erst eine ganze Weile, nachdem er fertig war.

Nur um wieder zu kommen, als er sie in der Nacht ebenso belohnte – oder war es eher eine Bestrafung?

SIE ERHOLTE SICH VON EINEM leichten Schnupfen, den ein plötzlicher Wetterumschwung zu herbstlichen Temperaturen verursacht hatte. Ihre Nase war rot, der Rest ihres Gesichts war ebenfalls leicht gerötet. Das nüchterne Blau ihres Mantels schmeichelte ihrem Teint nicht, ließ ihre Haut noch fleckiger wirken.

Das alles sah Felix. Aber er konnte nichts als Schönheit wahrnehmen, endlose betörende Schönheit.

Liebe machte nicht wirklich blind, aber sie ließ sich in der Wirkung mit einem sich verschlimmernden Grauen Star vergleichen.

„Kein Äther als Träger von Licht?", fragte sie mit halb zusammengezogenen Brauen, strich sich dabei mit einer behandschuhten Hand die dicke Decke über den Knien glatt. Draußen vor der Kutsche war es kalt und nieselte, wie es das seit Mitte Oktober getan hatte. „Aber das ist doch das Trägermedium, über das sich Licht ausbreitet, oder nicht? Was kommt als Nächstes? Keine Schwerkraft?"

Manchmal fragte er sich, was sie in letzter Zeit von ihm dachte. Er war von heftigem Besitzdenken beherrscht, in das sich ebenso große Frustration mischte, dass er keinen Zoll näher an ihr Herz herankam, selbst mit Hilfe seines Teleskops nicht. Sie konnte vielleicht nicht genau sagen, was ihn plagte, aber so sehr er sich auch bemühte, es für sich zu behalten, sie musste diese innere Unausgeglichenheit spüren, wenigstens zu einem gewissen Maß.

„Schwerkraft kann man nachweisen", antwortete er, „selbst wenn man sie nicht sehen, hören oder berühren kann. Lichtäther hingegen ist lediglich eine Hypothese. Warum kann Licht etwa ein Vakuum durchdringen?"

Sie waren auf dem Weg zur nächsten Stadt. Die Renovierung des Schulzimmers war nahezu abgeschlossen, und sie wollte sich einen Vorrat an Heften zulegen, ehe der Unterricht begann. Er fing an, die Weisheit dieses Unterrichts zu hinterfragen. In seiner Selbstverblendung hatte er derjenige sein wollen, der sie in das weite Feld und die Majestät seiner Lieblingsdisziplinen einführte, aber jetzt schienen die Lektionen einfach das Nächste zu sein, das ihn ihrem Herz nicht näher bringen würde.

„Darum also geht es in deinem Briefverkehr mit den amerikanischen Professoren: zu beweisen, dass es Äther nicht gibt?"

Er hatte sie mit den verschiedenen wissenschaftlichen Anfragen und seiner Korrespondenz dazu vertraut gemacht, von der Hoffnung verleitet, dass sie sich in das verlieben könnte, was er tat, wenn schon nicht in das, was er war. Wann hatte er angefangen, närrischen Hoffnungen nachzuhängen? Oder vielleicht genauer, wann hatte er *wieder* angefangen, närrischen Hoffnungen nachzuhängen?

„Wir haben die besonderen Bedingungen ihres Experiments besprochen. Wenn Äther existiert, dann sollte man in der Lage sein, die relative Bewegung zu unserem Planeten zu messen, während er durch den uns umgebenden Äther zieht. Wenn dich das interessiert: Es gibt einen Vortrag in London über eine Verbesserung bei der Bestimmung der Lichtgeschwindigkeit. Dabei sollen auch die Fragen behandelt werden, inwiefern Äther eine …"

Die Kutsche fuhr langsamer, als sie sich der Hauptstraße näherten. Ihre Aufmerksamkeit ruhte auf ihm. Dann im nächsten Moment nicht mehr.

Sie starrte auf etwas hinter seiner Schulter, und ihre Miene zeigte eine Mischung aus Verwirrung und Betroffenheit. Er drehte sich um, um selbst zu sehen, was für diese Reaktion verantwortlich war.

Sein Magen zog sich zusammen. Miss Jane Edwards, Lord Firth' Schwester, trat aus einem Hutmachergeschäft, am Arm eines Mannes. Der Mann öffnete ihr einen Regenschirm, wandte den Kopf zu Miss Edwards, weg von Felix, aber der musste nicht sein Gesicht sehen, um zu wissen, dass er nicht Lord Firth sein konnte, es sei denn, Lord Firth wäre um vier Zoll gewachsen und hätte mehrere Pfund Gewicht zugelegt.

„Da ist Miss Edwards", sagte Louisa, als ihre Kutsche sich wieder in Bewegung setzte.

„Ja, stimmt", antwortete Felix, hoffte, dass er noch ein so guter Schauspieler war, wie er es früher gewesen war. „Ich frage mich nur, wer ihr Begleiter ist. Jedenfalls nicht Lord Firth, so viel steht fest."

Louisa verzog angewidert die Lippen und starrte Miss Edwards und dem Mann hinterher, die in eine Kutsche stiegen und in die andere Richtung wegfuhren.

„Ich nehme an, er könnte ein Cousin oder Onkel sein", antwortete sie. „Warte … Lord Firth hat mir mal erzählt, dass seine Eltern keine überlebenden Geschwister hatten."

Felix spürte, wie ihm das Herz sank.

Ihre Stirn krauste sich. „Aber andererseits hatte Miss Edwards eine andere Mutter. Und die könnte ja männliche Verwandte haben, die noch leben."

Er nickte, versuchte, nur leicht besorgt auszusehen.

Sie schüttelte den Kopf. „Tut mir leid. Was hast du über London gesagt?"

„Dass es dort einen Vortrag gibt, den wir besuchen könnten, der auch den Mangel an Beweisen für die Existenz von Äther behandeln könnte."

Konnte sich die Sache damit wirklich erledigt haben?

„Das klingt interessant", sagte sie, doch ihr Tonfall machte klar, dass sie gedanklich noch mit etwas anderem beschäftigt war.

Er hielt den Atem an. Sollte er etwas sagen, um sie abzulenken, oder sollte er von einer solchen Taktik Abstand nehmen, um nicht den Verdacht aufkommen zu lassen, er versuchte, das Thema zu wechseln?

Sie starrte ein paar Sekunden aus dem Fenster. Sie kamen an dem Laden des Eisenhändlers vorbei, einem Pfennigbasar und einer Bäckerei.

Abrupt richtete sie ihren Blick wieder auf ihn. „Übrigens, ich habe dich nie gefragt, wie kommt es eigentlich, dass du weißt, dass Miss Edwards und ihr Bruder eine Affäre haben? Ich kann mir nicht vorstellen, dass es etwas ist, was sie bekannt werden ließen. Selbst vor den Dienstboten würden sie es geheim halten."

Jetzt betete er, dass er ein so guter Lügner war, wie er es immer geglaubt hatte. „Als ich noch an der Universität war, vor Jahren, wurde ich zu einer Moorhuhnjagd nach Schottland eingeladen. Lord Firth und Miss Edwards gehörten zufällig zu der gleichen Jagdgesellschaft.

Du weißt, ich habe einen etwas irregulären Schlaf- und Wachrhythmus. So kam es, dass ich um halb vier meine Schlafzimmertür geöffnet habe, um den Himmel draußen eine halbe Stunde mit meinem tragbaren Teleskop zu beobachten, das ich mitgenommen hatte. Und wen habe ich aus Miss Edwards Zimmer weiter unten auf dem Flur kommen sehen, wie er sich gerade die Hosen zuknöpfte? Niemand anderen als ihren Halbbruder."

Sie verzog das Gesicht.

Dann gab sie ihm unerwartet einen Kuss auf die Wange. „Danke", sagte sie mit einem schwachen Lächeln. „Ich hätte es gehasst, wenn ich ihn geheiratet hätte."

FRÜHER EINMAL HATTE ER SIE einfach nur unerträglich erregen wollen.

Dann hätten mögliche Enthüllungen von Miss Edwards ihm nicht mehr als ein Achselzucken entlockt und zu einer Verdoppelung seiner Bemühungen geführt, zu täuschen, zu lügen und sich zu stehlen, was er wollte. Der Felix Wrenworth jener Zeit würde sich heute schwerlich selbst wiedererkennen, ein verliebter Mann, der bei der Vorstellung ganz blass wurde, dass seine Ehefrau schlechter von ihm denken könnte.

Doch es war nun der Fall eingetreten, dass Miss Edwards aufkreuzte, eine Warnung der Götter, dass Hochmut nie ungestraft blieb.

Am nächsten Nachmittag hatte er mehrere Nachrichten zusammengetragen für ihren Grund, in Derbyshire zu sein. Das, was er erfahren hatte, gefiel ihm nicht unbedingt, aber der Silberstreif am Horizont war, dass Miss Edwards wohl vor Jahresende das Land verlassen würde.

Er rechnete nicht damit, dass sie seiner Frau die Aufwartung machen würde, aber er wollte auch dieses kleine Risiko nicht eingehen. Noch das, dass Louisa am Ende zufällig Miss Edwards begegnete, dieses Mal aber ohne ihn an ihrer Seite. Gott sei Dank hatte er zufällig den Vortrag in London erwähnt. Er würde das wieder tun. Es sollte nicht zu schwierig sein, Louisa zu überreden, eine astronomische Vorlesung zu besuchen. Und sobald sie in London waren, würde er sie dort beschäftigt halten, bis es für sie Zeit wurde, heimzukehren, um bei der Hausgesellschaft über Weihnachten die Gastgeber zu sein.

Bis dahin wäre Miss Edwards längst fort, und er wäre sicher.

KAPITEL 16

Die Reisepläne ergaben sich mit erstaunlicher Geschwindigkeit, sobald Lord Wrenworth anmerkte, sie könnten zuerst bei den Cantwells in ihrem neuen Heim vorbeischauen, ehe sie nach London weiterfuhren.

Louisa wollte eine solche Gelegenheit nicht ungenutzt verstreichen lassen. Ihr fehlte Matilda. Ihr fehlten alle. Ihr fehlte sogar Julias empörtes Geheul, wenn Cecilia sie am Ohr durchs Zimmer zog.

Sie freute sich auf eine wunderbare Zeit mit ihrer Familie und beobachtete mit ironischer Belustigung, wie ihr Ehemann wieder in die Rolle des Idealen Gentlemans schlüpfte, ein Phänomen, dessen Zeuge sie seit Wochen nicht mehr geworden war.

Die Zeit bei ihrer Familie in dem hellen neuen Haus mit der geschmackvollen Einrichtung war einfach wunderbar. Und sie verfolgte milde amüsiert, wie der Ideale Gentleman die Cantwell-Damen aufs Neue im Sturm eroberte, was Cecilia zu der Äußerung verleitete, dass sie zwar Frauen allgemein für Männern überlegen hielt, ihr Schwager aber ein herausragendes Beispiel für seine Geschlechtsgenossen sei.

Was Louisa nicht erwartet hatte, war, dass sie Schmetterlinge im Bauch hatte, wenn sie zusah, wie er seinen schimmernden Zauber wob, zusammen mit einem gelegentlichen Seitenblick zu ihr, als wollte er sagen: *Erinnerst du dich noch?*

Das tat sie, vor allem an dieses Gefühl, ein Mitverschwörer zu sein, ein köstliches Geheimnis mit ihm zu teilen, das sie immer für sich behalten würde.

Aber das war nicht alles. Selbst wenn sie in der Ungestörtheit ihres Zimmers waren, blieb er zuvorkommend und charmant – komisch, unartig und stets musterhaft umsichtig. Dabei wurde ihr klar, dass sie nie eine direkte Ladung seines unvergleichlichen Charmes abbekommen hatte. Verschwunden war die unterschwellige

Spannung, die sie seit der Nacht mit dem Teleskop leicht nervös gemacht hatte. Diese besondere Inkarnation ihres Ehemannes wollte ihr einfach eine wunderbare Zeit bescheren.

Ein Teil von ihr erkannte, dass sein Charme mit militärischer Präzision angewandt wurde, aber dem Rest von ihr war es egal. Er war so lange schon gut gewesen, warum sollte sie an diesen schlimmen Erinnerungen festhalten? Warum sollte sie nicht einfach aufhören, an ihm zu zweifeln, und zulassen, dass sie ihr Glück genoss?

In London war es noch viel einfacher, Spaß zu haben. Die Metropole bot endlose Zerstreuungen. Außer mit dem Besuch der Vorträge der Royal Astronomical Society und der Besorgung von Weihnachtsgeschenken für ihre Familie verbrachten sie lange Nachmittage mit gemächlichem Stöbern in Buchhandlungen, gingen in eine faszinierende Ausstellung von Addiermaschinen und besuchten die neuen Musikhallen, in die ein Mann seine Ehefrau mitnehmen konnte, ohne sich wegen ihres Rufes Sorgen machen zu müssen.

Offenbar kannte ihr Ehemann aus seinen jüngeren Jahren auch solche Etablissements mit gewagteren Attraktionen.

„Es gab da dieses eine besonders erinnerungswürdige Lied. Weißt du, was dem Liedtext nach, englische Herren gerne tun?", fragte er sie spitzbübisch, als sie eines Nachts zusammen im Bett lagen.

Sie legte ihre Hand neben seine auf das Kissen. „Was?"

„Kricket spielen, boxen und an Schwänzen ziehen", sagte er mit ernster Miene.

„Oh, das ist ja entsetzlich!", rief sie. „Erzähl mir mehr."

Daraufhin küsste er sie übermütig. Und sie bleiben bis tief in die Nacht wach, lachten über allerlei Unartigkeiten.

Als er aufstand, um zum Schlafen in sein eigenes Bett zu gehen, hätte sie ihn am liebsten gebeten zu bleiben. Das tat sie nicht, aber sie nahm seine Hand, als er sich zu ihr herabbeugte, um ihr einen Gutenachtkuss zu geben, und ließ sie nur widerstrebend los.

Irgendwann musste sie anfangen, an die Zukunft zu denken. Es war gut und schön, ihr Herz hinter einer Mauer zu schützen und Schilder davor aufzustellen, auf denen stand: *Bis hierhin und nicht weiter.* Aber was, wenn ihr Ehemann sich gebessert hatte? Er hatte nichts dazu gesagt, aber seine Taten sprachen klar und deutlich für sich. In jedem Bereich ihres Zusammenlebens war er ein bewundernswerter Partner geworden. Es kam ihr fast ungerecht vor, ihm ihre Zuneigung weiter vorzuenthalten – wegen eines vierzehn Tage dauernden Vergehens, das inzwischen fast vergessen war.

Es wäre um so vieles leichter, diese Ehe gedeihen zu lassen, ohne die ständige Belastung ihrer Vorsicht und ihres Argwohns.

Tief innerlich *wollte* sie ihm vertrauen.

Und das war schon immer so gewesen.

DRAUßEN HEULTE DER WIND UND rüttelte an den Fensterläden, peitschte den Regen gegen die Scheiben. Aber drinnen lagen Felix und Louisa warm und gemütlich unter der Decke. Die Lampen und Kerzen waren gelöscht, aber im Kamin brannte noch ein Feuer. Das kupferfarbene Licht der Flammen tanzte über die Wände und schimmerte rötlich auf ihrer Haut.

Sie lagen auf der Seite, schauten einander an. Er streichelte sie an der Taille. Sie hatte ihre Hand bis eben über seinen Hintern gleiten lassen, recht unverzagt und fast gierig, aber nun spielte sie mit ihrem Haar, wodurch sie süß und mädchenhaft aussah.

„Es ist eine Weile her, seit ich dir diese Frage gestellt habe, aber mir ist wieder danach", erklärte sie. „Also … warum hast du mich geheiratet?"

Mit einem heftigen Klopfen seines Herzens erkannte er die Bedeutung dieser Frage. Viel von ihrem Misstrauen musste von der Tatsache her stammen, dass er aus ihrer Sicht wichtige Entscheidungen ohne nachvollziehbare Grundlage zu treffen schien – vor allem natürlich die zur Ehe.

Ihn zu bitten, sich zu erklären, hieß, dass sie bereit war, ihre Vorurteile gegen ihn zu überdenken.

Er schob den Gedanken von sich – manche Dinge musste sie nicht wissen.

„Ich wollte nicht, dass du den Metzger heiraten musst", begann er mit einer halben Wahrheit. „Du klangst nicht, als seist du von der Idee begeistert."

Sie verzog das Gesicht. „Also wolltest du mildtätig sein?"

„Kaum. An jedem Tag meines Junggesellendaseins haben Frauen aus Gründen geheiratet, die sie nicht mit Begeisterung erfüllt haben, und ich habe mir ihre Sorgen nicht zu eigen gemacht. Du hingegen warst wichtig, weil ich nicht wollte, dass du zu dem Metzger nett im

Bett bist. Und da du darauf bestanden hast, dass nur, wer dich vorher heiratet, in den Genuss dessen kommt, was ich wollte …“

Sie fuhr sich mit den Spitzen ihrer Haare übers Kinn. „Was, wenn ich dir sage, dass du deine Karten zu früh auf den Tisch gelegt hast? Wenn ich keinen anderen Weg gefunden hätte, hätte ich irgendwann dein Angebot angenommen. Es stand keineswegs fest, dass Mr Charles Matilda bei sich hätte aufnehmen können.“

Er ließ zu, dass sie ihm mit der Haarsträhne über die Handfläche strich. Es kitzelte angenehm. „Das hatte ich berücksichtigt. Aber wenn nicht der Metzger, dann hätte es gewiss einen Anwalt gegeben, einen Buchhalter oder einen Gemüsehändler, der nur auf seine Chance wartete, dir die Ehe anzutragen. Welcher Mann mit nur einer Unze Verstand würde dich nicht heiraten wollen?“

Sie schaute einen Moment in die Ferne, als machte sie sein Kompliment verlegen. „Wenn ich das also richtig verstehe, hast du mich geheiratet, weil du mich zu sehr begehrt hast, um das Risiko einzugehen, dass jemand anders des Weges kommt und mich zum Altar führt.“

„Und wenn deine nächste Frage ist, warum ich, obwohl ich dich so sehr begehrte, unmittelbar nach der Hochzeitsnacht aufgehört habe, mit dir zu schlafen, dann lautet die Antwort, dass es mir nicht gefallen hat, zu erkennen, wie groß mein Verlangen nach dir war.“

Das war das, womit er ihr diesen besonderen Knick in seiner Psyche am treffendsten offenbarte.

Sie bedachte sein Geständnis, und ihr Zeigefinger ruhte dabei auf ihrer Wange. „Heißt das, du hast seitdem gelernt, mich weniger zu begehren?“

Er holte tief Luft. In ihm lehnte sich immer noch alles dagegen auf, so etwas zuzugeben. „Nein. Ich bin ein normaler Sterblicher geworden und habe gelernt, damit zu leben.

Sie biss sich auf die Lippen, dann streckte sie die Hand aus und berührte ihn an der Wange. „Danke, Felix.“

Ihm stockte der Atem. Er hatte sie gebeten, seinen Vornamen zu verwenden, aber das hatte sie nie getan, bis zu diesem Moment. Er legte seine Hand über ihre. „Wofür?“

„Jetzt ergibt es einen Sinn. Ich ziehe einen Ehemann vor, dessen Tun ich nachvollziehen und verstehen kann − wenigstens teilweise.“

Sie schmiegte sich enger an ihn und küsste ihn auf den Mund.

Später, als er ihr den Gutenachtkuss gab, bevor er aus dem Bett stieg, hob sie erneut die Hand und berührte ihn an der Wange. „Süße Träume, Felix.“

SIE HATTEN EIGENTLICH UNBEMERKT VON der Gesellschaft nach London kommen und wieder abreisen wollen, aber Louisa konnte unmöglich die Einladung von Lady Balfour ablehnen, die zufällig ebenfalls in der Stadt war und am Nachmittag eine Teegesellschaft gab, um den Geburtstag einer Nichte zu begehen.

Louisa traf allein dort ein, hatte aber Felix’ Versprechen, dass er nachkommen wollte, sobald die Besprechung mit seinen Anwälten beendet war. Keine fünf Minuten, nachdem sie Platz genommen hatte, schaute sie auf und entdeckte jemanden, den sie nie zuvor unter Lady Balfours Dach gesehen hatte: Miss Jane Edwards.

„Ich glaube, Sie kennen Miss Edwards bereits, Lady Wrenworth?“ Lady Balfour liebte es, Louisa ganz formell mit ihrem Titel anzusprechen. „Miss Edwards und Mrs Summerland haben rasch Freundschaft geschlossen, seit sie sich im literarischen Damenzirkel kennengelernt haben.“

Mrs Summerland war eine weitere von Lady Balfours Töchtern. Louisa setzte ein verkrampftes Lächeln auf, das Miss Edwards galt. Die jedoch schüttelte ihrerseits Louisa herzlich die Hand. Und sie ging auch nicht gleich nach der Begrüßung, sondern blieb noch.

Lady Balfour entfernte sich nach ein paar Minuten, um Neuankömmlinge in Empfang zu nehmen.

Miss Edwards beugte sich vor. „Meinen Glückwunsch zu Ihrer Hochzeit, Lady Wrenworth“, bemerkte sie warmherzig.

Louisa fiel es schwer zu glauben, dass dies dieselbe frostig-abweisende Frau war, von der sie einmal angenommen hatte, sie werde ihre Schwägerin. Aber nun, da Louisa verheiratet war, war sie schließlich nicht länger eine Rivalin um Lord Firth’ Zuneigung.

„Danke“, erwiderte sie vorsichtig, versuchte, sich dabei nicht bildlich vorzustellen, was Miss Edwards und ihr Bruder trieben, wenn sie allein waren.

„Ich würde gerne die Gelegenheit nutzen, mich zu entschuldigen“, erklärte Miss Edwards mit größter Aufrichtigkeit. „Und zwar für meine frühere Unhöflichkeit. Ich hoffe, Sie können mir den Wunsch nachsehen, meinen Bruder beschützen zu wollen.“

Louisa achtete darauf, ihre Miene ausdruckslos zu halten. „Ich bin nicht sicher, ob ich ganz verstehe.“

„Bitte verzeihen Sie mir meine Unverblümtheit. Aber sehen Sie, Lady Wrenworth, den größten Teil der vergangenen Saison habe ich mir Sorgen gemacht, dass Sie einzig wegen seines Vermögens an meinem Bruder interessiert waren, nicht weil Ihnen an ihm als Mensch etwas gelegen hätte. Und aus diesem Grund, fürchte ich, war mein Verhalten weniger freundlich und abweisender, als es sich eigentlich gehört.“

Louisa wusste nicht, was sie darauf sagen sollte, zumal Miss Edwards in ihrer Einschätzung in weiten Teilen richtig gelegen hatte. „Nun, ich habe Lord Firth immer für einen guten, aufrechten Mann gehalten.“

Das stimmte früher, aber jetzt natürlich nicht mehr.

„Ja, das ist er“, pflichtete ihr Miss Edwards sichtlich stolz bei. „Der beste Mann überhaupt und der beste Bruder, den es gibt.“

Louisa konnte nur nicken.

„Der arme Liebe.“ Miss Edwards seufzte voller Zuneigung. „Ihre Verlobung hat ihm schier das Herz gebrochen, Lady Wrenworth. Tagelang hat er sich beklagt, dass er seine Gefühle deutlicher hätte zeigen sollen und auf keinen Fall hätte entscheiden dürfen, mit seinem Antrag um Sie bis zum Ende der Saison zu warten. Und da begann ich mich meines Verhaltens zu schämen. Vielleicht hätte er bessere Chancen bei Ihnen gehabt, wenn ich freundlicher gewesen wäre.“

Louisa war weniger schockiert von den Enthüllungen zu Lord Firth’ Heiratsabsichten als von Miss Edwards Bedauern, dass daraus nichts geworden war. Sie klang nicht im Geringsten eifersüchtig, dass ihr Bruder eine andere liebte. „Ich … ich fürchte, ich hatte keine Ahnung.“

Miss Edwards schüttelte den Kopf. „Mein Bruder kann zuweilen überaus wortkarg sein.“

Sie setzte gerade an, noch etwas zu sagen, als ein großer gut aussehender Herr kam und ihr eine Tasse Tee brachte.

„Oh, danke, mein Lieber.“ Miss Edwards fasste seine Hand. „Lady Wrenworth, darf ich Ihnen meinen Verlobten Mr Harlow vorstellen?“

Miss Edwards verlobt? Aber natürlich, das war der Mann, mit dem sie Miss Edwards neulich gesehen hatte. Louisa rang sich ein paar Glückwünsche ab.

„Meine Tante lebt nicht weit von Huntington“, bemerkte Mr Harlow. „Genau genommen waren wir sogar kürzlich dort und haben sie besucht. Es ist eine wunderschöne Gegend, aber leider hat der Regen in der Zeit, die wir dort waren, kein einziges Mal eine Pause eingelegt.“

Während er sprach, schaute Miss Edwards ihn mit einem Ausdruck an, der sich nur mit dem Wort „hingerissen“ beschreiben ließ – ein Anblick, bei dem Louisa leicht übel wurde.

„Es tut mir leid“, sagte Miss Edwards mit einem breiten Lächeln, nachdem sich ihr Verlobter zurückgezogen hatte. „Ich muss völlig albern wirken. Aber ich bin in Mr Harlow verliebt, seit wir beide kleine Kinder waren. Doch er hat eine Weile benötigt, um zu begreifen, dass ich die Richtige für ihn bin. Wir sind erst seit letztem Monat verlobt.“

Louisa versuchte sich an die zärtlichen Gesten von Miss Edwards erinnern, die sie in dem Glauben bestärkt hatten, dass sie tatsächlich die Geliebte ihres Bruders war. Hatte es nicht geflüsterte Worte in das Ohr des anderen gegeben, Berührungen, die auf eine weitaus größere Intimität schließen ließen, als es zwischen Geschwistern normal war?

Zu ihrem Entsetzen erkannte sie, dass sie genau genommen nie wirklich gesehen hatte, dass Miss Edwards’ Lippen das Ohr ihres Bruders streiften. Miss Edwards hatte ihrem Bruder etwas hinter ihrem Fächer zugeflüstert, und Louisa, die noch ganz unter dem Schock von Felix’ Enthüllung stand, hatte sich eingeredet, dass es hinter den Straußenfedern zu unzüchtigem Kontakt gekommen war.

Und was den Umstand betraf, dass sie gesehen hatte, wie Miss Edwards ihren Busen gegen Lord Firth’ Arm presste – für Louisa ein weiterer Beweis ihrer Schuld –, gütiger Himmel, es war auf dem Ball der Fieldings gewesen, bei dem ein rechtes Gedränge geherrscht hatte. Es war die Menge gewesen, die Miss Edwards gegen ihren Bruder gedrängt hatte, nicht eine Geste von ihr, um ihren Besitzanspruch zu unterstreichen.

Louisa begann Schmerzen zwischen den Augenbrauen zu verspüren, ein heftiges heißes Pochen, das auf ihre Stirn ausstrahlte und sich in ihr Gehirn bohrte. Sie versuchte nicht zu denken, aber die unausweichlichen Folgerungen fielen eine nach der anderen an die richtige Stelle, eine Kettenreaktion fast wie bei einem Dominospiel.

Wenn Miss Edwards die Wahrheit sagte … wenn Miss Edwards schon ihr ganzes Leben in Mr Harlow verliebt war … und sie gedacht hatte, dass ihr Bruder der beste Mann der Welt war … und Lord Firth es zutiefst bedauerte, Louisa nicht zu seiner Frau gemacht zu haben …

Viele, viele Male hatte sie Felix gesagt, dass sie ihm nicht traue. Aber nie hätte sie es für möglich gehalten, dass er eine so hinterhältige, moralisch völlig verwerfliche Lüge ersinnen würde, die den Ruf zweier unschuldiger Menschen hätte zerstören können, hätte Louisa eine Schwäche für Klatsch gehabt.

Und er hatte ihr auch an dem Tag, an dem sie Miss Edwards und Mr Harlow zusammen gesehen hatten, nicht die Wahrheit gesagt. Er hatte wieder Lord Firth' und Miss Edwards' Namen beschmutzt – und sie hatte ihm geglaubt, weil er ihr in die Augen sehen konnte, während er log.

Sie starrte in Miss Edwards' glückliches Gesicht, kaum fähig, sich auf die Bewegungen ihrer Lippen zu konzentrieren, während die andere weiter die endlose Liste der Tugenden ihres Verlobten aufzählte.

Daher hatte Felix sie also so überstürzt aus Huntington fortgeschafft. Wie dumm von ihr zu glauben, sie könne in ihrer Wachsamkeit nachlassen, ihre Verteidigungswälle abbauen. Und wie dumm von ihr – trotz der Benommenheit in ihrer Brust spürte sie den Stich –, dass sie begonnen hatte, sich auf eine Zukunft zu freuen, in der sie nie wieder an ihm zweifeln musste.

Und dann war er da, wurde in den Salon geführt, suchte mit den Augen nach ihr. Er lächelte sogar. In dem Moment, in dem er erkannte, mit wem sie sprach, änderte sich sein Gesichtsausdruck jedoch schlagartig, erstarrte zu einer starren Maske, wie bei einem Angeklagten, der ein hartes Urteil erhielt. Oder bei einem Patienten, der auf die tödliche Diagnose wartete.

Er wusste es. Und er war so schuldig wie die Schlange im Paradies.

***

ALLES DRAUßEN WAR IN NEBEL gehüllt, vage und schemenhaft. Die Wirklichkeit reduzierte sich auf das Innere der Stadtkutsche, die samtgepolsterten Sitze, die Mahagoni-Holzverkleidung und die erdrückende Stille.

Louisa saß Felix gegenüber, das Gesicht zum Fenster gewandt, die Hände in den Falten ihres kurzen Umhanges. Die schillernden Perlen, mit denen ihre Röcke bestickt waren, schimmerten und bebten bei jeder Bewegung des Gefährts.

„Du hast mir gesagt, Lord Firth und seine Schwester unterhielten eine inzestuöse Beziehung", sagte sie schließlich mit zusammengebissenen Zähnen. „War das gelogen?"

„Ja", sagte Felix. Seine Stimme klang so hohl, wie er sich fühlte.

Er wollte hinzufügen: *Entschuldigung*, aber irgendwie konnte er nicht. *Entschuldigung* sagte man, wenn man jemanden versehentlich anrempelte oder nicht genug Wein von einer bestimmten Sorte da hatte. Vor einem Desaster dieser Größe war *Entschuldigung* in etwa so hilfreich wie ein Löffel Wasser bei einem brennenden Haus.

„Möchtest du mir einen Grund nennen? Ich kann es nicht erwarten, ihn zu hören."

Er wünschte, sie würde ihn anschreien oder ihm das Gesicht zerkratzen. Ihre eisige Kälte ließ ihn innerlich zittern. „An Lord Firth gab es nichts auszusetzen", erklärte er und bemühte sich um eine möglichst ausdruckslose Stimme. „Mr Pitt war ungehorsam seinen Eltern gegenüber, indem er dir den Hof gemacht hat, aber Lord Firth konnte über sich selbst bestimmen. Seine Finanzen waren in bester Ordnung und sein Charakter über jeden Tadel erhaben. Es war ausgeschlossen, dass du meine Mätresse wurdest, solange Lord Firth ein ernsthafter Kandidat für deine Hand war."

Er hatte nie geglaubt, seine Erklärung würde gut klingen. Aber ihre Ungeheuerlichkeit erschütterte ihn. Er war nie hässlicher gewesen.

Ihre Miene verspannte sich nur noch weiter. „Hast du nicht an die möglichen Konsequenzen für sie gedacht? Ich hätte die Unwahrheit weitererzählen können. Es hätte sich über meinen unmittelbaren Bekanntenkreis verbreiten können. Mit der Zeit hätte es am Ende ein Eigenleben entwickelt und Lord Firth und Miss Edwards zu Ausgestoßenen gemacht."

Was konnte er darauf schon erwidern? Es gab keine Rechtfertigung für seine Lügen, nichts, womit er sich verteidigen konnte. „Ich habe mir ausgerechnet, dass es niemanden gab, dem du das anvertraut hättest, nicht notwendigerweise wegen der Vulgarität der Unterstellung, sondern viel mehr wegen der Quelle, aus der du es hattest. Du musstest wissen, dass niemand es dir glauben würde, wenn du behauptet hättest, der Ideale Gentleman habe es dir gesagt. Das war der gleiche Grund, warum ich es gewagt habe, dir vorzuschlagen, meine Mätresse zu werden."

Sein Name und seine Persönlichkeit besaßen Macht. Sie war ein Niemand gewesen und ihre Gönnerin nur die Frau eines einfachen Baronet. Die Gesellschaft hätte vermutlich eher ihre geistige Gesundheit infrage gestellt als seinen Charakter.

„Wie überaus gerissen du bist", sagte sie mit ebenso flacher Stimme wie er. „Ich sollte mich geschmeichelt fühlen, dass du zu solch außerordentlichen Taktiken gegriffen hast, nur um mit mir zu schlafen. Ich frage mich, warum ich das nicht bin."

„Es war falsch von mir."

„*Falsch* von dir? Es war falsch von mir, als ich Julia eine so feste Ohrfeige gegeben habe, dass davon einer ihrer Zähne locker war, als ich sie dabei erwischt habe, wie sie absichtlich einen von Matildas Anfällen herbeiführen wollte. Sie war erst sechs und konnte nicht wirklich begreifen, was sie da tat. Ich hätte es ihr erklären sollen, statt sie zu schlagen.

Was *du* jedoch getan hast, war abscheulich und widerlich. Selbst wenn ich akzeptieren könnte, dass du zutreffend meine Verschwiegenheit vorhersagen konntest, sodass Miss Edwards' und Lord Firth' Ruf nie in Gefahr stand, ruiniert zu werden, denkst du, ich könnte darüber hinwegsehen, was du mir angetan hast?"

Wie dumm von ihm zu denken, dass ihm ihre unverhohlene Wut lieber wäre. Ihr Zorn brannte wie glühende Kohlen in seiner Lunge.

„So sehr es mich auch schockiert hat, ich verachte dich nicht dafür, dass du versucht hast, mich zu deiner Mätresse zu machen. Es war unmoralisch und opportunistisch, aber wenigstens warst du aufrichtig bei dem, was du wolltest. Ich dachte, du wolltest unter gleichen Bedingungen gegen mich antreten. Aber jetzt finde ich heraus, dass die Karten gezinkt waren und der Ideale Gentleman so viele Skrupel hatte wie ein gemeiner Falschmünzer." Sie schloss einen Moment lang die Augen. „Ich könnte mit einem Schurken leben, aber mit einem Betrüger kann ich das nicht."

***

ALS SIE IN IHREM STADTHAUS ankamen, folgte er ihr in ihr Zimmer.

Sie drehte sich abrupt um. „Was wollen Sie, Lord Wrenworth?"

Die förmliche Anrede – die Tiefe des Abgrunds, der sie trennte – machte ihn schwindelig.

„Louisa …"

„Es gibt eine Zeit und einen Ort für diesen Namen – und diese Zeit liegt nun hinter uns", erklärte sie, sodass ihm eiskalt wurde.

„Sag das nicht. Wir haben vor Gott heilige Versprechen gegeben. Wir haben uns für die Dauer unseres Lebens verpflichtet. Ich weiß, es ändert nicht viel an der Schwere meiner Schuld, aber ein Grund, warum ich dir am Ende die Ehe angeboten habe, ist, dass ich nicht wollte, dass dein Leben in Mitleidenschaft gezogen wird von den Lügen, die ich dir erzählt habe."

„Wenn ich also stattdessen deine Mätresse geworden wäre, mich dafür disqualifiziert hätte, je eine anständig verheiratete Frau zu werden, wäre mein Leben für dich nicht in Mitleidenschaft gezogen gewesen?"

„Ich …" Er fühlte sich wie ein Mann, der über den Rand einer Klippe gestoßen worden war und verzweifelt nach irgendetwas suchte, das seinen Sturz in die Tiefe aufhalten konnte. „Louisa, bitte hör mich an. Was ich getan habe, habe ich getan. Ich kann die Zeit nicht zurückdrehen und es ungeschehen machen. Aber ich bin nicht mehr derselbe Mann, der ich damals war."

„Inwiefern hast du dich geändert? Und wenn du dich geändert hast, warum bist du nicht zu mir gekommen und hast mir erzählt, was du getan hattest? Stattdessen denkst du dir irgendwelchen neuen Unsinn aus, wie Lord Firth angeblich seine Hosen schließend mitten in der Nacht aus dem Zimmer seiner Schwester kam. Und dann hast du mich postwendend von Huntington fortgeschafft, damit ich nicht hinter die Wahrheit komme. Und darum bist du auch seitdem so nett und freundlich zu mir gewesen, um mich von all den Hinweisen abzulenken, denen ich mehr Beachtung hätte schenken müssen."

„Ich wollte nicht, dass du schlecht von mir denkst. Ich …" Er konnte sich fast nicht überwinden, es zu sagen. Ein Leben voller heiliger Schwüre immerwährender Stärke, und jetzt war er fast zu

210

schwach, die Lippen zu bewegen und die Worte auszusprechen: „Ich liebe dich."

Sie starrte ihn an. Einen Augenblick lang erwachte Hoffnung in seinem Herzen, dass vielleicht diese Worte, diese Gefühle, die auszusprechen ihm so schwer gefallen waren, ihr begreiflich machen konnten, wie wichtig sie für ihn war. Dass er ihr unmöglich selbst seine Schandtaten hätte gestehen können, weil er genau diesen Abgrund gefürchtet hatte, der nun zwischen ihnen aufklaffte.

„Ich bin nicht sonderlich selbstlos", erwiderte sie leise. „Aber zwischen der Zeit, als ich sechzehn geworden bin, und der Zeit, als ich deine Verlobte wurde, habe ich keinen Penny von meinem Taschengeld ausgegeben. Das und alles, was ich von dem Haushaltsgeld abzwacken konnte, ist in den Notgroschen gewandert, den ich für Matilda angespart hatte. Und als ich nach London ging, war ich vollauf bereit, einen Mann zu heiraten, den ich nicht liebte, damit ich für sie sorgen kann, solange sie lebt.

Ich denke, romantische Liebe ist nicht das Gleiche wie Schwesternliebe, aber jede Liebe sollte einen Mindeststandard erfüllen. Jemand, der mich liebt, sollte meine Wünsche berücksichtigen und an meinem Wohlergehen interessiert sein. Wann hast du je an mich gedacht, außer um deine Bedürfnisse zu befriedigen – entweder dass du dich mächtiger fühlst oder dass du weniger fürchten musst, die Kontrolle zu verlieren?"

Er konnte nichts sagen, nichts empfinden, als eine sich rasch steigernde Panik.

„Ich bin müde", erklärte sie. „Bitte gewähre mir ein wenig Ungestörtheit."

Er wollte sich nicht von hier verbannen lassen. Selbst wenn er nicht wusste, was er zu seiner Verteidigung sagen sollte, selbst wenn er nicht …

Er machte einen Schritt auf sie zu, zog sie in die Arme und küsste sie auf die Wange, das Kinn, die Lippen.

Sie wehrte sich. „Was tust du da?"

Aber er war viel stärker als sie. Er schob sie rückwärts, bis sie zwischen ihm und einer Standuhr praktisch eingeklemmt war. Er würde nicht zulassen, dass sie einen Graben um sich aushob, um ihn fernzuhalten. Er würde sich nicht damit abfinden, dass sie nicht länger von ihm angefasst werden wollte. Und er würde nicht …

Es gab einen Schlag, dann einen brennenden Schmerz auf seiner Wange.

Er starrte sie verständnislos an.

„Raus!", schrie sie.

„Ich will nicht, dass du wütend bist", erklärte er benommen. „Du hast gesagt, wenn du in direktem körperlichem Kontakt mit mir bist, kannst du mir nicht böse sein."

„Es interessiert mich nicht, was du willst", antwortete sie mit zusammengebissenen Zähnen. „Ich habe alles Recht, auf dich wütend zu sein, und du hast kein Recht auf irgendetwas. Und jetzt verschwinde."

LOUISA GING AN DIESEM ABEND nicht nach unten zum Dinner. Als ihr das Essen auf einem Tablett gebracht wurde, befand sich darauf auch eine Vase mit gelben Tulpen, die in der romantischen Blumensprache hießen: *Ich bin rettungslos in dich verliebt.*

Als der Lakai, der das Tablett gebracht hatte, gegangen war, schob sie die Vase hinter den Schrank, wo sie sie nicht sehen musste. Fünf Minuten später stellte sie sie in den Schrank. Und nach weiteren drei Minuten holte sie sie wieder heraus und öffnete das Fenster, um sich der ganzen Sache auf diese Weise zu entledigen.

Sie fing sich gerade noch rechtzeitig – die Vase war teuer, die Tulpen vermutlich zu dieser Jahreszeit fast ebenso kostspielig. Und das Gerede, das eine so unbeherrschte Geste der Wut heraufbeschwören würde, würde sie jahrelang verfolgen. Sie atmete ein paarmal tief durch, ging aus ihrem Zimmer und trug die Tulpen in eine Kammer ganz am Ende des Flures, stellte sie auf das Kaminsims.

Als sie wieder auf den Flur trat, blieb sie stehen. Lord Wrenworth stand vor seiner Zimmertür, beobachtete sie. Er musste die Verbannung seiner Blumen aus ihrem Zimmer gesehen haben – die Verbannung seiner Gefühle.

Sie kehrte in ihr Zimmer zurück, ohne ihn eines weiteren Blickes zu würdigen.

KAPITEL 17

Felix kehrte allein nach Huntington zurück.

Louisa hatte London am Tag nach ihrer Begegnung mit Miss Edwards verlassen, aber er hatte noch verschiedene Termine wahrzunehmen – und sie hatte keinen Zweifel daran gelassen, dass sie mit ihm nichts mehr zu tun haben wollte.

Das letzte Mal, als er allein in dem Privatwaggon gefahren war, war vor seiner Hochzeit gewesen. Er hatte den *Messier-Katalog* bei sich gehabt und ein Lächeln auf dem Gesicht, als er sich vorstellte, wie sie über die lebensgroßen Puppen auf der Aussichtsplattform des römischen Tempels lachen würde.

Jetzt hatte er nur ihre Worte, die ihm beschämend in den Ohren hallten.

Abscheulich und widerlich. Betrüger. Gemeiner Falschmünzer. Wann hast du je an mich gedacht, außer um deine Bedürfnisse zu befriedigen?

Es gab einen Teil von ihm, der sich unter der Wiederholung dieser Anschuldigungen wand. Dieser Teil wollte ihn verteidigen, darauf verweisen, dass es ihr viel besser ging als je zuvor – oder als es ihr gehen würde, hätte sie einen anderen geheiratet. Jetzt besaß sie ein eigenes Vermögen, musste sich keine Sorgen mehr um das Wohlergehen ihrer Familie machen und hatte das beste Teleskop in Privatbesitz von ganz England zur Verfügung, wann immer ihr der Sinn danach stand.

Aber die Berechtigung ihrer Vorwürfe konnte er nicht leugnen. Bis jetzt hatte er alles, was er für sie getan hatte, auch für sich getan, ob es nun darum ging, ihr fünftausend Pfund im Jahr zu geben – wegen seiner eigenen Eitelkeit – oder ihr die Benutzung seines Teleskops zu erlauben – wegen seines Herzens, in der Hoffnung, dass sie seine Empfindungen erwiderte.

Das Ziel seines ganzen Erwachsenenlebens hatte daraus bestanden, zu bekommen, was er wollte, und zwar genau so, wie er es wollte. Daher war es kaum überraschend, dass sein Charakter sich durch eine ausgeprägte Aufmerksamkeit für sich selbst auszeichnete. Aber was bewirkte, dass er innerlich vor sich zurückzuckte, war die ihm dämmernde Erkenntnis, dass seine Liebe, für ihn selbst so wichtig und furchteinflößend, genau besehen ein recht oberflächliches Ding war, kaum mehr als der Wille zu besitzen.

Oder wenigstens würde es so aussehen, durch ihre Augen betrachtet, durch das Prisma all seiner Lügen und Verzerrungen.

Er kämpfte gegen immer wieder aufkommende Wellen der Verzweiflung. Er würde nicht aufgeben. Er würde sie zwingen, es zu begreifen. Er würde jeden Vorteil nutzen, der ihm zur Verfügung stand, und er würde …

Erst als der Zug sich dem nächsten Bahnhof näherte, wurde ihm klar, was er da tat. Er versuchte immer noch, die Situation zu seinem Vorteil zu wenden, wo er doch erst einmal der Mann werden musste, der sie verdiente.

In seiner ersten Verwandlung von einem verwaisten jungen Mann in den Idealen Gentleman, war sein Ziel Stärke gewesen – genug Stärke, andere seinem Willen zu beugen, und genug Stärke, um stets die Oberhand zu behalten.

Aber jetzt würde er Bescheidenheit lernen müssen. Oder, falls nicht das, wenigstens die Fähigkeit, ihre Wünsche über seine eigenen zu stellen.

Das brachte eine neue Welle der Unsicherheit mit sich. Was, wenn er dieser bessere Mann wurde, sie das aber nicht erkennen konnte? Was, wenn sie ihn immer durch die Brille seiner früheren Lügen und Entstellungen sehen würde?

Er presste die Finger an die Schläfen. Er würde einfach ein Scheitern als Möglichkeit akzeptieren müssen, dass, was auch immer er versuchte, vergebens bliebe. Dass ihm ihr Herz verschlossen bleiben würde.

Nun, unter Berücksichtigung all dessen – oder vielleicht auch all dem zum Trotz – was konnte er für sie tun?

AM TAG NACH SEINER RÜCKKEHR nach Huntington erhielt Louisa eine Nachricht von ihrem Ehemann, in der er sie davon in Kenntnis setzte, dass das Schulzimmer fertig sei und er darauf warte, dass es ihr genehm sei, mit dem Unterricht zu beginnen.

Sie warf das Blatt in eine leere Schublade.

Beim Dinner am Abend – die einzige Zeitspanne, die sie im selben Raum verbrachten, und mit genug Tischaufsätzen und Vasen zwischen ihnen, dass wenig Gefahr bestand, dass sie ihn ansehen musste – erkundigte er sich, ob sie die Nachricht erhalten habe.

„Ja“, antwortete sie.

Nachrichten gleichen Inhaltes kamen von da an täglich. Sie stopfte jede neue Einladung in die Schublade zu den anderen.

Aber nach einer guten Woche ertappte sie sich dabei, wie sie das Schulzimmer aufsuchte. Sie erkannte es kaum wieder. Die Wände waren nun in einem blassen Selleriegrün gestrichen, die Vorhänge aus narzissengelbem Stoff. Die Decke, die zuvor so bedrückend niedrig gewirkt hatte, war mit einem Trompe-l'œil-Gemälde verziert worden, das Bücherregale zeigte, die sich bis zu einer runden Fensteröffnung erstreckten, aus der Putten mit rosigen Wangen nach unten spähten, als seien auch sie an quadratischen Gleichungen interessiert.

Jetzt gab es zwei Tische mit jeweils einem Stuhl, einer stand wie vorher auch, den anderen – größer und reichverziert, eher ein Lehrerpult – erkannte sie als aus der Bibliothek heraufgebracht. Auf diesem Schreibtisch lag ein Stapel Notizbücher mit dunkelblauem Einband und einem weißen Rechteck in der Mitte – wie all seine anderen Notizbücher.

Das eine war mit „Vorlesungsnotizen: Grundlagen der Algebra“ beschriftet. Sie schlug es auf, sah seine vertraute saubere Handschrift, mit vielen Beispielen veranschaulichte Aufzeichnungen. Die Notizbücher gingen bis ungefähr zur Hälfte von Lektion dreiundzwanzig.

Der nächste Band trug die Aufschrift „Hausaufgaben“. Für jede Lektion gab es zwei Seiten mit Hausaufgaben. Sie würde sie in ihr Heft abschreiben müssen, da er keinen Platz für sie zur Erledigung gelassen hatte.

In ein drittes Buch sah sie nicht, da es laut Bezeichnung „Tests und Examina“ enthielt, fuhr nur mit dem Finger den Rücken und die Kanten nach.

Sie erinnerte sich daran, wie es war, inmitten seiner Notizbücher zu sitzen, die alle sauber und ordentlich, deren Seiten aber von getrockneter Tinte leicht wellig waren. Es war so ein herrliches

Gefühl, von all dieser Gelehrsamkeit umgeben zu sein, all diesen Faktensammlungen, von *ihm.*

Erst als sie von den Notizbüchern aufschaute, erblickte sie die Tulpen auf den Bücherregalen. Goldene Tulpen, die frisch erblüht waren.

Ich bin rettungslos in dich verliebt.

Im nächsten Moment war sie zur Tür hinaus, geflohen, als habe sie ein Gespenst gesehen.

Mit einem Mal war es Dezember.

Mrs Pratt hatte Töpfe über Töpfe mit getrockneten Korinthen und Sukkade bereit, um die Unmengen Weihnachtskuchen zu backen, die ihre Küche in der Adventszeit herstellte und im Namen des Gutsherrn an seine Pächter verteilte. Mr Sturgess überwachte die Produktion von Ingwerbrandy und Zitronengin. Monsieur Boulanger erwähnte nicht nur Gans mit Kastanienfüllung, sondern sprach auch von Kapaunen, Reihern und Fasanen, wie man sie in seiner Heimat, dem Poitou, zubereitete. Einem gerösteten Spanferkel mit Ananas, wie man es auf den Sandwich Islands servierte, oder vielleicht auch einem Eberkopf nach Oxforder Art.

Louisa hatte immer ein großes Notizheft voller Listen bei sich und arbeitete die einzelnen Punkte pflichtschuldig ab.

Eines Morgens setzten sie und Mrs Pratt, die ein noch beeindruckenderes Notizheft besaß, sich mit der Gästeliste für die weihnachtliche Hausgesellschaft hin und besprachen die Wünsche und Vorlieben jeder einzelnen Person, um die Raumverteilung anzugehen.

Die meisten der Gäste waren schon vorher auf Huntington gewesen, und Mrs Pratt hatte bereits umfangreiche Aufzeichnungen zu ihren Angewohnheiten und Bedürfnissen. Louisas Familie bildete da die Ausnahme.

Louisa wendete die Seite in ihrem eigenen Notizbuch, auf der sie alle Punkte vermerkt hatte, die erwähnt werden mussten. Aber ehe sie beginnen konnte, sagte Mrs Pratt: „Und hier ist das, was ich über die Cantwell-Damen habe. Die Lampendochte in Mrs Cantwells Zimmer müssen jeden Abend frisch gestutzt sein, ehe sie sich zurückzieht, da ein Licht in ihrem Raum die ganze Nacht lang brennen muss – entweder das, oder sie sollte eine Leuchterkerze erhalten. Miss Cecilia kann nicht auf einer Federmatratze schlafen, da sie dann ununterbrochen niesen muss. Da sie eine Langschläferin und somit morgens gewöhnlich unleidlich ist, wäre es Miss Julia am liebsten, sie hätte ein Zimmer, das nicht nach Osten geht. Miss Matilda benötigt einen Raum zusammen mit einer ihrer Schwestern, falls sie überraschend einen Anfall erleidet, allerdings nicht mit Miss Julia, da sie noch nie einen Anfall ihrer Schwester hat allein bewältigen müssen."

Verwundert blickte Louisa auf die identische Liste in ihrem Heft. „Habe …"

Sie hatte fragen wollen, ob sie vielleicht schon mit Mrs Pratt gesprochen habe und es dann einfach vergessen hatte. Doch Mrs Pratt antwortete bereits: „Ja, Ma'am, Seine Lordschaft hat mir diese Anweisungen gegeben."

Sein Besuch bei ihrer Familie hatte nicht viel länger als eine Woche gedauert. Wie kam es, dass er so viel wusste?

„Waren das alle Anweisungen Seiner Lordschaft?"

„Nein, Ma'am, ich habe mir außerdem notiert, dass Miss Cantwell Schellfisch nicht verträgt, dass Mrs Cantwell nichts essen wird, was orangefarben ist, dass Miss Cecilia und Miss Julia besser nicht direkt nebeneinander sitzen sollten, da sie dazu neigen, einen Streit anzufangen."

Louisa rutschte unruhig auf ihrem Sitz umher.

„Gibt es noch etwas, was Sie gerne hinzufügen würden, Ma'am?", erkundigte sich Mrs Pratt.

Louisa schaute auf ihre eigene Liste. „Nur, dass Miss Julia jeden Morgen zum Frühstück Porridge braucht. Und dass meine Mutter nichts gegen die Farbe Orange bei ihrem Essen hat, solange die Färbung von Safran stammt. Sie liebt Safran und die Exklusivität, für die das steht."

Als Mrs Pratt gegangen war, stieg Louisa die Stufen zum Schulzimmer hinauf. Es war ein klarer, schöner Tag, und Sonnenlicht strömte durch die nach Süden gehenden Fenster. Das Zimmer funkelte und blitzte förmlich.

Und da stand wieder ein Strauß goldgelber Tulpen, so frisch und schön wie ein Frühlingshauch.

Erst nachdem sie es schon eine Weile getan hatte, merkte sie, dass sie vor dem Bücherregal stand und die kühlen glatten Blütenblätter streichelte.

***

Felix fand sie in der Gemäldegalerie, vor einem Portrait seiner Mutter. Sie blickte kurz zu ihm, da seine Schritte auf dem langen Gang hallten, sagte aber kein Wort des Grußes zu ihm, als er sich neben sie stellte.

Sie war dünner geworden, blasser, ihre Wangenknochen standen vor und ihre Augen wirkten fast zu groß für ihr Gesicht. Das Einzige an ihr, das nicht geschrumpft war, wenigstens nicht wenn sie voll bekleidet war, war ihr Busen, der so üppig und prächtig wie immer aussah, nach oben gedrückt von ihren Busenpolstern, für die er so eine ausgeprägte Vorliebe hatte.

Er verspürte einen vollkommen unangebrachten Drang zu lächeln, begleitet von einem scharfen Stich in der Brust.

„Ich habe erfahren, dass du mit Mrs Pratt die Raumverteilung für die Gäste gemacht hast", sagte er. „Falls du es nicht bereits getan hast, wäre es mir lieb, Lady Tremaine könnte im obersten Stockwerk untergebracht werden, abseits der anderen Gäste. Ich habe ihr ein Haus randvoll mit gut aussehenden Männern versprochen. Sollte sie sich entscheiden, einen in ihr Bett einzuladen, würde ein Zimmer zwischen dem der Denbighs und den Hollisters beispielsweise nicht ausreichend Ungestörtheit bieten."

Darauf antwortete sie nichts. Sein Herz fühlte sich an, als sei es ein Nadelkissen.

„Ich kann auch direkt mit Mrs Pratt sprechen, wenn du dich damit nicht befassen möchtest."

„Zählst du ..." Sie brach ab, als erschreckte es sie selbst, dass sie mit ihm redete. „Zählst du dich auch zu den gut aussehenden Männern im Angebot?"

„Nein", erwiderte er. „Ich will nur dich."

Die Muskeln in ihrem Hals bewegten sich. „Ich werde es Mrs Pratt mitteilen."

„Danke."

Das Schweigen füllte allen verfügbaren Platz zwischen ihnen, sodass die Galerie sich eingeengt und erstickend anfühlte. Er beobachtete ihr emotionsloses Profil, dann folgte er ihrem Blick zu dem ebenso ernsten, ausdruckslosen Gesicht seiner Mutter. Ihn überkam die plötzliche Erkenntnis, dass er wie sein Vater nun ebenfalls mit einer Frau verheiratet war, die nichts mit ihm zu tun haben wollte.

Er ließ die Panik, die ihn dabei erfasste, verstreichen. Es war, wie es war. Das Einzige, was nun wichtig war, war die Frage, was er für sie tun konnte.

„Sie war hier nicht glücklich“, hörte er sich sagen.

Ein überraschter Ausdruck flog über Louisas Züge.

„Sie war in einen anderen verliebt, einen armen Mann“, fuhr er fort und erzählte die Geschichte, die er vor so langer Zeit gehört hatte, und die er in den zwanzig Jahren seither vor keiner Menschenseele erwähnt hatte. „Aber ihr Vater hielt sie unter Hausarrest, bis sie sich einverstanden erklärt hat, meinen Vater zu heiraten. Mein Vater liebte sie abgöttisch, aber ihr Schmerz und ihre Wut waren so groß, dass sie nicht erkennen konnte, dass sich in dieser Liebe die Möglichkeit verbarg, wieder glücklich zu werden.

Ich glaube nicht, dass ihr klar war, dass sie in ihrem Zorn auch sich selbst strafte. Aber das tat sie, Jahr um Jahr, bis zu dem Tag, an dem sie starb.“

Tu du dir das nicht an, verlier nicht die Fähigkeit, Glück zu empfinden. Das konnte er sich nicht überwinden auszusprechen.

Sie trat an einen Globus in der Nähe und berührte das blaue Meer, setzte die Kugel langsam in Bewegung.

„Ich bin sicher, du findest meine täglichen Nachrichten langweilig und ermüdend, aber ich würde dich gerne mit etwas beschäftigt sehen, was dir wichtig ist. Wenn du mich als Lehrer nicht willst, können wir jemand anderen suchen.“

Sie drehte den Globus weiter, unter ihrer Hand flogen die Kontinente nur so dahin.

„Wenn wir in London wären, könnten wir vermutlich bis zum Ende der Woche jemanden mit tadellosen Empfehlungen haben.“ Was faselte er da? Er konnte es nicht sagen. „Es wird länger dauern, jemanden mit der notwendigen Qualifikation auszumachen, der bereit ist, für Monate zurückgezogen auf Huntington zu leben, aber ich werde auch das arrangieren können, wenn es das ist, was du willst.“

Der Globus drehte sich mindestens ein Dutzend Mal um die eigene Achse, ehe sie sagte: „Es will mir nicht gefallen, gutes Geld für einen Lehrer auszugeben, wenn ich einen Ehemann habe, der mich kostenlos unterrichten kann.“

Wenn sie die Verbindungstür zwischen ihren Zimmern abends aufgelassen hätte, hätte er sich nicht mehr freuen können. „Wann sollen wir beginnen?"

„Nachdem die Gäste abgereist sind. Und nachdem du die Tulpen aus dem Schulzimmer entfernt hast."

Mit einem Finger hielt sie den sich drehenden Globus an. Dann wandte sie sich um und ging.

KAPITEL 18

MIT DEM EINTREFFEN DER WEIHNACHTSGÄSTE kehrte auch der Ideale Gentleman zurück.

Am ersten Abend der Hausgesellschaft stand Louisa am Rand des vollen Raumes und beobachtete ihren Mann mit einem Ziehen in der Brust. Es verstörte sie, als ihr klar wurde, dass ein Teil dessen, was sie empfand, Nostalgie war. Sie sehnte sich nach ihrem Frühling und Sommer, nach den Monaten, als sein Lächeln sie zwischen Panik und Erregung hin- und herpendeln ließ.

Als das Leben noch so viel einfacher und leichter gewesen war und sie ihn nur der Arroganz und sexuellen Verderbtheit verdächtigt hatte.

Eine herrliche, wunderbare Zeit, in der sie von seiner unverhohlenen Schlechtigkeit fasziniert gewesen war. Als sie nicht erkannt hatte, dass er, wenn er Regeln brach, alle brach. Und als sie noch nicht gewusst hatte, dass er, wenn er Ränke um sie schmiedete, sie auch *gegen* sie schmiedete.

Konnte er durch die gelegentlichen Blicke zu ihr erkennen, dass sie bereits wieder die Weisheit hinterfragte, sich mit dem Unterricht einverstanden erklärt zu haben? Konnte er begreifen, dass es sie bis ins Mark schockiert hatte, dass er nicht nur die Sexualmoral missachtete, sondern grundlegende Prinzipien von Fairness und Sportsgeist? Es wäre ihr nie in den Sinn gekommen, eine andere Debütantin zu ihrem eigenen Vorteil zu verleumden, auch nicht mit einer epileptischen Schwester als Rechtfertigung.

Ich liebe dich, hatte er gesagt. Früher einmal hatte es keine Worte gegeben, die sie lieber gehört hätte. Doch sein Tun hatte ihr das Gefühl gegeben, aller Menschlichkeit und Individualität beraubt zu sein – zu einer Trophäe reduziert, zu etwas, das er triumphierend in die Höhe hielt.

So wollte sie nicht geliebt werden, wenn ihr Herz etwas war, das er nur zu seiner eigenen Befriedigung haben wollte.

Und doch hatte sie dem Unterricht zugestimmt, der sie tagein tagaus in engen Kontakt miteinander bringen würde, der ihm Gelegenheit geben würde, ihr die Sinne zu verwirren, und sie dazu verleiten, das Vergnügen, das ihr das Lernen bereitete, mit Vergnügen, das sie in seiner Gegenwart empfand, zu verwechseln.

Selbst nachdem sie all ihre Illusionen abgelegt hatte, war da ein Teil in ihr – ein mächtiger, starker und hartnäckiger Teil –, der sich danach sehnte, an seine Seite zurückzukehren. Ihn zu berühren, zu küssen und endlos zu lieben. Zuzulassen, dass die Freuden des Bettes sie vergessen ließen, ja vielleicht sogar dafür sorgten, dass es sie nicht kümmerte.

Er wählte diesen Augenblick, erneut in ihre Richtung zu sehen. Ihre Blicke blieben aneinander hängen, dann schaute sie weg, wurde rot.

Eine halbe Stunde später, als sich die Damen für die Nacht von den Herren verabschiedeten, berührte er sie zum ersten Mal, seit sie ihn geohrfeigt hatte, und gab ihr einen Kuss auf die Wange.

„Gute Nacht, Lady Wrenworth.“

Ihre Wange prickelte bis weit nach Mitternacht.

Eine Woche vor Heiligabend begann gefrierender Regen zu fallen.

Louisas Ehemann ermahnte alle Gäste, ja im Haus zu bleiben, um das Risiko von Stürzen zu minimieren.

Da die begeisterten Jäger und die begeisterten Spaziergänger nun alle im Haus festsaßen, hatte Louisa den Eindruck, als könne sie keinen Fuß vor ihre Zimmertür setzen, ohne jemanden zu treffen, mit dem sie höfliche Konversation machen musste.

Spät am Morgen fand sie sich auf der Treppe zum Schulzimmer. Dort wenigstens konnte sie sich darauf verlassen, allein zu sein. Das dachte sie zumindest, bis sie Felix vor dem Fenster stehen sah, die Hände in den Hosentaschen. Er blickte hinaus.

Bei ihrem Erscheinen drehte er sich um.

Mehrere Wandleuchter waren angezündet, aber es war ein so trüber Tag, dass man meinte, alle Wärme und alles Licht von so kleinen Flammen würde einfach aufgesaugt. Der Raum fühlte sich grau und blutleer an, doch er … er schien von geheimnisvollen Quellen von innen zu leuchten, hell und strahlend vor dem trostlosen Hintergrund.

Sie hätte sich entschuldigen und wieder zurückziehen sollen, stattdessen trat sie ein und schloss die Tür hinter sich.

„Gibt es irgendetwas, was ich für dich tun kann, meine Liebe?“, fragte er.

Sie suchte nach etwas, was sie sagen konnte, ohne dass es aussah, als habe sie sich wider besseres Wissen verleiten lassen, hineinzukommen. „Soweit ich es verstanden habe, haben Mr Weston und Mr Harris gegen deinen eindringlichen Rat das Haus verlassen.“

„Und zwei meiner besten Pferde mitgenommen, diese jungen Idioten.“

„Wird ihnen auch nichts passieren?“

„Ich hoffe doch nicht. Es wäre unverantwortlich, bei diesem Wetter eine Suchmannschaft auszusenden.“ Er ging zum Schreibtisch und schloss das Notizbuch, das offen dagelegen hatte. „Wenn du das Schulzimmer nutzen möchtest, räume ich es gerne für dich.“

Sie entschied sich gegen eine direkte Antwort, sondern deutete mit dem Kinn auf das Buch. „Warst du gerade mit etwas beschäftigt?“

„Ich habe versucht, den zeitlichen Ablauf einer bestimmten Lektion zu planen.“

Sie bemerkte erst jetzt, dass die Aufstelltafel neben dem Lehrerpult über und über mit Gleichungen bedeckt war und er eine Uhr in der Hand hielt – er schien bereits eine beachtliche Zahl an Stunden auf diese noch nicht begonnenen Lektionen verwendet zu haben. Der Stich in ihrem Herzen tat zwar weh, aber er erfüllte sie auch mit schmerzlicher Freude.

„Und erfordert diese besondere Unterrichtsstunde, dass du das Wetter studierst?“, erkundigte sie sich und versuchte, sich ihre turbulenten Gefühle nicht anmerken zu lassen.

„Möglicherweise.“

Sie trat zu der kürzlich gestrichenen Tafel und betrachtete die makellose Oberfläche. Wenn sie zukünftig hier Aufgaben löste – würde er dann neben ihr stehen und der ihm eigene Duft nach Sommerregen sie von dem ablenken, was sie eigentlich tun sollte?

Es dauerte einen Moment, ehe sie merkte, dass sie die Hand auf die schwarze Fläche gelegt hatte, um die Beschaffenheit zu fühlen, eine Bewegung, die man als zärtlich bezeichnen könnte. In der entstandenen Stille waren das Prasseln des Regens gegen die Fensterscheiben und Felix' unregelmäßiger Atem die einzigen Geräusche.

Sie presste die Lippen aufeinander und ließ die Hand sinken. Ohne sich umzudrehen, stellte sie die Frage, die sie seit Tagen beschäftigte. „Als wir neulich in der Galerie miteinander gesprochen haben, hast du etwas über deine Mutter gesagt. Dass sie in ihrem Zorn nicht begriffen hat, dass sie auch sich selbst straft."

Ein Augenblick lang Stille. „Was ist damit?"

„Sie hat sich *auch* selbst bestraft, hast du gesagt. Wen hat sie denn noch bestraft?"

Dieses Mal dauerte das Schweigen länger. „Am liebsten hätte sie wohl ihren Vater bestraft, glaube ich, weil er sie zu einer Ehe gezwungen hat, die sie nicht wollte. Aber der starb unmittelbar nach Ende der Flitterwochen, sodass es ihr Mann war, der die Wucht ihrer Wut zu spüren bekam. Für den Fehler, mit seinem Antrag zu ihrem Vater zu gehen, als sie ihn bereits abgelehnt hatte."

Louisa nahm ein Stück Kreide aus dem Behälter unterhalb der Tafel. „Was hat sie getan? Ihn ignoriert?"

Er seufzte. „Hat dir jemals jemand gesagt, dass du ein unglaublich guter Mensch bist, meine Liebste? Dass deine Vorstellung von Bestrafung sich auf spitze Bemerkungen beschränkt? Die Strafe meines Vaters bestand darin, dass meine Mutter in ihm den Glauben genährt hat, dass ich vermutlich gar nicht sein Fleisch und Blut sei – etwas, was durch den Umstand erleichtert wurde, dass ich ihm nicht im Geringsten ähnlich sehe."

Sie umklammerte die Kreide fester. Sie konnte eine Grausamkeit dieses Ausmaßes nicht fassen, das eigene Kind als Racheinstrument zu benutzen.

Und er, gefangen in dem Zorn seiner Mutter und dem Elend seines Vaters.

Als sie sich zu ihm umdrehte, klopfte es an der Tür, was sie beide erschreckte.

„Mylord!", ertönte Mr Sturgess' drängende Stimme. „Mr Harris' Pferd ist ohne ihn in die Ställe zurückgekehrt."

Harris saß in einem Graben fest, mit einer gebrochenen Rippe und einem gebrochenen Ellbogen. Weston hatte kein solches Glück. Er und sein Pferd wurden am Grund einer Schlucht gefunden.

Felix ließ sich, nachdem er eines seiner Lieblingspferde hatte erschießen müssen, mit einem um die Mitte gebundenen Seil hinunter. Als er den kräftig gebauten Weston erreichte, blieb ihm nichts anderes übrig, als sich den Mann − der etwa einen halben Zentner schwerer als er selbst war − auf den Rücken zu schnallen und wieder hochzuklettern.

Es war pechschwarze Nacht, als die Suchmannschaft schließlich am Herrenhaus eintraf. Louisa kam durch die Eingangstür gerannt, und es war Felix den ganzen Tag in Eiseskälte wert, die Sorge in ihren Augen zu sehen.

Sie lief direkt an ihm vorbei. Und dann, so plötzlich, dass es fast komisch wirkte, blieb sie stehen, drehte sich auf dem Absatz um. „Auf dich wartet oben ein Bad. Geh. Der Arzt und ich kümmern uns um Weston.“

Als er durch die Halle ging, fiel sein Blick auf den Spiegel. Kein Wunder, dass sie ihn nicht sogleich erkannt hatte. Er hatte seinen Hut verloren, das Haar klebte ihm am Kopf, sein Gesicht war dreckverschmiert, sein Reitrock und seine Hosen zerrissen, durchweicht und mit Schlamm bedeckt.

Das Bad war bei ihr eingelassen − der besten Badewanne im ganzen Haus. Er setzte sich, schnitt bei dem stechenden Prickeln in seinen Beinen, noch taub von der Kälte, eine Grimasse.

Sein Kammerdiener entfernte sich mit den ruinierten Kleidern. Felix schloss die Augen und lehnte den Kopf nach hinten. Das Wasser war himmlisch, auch wenn es in den vielen Schnitten und Schrammen brannte, und im heißen Dampf wurden ihm lauter kleine Wunden auf Stirn und Wange bewusst, Kratzer, die er vorher gar nicht bemerkt hatte, weil ihm so kalt gewesen war.

Die Tür ging auf.

„Ich werde für wenigstens eine weitere Viertelstunde nichts brauchen“, sagte er. „Sie können sich um Ihre anderen Pflichten kümmern.“

„Um die habe ich mich bereits gekümmert.“

Louisa.

Er öffnete die Augen. Sie hielt eine Teekanne und einen Teller mit frisch gebutterten Brötchen in den Händen.

„Hättest du gerne etwas?", fragte sie.

Ja, dich.

Und nicht einmal für Sex, sondern einfach, um sie zu halten, wegen des Gefühls von Sicherheit und Trost.

„Oder soll ich etwas aus der Küche kommen lassen?"

„Nein, danke, ich habe genug auf dem Weg zurück gegessen."

Als er mit Weston an dem wartenden Leiterwagen angekommen war, hatte es Essen und zu trinken gegeben: Glühwein, mit Whisky versetzter Kaffee und Currypasteten, alles sorgsam so verpackt, dass es nicht zu rasch auskühlte. Doch Weston hatte wegen der Schmerzen, die ihm der unsanfte Aufstieg den steilen Hang hinauf zum Wagen bereitet hatte, wieder das Bewusstsein verloren.

„Die beiden Stallburschen, die dich begleitet haben, haben mir alles über deine Heldentat erzählt. Ich hoffe, du hast es nicht nur getan, um dem Heiligenschein des Idealen Gentlemans zu noch mehr Glanz zu verhelfen. Es hätte dich das Leben kosten können", sagte sie, und ihr Ton war ungewöhnlich harsch, während sie das Tablett auf einem Hocker in seiner Nähe abstellte.

„Ich war durchaus bereit, einem anderen die Heldentat zu überlassen, aber die Stallburschen, die bei mir waren, haben beide Höhenangst."

Zehn Stallburschen und Pferdeknechte waren immer zu zweit ausgeschwärmt, um nach Weston zu suchen. Es war purer Zufall gewesen, dass die beiden, denen Felix sich angeschlossen hatte, ihn gefunden hatten.

Sie kniete sich neben die Wanne und untersuchte seine übel zugerichtete rechte Hand. „Warum hast du die von niemandem versorgen lassen?"

„Du hast gesagt, es gäbe ein Bad für mich, daher bin ich hergekommen."

Wenn sie gesagt hätte, er sollte wieder losgehen und einen Graben ausheben, hätte er es auch getan.

„Wie ist das passiert?"

„Ich musste mir die Handschuhe ausziehen, um hochzuklettern. Dann hat das Seil nachgegeben, und ich habe den Halt verloren.

Daher habe ich das nächste gegriffen, was sich anbot, aber das stellte sich leider als Dornenbusch heraus."

Ihre Züge wirkten verkniffen. Er konnte nicht sagen, ob sie sich wirklich um ihn Sorgen machte oder nur tat, was von ihr erwartet wurde.

Sie drehte seine immer noch kalte Hand ins Licht, suchte nach Splittern unter der Haut.

„Ich habe alle rausgezogen. Sie haben mich für die Rückfahrt auf den Leiterwagen gesetzt – sogar mit einer Wärmflasche im Schoß. Neben mir war eine Laterne, daher hatte ich genug Licht, alle Dornen aus meiner Haut zu ziehen."

Sie richtete sich auf. „Warte."

Es war eine Bitte, die keine Antwort von ihm brauchte, aber er gab trotzdem eine. „Das tue ich", erwiderte er. „Ich werde weiter warten."

VOR DEM BADEZIMMER LEHNTE SICH Louisa für einen Augenblick mit dem Rücken gegen die Wand.

Seit er das Haus verlassen hatte, hatte sie Angst um ihn gehabt. Stunde um Stunde war verstrichen. Selbst nachdem ein Bote mit der Nachricht gekommen war, dass Mr Weston gefunden worden sei und alle auf dem Rückweg wären, hatte sie keine Ruhe gehabt, war in der Halle unten auf und ab gelaufen und beim kleinsten Geräusch nach draußen geeilt.

Nur, um ihn zu verpassen, als er dann tatsächlich zurückkam, weil sie ihn mit all dem Dreck nicht erkannt hatte.

Sobald sie sich darum gekümmert hatte, dass Mr Weston versorgt worden war, hatte sie ihn in Gesellschaft von Arzt und zwei Krankenschwestern sowie Mrs Pratt zurückgelassen und war gegangen, um nach ihrem Ehemann zu sehen. Sie hatte damit gerechnet, wieder den Kaminkehrer anzutreffen, aber der Mann in ihrer Badewanne war so schön wie immer, nur ein bisschen verschrammt und mit Blessuren.

Ich werde weiter warten.

Sie zwang sich, sich von der Wand abzustoßen und die Gegenstände zu holen, die sie brauchte. Auf dem Weg nach unten begegneten ihr ein paar Damen, die sich alle besorgt nach dem Zustand ihres Gastgebers erkundigten. Die Nachricht von seiner unerschrockenen Rettung Mr Westons hatte sich im Haus wie ein Lauffeuer verbreitet – morgen würde sie in Dutzenden Briefen ins ganze Königreich getragen werden.

Ein Schwall Dampf empfing sie, als sie die Tür zum Bad wieder öffnete. Erst als sie sich der Wanne näherte, konnte sie ihn klar erkennen: die Breite seiner Schultern, seinen starken Hals, seine muskulösen Arme, die auf dem Rand ruhten.

Seine Augen waren geschlossen, seine Wimpern klebten von der Feuchtigkeit zusammen. Als sie schon fast an der Wanne stand, schlug er die Augen auf und betrachtete sie so erfreut, dass sie den Blick abwenden musste. Und sie wusste auch nicht, wohin sie sonst schauen sollte – mit Wassertröpfchen überzogene Haut, Muskeln, wohin sie auch blickte.

Sie setzte sich auf einen Hocker, hob seine Hand und betupfte sie mit einem alkoholgetränkten Tuch. Er biss die Zähne zusammen, beschwerte sich aber nicht.

„Du wirst morgen wie ein Held gefeiert werden“, sagte sie, während sie ein Stück weiße Gaze abrollte. „Das heißt, es sei denn, du entscheidest dich, schon heute Abend zum Essen zu erscheinen, faszinierend bandagiert.“

„Und das würde dir nicht gefallen?“, fragte er, einfühlsam wie immer. „Ein skrupelloser Mann wie ich, der noch mehr gefeiert wird?“

„Heute hast du ja Mr Weston gerettet.“

Sie war stolzer, als sie sich anmerken lassen wollte. Aber es war kein ungetrübtes Gefühl. Darin lag auch ein seltsamer Neid: ein Neid auf die, die ihn nur als Idealen Gentleman kannten und seine glitzernde Perfektion nie in Frage stellten.

Es hätte sie froh gemacht, nichts als reine Bewunderung zu empfinden. Dass sie ständig hin- und hergerissen war zwischen seiner Anziehungskraft und der Zurückhaltung, zu der ihre begründete Vorsicht mahnte.

Als sie seine Hand fertig verbunden hatte, rieb er mit dem Daumen über ihre Handkante, sandte einen ganzen Schauer aus Gefühlen über ihren Arm. Sie zog die Hand weg und beschäftigte sich damit, ein frisches Tuch mit Alkohol zu tränken.

Aber sie musste die Schrammen in seinem Gesicht säubern. Sie tupfte die Haut um einen Kratzer auf seiner Wange ab, achtete darauf, ihm nicht in die Augen zu sehen.

„Als ich ausgerutscht bin und es aussah, als ob Westons Gewicht uns beide abstürzen lassen würde, war mein Kopf ganz leer", sagte er. „In dem Augenblick, in dem klar war, dass wir es schaffen würden, galt mein erster Gedanke dir."

Sie säuberte einen weiteren Kratzer und schwieg.

„Wenn sonst nichts, ich habe fast für ein halbes Semester Lektionen fertig", fuhr er fort. „Es wäre eine Schande, wenn die ganze Vorbereitung umsonst gewesen wäre."

Sie drehte sein Gesicht, suchte nach weiteren unversorgten Schürfwunden. „Der Ideale Gentleman bekommt immer, was er will, nicht wahr? Und nun will er mein Herz."

Er wartete, bis sie mit dem Desinfizieren einer Schramme an seiner Schläfe fertig war, nahm ihr Kinn in die Hand, sodass sie ihm in die Augen sah. „Der Ideale Gentleman hat vielleicht immer bekommen, was er wollte, aber ich nicht. Ich weiß ganz genau, wie es ist, sich nach Zuneigung zu sehnen und keine zu erhalten."

Sein Blick war aufrichtig, beinahe offen. Sie erinnerte sich daran, was er ihr heute Vormittag über die vergiftete Entfremdung zwischen allen Mitgliedern der Familie erzählt hatte.

„Ich will nicht abstreiten, dass es mich zum glücklichsten Mann der Welt machen würde, wenn ich dein Herz bekommen sollte", fuhr er fort. „Aber in der Zwischenzeit ist das, was ich in Wahrheit will, dass du von unserer Verbindung profitierst."

„Nach allgemeinen Maßstäben habe ich das bereits sehr ordentlich getan."

„Das ist für deine Familie. Ich möchte, dass du alles hast, was du dir je im Leben gewünscht hast, alles, wovon du geträumt hast."

„Und du bist damit zufrieden, nur zu geben und im Gegenzug nichts zu erhalten?"

Er hob sich auf einen Ellbogen und gab ihr einen Kuss auf den Mundwinkel. „Ich werde nicht nur zufrieden sein, es wäre mir eine große Freude."

KAPITEL 19

Louisas Unterricht begann am zweiten Tag des neuen Jahres, nachdem die Gäste abgereist waren.

Seit sie das letzte Mal das Schulzimmer besucht hatte, stand ein bronzenes Modell des Sonnensystems auf einem der Regale. Die Aufstelltafel neben dem Pult ihres Ehemannes war mit einem Raster aus Linien versehen worden. Und auch wenn die goldgelben Tulpen verschwunden waren, stand nun gegen das winterliche Grau ein anderer bunter Blumenstrauß auf der Fensterbank.

Der Lehrer traf auf die Minute pünktlich ein, in hellbraunen Tweed gekleidet und mit Lederflecken an den Ellbogen. Er öffnete sein Buch, prüfte den Kreidevorrat und klopfte mit einem Kreidestück gegen die auf die Tafel gemalten Linien. „Wir werden mit dem Kartesischen Gitter beginnen.“

Als Louisa an die kleine Tafel gerufen wurde und verschiedene Koordinaten finden sollte, war sie sich überdeutlich der Form seiner Hand auf der Oberkante der Tafel bewusst, wie sich sein Haar im Nacken lockte, als er den Arm ausstreckte, um sich ein neues Stück Kreide zu nehmen, und des Dufts der feinen Seife, die sie zu Weihnachten geschenkt bekommen hatten. Er roch, als habe er gerade einen Spaziergang durch einen verschneiten Nadelwald unternommen.

Aber diese körperliche Nähe, so gefährlich sie auch war, war nicht der Grund, warum sie Widerstand geleistet und den Unterricht so lange hinausgeschoben hatte, wie sie es getan hatte. Sie hatte Angst gehabt, dass er sich als guter Lehrer erweisen würde. Wie sich herausstellte, war er sogar ausgezeichnet.

Die Begeisterung für das Thema, das tiefgreifende Verständnis für Details, ein geordneter, logischer Aufbau der Unterrichtseinheiten und ein fesselnder charismatischer Lehrvortrag kennzeichneten die Stunden.

Sie saß wie gebannt von dieser anderen Seite an ihm, dem Gegenteil des Idealen Gentlemans, der bloß aus Schall und Rauch bestand. Dies war ein Mann, der sich dieses Wissen auf ehrliche Weise erworben hatte – keine Tricks und keine Abkürzungen, keine Manipulation der Wahrnehmung anderer.

Ein Mann mit Substanz.

Eine Stunde verging wie im Flug.

Sie verließ das Schulzimmer mit vier vollgeschriebenen Seiten und ging auf ihr Zimmer. Dort sah sie im Spiegel ihr gerötetes Gesicht, und es verging eine weitere Stunde, bevor sie sich weit genug gefasst hatte, um sich an ihre Hausaufgaben zu machen.

Als sie das getan hatte, trat sie aus Gründen, die nur bedingt Sinn ergaben, auf den Balkon, zog die Abdeckung von ihrem Teleskop, schob es ans Geländer und richtete das neuneinhalb Zoll Fernrohr auf den römischen Tempel in der Ferne.

Es standen wieder Puppen auf der Plattform. Nein, nicht mehrere, sondern nur eine, in einen Tweedrock gekleidet wie der, den ihr Ehemann heute getragen hatte, mit einem Blumensträußchen am Rockaufschlag.

Und die Blumen waren natürlich goldgelbe Tulpen.

Ich bin rettungslos in dich verliebt.

SIE WAR DIE PERFEKTE SCHÜLERIN.

Sie war stets pünktlich, stets lernbereit und hatte immer Fragen. Ihre Aufzeichnungen im Unterricht sahen aus wie die eines Affen, der sich an Keilschrift versuchte, aber ihre Hausaufgaben waren immer makellos ordentlich und fast immer fehlerfrei. Genau betrachtet löste sie nur eine Aufgabe am dritten Tag ihres Unterrichts nicht, und das hatte sie so geärgert, dass es ihr nicht noch einmal passierte.

Allerdings bereute Felix schon ab Ende der zweiten Stunde, dass er ihr keinen Hauslehrer besorgt hatte.

Sie hatte den eindringlichsten Blick der Welt.

Er konnte ihr keinen Vorwurf machen, dass sie ihn anschaute, wenn er ihr beschrieb, wie man den Graphen einer quadratischen Gleichung zeichnete oder die Steigung einer Funktion berechnete –

schließlich sollte sie ja aufpassen. Und es war auch nicht so, dass sie sich die Lippen befeuchtete, mit ihrem Haar spielte oder an den Knöpfen ihrer Bluse drehte. Ganz im Gegenteil, sie war immer züchtig und anständig, ihr Stift flog förmlich über das Blatt. Ihre Miene war ernst, manchmal runzelte sie auch ein wenig die Stirn, während sie seinen Erklärungen lauschte.

Und doch begann sein Glied nach zehn Minuten Unterricht zu schwellen, und am Ende der Stunde war es steinhart.

Es waren ihre leicht geteilten Lippen, wenn sie ihn anschaute, die Röte ihrer Wangen, während die Minuten verstrichen, wie ihre linke Hand sich gegen Ende der Stunde um die Kante des Tisches schloss, als müsste sie sich körperlich zurückhalten.

Er musste sich nach jeder Stunde mit der Hand Erleichterung verschaffen. Und manchmal auch, nachdem sie gekommen war, um ihm ihre Hausaufgaben zu zeigen. Während des Unterrichts schrieb er Aufgaben, die sie lösen sollte, auf die große Tafel, und wenn sie dann davorstand, war er ihr viel zu nahe, beobachtete sie und konnte sich nur mit einiger Mühe davon abhalten, sie gegen die Tafel zu schieben und sie zu nehmen.

Trotzdem stimmte er zu, als sie nach zwei Wochen fragte, ob sie nicht zwei Unterrichtsstunden am Tag haben könnte.

Und schloss sich unmittelbar darauf in sein Schlafzimmer ein.

Wenn er in der Tat als Lehrer für sie angestellt wäre, wäre Louisa dem Untergang geweiht.

Die flüssigen Bewegungen seiner Hand mit der Kreide, wenn er etwas an die Tafel schrieb, faszinierten sie ohne Ende. Seine freihändig gezeichneten perfekten Kreise und Parabeln sandten ihr wohlige Schauer durch den Körper. Wenn er von quadratischen Gleichungen sprach, Matrizen und Umkehrfunktionen, war es, als rezitierte er erotische Gedichte, so sehr flatterte ihr Magen. Und er musste Trigonometrie nur erwähnen, und sie stand in Flammen.

Wenn ihm je auffiel, dass unter ihrer züchtigen Aufmerksamkeit Lust simmerte, so verlor er darüber kein Wort. Und es hatte auch keinen Einfluss auf die Qualität seines Unterrichts.

„Wie du sehen kannst, wird die Form einer Ellipse durch das Verhältnis des Abstands r eines Brennpunkts zu einem Punkt der Ellipse und der Distanz d der Leitlinie zum Ellipsenmittelpunkt bestimmt. Dieser Quotient wird auch Exzentrizität genannt und durch den griechischen Buchstaben Epsilon dargestellt."

Sie hielt den Atem an, als ein bemerkenswert symmetrisches Oval auf der Tafel erschien, komplett mit zwei Brennpunkten und zwei Leitlinien.

„Die grundlegende Eigenschaft einer Ellipse, die Tatsache, dass sie in sich geschlossen ist, bestimmt die Exzentrizität, die einen Wert zwischen null und eins annehmen kann, denn die Brennpunkte liegen niemals auf der Ellipse und der Abstand r eines Brennpunkts zur Ellipsenlinie kann nicht größer werden als die Distanz d der Leitlinie zum Ellipsenmittelpunkt. Aber sieh mal, was geschieht wenn Epsilon gleich eins wird."

Eine Parabel erhob sich über der x-Achse, die beiden Arme perfekte Spiegelbilder des anderen. Eine unerwünschte Hitze begann sich in ihrem Unterleib zu sammeln.

„Jeder Punkt auf der Parabel ist gleichweit entfernt von dem Brennpunkt und der Leitlinie. Nun, wenn Epsilon jedoch größer ist als Eins, ist eine Hyperbel das Ergebnis."

Ein elegantes Kreuz entstand, mittig im Ursprung, und die vier Achsen streckten sich in die Unendlichkeit. Trotz bester Absichten merkte sie, wie ihr Atem sich beschleunigte.

„All diese drei Formen zusammen mit dem Kreis können konstruiert werden durch eine Ebene, die einen dreidimensionalen Kegel schneidet, wie Apollonius von Perge schon Jahrhunderte vor Christus entdeckt hat."

Ein Feuer loderte im Zimmer. Das Licht der Nachmittagssonne strömte durch die Fenster. Es war warm. Außerordentlich warm. Er knöpfte seinen Rock auf und begann ihn sich auszuziehen. Louisa starrte ihn an.

„Die meisten seiner Werke sind verloren, aber *Konika*, das erhalten ist, wird als eines der bedeutendsten wissenschaftlichen Werke der Antike betrachtet und …"

Es war Wochen her, seit sie ihn zuletzt unbekleidet gesehen hatte, die Feuchtigkeit auf seiner nackten Haut im Feuerschein geschimmert hatte. Sie wollte ihm mit den Händen darüber fahren, während er ihr die leidenschaftlichen Korollare nicht euklidischer Geometrie zuflüsterte. Vielleicht würde er sie auf sein Pult drücken, dabei alle Zettel und Notizbücher herunterwerfen. Und sie würde ihm mit den Händen ins Haar fahren …

„Lady Wrenworth", rief jemand sie, und es klang wie von weit her.

Sie antwortete nicht. Die Dienerschaft konnte es wohl eine weitere halbe Stunde ohne sie schaffen.

„Lady Wrenworth!", fuhr die Stimme sie scharf an, gleichzeitig gab es einen Knall, bei dem sie fast vom Stuhl gefallen wäre.

Er hatte mit einem großen Lineal auf die Ecke ihres Schreibtisches geschlagen. Ihr Herz klopfte laut.

„Ja?", krächzte sie.

Er fuhr sich mit dem Lineal über die Innenseite der linken Hand. Das wirkte fast boshaft.

„Meine Liebe", sagte er ruhig, „ich verbringe jeden Tag Stunden mit der Unterrichtsvorbereitung. Ich habe ein Anrecht auf respektvolle Aufmerksamkeit."

Sie schluckte. „Ich entschuldige mich. Es wird nicht wieder geschehen."

Er war nicht beschwichtigt. „Das bezweifle ich. Es ist nicht das erste Mal, dass ich dich dabei ertappe. Und es ist nicht das erste Mal, dass es heute passiert ist."

Ihre Wangen wurden glühend heiß. Sie ließ den Kopf hängen.

Er seufzte leise. „Vielleicht sollte ich den Unterricht heute vorzeitig beenden, da du dich wohl nicht konzentrieren kannst."

Ihr Blick richtete sich auf ihn. „Nein, bitte nicht."

„Was soll ich dann tun?"

Seine Stimme klang ruhig, vernünftig, aber ihr schlotterten doch die Knie. Und auch ihr Herz klopfte ängstlich. Schließlich hatte sie sich vor ihm damit gebrüstet, sie könnte ohne das leben, was sie sich wünschte. Wenn das immer noch der Fall war, dann sollte sie eigentlich imstande sein, ihm in geziemendem Ton zu antworten, ihn sachlich zu bitten, mit dem Unterricht fortzufahren, beginnend an der Stelle, wo der Wert der Exzentrizität Eins überstieg.

„Sie sollten mich so bestrafen, wie es Ihnen angemessen erscheint, Mylord", hörte sie sich sagen, halb bekümmert, halb in … Sorge, als fürchtete sie insgeheim, er würde es nicht tun.

Er lehnte sich gegen die Kante des Schreibtisches und verschränkte die Arme vor der Brust. „Wenn ich mich als Kind schlecht benommen habe, hat mein Lehrer mich zu der Tafel dort geschickt", er deutete auf die an der Wand, „und ich musste mich mit dem Gesicht davor hinstellen, während er Zeitung gelesen hat."

Sie verzog den Mund und tat, wie ihr geheißen. Sie nahm an, ein Teil von ihr musste gehofft haben, dass er von ihr verlange würde, dass sie sich über das Pult legte, wie sie sich einmal im Spaß ausgemalt hatten, in einem anderen Zeitalter.

Die Tafel war voller Ellipsen, Parabeln und üppigen Hyperbeln. Sie fühlte sich so alleingelassen wie je in dieser Ehe, stand so dicht vor der Tafel, dass sie fast mit der Nase die Kreide berührte, während die Uhr auf dem Kaminsims tickte.

Ohne bewusst darauf zu achten, zählte sie die Sekunden – zweiundfünfzig, dreiundfünfzig, vierundfünfzig, fünfundfünfzig –, als würde das einer sonst elenden leeren Zeitspanne Sinn und Bedeutung geben.

„Was war es, was Sie abgelenkt hat, Lady Wrenworth? Ihr Blick war quasi glasig, um es freundlich zu umschreiben." Seine kühle Stimme erklang von hinter ihr – von *direkt* hinter ihr.

Ihr Elend löste sich sogleich in Luft auf, wurde ersetzt von den erschütterten Nerven, die sie nur zu gut kannte. Sie nahm ein Stück Kreide und schrieb ihre Antwort auf die Tafel.

Du.

Seine Hand umfing ihr Gesicht. „Das geht nicht mitten in der Stunde."

Sie schloss die Augen und lehnte sich gegen ihn, hob einen Arm und legte ihn ihm um den Hals.

In der nächsten Sekunde waren ihre Röcke hochgeschlagen, ihre Turnüre einfach beiseitegeschoben und die Unterhose nach unten gezogen, nicht nur ohne weitere Umstände, sondern ohne ihnen in irgendeiner Weise Beachtung zu schenken.

Und dann war er in ihr, hart und dick.

Es war das unglaublichste, köstlichste Gefühl, so rücksichtslos genommen zu werden. Die Wucht seiner Stöße presste sie gegen die Tafel, hob sie schier von den Füßen. Mit einer Hand auf ihrem Bauch zog er sie zu sich, sodass er weiter kam, tiefer und fester.

Ihr entrang sich ein Schrei, als ihre aufgestaute Sehnsucht sich in einem erschütternden Höhepunkt Bahn brach, unter dem sie kaum merkte, dass auch er bebend den Gipfel erreichte.

Minuten vergingen, ehe sie merkte, dass sie immer noch gegen die Tafel gedrückt wurde, dass sie mit dem Oberkörper und dem Gesicht einem Großteil seiner Graphen irreparablen Schaden zu gefügt hatte. Aber das kümmerte sie nicht, weil er da genau wieder begann, sich in ihr zu bewegen, langsame und herrliche Stöße, die alle Gedanken aus ihrem Kopf vertrieben, bis auf die reine ungetrübte Lust.

NACHHER DREHTE ER SIE UM, küsste sie und wischte ihr die Kreide von Kinn und Wangen. Dann küsste er sie erneut. „Ich würde auch deine Bluse von der Kreide befreien, aber dafür müsste ich unverzeihlich grob werden."

Sie schaute an sich herab und schlug sich mit der Hand ein paarmal auf die Brust. Eine Kreidewolke stieg zwischen ihnen auf, gewiss der romantischste Anblick überhaupt, viel besser als Morgennebel über der Seine.

Als er sie erneut an sich ziehen wollte, wandte sie sich ab, setzte sich wieder auf ihren Stuhl und schlug ihr Heft auf. Nach einem Moment begriff er, dass sie von ihm erwartete, dass er dort weitermachte, wo sie vorhin aufgehört hatten.

Nach ein paar missglückten Anfängen tat er das. Der Unterricht endete mit fünfundzwanzig Minuten Verspätung. Aber davon abgesehen nahm alles seinen gewohnten Lauf: Sie hatte ein paar Fragen am Ende der Stunde, dann bedankte sie sich ruhig bei ihm und ging.

Als es Zeit fürs Dinner wurde, war es, als sei nichts geschehen. Sie sprachen über das Anwesen, ihre Familie und das Wetter, insofern es die zu erwartenden Dauer der nächtlichen Himmelsbeobachtung betraf.

Später jedoch, als er in seinem Zimmer stand und zu entscheiden versuchte, ob der Liebesakt am Nachmittag das Ende der Abstinenz kennzeichnete oder ob es einfach eine Verirrung gewesen war, öffnete sich die Tür und sie kam herein.

Sein Puls beschleunigte sich. „Guten Abend, meine Liebe."

„Wir sind verheiratet, Felix", erwiderte sie. „Du solltest mich Louisa nennen."

Sein Puls beschleunigte sich weiter zu. „Gibt es dafür einen speziellen Zeitpunkt, einen besonderen Ort?"

„Hier und jetzt." Sie kam zu ihm und küsste ihn aufs Kinn. „Aber nur, damit ich mich im Unterricht konzentrieren kann. Wir wollen schließlich nicht deine Zeit verschwenden oder all deinen so wunderbar vorbereiteten Stunden mit Missachtung begegnen."

„Nein, das wollen wir gewiss nicht“, antwortete er und nahm ihr Gesicht zwischen die Hände, küsste sie auf den Mund.

„Daher werden wir uns um diese Ablenkungen außerhalb des Schulzimmers kümmern“, sagte sie, während er sie hochhob und zum Bett trug.

Er legte sie darauf und küsste sie wieder. „Und das tun wir gründlich und unermüdlich.“

Danach sagte für eine lange Zeit keiner von ihnen etwas.

„HAST DU MIR VERZIEHEN?“, FRAGTE er deutlich später.

„Ja.“ Louisa fuhr ihm mit gespreizten Fingern durchs Haar. „Oder wenigstens hinreichend, um dich wieder wegen deines jungen straffen Körpers und deines schönen Gesichts auszunutzen.“

Er lächelte und legte ihr eine Hand an die Wange. „Ich möchte, dass du hier glücklich bist. Ich will dich neue Sterne entdecken sehen und ganze Galaxien. Und ich warte immer noch darauf, dass du meinen Freunden beim Kartenspiel unvorstellbare Summen abknöpfst.“

Darüber musste sie ein wenig lachen. „Was ist mit dir? Wünschst du dir nichts für dich selbst?“

„Ich habe meine Launen mein ganzes Erwachsenenleben befriedigt. Es wird mir nicht schaden, wenn ich mal zurückstecke.“

„Ich kann mir nicht vorstellen, dass du so etwas vor sechs, ja nicht einmal vor drei Monaten gesagt hättest.“

„Ich weiß“, antwortete er schlicht. „Bleib heute Nacht bei mir.“

„Gut.“ Das hatte sie vorgehabt, noch bevor sie die Verbindungstür geöffnet hatte.

„Ich liebe dich“, sagte er zu ihr, bevor er einschlief.

Sie blieb noch mindestens eine Stunde länger wach, dachte nach über ihn, über ihre gemeinsame Zukunft.

KAPITEL 20

Louisa betrachtete es als Beweis ihrer Entschlossenheit, dass sie in den folgenden vier Wochen nach dem ersten Zwischenfall nur drei weitere Male während des Unterrichts schwach wurden. Sie machte große Fortschritte. In diesem Tempo würde sie sich laut Felix Anfang April mit Trigonometrie beschäftigen können. Und selbst mit dem ganzen Trubel einer Londoner Saison – ihrer ersten gemeinsam als Paar, die zudem ungewöhnlich geschäftig zu werden versprach –, war er sich ziemlich sicher, dass er ihr bis zum Jahresende einen ersten Vorgeschmack auf Analysis würde geben können.

Sie nahmen auch wieder die gemeinsame Arbeit in seinem Studierzimmer auf. Das Wetter wurde trockener, und sie waren oft mitten in der Nacht auf, um Himmelsbeobachtungen zu machen. Die Dienerschaft auf Huntington war an solche Änderungen im Tagesablauf der Herrschaft gewöhnt, Frühstück gab es gegen zehn statt schon um acht Uhr, aber alles andere ging seinen gewohnten Gang.

An diesem besonderen Morgen betrat Felix den Frühstückssalon und sah wie stets wunderbar aus, während er zu ihrem Stuhl kam. Er beugte sich vor und flüsterte ihr ins Ohr: „Ich denke immer, ich könnte dich nicht noch mehr lieben, als ich das schon tue, aber dann geschieht es doch.“

Seltsamerweise waren diese späten Frühstücke für ihn zur liebsten Gelegenheit geworden, ihr zu sagen, dass er sie liebte. Das passierte nicht täglich oder zweimal wöchentlich oder in sonst einem regelmäßigen Rhythmus, sondern nur, wenn ihm danach war. In dieser Hinsicht war er weiter unberechenbar: Diesmal war mehr als eine Woche seit seiner letzten Liebeserklärung verstrichen.

Ich empfinde genauso, hätte sie fast geantwortet, hielt sich aber gerade noch zurück.

Es war, als wartete sie auf etwas, ein Fingerzeig des Himmels, eine letzte Versicherung, ehe sie bereit war, ihre Gefühle zu gestehen.

Hunderte Schneeglöckchen hatten scheinbar über Nacht in dem winterlichen Rasen zu blühen begonnen. Sie bewunderten gerade den Anblick dieser Frühlingsboten, als Sturgess eintrat und Felix ein Silbertablett mit einer Nachricht und einer Karte hinhielt.

Der blickte auf die Visitenkarte. „Der Herr ist niemand, den Sie kennen?“

„Nein, Sir“, erwiderte Sturgess.

Felix brach das Siegel auf dem Blatt und begann zu lesen. Seine Miene änderte sich augenblicklich. Er ließ den Brief auf das Tablett fallen und nahm die Visitenkarte, musterte sie eindringlich.

„Was ist damit?“, fragte sie, alarmiert von seiner ungewöhnlichen Reaktion.

„Ein Mr Aubrey Lucas bittet darum, das Grab der verstorbenen Marchioness zu besuchen“, lautete seine ausdruckslose Antwort, bevor er ihr beides reichte, Brief und Karte.

Die Nachricht war schlicht. Mr Lucas erklärte, er sei ein alter Freund der verstorbenen Lady Wrenworth. Er schrieb, er sei viele Jahre in der Kolonialverwaltung in Indien tätig gewesen und erst jetzt nach England zurückgekehrt, um hier seinen Lebensabend zu verbringen. Es sei ihm ein großes Anliegen, die Gelegenheit zu erhalten, der Verstorbenen im Gedenken an ihre Freundschaft seinen Respekt zu erweisen. Es wäre überaus freundlich und großzügig von dem gegenwärtigen Marquis, wenn er ihm die Erlaubnis dazu erteilte und ihm von einem der Diener den Weg zum Grab zeigen lassen würde. Dort würde er gerne einen Kranz niederlegen.

„Bringen Sie Mr Lucas in den grünen Salon“, wies Felix Mr Sturgess an. „Sorgen Sie dafür, dass es ihm an nichts mangelt und richten Sie ihm aus, dass Lady Wrenworth und ich ihn gerne empfangen und ihn persönlich zur letzten Ruhestätte der verstorbenen Marchioness geleiten werden.“

Sturgess verneigte sich und ging. Louisa schaute von der Nachricht auf. „Denkst du das Gleiche wie ich?“

„Wahrscheinlich. Sie hat gewiss nicht viele Freundschaften nach ihrer Ehe geschlossen, ob nun mit Frauen oder Männern. Ein Leben für die Rache lässt nicht viel Raum für anderes.“

„Was wirst du tun?“ Sie war sowohl neugierig als auch besorgt.

„Ihn treffen natürlich." Er nahm noch einmal die Karte und drehte sie ein paarmal zwischen den Fingern, während er seinen Kaffee austrank.

Als er aufschaute, sagte er: „Ich nehme an, du bist nicht mehr hungrig, meine Liebste?"

Das war sie in der Tat nicht.

LOUISA HATTE HALB EINEN SCHNEIDIGEN jungen Mann in Felix' Alter erwartet. Oder wenn nicht das, dann einen eindrucksvollen älteren Herrn, gut aussehend, groß und mit kerzengerader Haltung.

Mr Lucas jedoch war von mittlerer Größe, mit gebeugten Schultern und gebückter Haltung. Sein Haar war früher vielleicht einmal goldblond gewesen, aber nun wies es ein unbestimmtes Grau auf, seine Augen ein verblichenes Blau. Seine Kleider waren wenigstens zehn Jahre aus der Mode. Er bewegte sich ruckartig und sprach ein bisschen zu schnell, wie jemand, der immer ein wenig nervös war.

Spuren eines jungenhaften guten Aussehens waren noch zu erkennen, wenn er ab und zu verlegen lächelte. Aber Louisa konnte sich nicht vorstellen, dass er auch nur annähernd so schön gewesen war wie die verstorbene Lady Wrenworth, selbst wenn man die dreißig Jahre Altern im anstrengenden Klima des Subkontinents im Geiste abzog.

Konnte er wirklich der sein, dessen Verlust zwei Generationen von Wrenworth-Männern so teuer hatten büßen müssen?

Sie schaute zu ihrem Ehemann. Er war der perfekte Gastgeber.

„Wann sind Sie nach Indien aufgebrochen, Sir?", erkundigte er sich freundlich.

„Ach, das muss im Dezember neunundfünfzig gewesen sein."

Sechs Monate vor Felix' Geburt. Sechs Monate nach Mary Hamiltons Hochzeit mit Gilbert Rivendale.

„War es eine schwierige Entscheidung, nach Indien zu gehen?" Sie übernahm es, diese heikle und möglicherweise entscheidende Frage zu stellen. Es wäre nicht gut, wenn es so aussähe, als würde Felix ihn ausfragen.

„Ich bin der vierte Sohn eines Baronet, Lady Wrenworth. Es stand praktisch fest, dass ich einmal mein Glück in der Ferne würde suchen müssen." Er lächelte bedauernd. „Ich wäre schon früher gegangen, aber ich war jung und wahnsinnig verliebt und konnte mich nicht dazu überwinden, das Land zu verlassen.“

Louisa rührte ihren Tee um. „Und Mrs Lucas konnte Sie heute nicht begleiten?“

„Es gibt keine Mrs Lucas. Ich habe nie geheiratet.“ Mr Lucas hob seine Tasse an die Lippen und blickte mit leiser Wehmut zu Felix. „Verzeihen Sie, Sir, aber Sie sind Ihrer Mutter wirklich wie aus dem Gesicht geschnitten. Wie wunderschön sie war, wie unglaublich liebreizend.“

„Kannten Sie sie gut?“ Felix’ Stimme war glatt wie Marmor, aber hinter seinem verbindlichen Lächeln nahm Louisa eine leise Anspannung war.

„Ich weiß gar nicht, wie ich diese Frage beantworten soll, Sir.“ Mr Lucas schüttelte den Kopf. „Wir haben uns geschrieben – ich habe noch jeden einzelnen ihrer Briefe –, aber wir hatten nur selten Gelegenheit, miteinander zu sprechen. Man hat gut auf sie achtgegeben, und ich habe sie nicht so oft gesehen, wie es mir lieb gewesen wäre.“

„Verstehe“, murmelte Felix.

„Das heißt aber nicht, dass ich keinen Einblick in ihr Wesen bekommen hätte“, fuhr Mr Lucas standhaft fort. „Wie Sie sicher bestätigen können, Sir, war sie der liebste, freundlichste und gütigste Engel, den der Herrgott je auf Erden hat wandeln lassen.“

Einen Moment lang erstarrte Felix. Dieser Augenblick verstrich, bevor Mr Lucas etwas davon hätte mitbekommen können. „Ja, in der Tat. Nun, Sir, wenn Sie mit ihrem Tee fertig sind, wäre es mir eine Freude, Ihnen den Weg zu zeigen.“

Louisa war zwar Herrin auf Huntington, aber sie war nie auf dem privaten Friedhof gewesen. Er war klein und ohne Prunk, die Marmorgrabplatten lagen in ordentlichen gepflegten Reihen.

Aus dem Päckchen, das er mit sich trug, holte Mr Lucas sorgsam einen getrockneten verblichenen Kranz und legte ihn auf Mary Hamilton Rivendales Grabstein.

„Tausendschön. Das waren ihre Lieblingsblumen“, sagte Felix mit leiser Stimme.

Mr Lucas schaute auf, und seine Augen waren feucht. „Ja, ich habe den Kranz anfertigen lassen, kurz nachdem sie verstorben war

– und ich habe immer gehofft, dass er irgendwie den Weg zu ihr finden wird, selbst wenn ich das nicht konnte.“

Sie schwiegen. Mr Lucas’ Blick kehrte zu dem Grabstein zurück, als könnte er den Marmor und die Erde bis zu den Gebeinen der Frau durchdringen, die er liebte. Felix betrachtete ihn. Louisa betrachtete ihren Ehemann.

Ein paar Augenblicke später fragte der: „Würden Sie gerne ein paar ihrer Lieblingsplätze hier auf Huntington sehen, Sir?“

Louisa versuchte ihre Überraschung zu verbergen.

Mr Lucas’ Gesicht hellte sich auf. „Wenn es Ihnen nicht zu viele Umstände macht.“ Seine Stimme überschlug sich fast vor Aufregung.

Felix blieb ernst. „Nein. Überhaupt nicht.“

Sie unternahmen einen ausgedehnten Rundgang über das Anwesen. Es gab eine kleine steinerne Brücke, die sich über den Forellenbach spannte, wo die verstorbene Marchioness ihre Staffelei an manchem sonnigen Frühlingstag aufgestellt hatte. Am anderen Ende des Sees gab es einen breiten Steg, wo sie an Sommernachmittagen gerne unter dem schattigen Laubdach gelesen hatte. Dann war da noch der ummauerte Ziergarten, den sie selbst entworfen hatte, und Gewächshäuser, die bis zum Dach mit exotischen Pflanzen aller Art gefüllt waren, ihr wahres Vermächtnis für Huntington.

Was Louisa am meisten verwunderte, war nicht so sehr der Rundgang an und für sich, sondern vielmehr wie ihr Ehemann ihn machte. Er erzählte viel über seine Mutter, flüssig, mühelos, als hätte diese Frau ihm nie auch nur den geringsten Schmerz zugefügt. Er beschrieb ihre täglichen Gewohnheiten, die von ihr auf Huntington veranlassten Verbesserungen und ihre vielfältige Betätigung zum Wohle anderer. Er malte das Bild einer großmütigen Dame, die ein Leben führte, das sich über jeden menschlichen Makel erhob.

Mr Lucas lauschte mit der Anbetung eines jungen Soldaten gegenüber einem gefeierten Kriegshelden, klammerte sich an Lord Wrenworth’ Worte, als seien es schimmernde Perlen. Er verschlang die Örtlichkeiten mit Blicken, schaute sich alles so eindringlich an, als könnte er sich in der Zeit zurückversetzen, an die Seite seiner Geliebten, wenn er nur intensiv genug hinstarrte.

Sie beendeten den Rundgang im Haus, in dem formalen prunkvollen Teil, wo Mr Lucas in einen Salon geführt wurde, in dem jede einzelne Stickarbeit von der Marchioness angefertigt worden war. Andächtig berührte er die elegante Stickerei, die erlesen gearbeiteten Iris, Rosen und Tulpen.

Der letzte Ort, den sie besuchten, war die Galerie, damit er die drei großen Portraits von ihr an der Wand sehen konnte und die etwa ein Dutzend Photographien, die hinter Glas ausgestellt waren.

Wieder wartete Felix schweigend, während Mr Lucas selbstvergessen vor den Bildern stand.

„Sie hat sich nicht verändert", sagte der schließlich. „Immer noch so schön wie am ersten Tag."

Für Louisa hingegen war unübersehbar, wie die Härte im Blick der verstorbenen Marchioness mit zunehmendem Alter deutlicher wurde. Ein grimmiges humorloses Antlitz starrte sie aus den letzten Aufnahmen an, die von ihr gemacht worden waren, als sie etwa Mitte dreißig war.

„War ihr … Tod schwierig?", fragte Mr Lucas schüchtern.

„Nein. Sie hatte eine Erkältung, die sich zu einer akuten Lungenentzündung verschlimmert hat. Es ging schnell, und sie hat nicht gelitten."

„Ihr muss überall ein liebendes Gedenken gewahrt werden", sagte Mr Lucas leise und wandte den Blick nicht von den Portraits.

„Die gesamte Grafschaft ist zu ihrer Beerdigung gekommen", erwiderte ihr Sohn.

Anders als Louisa bemerkte Mr Lucas das geschickte Ausweichen bei der Antwort nicht. Er nahm ein großes Taschentuch heraus und betupfte sich verstohlen die Augen.

Man sprach eine Einladung zum Mittagessen aus, aber Mr Lucas lehnte ab, jedoch nicht, ohne sich weitschweifig für ihre Zeit und die Umstände, die sie sich gemacht hatten, zu bedanken. Louisa hegte den Verdacht, dass der aufgewühlte Mann dringend allein sein musste. Sie ließen ihn ziehen und schauten ihm von den Stufen vor dem Haus zu, wie er seinen gemieteten Einspänner über die Auffahrt lenkte und schließlich ihren Blicken entschwand.

Ihr Ehemann ging geradewegs ins Haus zurück. „Ich könnte jetzt gut einen Whisky gebrauchen."

Sie folgte ihm nicht sogleich, nur mit den Augen, und ihr Herz quoll schier über vor Zärtlichkeit für diesen Mann. Seine Mutter musste das schwierigste und unglücklichste Thema seines Lebens sein. Aber er hatte Mr Lucas' engelsgleiches Bild von der verstorbenen Lady Wrenworth vergoldet, weil er erkannt hatte, dass die Illusion alles war, was Mr Lucas' Leben Sinn gab. Denn der Glaube, dass er die Liebe einer wunderbaren Frau besessen hatte, war alles, was Mr Lucas in einem Leben blieb, in dem er es weder zu Ruhm noch zu Vermögen gebracht hatte, ja, noch nicht einmal eine eigene Familie gegründet hatte.

Sie konnte Felix' Bemühtheit ihr gegenüber der Tatsache zuschreiben, dass er etwas von ihr wollte. Aber dies ... das war einfach schiere Freundlichkeit, ohne dass sie ihm irgendetwas einbrächte.

Da war das Zeichen, auf das sie gewartet hatte.

Sie lief ins Haus, fand ihn in seinem Studierzimmer und warf sich ihm an den Hals, stieß dabei den Whisky um, den er sich gerade einschenkte, und küsste ihn stürmisch.

„Ich liebe dich. Ich liebe dich. Ich liebe dich." Die Worte kamen ihr atemlos über die Lippen, fast klang es wie in einem Schluckauf.

Er lehnte sich zurück und schaute sie verwundert an. Dann küsste er sie fest auf den Mund. „Sag das noch einmal."

„Ich liebe dich. Ich liebe dich. Ich liebe dich."

Ihre Worte wurden unverzüglich und fast vollends von seinen Lippen erstickt.

Er unterbrach den Kuss. „Ich hoffe, du sagst das jetzt nicht nur aus irgendeinem fehlgeleiteten Gefühl wegen meines vermeintlichen Edelmuts. Du hast den Mann selbst gesehen. Ich konnte ihn schwerlich mit gebrochenem Herzen heimschicken."

„Nein, ich habe kein fehlgeleitetes Gefühl wegen deines vermeintlichen Edelmuts. Felix, ich weiß genau, wie du bist, und ich liebe genau den Mann, der du bist."

Er starrte sie eine Sekunde lang an, ehe er sie erneut in die Arme zog. „Das ist gut genug für mich. Nun erzähl mir bitte mehr. Beschreibe mir all die Arten, auf die du mich liebst."

EPILOG

Louisa besuchte den römischen Lusttempel persönlich erst im folgenden August.

Ihr Kinn klappte nach unten, sobald sie die Aussichtsplattform betrat. „Du hast gesagt, der Tempel sei abgelegen. Aber gleich da drüben ist ein Dorf. Ich kann durch die Fenster in die Häuser sehen."

„Das ist mir erst wieder eingefallen, als ich vor unserer Hochzeit herkam, um die Puppen aufzustellen", antwortete ihr Ehemann grinsend. „Es war schließlich nicht so, als würde ich oft herkommen. Es ist ein alberner Ort."

„Wie kommt es, dass du nie ein Wort darüber verloren hast?"

„Du warst bereit, dich während eines Festes im Freien im griechischen Tempel mit mir einzulassen. Dir mangelt es nicht an Mut – oder perversen Gelüsten."

Sie schlug ihm auf den Arm. „Das war nachts. Tagsüber bin ich viel respektabler."

„Wir müssen ja gar nichts Unartiges tun. Wir können einfach die Aussicht bewundern."

Sie verschränkte ihre Hand mit seiner. Der Ausblick war wirklich herrlich, und es war ein warmer Tag, sonnig und schön. Sie war unbeschreiblich glücklich war.

„Immer noch im siebten Himmel wegen deines Kometen?", fragte er lächelnd.

„Es wird immer mein erster sein."

Es war eine zufällige Entdeckung gewesen, als sie die Photographien, die sie an aufeinanderfolgenden Nächten von demselben Himmelsabschnitt gemacht hatte, betrachtete. Gemeinsam hatten sie die Zeit und die Bahn des Kometen nachverfolgt, mit denen verglichen, die schon vorher beobachtet worden waren, die Möglichkeit ausgeschlossen, dass es einer der wiederkehrenden Asteroiden war – und da erst hatte sie erfahren, dass Felix vorher bereits andere Kometen entdeckt hatte.

Aber nun war es offiziell bestätigt: Es war ein bislang unbekannter Himmelskörper. Sie hatte nicht mehr aufhören können zu lächeln, seit der Brief der Royal Astronomical Society eingetroffen war.

Und sie konnte auch nicht anders, als die Arme um ihn zu schlingen. „Ach, na gut. Warum nicht? Wir sind den ganzen weiten Weg hergekommen. Lass uns den Dörflern ein Schauspiel bieten."

Er brachte sie in eine Ecke auf der Plattform, wo es jedem schwerfallen würde, von unten irgendetwas zu sehen. „Ich weiß, warum ich dich liebe. Ich werde dich sogar noch mehr lieben, wenn sie dich mit Mistgabeln holen kommen."

Sie lachte, nahm sein Gesicht zwischen beide Hände und schaute ihm tief in die Augen. „Und ich könnte nie mit irgendeinem anderen so glücklich sein wie mit dir."

Danke, dass Sie „Die glücklichste Lady von London" gelesen haben.

- Möchten Sie wissen, wann der nächste Roman von Sherry Thomas auf Deutsch erscheint? Melden Sie sich für den Newsletter auf www.sherrythomas.com an. Sie können ihr auch auf Twitter folgen unter @sherrythomas und ihre Facebookseite http://facebook.com/authorsherrythomas mit „Gefällt mir" markieren.
- Rezensionen sind erwünscht, egal auf welchem Portal.

Mehr Bücher von Sherry Thomas

Die London-Trilogie
„Die glücklichste Lady von London"
„Eine fast perfekte Ehe"
„Eine skandalöse Liebesfalle" und „Zwischen Liebe und Skandal"

Die Fitzhugh-Serie
„Eine hinreißende Herzogin" (Kurzgeschichte)
„Eine betörende Schönheit"
„Eine bezaubernde Erbin"
„A Dance in Moonlight" (Kurzgeschichte)
„Eine verführerische Braut"
„The Bride of Larkspear" (Kurzgeschichte)

Die Marsden-Brüder
„Köstlich wie dein Kuss"
„Gefährliche Leidenschaften"

Heart of Blade Series
The Hidden Blade
My Beautiful Enemy

The Elemental Trilogy (Young Adult Fantasy)
The Burning Sky
The Perilous Sea
The Immortal Heights

Not in a series
The One in My Heart (Contemporary Romance)

Über die Autorin:

Sherry Thomas gilt bei Fans und Kennern historischer Liebesromane als Meisterin ihres Fachs. Sie hat in zwei aufeinanderfolgenden Jahren den RITA (den „Liebesroman-Oscar") gewonnen und ist auf unzähligen „Die Besten des Jahres"-Listen aufgeführt, unter anderem auf denen von *Publishers Weekly*, *Kirkus Review*, *Library Journal*, *Dear Author* und *All About Romance*. Sie lebt mit ihrem Mann und ihren Söhnen in Austin, Texas.

Sie schreibt neben historischen Liebesromanen auch im Genre „Young Adult". Hier ist im September 2013 ihr Debütroman „The Burning Sky" erschienen.

Ihre Romane verfasst Sherry nicht in ihrer Muttersprache Chinesisch – sie hat Englisch durch das Lesen von Liebesromanen und Science Fiction Büchern gelernt – genau genommen jedes Wort, das Isaac Asimov je geschrieben hat. Sie ist stolz darauf, mit Fug und Recht behaupten zu können, dass ihr ältester Sohn ihr größter Fan ist – allerdings bei dem Young Adult-Buch, nicht bei den Liebesromanen, das kommt vielleicht später.

Aktuelle Informationen per eMail zu Sherrys Büchern können Sie auf ihrer Website bestellen oder ihr schreiben: http://www.sherrythomas.com/contact.php.